2005년 교황 요한 바오로 2세 선종시
조문사절단의 일원으로 바티칸을 방문했을 때

2006년 서울대학교 명예문학박사학위 수여식에서 정운찬 총장과 함께

1993년 손자 손녀들과 함께

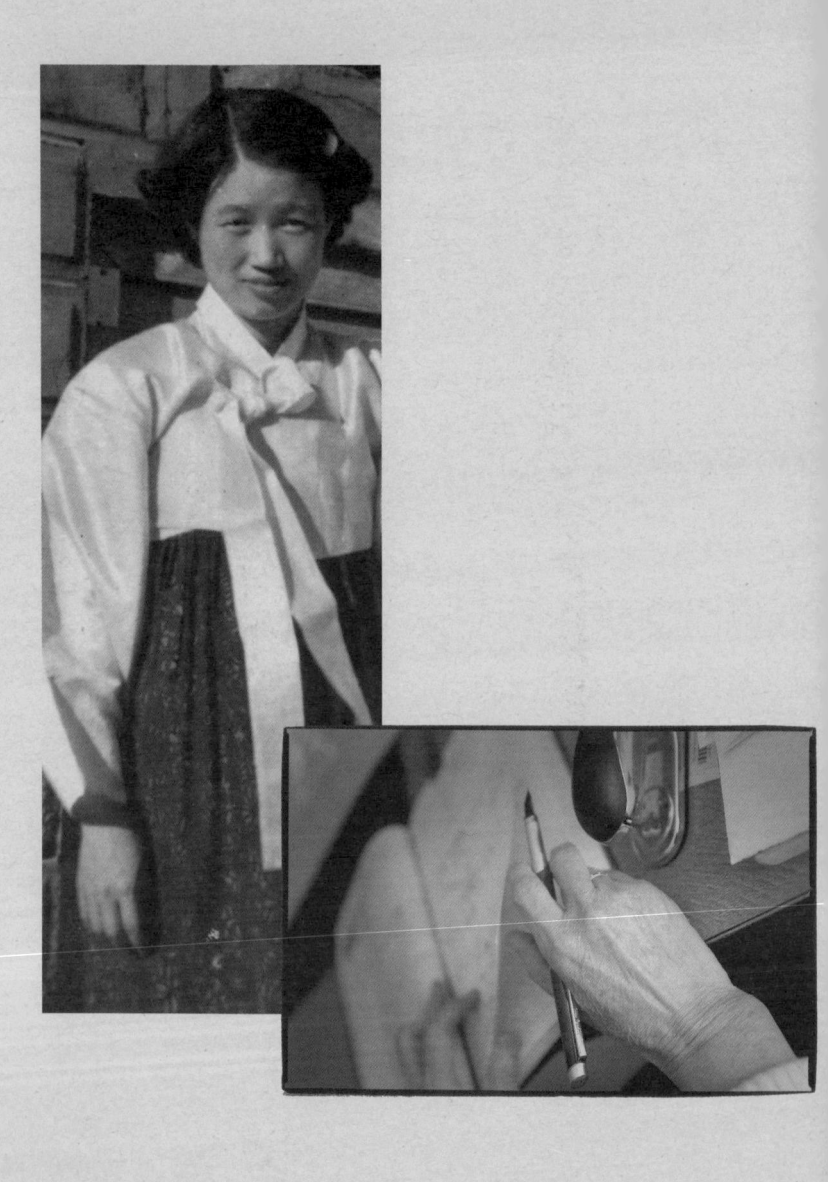

그 여자네 집

박완서
단편소설
전집 6

그 여자네 집

박완서 소설

문학동네

2판 작가의 말

문학동네에서 등단 후 삼십 년 동안 쓴 단편들을 모아 다섯 권짜리 전집을 낸 지 칠 년 만에 장정을 바꾸면서 한 권을 더 보태게 되었다. 추가하게 된 여섯 권째는 역시 칠 년 전에 창비에서 나온 단행본 『너무도 쓸쓸한 당신』을 제목만 바꾼 것이다. 처음 다섯 권을 전집으로 묶기 위해 훑어볼 적엔 내 개인사뿐 아니라, 마치 내가 통과해온 시대와의 불화를 리와인드시켜보는 것 같아 더러 지겹기도 하고 더러는 면구스럽기도 했다. 한때는 글의 힘이 세상을 바꿀 수도 있을 것처럼 치열하게 산 적도 있었나본데 이제 와 생각하니 겨우 문틈으로 엿본 한정된 세상을 증언했을 뿐이라는 걸 알겠다.

새로 추가하게 된 『그 여자네 집』은 그런 전작들보다 한결 편안하게 읽힌다. 독자로서의 나의 현재의 나이 탓인지, 혹은 그 작품을 집필할 당시의 작가로서의 연륜 탓인지, 아마 둘 다일 것이다. 편안한 게 반드시 좋은 것만은 아니라는 건 나도 안다. 그러나 지금 내 나이가 치열하게 사는 이보다는 그날그날의 행복감을 놓치지 않도록 여유를 가지고 사는 사람이 더 부럽고, 남들이 미덕으로 치는 일 욕심도 지나치면 오히려 돈 욕심보다 더 딱하게 보이는 노경에 이르렀다는 걸 무슨 수로 숨기겠는가. 내가 쓴 글들은 내가 살아온 시대의 거울인 동시에 나를 비춰볼 수 있는 거울이다. 거울이 있어서 나를 가다듬을 수 있으니 다행스럽고, 글을 쓸 수 있는 한 지루하지 않게 살 수 있다는 게 감사할 뿐이다.

새로 선보이는 여섯 권짜리는 한 권이 더해졌을 뿐 아니라, 장정도 젊은 취향으로 새로워져서 마치 내가 구닥다리 옷을 최신 유행으로 갈아입은 것처럼 으쓱하다. 나에게 이런 기분을 맛보게 해준 문학동네 여러분에게 깊은 감사를 드린다.

2006년 여름, 지루한 장마를 견디며
박완서

작가의 말

내년이면 등단한 지 삼십 년이 된다. 늦게 시작했기 때문에 이젠 나이도 많이 먹었다. 틈만 나면 은근히 주변 정리를 하는 게 일이다. 정리라고 해도 무얼 가지런히 하는 게 아니라 주로 없애는 일을 한다. 평생 비싼 걸 소유해본 적이 없기 때문인지 아까운 것도 없고 버릴 때 망설임도 없다. 꽉 찬 서랍보다 빈 서랍이 훨씬 더 흐뭇하다. 끄적거려놓은 일기나 비망록 따위도 이미 다 없앴고 그때그때 필요에 의해 남긴 메모도 시효가 지나는 대로 지딱지딱 없애는 걸 원칙으로 하고 살고 있다. 그렇게 말하고 나니 도통이라도 한 것 같지만 이미 활자가 되어 세상에 내놓은 글에 대해서는 그렇게 무심한 편이 못 된다. 세상에 퍼뜨려놓은 활자를 다 없이 할 수 없는 바에야 생전에 한 번쯤은 가지런히 해놓고 싶은 마음은 책임감 같지만 어쩌면 과욕인지도 모르겠다.

장편은 이미 전집으로 묶였고, 단편도 한 권 분량이 되는 족

족 책을 냈으니 늦어도 사오 년 터울로 작품집을 냈는데도 더러 빠진 것도 있고, 절판된 것도 있고, 선집이란 명목으로 중복된 것도 있고 하여 뒤숭숭하던 차에 문학동네에서 전집 제안을 받고는 못 이기는 척 응하고 말았다. 책임감이든 과욕이든 내 마음을 읽어준 출판사가 있었다는 걸 큰 복으로 생각하면서 지난 삼십 년 동안 쓴 단편들을 연대순으로 통독할 수 있는 기회를 가졌다. 그중에는 이런 글을 언제 썼을까, 잘 생각나지 않는 것까지 섞여 있었다. 발표 당시 주목도 못 받았고 내가 생각해도 완성도가 떨어져 아마 잊고 싶었던 글이 아니었나 싶다. 그런 글까지 이번 전집에는 포함시켰다. 한 작가가 걸어온 문학적 궤적을 가감 없이 정직하게 드러내 보여주는 것도 전집 발행의 의의라고 생각해서이다. 수준작이건 타작이건 간에 기를 쓰고 그 시대를 증언한 흔적을 읽는 것도 나로서는 흥미로운 일이었다.

이 어려운 시기에 아무리 생각해도 장사가 될 것 같지 않은 일을 선뜻 맡아준 문학동네에 깊은 감사를 드린다.

1999년 11월
박완서

마른 꽃

처음에 나는 그의 손밖에 보지 못했다.

반지 낀 손이었다. 백금 반지에 박힌 깊은 청남색 돌이 '아쿠아마린'이라는 걸 단박 알아보았다. 비싼 건 아니지만 흔한 돌도 아니었다. 그렇다고 내가 보석 보는 눈이 밝은 건 전혀 아니다. 그럴 리가 없다. 지금은 그만두었지만 한때 무궁화 다섯 개짜리 호텔 지하상가에서 보석상을 하는 친구가 있었다. 그 친구의 말재주에 반해 거기 자주 놀러 다닌 일은 있지만 그때 얻어들은 이야기도 보석의 질이나 진짜 가짜를 감식하는 실용성과는 거리가 먼 쓰잘데없는 것들이었다. 미인이 자기도 모르게 인물값을 하듯이 보석도 그 아름다움에 홀린 인간의 운명을 간섭하게 돼 있다는 뜻이었을까? 주로 보석에 따라다니는 슬프거나 신비스러운 전설, 아니면 명품을 에워싼 인간의 제어할 수 없는 욕망에 대해 친구는 많이도 알고 있었고, 어찌나 화려한 요설로 그걸 풀어내는지 듣고 있으면 꼼짝없이 넋이 빠졌다. 친구는 돈을 벌기 위해서나 보석이 좋아서가 아니라 그런 이야기에 씌어 그 장사를 하는 것 같았다.

'아쿠아마린'에 관해 얻어들은 이야기는 그러나 그런 흥미진진한 전설하곤 좀 달랐다. 깊은 바다 빛깔이 나는 게 양질의 '아쿠아마린'이지만, 그런 건 아주 드물다면서 드문 까닭을 이렇게 말했다. 극진히 사랑하던 애인을 바다에서 잃은 청년이 있었다나. 그가 남은 생애 동안 돈을 버는 대로 오로지 뛰어난 아쿠아마린만 사모은 게 늙어 죽을 때는 드디어 커다란 마대자루 하나 가득하더라는 것이었다. 깊은 바다에 애인을 빼앗긴 청년이 따라 죽는 대신 바다 빛깔 결정체에다 자신의 혼을 수없이 던진 이야기를 친구는 왠지 심드렁하고 간략하게 말했다. 그런 무기교야말로 극상의 기교였을까. 나 역시 무심히 들었음에도 불구하고 그 얘기를 듣고 나서 다시 본 그 돌의 청남빛은 면도날처럼 예리하고 차갑게 가슴살을 저미면서 내 안으로 들어오는 듯하여 오싹 소름이 돋았다.

마지막 기차를 놓치고 헐레벌떡 당도한 터미널은 입추의 여지가 없었고 역시 막차까지 매진이었다. 막차까지는 아직 두 시간도 넘게 남아 있었고 서울행은 십 분 간격으로 출발하는데도 매진이라니. 토요일 오후였다. 역에서 놓친 것도 기차가 아니라, 표 살 시간이었다.

친정조카 결혼식에 왔다 가는 길이었다. 명색이 집안의 어른인데 결혼식에 청첩만 해놓고 돌아갈 표 하나 마련해놓지 않은 조카네의 야박한 소갈머리가 괘씸하고 얄미웠다. 서울서 왕복표를 끊지 않은 것이 잘못이었지만 실은 당일로 돌아오게 될 줄을 미처 몰랐다. 직장 관계로 그 도시에 자리잡고 산 지가 오 년째 되는 장조카는 내가 전화를 넣을 때마다 한번 다녀가시라는 인사를 잊은 적이 없었기 때문에 제 동생 결혼식을 보러 내려온 고모를 으레 하루 이틀 묵어가게 할 줄 알았다. 친정은 서울 토박이였지만 큰오라버니 내외가 앞서거니 뒤서거니 세상 뜬 후 넷이나 되는 조카들은 제각기 직장 따라 전국에 뿔뿔이 흩어져 살고 있었다. 유일하게 서울에 직장을 얻은 막내조카마저 대구 색시와 연이 닿아 예식까지 그 고장에서 치르게 된 게 처가가 그 고장 유지인 때문만이라면 조금은 심사가 꼬였으련만 장조카네가 거기 살기에 한결 참아줄 만했다. 특별히 고르는 것도 아닌데 혼인이 안 되던 막내를 몇 번씩 선을 뵈고 드디어 성사를 시킨 게 큰형수였으니까 신부가 그 고장 사람인 건 당연했다.

예식장은 온통 그쪽 사투리로 시끌벅적했다. 어른 대접을 할 줄 모르는 조카며느리 때문에 가뜩이나 울적한 마음이 더욱 오그라드는 것 같았다. 폐백 받을 때 체면을 차리려고 한복까지 뻗쳐입고 갔는데 폐백은 생략해도 좋다고 사돈집에다 일렀노라고 했다. 섭섭해할 어른도 안 계신걸요. 폐백을 생략하도록 한 자신의 처사를 조카며느리는 이렇게 간략하게 변명했다. 어른이 없다니, 시고모는 어른이 아니란 말인가. 사람을 면전에서 그렇게 무시할 수 있는 조카며느리에 질려 나는 나도 모르게 내 편을 찾느라고 두리번거렸다.

세상에, 폐백도 안 드릴 거면 면사포는 뭣 하러 쓴답니까, 그냥 살고 말지. 정말 이런 일은 내 생전에 처음이네요. 그래도 법도 있는 집안에서 이럴 수가, 암 이런 법은 없구말구요. 누가 보면 콩가루 집안인 줄 알겠어요. 하지 말란다구 안 한 그쪽 집안이야말로 알 만하잖아요? 이게 어디 집안 흉이나 보고 말 문젭니까. 아무도 함부로 할 수 없는 우리의 아름다운 전통인 걸요.

이렇게 조카며느리의 눈꼴사나운 선심을 주거니 받거니 입술 끝으로 짓씹고 같이 흥분할 만한 나잇살이나 먹은 얼굴을 찾았으나 눈에 띄지 않았다. 다들 낯설었다. 시고모란 뭔가. 법도로 따져도 출가외인에 불과하지 않은가. 어른에게 합당한 자리를 마련해주지 않고 줄창 겉돌게 만드는 것은 조카며느리의 계산된 출가외인 대접인지도 모른다는 생각이 들었다. 별안간 자신이 없어지니까 시부모가 안 계신데도 폐백을 하는 게 옳은 건지, 안 해도 그만인 건지도 알 수가 없어졌다. 내가 자신 있게 아는 건 뭘까? 내년이 환갑이란 나이가 늙은이 대접을 제대로 못 받으니까 스산하고 흉흉하기까지 했다.

얼음으로 봉황까지 조각한 피로연 석상에선 발밑에서 안개가 피어오르는 가운데 신랑 신부가 케이크를 자르고 샴페인이 터지고 박수와 환호성이 진동했다. 축제 분위기가 한껏 고조된 피로

연장에서도 들리느니 온통 그쪽 사투리였다. 조카네한테 무시당했다는 느낌은 그쪽 사투리가 패거리를 져서 나를 따돌리고 있는 것 같은 참담한 고독감으로 이어졌다. 딸 시집보낼 때 입었던 분홍색 한복은 치마폭이 도대체 몇폭이나 되는지 감당할 수 없이 퍼지지 않으면 끌리는 것도 주책스럽다 못해 을씨년스러워 보일 터였다. 중요한 손님도 아니면서 남들이 한 번 볼 거 두 번 볼 요란한 옷을 입고 있다는 게 얼마나 못 할 노릇인지, 벌을 서듯이 시시각각 의식하느라 음식은 맛도 모르고 건성으로 먹고 있었다.

"참, 고모님은 몇시 표로 끊으셨어요?"

내 옆에서 나는 무시한 채 제 자식 걷어먹이기만 바쁘던 둘째 조카며느리가 초롱초롱한 눈으로 나를 빤히 바라보며 물었다. 그러나 나는 그녀가 나에게 보인 최초의 관심을 이해하지 못했다.

"표? 무슨 표?"

"올라가실 표 말예요. 어머, 예매도 안 하고 내려오셨나봐. 오늘 토요일인데."

나는 대답 대신 아직도 손님 사이를 누비며 인사치레하기에 바쁜 장조카며느리를 눈으로 찾았다. 그러나 나보다 훨씬 잽싸게 큰동서를 찾아낸 둘째는 큰일난 것처럼 호들갑을 떨며, 올라갈 걱정도 안 하고 바보처럼 느릿느릿 답답한 동작으로 비프스테이크를 썰고 있는 내 걱정을 했다.

"아직은 늦지 않았을 거야. 지금부터라도 서두르면……"

장조카며느리가 시계를 보며 말했다. 그제서야 그날로 돌아가야 한다는 것을 인정했다. 대접성으로라도 자고 가랄 줄 알았던 기대가 무너진 게 그렇게 서운할 수가 없었다. 하마터면 눈물이 다 핑 돌 것 같아 대강 썰어놓은 고깃조각을 꾸역꾸역 처넣었다.

"천천히 잡수셔요. 아직은 시간이 좀 있으니까요."

"그렇지도 않아. 여기서 역까지 가는 시간이 있잖아."

"저희가 가는 길에 모셔다드릴게요. 형님 도와드리지 못해 죄송하지만 저희가 조금 일찍 떠나죠 뭐."

"그래줄래? 잘 생각했어. 남아 있어도 할 일도 없어. 고모님 모셔다드리는 게 크게 도와주는 거야. 그럼 부탁할게."

나를 옆에 놓고 장조카며느리와 울산 사는 둘째네가 주고받은 말이었다. 울산서는 아마 제 차로 온 모양이었다. 좀 낡은 엑셀이었다. 신랑 신부만 빼고 조카들이 안식구하고 쌍쌍이 차 타는 데까지 배웅을 해주었다. 조카며느리는 남매를 데리고 뒤에 앉고 나는 운전석 옆에 앉아 조카 얼굴을 곰곰이 쳐다보았다.

"뭘 그렇게 보셔요?"

"네가 느이 아버지를 제일 많이 닮은 것 같아서……"

"어려선 외탁했단 소리 들은 것 같은데요."

"아냐, 아야."

나는 아무런 확신도 없이 강하게 부인을 했다.

"형석이 본 지 오래돼요. 이번에 고모님 뫼시고 내려올 줄 알았는데……"

"마침 해외 출장중이잖니? 걔 처도 직장이 있구."

"자긴 언제 해외 출장 갈 거야?"

뒷자리에서 방자하도록 영롱한 목소리가 끼어들었다.

"왜 독수공방하고 싶어?"

"나도 이런 행사에 슬쩍슬쩍 빠져보고 싶어서."

"야아, 친형제하고 사촌하고 같냐? 말을 해도……"

말은 그렇게 하면서도 조카의 입가에는 귀여워서 못 견디겠다는 미소가 맴돌았다.

"다를 건 또 뭐야? 예단도 못 받았는데. 형님이 예단 생략하라고 했다나봐. 나 시집올 때는 기를 쓰고 챙기드니만. 자기 나 좀 봐봐, 어디 미운 털 박혔나."

"됐네 됐어, 여보게. 내 눈에만 미운 털 안 박혔으면 그만이지 무슨 상관이야."

역까지 저희들끼리 이렇게 찧고 까부느라 더는 나한테 끼어들새를 주지 않았다. 대구역에서 주차장이 만원이라고 휙휙 호루라기를 불며 진입을 막는 것을 기화로 그들은 나를 짐짝처럼 내려놓기만 하고 가버렸다. 부창부수해서 얼씨구 하는 소리가 들리는 듯했다. 나도 마찬가지였다. 표를 살 수 있을까 없을까 하는 걱정보다는 우선 그 눈꼴사나운 수작에서 놓여난 것만 해도 시원해서 살 것 같았다. 형국이 형석이 내외는 내 앞에서 지지는 않는다고, 내 자식들 두둔하고 싶은 기분도 나쁘지 않았다. 새마을호는 매진이고 남아 있는 무궁화호도 입석표뿐이었다. 나는 만약 바닥에 퍼더버리고 앉으면 능히 대여섯 명은 흙고물 하나 안 묻히고 앉힐 수 있을 것 같은 여섯 폭 비단치마를 거머쥐고 고속버스터미널 쪽으로 씩씩하게 달음질쳤다. 다행히 고속터미널은 기차역에서 그닥 멀지 않았다. 그러나 버스표까지 매진된 걸 보자 더는 씩씩할 수가 없었다.

빽빽이 들어선 사람들, 매캐한 공기, 온통 그쪽 사투리끼리로만 어우러진 이해할 수 없는 아우성, 그런 것들보다 더 참을 수 없는 것은 나의 분홍 한복이었다. 그 터무니없이 현란한 옷으로부터 놓여나기 위해서라도 나는 오늘 안으로 내 집에 가야만 했다. 내가 얼마나 낙담하고 있는지 내 얼굴에 씌어 있었나보다. 누가 혼자냐고 물었다. 나는 고개만 끄덕거렸다. 그러면 매표구 앞에 헛되게 서 있을 것이 아니라 승차장에서 기다려보라고 했다. 혼잣몸이면 예매를 해놓고 미처 시간을 못 댄 승객의 자리를 출발 직전에 얻어타기가 수월하다는 것이었다. 사람이 아주 죽으라는 법은 없다더니 이 아비규환 속에서도 그런 방법이 있었구나. 나는 이 낯선 고장에서 그런 귀한 정보를 준 이에게 고맙다는 인사도 하는 둥 마는 둥 승차장으로 뛰어나갔다.

그러나 약은 사람이 나 혼자일 리가 없었다. 혹시 생길지도 모르는 빈자리를 얻어타려는 사람이 따로 긴 줄을 이루고 있었다. 눈치 보거나 서로 다투면서 운 좋게 얻어타는 게 아니라 순서껏 타게 되어 있어서 그나마 다행이었다. 초조한 마음에 십 분 간격이 더디기는 해도 버스가 떠날 때마다 대기 줄에서도 한두 사람씩 얻어타는 사람이 생겼다. 그런데도 오늘 안으로 이 바닥을 뜰 수 있으리라는 가망은 점점 더 희박해지고 있었다. 표도 못 끊고 기다리는 사람보다는 예매를 해놓고 버스시간에 못 대온 승객에게 우선권을 주었기 때문이다. 너무도 가냘프고 기약 없는 기다림에 진득하니 붙어 있을 만한 참을성이 나에겐 없었다. 그놈의 비단 치마저고리 때문에 더욱 그러했다. 예전 비단은 몸에 따숩게 감겼는데 요새 비단은 어떻게 된 게 계절도 없이 얇기만 한 게 미풍에도 부풀어오르려고만 들었다. 더군다나 승차장은 한데였다. 가을해가 설핏해지면서 기온이 떨어지는 걸 살갗으로 느낄 수가 있었다.

나는 내 뒤에 줄 선 아가씨에게 화장실이 급한 몸짓을 하면서 자리 좀 봐달라고 부탁을 했다. 대합실 안으로 들어가봐야 무슨 수가 생겨도 생길 것 같았다. 회사측도 양심이 있다면 토요일 오훈데 상행버스를 몇 대 늘릴 수도 있다고 생각했다. 나하고 비슷한 사람들끼리 목소리를 합쳐 회사측에다 그렇게 하도록 촉구할 수도 있을 것 같았다. 별안간 힘이 솟아 비단 치맛자락을 깃발처럼 펄럭이며 대합실 안으로 들어서자마자 거짓말 같은 행운이 나를 기다리고 있었다. 반대편 출입구 쪽에서 꿈에도 그리던 승차권 두 장을 높이 쳐들고 뛰어드는 노인을 보자 즉시 노인이 차표를 무르러 온다는 걸 알아차렸다. 나는 노인이 매표구로 가기 전에 잽싸게 가로막으면서 어디 가는 푠가 알아보았다. 서울 가는 표고 삼십 분 후면 탈 수 있는 표였다.

"할아버지 그 표 저한테 파세요. 얼마면 돼죠?"

"산 데 가서 물러도 제 값은 준다던데……"

지갑 먼저 열면서 말하는 내 표정이 얼마나 영악해 보였던지 좀더 얹어드려도 된다는 뜻으로 말한 거였는데 노인은 제 값도 못 받을까봐 경계하는 투로 표를 움켜쥐었다. 제 값을 드리기로 하니까 이번에는 두 장을 다 사야만 팔겠다고 했다. 한 장은 팔고, 나머지 한 장은 매표구에서 물러야 하는 게 귀찮은 눈치였다. 다 사는 건 어려울 게 없었다. 불필요한 한 장은 내가 물러도 되니까. 그러나 미처 그런 의사표시를 할 새도 없이 저하고 한 장씩 나누시죠, 하면서 나타난 손이 있었다. 아쿠아마린 반지를 낀 바로 그 손이었다. 그의 얼굴까지는 미처 보지 못했다. 그럴 겨를이 없었지만 궁금할 것도 없었다. 한 장의 고속버스표를 확실하게 손에 넣은 감격이 행운을 보장받은 복권을 거머쥔 것만치나 뿌듯하고 가슴 울렁거렸다.

나는 그 기분을 좀더 느긋하게 즐기기 위해 자판기에서 커피를 한 잔 뽑았다. 남은 삼십 분은 그러기에 모자라지도 넘치지도 않는 동안이었다. 대합실에서도 앉을 자리를 얻는다는 것은 어림도 없었다. 그러나 구석진 벽에 기대어 따뜻한 커피를 마시는 기분은 그만이었다. 대합실 벽에 무심히 기댄 포즈를 취하기엔 영 안 어울리는 옷차림을 하고 있다는 것도 그닥 신경이 써지지 않았다. 커피맛이 유별나게 혀에 감겼다. 나는 커피가 아니라 슬그머니 내 안에 미끄러져들어와 있는 '아쿠아마린'의 추억을 음미하고 있었는지도 몰랐다.

 오 분 전쯤에 버스에 올라탔다. 창가에 앉았다. 그는 출발 직
전에 올라탔다. 나는 그를 쳐다보지 않았다. 그가 카키색 트렌치
코트를 벗어서 시렁에 얹으려는 찰나 살짝 뒤집힌 옷자락에서
런던포그 상표가 드러났다. 세련된 느낌이 나쁘지 않았다. 혼자
기차나 고속버스를 탔을 때 가장 곤혹스러운 것은 옆에서 쉴새
없이 우유나 빵, 귤 따위를 먹으면서 부득부득 먹으라고 권하는
건데 적어도 그럴 염려는 없을 것 같았다. 그러나 그때까지도 내
의식 속에서 '아쿠아마린' 반지와 런던포그는 따로따로 놀고 있
었다. 차창 밖에선 어둠이 안개 빛깔에서 엷은 먹물 빛깔로 바뀌
고 있었다. 버스는 대구의 안개를 뒤로하고 마침내 고속도로로
진입했다. 그가 신문을 펼치다가 내 어깨를 살짝 스쳤다. 미안합
니다. 정중하고도 싹싹한 말씨였다. 나는 그를 바로 보지 않고
괜찮다는 표시로 고개만 까딱했다. 바로 보지는 않았지만 신문
을 펴든 손의 반지는 선명하게 눈에 들어왔다. 뼈대가 실하고도
든든한 남자다운 손에 잘 어울리는 단순하고 중후한 세팅이 마
음에 들었다. 남의 옷차림이나 장신구에 대한 관심과 야릇한 설
렘은 스스로도 좀 뜻밖이어서 그쯤 해두고 싶었다. 의자를 뒤로
젖히고 눈을 감았다. 달착지근한 옅은 잠이 오락가락했다. 하루
에 먼 거리를 왕복하느라 상당히 지쳐 있었음에도 불구하고 그
는 누구일까, 하는 호기심이 내 의식의 한가닥을 계속 잠들지 못
하게 하고 있었다.

짐짓 깊은 잠에서 깨어난 것처럼 벌떡 상반신을 일으키면서 창밖을 내다보려고 했지만 김이 서린 유리창은 간유리처럼 불투명했다. 커튼 자락으로 그걸 닦아내려 하자 그가 옆에서 휴지를 한 뭉텅이 건네주었다. 고맙다는 인사 대신 또 고개만 까딱하고는 휴지를 받아 유리를 닦아냈다. 허허벌판을 달리고 있었다. 연도에서는 서울까지의 거리가 오백 미터 단위로 나타났다 사라지곤 했지만 그보다는 몇시간이 남았나가 더 알고 싶었다. 토요일 오후였다. 거리를 시간으로 환산하는 일은 무의미할 터였다. 곧 금강휴게술 겁니다. 그가 말을 걸었다. 아, 네. 나는 짤막하게 알아들었다는 표시만 했다.

금강휴게소에선 이십 분간 정차한다고 했다. 그가 내린 후 나는 약간 더 지체하다가 내렸다. 화장실은 더럽지는 않았지만 질척했다. 용무를 보는 동안도 밖에서는 물 뿌리는 소리가 났다. 청소한답시고 타일바닥을 한강수로 만들어놓고 있었다. 한복 치맛자락 건사하기가 너무 버거워 짜증이 났다. 밖으로 나와 내가 내린 버스를 찾으려는데 저만치 가로등 밑에서 차를 마시던 그가 나를 보고 미소지었다. 마음에 스며들 듯한 웃음이어서 얼핏 시선을 비켰다. 그렇게 서 있는 그는 전체적으로 꽤 괜찮은 영화의 라스트 신처럼 인상적이었다. 청색 남방셔츠 위에다 포도주색 브이넥 스웨터를 걸치고 녹두색 모직 머플러를 가슴 언저리에서 아무렇게나 묶은 옷차림은 신세대 가수라고 해도 손색이 없을 만큼 야한데도 그의 은빛 머리하고 잘 어울렸다. 나는 얼른 속곳 가랑이가 무릎까지 드러나게 거머쥐고 있던 치마를 내리고 뾰로통한 얼굴로 버스 쪽으로 종종걸음을 쳤다. 맨땅에서도 물 건너는 시늉을 하고 있었다는 게 창피하고 화도 났다.

버스 안에서도 밖의 그를 계속해서 지켜보았다. 멋쟁이일 뿐 아니라 체중관리도 잘한 것 같았다. 배도 안 나오고 다리도 길고 걸음걸이는 여유 있고도 늠름했다. 나는 선반 위에 얌전히 개켜진 채로 있는 그의 트렌치코트를 쳐다보았다. 같은 상표는 아니지만 나도 꽤 괜찮은 바바리코트를 가지고 있었다. 그놈의 폐백만 아니었으면 나도 그걸 입고 왔을지도 모른다. 그랬으면 지금보다 적어도 십 년은 젊어 보였을 것이다.

나도 모르게 그와 함께 바바리 자락에 찬바람을 묻히고 그럴듯한 바에 들어가 양주를 한잔씩 하는 상상을 하고 있었다. 내가 이렇게 이상해지는 것은 암만해도 아쿠아마린과 상관이 있을 터였다. 아니면 꼭 그랬으면 싶은 바를 알고 있기 때문인지도 몰랐다. 호텔 지하상가에 있는 친구네 보석상에 별볼일 없이 자주 드나들 때는 물론 지금보다 훨씬 젊었을 때였다. 그러나 아주 젊지는 않았었다. 아이들하고 지지고 볶으랴, 남편 뒷바라지하랴, 좋은 줄도 모르고 허위단심 넘어온 젊은 날을 돌이켜보며 어느 만큼은 대견해하고 어느 만큼은 허무해하던 때였으니 마흔은 훨씬 넘어서였을 것이다. 허무해지기 시작하면 꽤 괜찮게 자란 아이들도, 실력을 인정받는 간부사원이 된 남편도 시들해졌고, 시들해지기 시작하면 손끝 발끝이 저리도록 기운이 빠졌다. 느닷없이 돈푼깨나 있는 친구가 보석상을 차리고, 겨우 사는 내가 아무 것도 안 사면서 보석상을 뻔질나게 드나든 것도 그런 허전한 심사와 무관하지 않았다. 우리는 그때 늙는 일밖에 안 남은 나이를 죽음보다 더 두려워하고 있었다.

그때 그 호텔 지하상가에는 보석상이 있는 거리에서 식당가 쪽으로 꺾이는 모퉁이에 카사노바라는 바가 있었다. 우리는 가끔 거기서 와인이나 칵테일을 한잔씩 마시는 일을 즐겼는데 술맛을 알아서가 아니라 그 집 분위기가 어딘지 근사해 보여서였다. 처음엔 여자들끼리 술집에 가기를 수줍어하는 마음도 있고, 남편한테 떳떳지 못할 것도 같아 남편을 불러내 합석을 하기도 했다. 남편끼리도 동창이었다. 오늘 저녁에 나 쓸쓸한데 술 한잔 사줄래요? 하는 응석은 친구 남편에게도 내 남편에게도 통하지 않았다. 차라리 야단을 맞았더라면 다소곳이 집으로 갔을지도 모른다. 다들 선약이 있으니 우리끼리 한잔하라고 관대하게 굴었다. 남자들의 중년은 우리보다 훨씬 덜 쓸쓸해 보여서 우리의 쓸쓸함이 곱빼기로 불어나는 것 같았다. 남편까지 우리를 챙기지 않게 됐다는 게 가뜩이나 자신 없는 나이를 더욱 보잘것없이 만들었다. 그런 기분으로 분위기가 고급스러운 바에서, 부자 친구 덕으로 양주 맛과 분위기를 즐긴다는 것은 빌린 보석으로 꾸미고 호사스런 파티에 가는 것처럼 서글프지만 거역할 수 없는 위안이었다.

그때 우리가 위스키나 와인 맛보다 더 좋아한 것은 그 집 분위기였고, 그 집 분위기에서 빼놓을 수 없는 것은 그 집 단골인 늙은 한 쌍이었다. 점잖고 우아하고 여유 있어 보이는 노신사와 노부인은 늘 바텐더를 마주 보는 스탠드에 앉았다. 등받이 없이 다리만 긴 의자가 그들에겐 고가의 액세서리처럼 잘 어울렸다. 연인들을 위한 어둑시근하고 은밀한 자리도 많은데 그들이 단골로 앉는 스탠드는 밝고 도드라져서 도리어 은밀하게 보였다. 그들이 먼저 차지하면 늘 거기 앉던 사람도 그 근처를 피했다. 그들이 풍기는 은밀함에는 보장해주고 싶은 평화스러움이 있었다. 그럼에도 불구하고 우리는 그들을 노부부라고 여기지 않고 늙은 연인들이라고 여기고 싶어했다. 그건 순전히 우리의 바람일 뿐 그들 사이의 진짜 관계에 대해서는 끝내 모르고 말았다. 우리는 어두운 구석에서 그들의 일거수일투족을 지켜보기를 즐겼다. 미남 바텐더가 그들에게 치즈나 피클 같은 간단한 안주를 서브하거나 크리스털잔 속의 호박빛 위스키에다 얼음을 넣어주는 걸 우리는 영화의 한 장면처럼 황홀하게 바라보기도 했다. 그들이 무슨 말을 하는지 표정이 어떤지는 잘 알 수 없었지만 늙어서도 그 정도로 멋있다는 건 우리에겐 선망이고 위안이었다. 그 노인들은 아주 천천히 거의 핥듯이 술을 마셨지만 자주 서로의 술잔을 부딪쳤다. 그들이 술잔을 가볍게 부딪치는 걸 보고 있으면 저 나이나 돼야 비로소 인간과 인간 사이의 진정한 화해가 가능하지 않을까 하는, 안 하던 생각이 들기도 했다.

그때 나는 생활은 어느 정도 안정됐다고는 하나 부부간의, 친척간의, 모자간의 관계가 삐그덕거리고 있다는 것을 마치 일찍 찾아온 류머티즘처럼 생급스럽고 불행하게 느낄 때였다. 지내놓고 보니 아무런 근거도 없는 거였지만 그때는 꽤 심각했더랬다. 친구도 왜 사는지 모르겠다는 소리를 자주 했다. 나는 깊은 한숨으로 공감을 나타냈다. 그 노인들을 우리가 극도로 미화해 바라보는 것도 우리의 이런 허망감, 미구에 닥칠 노추의 공포를 달래기 위한 한 방법이었을 것이다.

친구네 보석상이 망함으로써 그 시절은 졸지에 막을 내렸다. 막은 원래 서서히 아쉽게 내리게 돼 있지만, 부자가 망하는 것은 믿지 않을 만큼 순식간이었다. 친구의 남편이 부도를 내고 해외로 도피하고, 혼자 남은 친구는 빚잔치로 보석상을 빼앗기고 알거지 시늉을 내다가 어느 날 나한테까지 온다 간다 말 없이 남편 따라 이민을 떠나버렸다. 나는 허둥지둥 내 생활로 돌아와서, 내가 정신을 딴 데다 팔고 있는 동안도 내 가정이 건재하고 있다는 걸 감지덕지 고마워하며 예전과 다름없는 살림꾼이 되었다.

그 호텔에 드나들지 않게 된 지가 몇년쯤 됐을까? 아득한 옛날 같기도 하고 바로 엊그저께 같기도 했다. 카사노바는 아직도 거기 남아 있을까. 카사노바도 늙은 연인들도 세월과 함께 사라졌다 해도 환상은 남아 있는 것, 나는 그와 함께 어느 고급스럽고도 이국적인 술집에서 아름다운 크리스털잔을 부딪치기를 꿈꾸고 있었다. 옛날의 추억 때문에 마치 오랫동안 그러기를 꿈꿔왔으나 다만 파트너가 없어서 못 해본 것처럼 느끼고 있었다. 그가 나에게 종이컵을 건네주었다. 율무차였다. 비로소 그를 가까이서 쳐다보면서 고맙다는 인사를 했다. 수려한 골상에 군살이 붙지 않아 강직해 보였고, 눈빛은 따뜻했다. 가슴이 소리내어 울렁거렸다. 이 나이에 이런 느낌을 가질 수 있다는 걸 누가 믿을까.

금강휴게소를 지나면서부터 버스가 조금씩 더 밀리기 시작했다. 기사는 승객의 양해를 구하는 절차 같은 건 생략하고 제멋대로 고속도로를 벗어났기 때문에 서울이 몇킬로 남았다는 표지판도 사라졌다. 국도인지, 기사만 아는 어떤 지름길인지 버스는 줄창 어둠 속을 달리다가도 작은 읍이나 면소재지인 듯 상점의 불빛이 있는 곳을 지나가기도 했다. 그럴 때마다 나는 거기가 어디라는 단서를 얻으려고 창밖을 살펴보려 들었고 그는 나에게 유리창을 닦을 휴지를 건네주었다. 시골의 상점 거리도 서울미장원, 명동양복점, 독일빵집, 의정부섞어찌개, 영재독서실 따위 간판을 달고 있으니 현재의 위치를 미루어 짐작하기는 불가능했다. 벌판이나 외진 산길만 가다가 어쩌다 나타난 그런 상점 거리도 반갑기보다는 비현실적이었다. 앞으로 가고 있는 게 아니라 마냥 헤매고 있는 것처럼 느낀 지 오랜만에 벌써 서울인가 싶게 번화한 도시로 접어들었다. 차들의 번호판으로 대전이라는 걸 알아보았고, 역시 가까운 시간이었다.

"대전이네요. 그래도 이 버스가 서울로 가긴 가고 있나봐요."

이번엔 내가 먼저 수작을 걸었다.

"그럼 딴 데로 가고 있는 줄 아셨나요?"

"고속도로를 벗어나니까 괜히 불안했어요. 밤새도록 가도 아무 데도 당도하지 못하는 게 아닌가 싶지 뭐예요."

"아무 데도 당도하지 못하는 버스라…… 재미있어요. 제 상상력보다 시적이고."

"선생님은 무슨 생각을 하셨는데요?"

"저는 이 버스에 아주 중요한 사명을 띤 인물이나 거액을 가진 이가 타고 있어서 죄 없는 사람까지 어디론지 납치를 당하고 있을지도 모른다는 생각을 해봤답니다."

"만약 저 기사가 우리가 하는 얘길 들으면 별 고약한 승객도 다 있다 하겠죠. 자기 딴엔 조금이라도 일찍 가보려고 낯선 길을 헤매는데."

"깨어 있다는 게 고약한 거 아니겠어요. 보셔요, 다들 얼마나 곤히들 자고 있나. 저 사람들처럼 기사가 어련히 목적지까지 데려다주랴 믿고 잠들었으면 그런 실없는 생각을 했을 리가 없죠."

그의 말을 듣고 보니 정말 다들 곤히 잠들어 있고 깨어 있는 승객은 우리 두 사람밖에 없었다. 나는 왠지 그게 짜릿할 만큼 즐거웠다.

"댁이 서울이십니까? 대구십니까?"

그가 물었다.

"친정조카가 대구에서 결혼식을 올려서 다녀가는 길이랍니다."

"그래서 그렇게 곱게 차려입으셨군요."

"네, 폐백도 받고 이것저것 어른 된 도리를 하려면 암만해도 한복이 편할 것 같아서요."

폐백도 못 받았단 소리는 일부러 안 했다. 그래도 버스여행하기에는 주책스러워 보일 게 분명한 한복에 대해 변명을 할 수가 있어서 속이 다 시원했다.

대전을 지나고부터 버스는 본격적으로 밀려 자정이 훨씬 넘어서야 서울에 도착했다. 승객들은 그 동안 계속 잘도 잤고, 우리 두 사람은 계속 깨어서, 계속 젊은 애들처럼 굴었다. 육이오 때 몇살이었고, 얼마나 고생했고, 어디로 피난 갔었나 따위 진부한 얘기는 하나도 안 하고, 흘러간 영화, 좋아하는 배우나 음악, 맛좋고 분위기 좋은 음식점, 세상 돌아가는 얘기 따위를 두서없이 주고받으면서 나는 내가 얼마나 수다스럽고, 명랑하고, 박식하고, 재기가 넘치는 사람인가를 처음 알았고 만족감을 느꼈다. 그렇다고 모든 문제에 의견이 일치했던 건 아니다. 우리는 유신시대나 군사정권시대를 살아내기가 얼마나 치욕스러웠는가에 대해서는 정열적으로 동의했지만, 그가 식구처럼 아낀다는 진돗개 얘기를 하자 나는 마치 개 소리만 들어도 알레르기를 일으키는 사람처럼 요란스럽게 질색을 했다. 그 모든 짓거리들이 그렇게 재미있을 수가 없었다. 여북해야 자정이 넘었는데도 벌써 서울인가 싶었을까.

시내버스가 드문드문 다니고 있었고, 지하철은 이미 끊긴 시간이었다. 고속버스에서 내린 승객은 거의 택시 승차장에 줄을 섰다. 밤공기가 냉랭했다. 그가 코트를 벗어 내 어깨에 걸쳐주었다. 나는 마다하지 않고 순순히 그 안에서 몸을 작게 웅숭그렸다. 나이 같은 건 잊은 지 오랬다.

댁이 어디시죠? 그가 물었다. 고덕 쪽이라고 대답했다. 이럴수가, 우리는 같은 동네에 살고 있었다. 아무렇지도 않은 동네였다. 그러나 그가 살고 있는데 어떻게 아무렇지도 않을 수가 있을까? 가슴이 소녀처럼 발랑발랑 뛰었다. 아직도 동네 외곽에 많이 남아 있는 아름다운 숲과 꽤 괜찮은 산책로가 반사적으로 떠올랐다. 우리는 자연스럽게 같은 택시를 탔다. 같은 동네라지만 그가 살고 있는 아파트와 내가 살고 있는 주택가하고는 상당한 거리가 있었다. 그는 나를 먼저 내려주면서 명함을 한 장 건네주었다.

고교생이 있는 이층방에 불이 켜져 있는 게 반가웠다. 그러나 나는 그 학생의 얼굴도 잘 모른다. 싹싹해 보여서 세금이나 공과금 등 은행에 갈 일을 스스럼없이 부탁해온 이층집 여자가 우리 전기값을 자기네와 비교하면서 고3이 있어서……라고 중얼거리는 소리를 몇 번인가 들은 적이 있을 뿐이다.

우리집은 처음부터 세를 놓아먹도록 지은 삼층집이었다. 집주인인 나는 삼층에 살고, 다른 층이 두 가구씩 살도록 설계된 것과는 달리 삼층만은 한 가구만 쓰게 돼 있어서 서른 평이 넘는 넓이였다. 혼자 살기엔 휑한 집이었지만, 온종일 비어 있던 집에 한밤중에 문을 따고 들어오는 일이 조금도 을씨년스럽지 않고 감미롭게 느껴졌다. 비록 혼자 살고 있지만 거실엔 열네 식구나 되는 대가족의 사진이 걸려 있었다. 큰아들이 미국 지사로 나가기 전에 기념으로 찍은 사진은 대문짝 반절 크기였다. 우리 부부와 각각 네 식구씩인 두 아들과 딸네가 함께 찍은 사진이었다. 열네 식구 중 남편이 먼저 이 세상 사람이 아니게 됐지만 비슷한 시기에 손자가 하나 더 생겨 내가 계산하고 있는 식구는 여전히 열넷이었다. 새로 생긴 손자는 미국서 낳아서 나는 아직 본 적이 없다. 큰아들은 전화값 안 아까워하고 일 주일에 한 번씩은 꼭 전화를 하고 어떤 때는 어린것 옹알이하는 소리를 들려주려고 꽤 오래 통화를 끌기도 한다. 멀지 않은 곳에 살고 있는 딸과 분당에 살고 있는 아들도 매일 한 번도 안 거르고 꼬박꼬박 문안전화를 한다. 내 집은 그렇게 전화선으로 내 핏줄들과 긴밀히 그리고 규칙적으로 연결돼 있어 내가 살아내는 데 힘이 돼주고 있다. 현관불은 현관문을 열면 켜지게 돼 있다. 다시 저절로 꺼지기 전에 얼른 마룻불을 켜고 버릇처럼 가족사진한테 눈인사를 건넨다. 벗어놓았던 옷처럼 익숙하고도 눅눅한 내 집 공기를 들이마시면서 그의 명함을 들여다보았다. 아무런 직함 없이 이름 석자하고 집과 사무실 전화번호만 들어 있는 간결한 명함이었다. 내가 그에 대해 뭘 안다고 나는 그게 그답다고 여겨져 더욱 호감이 간다. 뭐 하는 사무실인지는 그닥 궁금하지 않다.

며칠 사이에 가을이 깊어지면서 삼층에서 바라보이는 숲의 단풍도 바야흐로 절정이다. 설악산 쪽은 이미 한물갔다고 한다. 그가 잘생긴 진돗개를 데리고 산책하는 시간은 하루 중 어느 때쯤

일까. 아파트에서 몰래 기르기엔 너무 덩치가 커서 단독에 사는 둘째아들네하고 번갈아 데리고 있다고 하면서, 좋은 법이고 나쁜 법이고 그 나이까지 법을 어기는 짓은 못 해봤는데 그 녀석 때문에 위법행위하느라 이웃 아주머니들한테 기를 못 펴고 산다고도 했다. 그는 살 만하고 선량한 사람일 것이다. 그만하면 알아야 할 것은 다 알고 있는 셈이다. 그가 준 명함은 전화기 옆에 얌전히 놓여 있다. 그에게 우리집 전화번호를 가르쳐준 적이 없건만 전화벨이 울릴 때 그를 생각하며 받을 적이 종종 있다. 전화는 의당 번호를 알고 있는 쪽에서 걸어야 하건만 나는 그러지 못한다. 걸까 말까 망설인 적도 없다. 그가 우리집을 알고 있다는 건, 왠지 그를 또 만났으면 하는 바람에 전혀 도움이 되지 않는다. 그가 우리집을 불쑥 찾아온다는 것은 그의 신사다움과 너무도 안 어울리기 때문이다. 천생 내 쪽에서 뭔가 하지 않으면 안 된다. 그럴 기회는 의외로 빨리 찾아왔다.

사돈상을 당했다. 혼자 남아 고향을 지키고 살던 둘째며느리의 친정어머니가 돌아가셔서 식구들이 아이들까지 다 내려가면서 나한테 손자들이 기르던 조막만한 개를 맡기고 떠났다. 푸들이라던가, 어쩌나 조막만한지 꼭 손안에 드는 봉제완구 같았다. 꼼지락거릴 때마다 제 힘으로 움직이는 게 아니라 털 속에 숨은 태엽이 풀리고 있는 것처럼 느껴지곤 했다. 동물 같지도 않은 느낌 때문에 싫어하고 말고도 없이 떠맡게 되었고, 맡기는 쪽에서도 무얼 먹는지 어디서 싸는지 어떻게 돌봐야 하는지 한마디도 일러주지 않고 덮어놓고 데밀기만 하고 떠났다. 졸지에 당한 일이라 황망하여 그리 되었을 것이다. 행여나 해서 화장실 문을 열어놓았더니 그 안에서 용무를 보는 게 신기하고 깜찍했다. 그러나 누기만 하고 통 먹지를 않았다. 우유도 죽도 카스텔라도 냄새도 안 맡고 도망부터 쳤다. 그대로 내버려두었다가는 굶겨 죽였단 소리 들을 것 같았다. 혼자 이 방법 저 방법 다 써보다가 안 돼서, 이층 고3 엄마한테 의논을 했더니 아마 여지껏 길들여진 사료가 따로 있을 거라고 했다. 내일 시내 나갈 일이 있으니 그런 것만 전문적으로 취급하는 집에 들러서 의논해보고 한두 가지 사와보겠노라고 한 날 저녁이었다. 나는 허설쑤로 한데 모은 음식 찌꺼기에다가 국 국물을 부은 것을 고녀석 입에다 갖다대보았다. 또 고개를 외로 꼴 줄 알았는데 앙칼지게 달려들더니 붉은 혀를 맹렬하게 날름대며 국물부터 핥기 시작했다. 그래, 만물의 영장도 배고픈 설움엔 무릎을 꿇게 돼 있는데, 네까짓 게 찬밥 더운밥 가려봤댔자야 요것아, 알았지? 하면서 회심의 미소를 띠려는데 별안간 째지는 소리로 캥캥대며 죽을 둥 살 둥 몸부림을 치는 게 아닌가. 어째서 그런 일이 일어났는지 차근차근 생각해볼 겨를도 없이, 당장 숨 넘어가는 꼴을 볼 것만 같아 더럭 겁부터 났다. 아들 내외 볼 낯도 없지만, 그 강아지한테 영락없이 엄마처럼 굴던 손녀의 모습이 아른거리니까 더 미칠 것 같았다. 그때 도움을 청하고 싶은 사람으로 제일 먼저 떠오른 게 그였다. 나는 떨리는 손으로 그의 전화번호를 돌렸고 그의 목소리가 들리자 울음이 복받쳐 말을 제대로 할 수가 없었다. 그래도 알아듣고 차까지 가지고 즉각 달려와주었기 때문에 가까운 수의사한테까지 가는 동안이 얼마 걸리지 않았다.

달려와준 그를 보자 나는 다시 울음이 복받쳤다. 왜 그렇게 눈물이 잘 나는지 나도 이해할 수가 없었다. 그는 한 손으로 운전대를 잡고 한 손으로는 내 어깨를 토닥거리며 위로를 했다. 수의사의 처치를 받는 동안 강아지는 더욱 애처로운 소리를 냈고 나는 숫제 그의 품에 안겨서 귀를 막고 흐느꼈다. 내가 생각해도 요사스럽기 짝이 없는 짓거리였지만 나는 그 감미로운 울음을 멈출 수가 없었다. 수의사는 강아지 목구멍에서 집어낸 생선가시를 보여주면서 개 아픈 데 같이 우는 아이는 많이 봤어도 같이 우는 할머니는 처음 봤다고 했다.

강아지는 무사했고 며칠 안 돼 제집으로 돌아갔고 나는 물론 하나도 안 섭섭했다. 나는 강아지를 사랑한 적이 없으니까. 그러나 그 강아지가 집에 있는 동안 강아지 안부를 주고받는 것으로 시작된 그와 나의 전화질은 강아지를 보낸 후에는 차 한잔 하자는 만남으로 발전했다. 그를 만나기 위해 아침 산책을 나가기도 했고, 첫눈이 오는 날은 마침내 카사노바하고 비슷하게 분위기가 고급스러운 바에서 괜히 잔을 부딪치며 위스키를 마시기도 했다. 그때는 내가 샀고, 다음엔 그가 답례로 토속적인 목로술집에서 막걸리를 샀다. 서양식 술집 못지않게 근사한 집이었다. 내가 한식을 사면 그는 양식을 샀고, 내가 싼 걸 산 다음 그는 비싼 걸 샀지만 서로 부담을 안 느끼기 위한 어떤 규칙이 있는 건 아니었다. 정해진 건 아무것도 없었다. 그때그때 마음 내키는 대로 행동했다. 그의 잘생긴 진돗개하고도 낯을 익혔고, 그의 차에다 진돗개를 태우고 드라이브를 가기도 했다. 서울 근교에 그렇게 좋은 곳이 많다는 걸 처음 안 것처럼 느꼈다. 강아지를 핑계로 눈물을 흘릴 수도 있을 만큼 간사스러워진 후였다. 곳곳이 새로워 함부로 탄성을 지르지를 않나, 열여섯 살 먹은 계집애처럼 깡총거리지를 않나, 요즈음 신세대 탤런트의 연기를 톡톡 튄다고들 하는데 내 안에서도 뭔가가 핑퐁 알처럼 경박하고 예민한 탄력을 지니게 되었다는 걸 느꼈다. 뿐만 아니라 연기를 하고 있다는 혐의가 아주 없는 것도 아니었다. 내가 자신 속에서 느끼는 경박한 즐거움은 유희의 기쁨 같은 것이었으니까, 어차피 현실감이 있는 건 아니었다. 뭐든지 꿈꾸는 대로 이루어지는 건 꿈속과 다를 바 없었다.

여북해야 이런 일까지 있었겠는가. 하루는 목욕을 하는데 전화벨 소리가 났다. 전화기는 마루에 하나 안방에 하나 두 대였지만 아직 무선전화기는 가지고 있지 않았다. 이럴 때 벌거벗은 채 당당히 걸어나가 전화를 받아도 된다는 것도 혼자 살아서 좋은 일 중의 하나였다. 욕실은 안방에 붙어 있고 안방 전화는 경대 옆 문갑 위에 놓여 있다. 몸에서 물이 떨어져 발밑에 타월을 깔고 뻣뻣이 서서 전화를 받다 말고 나는 하마터면 아니 저 할망구가 누구야! 하고 비명을 지를 뻔했다. 문갑 옆 경대는 시집올 때

해가지고 온 구식 경대여서 거울이 크지 않았다. 거기에 하반신만이 적나라하게 비쳤다. 나는 세 번 임신했고 삼남매를 두었지만 실은 네 아이를 낳아 셋을 기른 거였다. 세번째 임신이 쌍둥이였다. 그중 아우를 돌 안에 잃었다. 쌍둥이까지 밴 적이 있는 배꼽 아래는 참담했다. 볼록 나온 아랫배가 치골을 향해 급경사를 이루면서 비틀어짜 말린 명주빨래 같은 주름살이 늘쩍지근하게 처져 있었다. 어제오늘 사이에 그렇게 된 게 아니련만 그 추악함이 충격적이었던 것은 욕실 안의 김 서린 거울에다 상반신만 비춰보면 내 몸도 꽤 괜찮았기 때문이다. 또한 욕조에 잠겨서나 나와서나 내 몸 중에서 보고 싶은 곳만 보고 즐기려는 마음도 없지 않았을 것이다. 그때 나는 급히 바닥에 깔고 있던 타월로 추한 부분을 가리면서 죽는 날까지 그곳만은, 거울 너에게도 보이나 봐라, 하고 다짐했다.

크리스마스에 나는 머플러를 선물로 준비했는데 그는 나에게 스카프를 선물했다. 둘 다 야한 것이었다. 실용보다는 주고받을 때 어떡하면 상대방을 놀래키고 즐겁게 해주나를 더 염두에 두고 골랐다는 걸로도 우리는 어쩔 수 없는 닮은꼴이었다. 그러나 닮지 않은 점이 더 많을지도 모르겠다. 그는 여자에게 선물을 해본지 오랜만이라고 했다. 묻지도 않았는데 삼 년 만이라고 했고, 삼년 전에 상처한 것을 지나가는 말처럼 비쳤다. 서로 그만큼 친해지는 동안 우리가 과부 홀아비끼리라는 걸 내비칠 기회는 많았다. 그러나 정식으로 그 시기까지 말하긴 처음이었다. 나는 관심 없다는 투로 화제를 바꾸었다. 머플러와 스카프를 교환하는 것처럼 그런 신상명세까지 교환해야 된다고는 생각하지 않았다.

해가 바뀌니 환갑해였다. 낡은 해의 육갑이 한 바퀴를 돌아온다는 게 무슨 의미가 있을까. '육갑을 한다'는 게 결코 칭찬이 아닐 텐데 너도 나도 내 앞에서 육갑을 하려 들었다. 설날 아침 큰아들도 전화로 세배를 대신한다며 그 얘기부터 했다. 나더러 회갑잔치 대신 미국 구경을 오라는 거였다. 나만 좋다면 잔치는 칠순으로 미루고 그렇게 하기로 저희들 삼남매끼리는 벌써 합의를 본 모양이었다.

"글쎄다. 너희들 신경 쓸 거 없어, 야아. 나 잔치 안 해줘도 조금도 섭섭해하지 않을 거니까, 대신 뭐 해줘야 된다고 생각하덜 말어. 어느새 회갑은, 심란허게……"

나는 시들하고 떨떠름하게 대답했다. 사양이 아니라 마음으로부터 그러했다.

"그러니까 심란해하시지 말고 대신 여행을 하시자는 거 아녜요. 휴가 넉넉히 잡아놓을 테니까 그까짓 거 유럽 구경까지 하시자구요. 저희도 여기 있을 날이 일 년밖에 안 남았어요. 이런 좋은 기회 놓치면 평생 후회하셔요."

아들은 숫제 협박조였다. 협박할 만했다. 그애는 미국 지사로 나가던 해부터 구경 오라고 졸랐으니까. 그러나 나는 회갑잔치만큼이나 안 하고 싶은 것 중의 하나가 자식이 외국 나가 있다고 늙은이들이 처가에서 한 때, 친가에서 한 때, 세상 만난 듯이 비행기를 타는 거였다. 나는 가타부타 언질을 안 주고 전화를 끊었다. 국제전화일 때는 으레 내가 먼저 조바심을 하며 끊게 돼 있었다.

회갑이란 본인에게만 고약한 게 아니라 자식들에게 더 고약하게 돼 있나보다. 순순히 여행을 가고 싶어하지 않자 그럼 잔치를 하고 싶은가 알고 싶어했고 그도 저도 아니라는 걸 알자 속마음을 알고 싶어 안달을 했다. 나도 모르는 속마음을 저희들이 무슨 수로 알겠다는 건지, 속으로 우습기도 하고 조금은 기분이 좋기도 했다. 남 하는 대로 열심히 효도를 해보려는 자식들이 대견하지 않은 부모가 어디 있겠는가. 나를 떠보는 안테나 노릇은 딸의 차지였다. 맏이여서 에미하고 나이 차이도 자식 중에서 가장 덜 나고 또 동성이기 때문에 편한 것도 있었다. 타고나기도 속 깊어 내가 어려서부터 친구처럼 대했고 제 동생들도 누나를 어려워하면서도 뭐든지 의논해 버릇해서 그런지 친정에서 일어나는 일을 제가 모르고 있는 걸 못 참아했다.

그런 버릇이 이번 일에도 쓸데없는 오지랖을 넓게 한 듯했다. 어렴풋이 알고 있던 에미의 남자친구에 대해 조금씩 미심쩍어 하기 시작했다. 하늘에서 떨어진 종자가 아닌 이상 친인척 빼고도 학연 지연 등의 그물망을 피할 수 없는 게 우리 사회니까. 딸이 알아보려고 나선 이상 이미 내가 다 알고 있는 것은 물론 나에게 가려져 있던 부분까지 드러나는 건 피할 수 없었다. 작년에 정년퇴임한 지방대학 교수라는 것, 한국사를 가르치던 퇴직

교수끼리 공동으로 조그만 연구소를 운영하고 있다는 것, 상처한 지 삼 년 됐다는 것 등은 나도 대강 알고 있었지만 부부 금실이 유별났다던가, 아들네 말고도 집 한 채와 시골에 땅도 가지고 있다는 것, 모시고 있는 맏며느리가 부잣집 딸이고 미인이고머리도 좋다는 것은 처음 알았다. 맏며느리에 대한 정보가 풍부한 것은 딸하고 동갑이기 때문이었을 것이다. 같은 학교인 적은한 번도 없다고 해도 넓고도 좁은 서울바닥에서만 국민학교부터 대학까지 나왔으면 어차피 어떤 연줄을 통해서든 걸려들게돼 있었다. 그쯤 알아보고 난 딸은 정색을 하고 도대체 그 늙은이하고 어쩔 셈이냐고 물었다. 이건 마치 바람난 딸을 잡도리하려는 에미의 태도였다.

"그 늙은이라니."

"그럼 우리 엄마를 꼬셨는데 고운 말이 나와?"

딸의 눈에 눈물까지 그렁한 걸 보자 당장 그의 역성부터 들려고 한 내 태도가 슬그머니 뉘우쳐졌다. 실상 그하고 나 사이는자식들한테 발각이 됐다고 해서 달라질 어떤 건더기가 있는 사이가 아니지 않은가.

"꼬시긴 누굴 누굴 꼬셔? 누구 들을라. 숭하다."

"형국이 형석이는 아직 몰라요?"

"알면 또 어떠냐."

"엄만, 알아서 좋을 건 또 뭐유. 더 늙으면 구박받고 무시당할빌미나 될 텐데."

"네가 입 다물고 있으면 걔들이 어떻게 아나?"

"알았어요. 전 입 봉하고 있을 테니까 엄마나 조심하세요. 자식들 체면이라는 것도 있지 않수."

딸애는 또 같잖게시리 바람난 딸에게 아버지한테 이르지 않을 테니 정신차리라고 쉬쉬 당조짐하는 에미 시늉을 내는 것이었다. 그러나 딸의 간섭은 그것으로 끝난 게 아니었다. 우리 사이가 더 조심을 하고 말고 할 것도 없었고 종전과 달라지려는 노력도 하지 않았기 때문이기도 했지만 그보다는 아마 그의 집 안에서 딸한테로 직접 정보가 흘러나왔기 때문일 것이다. 그의 며느리는 딸하고 단짝이던 고등학교 친구하고 대학동창이 되었다. 게다가 그쪽 며느리와 내 딸은 같은 단지에 살고 있었다. 한번 연줄을 트자 마치 겹사돈처럼 알려고만 들면 모르는 게 없을 정도로 서로 비밀의 무방비상태가 되고 말았다. 중간 역할을 하고 있는, 양쪽을 다 안다는 딸의 친구에 의해 정보가 다소 굴절되거나 과장됐을 가능성이 있다고 해도 속속 드러난 그쪽의 조건은 잔뜩 적의를 곤두세우고 있는 딸의 구미에도 나쁘지 않았던 것 같다. 실실 웃으며 엄마 실력 다시 봐줘야겠다는 무엄한 농담을 하기에까지 이르렀다. 그리고 어느 날 아주 정색을 하고 물었다.

"엄마, 조박사님 사랑해?"

그때 나는 커피를 마시고 있었는데 하마터면 델 뻔했다. 폭소가 치받쳐 사레가 들리면서 들고 있던 잔까지 엎질러버렸기 때문이다. '그 늙은이'가 '조박사님'으로 변한 것도 우스웠고 그가 그렇게 부르는 걸 별로 좋아하지 않는다는 걸 알고 있기 때문이기도 했다. 언젠가 우연히 만난 중년의 제자하고 정답게 인사를 나누고 나서였다. 옛날 제자들은 선생님, 하면서 아는 척을 해서 좋은데 요새 제자들은 교수님 아니면 박사님이라고 불러서 도무지 정이 안 든다고 했다. 그는 그렇게 좀 괴팍한 데가 있었다.

"뭐가 그렇게 우스워요?"

"그 늙은이가 박사님이 됐는데 그럼 안 우습냐?"

"엄마가 좋아하는 걸 보니까, 사랑하는 거 맞죠?"

그러면서 입을 조금 비죽댔는데 혐오스러워하는 기색은 아니었다. 그러나 딸이 쓸쓸해하고 있다는 걸 느끼는 것만으로도 조만간 나의 태도를 분명히 해야 할 것 같았다. 이런 상태를 더는 즐기지 않을 각오를 한다는 것은 딸이 지금 쓸쓸해하는 것 몇 배 더 쓸쓸한 일이 되겠지만 마냥 피할 수는 없는 일이었다.

그 늙은이가 조박사님으로 변하고 난 지 얼마 후였다. 딸이 마침내 그의 며느리하고 인사를 하고 지내게 되었노라고 했다. 중간에 선 친구가 자리를 마련했는데 만나고 보니 슈퍼 같은 데서 종종 마주친 일이 있는 얼굴이더라는 것이었다. 중간에서 개입하던 제삼자가 없어지고 나서 딸이 더욱 그 집에 대해 호의적으로 돼간다는 것을 느낄 수가 있었다. 하루가 다르게 그쪽 입상이 돼가는 딸을 보고 있으면 하염없이 서글퍼지기도 했다.

"엄마, 혹시 형국이 형석이 눈치가 보여 마음을 못 정하시는 거면 염려 말아요. 내가 엄마 위신 조금도 안 떨어지게 걔들을 이해시킬게."

저희끼리 무슨 꿍꿍이속이 있었기에 이렇게 겁 없이 구체적으로 나오는 걸까. 보나마나 그쪽 며느리가 급하게 구는 것 같아 그가 안쓰러웠다.

"요는 네 에밀 시집을 보내겠다는 게냐, 시방."

"사랑하시잖아요? 살기가 어렵거나 모시겠다는 자식이 없어서가 아니라 사랑해서 하는 재혼, 얼마나 근사해. 누가 뭐래도 난 엄마를 변호하고 자랑스러워할 거야."

나는 이렇게 열심히 사랑 타령을 하는 딸을 물끄러미 바라만 보았다. 속으로는 제까짓 게 사랑에 대해 뭘 안다구, 사랑이 별거라던? 인생 그 자체일 뿐인 것을, 이렇게 가볍게 만들려고 할수록 짓눌리는 듯한 기분이 들긴 했다.

그의 며느리는 어느 틈에 그하고 나하고 사이에도 자연스럽게 화제에 오르게 되었다. 어머, 그 파카 못 보던 거네요, 너무 야하다. 그러면 그는 며느리가 사주었노라고, 요새 걔가 나를 젊게 꾸며주려고 부쩍 애를 쓰는데 왜 그러는지 모르겠노라고 수줍은 듯이 머리를 긁적거리기도 했다. 아직 본 적이 없는 그의 며느리가 중요인물로 떠오를수록 짓눌리는 듯한 느낌은 더해갔다. 그후 며느리가 나를 집에 초대하고 싶어하는데 언제쯤이 좋을지 나한테 정하라고 했다는 소리를 그가 했을 때는 며느리 소리 좀 작작 하라고 화를 내고 싶은 걸 참느라고 혼났다. 그는 대답을 회피하는 나에게 당장 무슨 소리를 듣고 싶어하지는 않았지만, 싱그러운 로션 냄새를 풍기고 있음에도 불구하고 추비해 보였다. 딸을 통해서도 그 집 며느리는 같은 전갈을 해왔다. 딸은 내 의중은 떠보지도 않고 나한테 무슨 옷을 입혀야 그 멋쟁이 며느리한테 꿀리지 않을까, 그 걱정부터 했다.

"그 며느리 요새 세상에 드문 효분가보다."

"그럼, 엄마. 얼마나 잘하는지 몰라. 그래도 홀시아버지 모시기가 보통 힘들겠수. 힘들 때마다 자원봉사하는 셈 친대요."

가슴이 뭉클했다. 그러나 순간적인 분노와 연민으로 중요한 문제를 결정할 수는 없는 일이었다. 나는 딸에게 분명하게 말했다.

"애야, 형숙아, 잘 들어라. 이 에미는 아버지 곁에 묻히고 싶다."

딸아이도 그 말에는 머쓱해서 더는 아무 말도 안 했다. 비록 선산은 아니었지만 공원묘지의 남편 묘는 나하고 합장하도록 곁에 가묘까지 만들어져 있었고, 묘비명에도 내 이름이 남편과 나란히 새겨져 있었다. 나는 이미 묘와 묘비를 가지고 있었다. 다만 태어난 연월일 밑에 들어갈 죽은 날짜만이 아직 새겨지지 않았을 뿐이었다. 나는 성묘하기를 좋아했다. 그하고 사귀는 동안도 남편한테 미안한 마음 같은 건 조금도 없었다. 나의 일상적인 행동 중 거기 가고 싶다는 것처럼 완전에 가까운 자유의사는 없었다. 거기서 느끼는 깊은 평화에다 대면 일상에서 일어나는 아무리 큰 기쁨이나 슬픔도 그 위를 스치는 잔물결에 지나지 않았다. 결코 죽은 평화가 아니었다. 거기 가면 풀도 예쁘고 풀 사이에 서식하는 개미, 메뚜기, 굼벵이도 예뻤다. 그의 육신이 저것들을 키우고 있구나, 나 또한 어느 날부터인가 그와 함께 저것들을 키우게 되겠지, 생각하면 영혼에 대한 확신이 없어도 죽음이 겁나지 않았고, 미물까지도 유정했다. 진이 빠지게 풀들과 곤충들을 키우고 난 찌꺼기는 화장하여 훨훨 산하를 주유하도록 해주기를 자식들에게 부탁할 작정이다. 그 보장된 평화와 자유로부터 일탈할 어떤 유혹도 있을 수가 없었다.

그날은 그쯤 하고 물러난 딸이 다시 또 무슨 얘기를 그쪽에서 들었는지 이런 소리를 했다.

"엄마, 엄마가 재혼해도 돌아가시면 아버지하고 합장해드릴게 염려 마세요. 생각해보니까 그쪽도 마누라 곁으로 갈 거 아뉴."

내가 원하는 평화는 그렇게 구차스러운 것하고는 다르다는 것을 어떻게 설명할 수 있을 것인가. 설명할 필요조차 느끼지 않았다.

"그만 해두거라. 망측하다. 그게 딸년이 에미한테 할 소리냐?"

"뭐가 망측해요. 재클린이 케네디 옆에 묻히는 것도 못 봤수. 친척들이나 동생들이 뭐래도 내가 우기면 그 정도는 문제없을 거야. 아버질 외롭게 놔둘 권리는 아무한테도 없을걸."

"글쎄 듣기 싫대두. 너 정말 왜 이러니?"

"엄마야말로 왜 그러세요. 엄마가 정열적이라는 것은 세상이 다 아는 사실인데. 왕년의 정열 가지면 그까짓 거 뛰어넘는 건 문제없잖우."

44

듣자듣자 하니 정말 딸년한테 별소릴 다 듣는구나 싶었다. 그러나 이해 못 할 소리는 아니었다. 딸의 노골적인 말투를 통해 나도 그간의 내 마음의 행적을 돌이켜보는 걸 피할 수가 없게 되고 말았다. 딸애는 맏이답게 내 젊은 날에 대해 들은 게 많았다. 그애는 또 식구만 많고 변변한 집 한 칸 없을 때 태어나서 여고 시절까지도 납입금 한번 독촉 안 받고 내본 적이 없을 만큼 쪼들리는 집안 형편을 보아왔다. 내가 고생을 못 면하는 것을 불쌍히 여기면서도 한편 자업자득이라고 책임 소재를 분명히 밝히기를 잊지 않는 외할머니의 푸념을 가장 많이 들은 것도 그애였다. 지금은 양가의 형편이 엇비슷해졌지만 그때까지만 해도 친정 쪽은 점잖은 중류 집안인 데 비해, 시집은 남편 빼고는 제대로 교육받은 사람들이 없어서 그랬는지 가난하기만 한 게 아니라 사람들이 거칠고 상스러웠다. 한창 민감한 딸이 그걸 이상하게 여기지 않았을 리가 없고, 외할머니의 푸념은 딸의 의문에 적절한 회답도 되었으리라.

남편하고 열렬히 연애할 적에 어머니도 사윗감 하나는 마음에 들어했다. 여북해야 개천에서 용 났다고까지 추켜세웠을까. 그러나 내가 그 용한테로 시집가는 것만은 단호히 반대했다. 개천에서 난 용한테 시집가는 건 용한테 가는 게 아니라 개천에 빠지는 거라고 했다. 어머니가 아무리 울고불고 말려도 나한테는 개천이 보이지 않고 용만 보였다. 어머니의 예언은 적중했고 나의 개천과의 악전고투는 막내시누이를 시집보낼 때까지 계속됐다.

남들에게는 개천으로 보이는 것이 나한테는 사는 보람이요, 씩 씩할 수 있는 원천이었다. 그 시절 내 눈을 가리고 오로지 한 남 자만 보이게 한 그 맹목의 힘을 딴은 지금 정열이라 부르고 있는 것 같았다. 정열이라 해도 좋고 정욕이라 해도 좋았다.

지금 조박사를 좋아하는 마음에는 그게 없었다. 연애감정은 젊었을 때와 조금도 다르지 않은데 정욕이 비어 있었다. 정서로 충족되는 연애는 겉멋에 불과했다. 나는 그와 그럴듯한 겉멋을 부려본 데 지나지 않았나보다. 정욕이 눈을 가리지 않으니까 너 무도 빠안히 모든 것이 보였다. 아무리 멋쟁이라고 해도 어쩔 수 없이 닥칠 늙음의 속성들이 그렇게 투명하게 보일 수가 없었다. 내복을 갈아입을 때마다 드러날 기름기 없이 처진 속살과 거기 서 우수수 떨굴 비듬, 태산준령을 넘는 것처럼 버겁고 자지러지 는 코콤, 아무 데나 함부로 터는 담뱃재, 카악 기를 쓰듯이 목을 빼고 끌어올린 진한 가래, 일부러 엉덩이를 들고 뀌는 줄방귀, 제아무리 거드름을 피워봤댔자 위액 냄새만 나는 트림, 제 입밖 에 모르는 게걸스러운 식욕, 의처증과 건망증이 범벅이 된 끝없 는 잔소리, 백 살도 넘어 살 것 같은 인색함, 그런 것들이 너무도 빤히 보였다. 그런 것들을 아무렇지도 않게 견딘다는 것은 사랑 만 있다고 되는 것은 아니다. 적어도 같이 아이를 만들고, 낳고, 기르는 그 짐승스러운 시간을 같이한 사이가 아니면 안 되리라. 겉멋에 비해 정욕이 얼마나 아름다운 것인지 이제야 알 것 같았 다. 재고할 여지는 조금도 없었다. 불가능을 꿈꿀 나이는 더군다나 아니었다. 딸이 안 해도 될 군소리를 덧붙였다.

"엄마가 이 청혼 받아들이지 않으면 조박사님 불쌍해서 어떡 허지. 며느리가 글쎄 더는 수발들 수 없대. 이왕이면 시아버지가 좋아하는 사람하고 시켜드리고 싶지만 안 되면 아무나하고 시킬 모양이야. 밥 걱정 노후 걱정 안 하려고 시집오려는 사람은 얼마 든지 있대. 그렇지만 너무 젊은 여자는 며느리가 싫은가봐. 당장 지내기 거북한 것 말고도 나중에 책임질 기간이 길까봐 그렇겠 지 뭐. 기껏 어디서 배고픈 할머니나 한 분 모셔올 모양이야. 엄 만 사랑하던 사람이 그렇게 불쌍해져도 좋아?"

친구한테 농담하듯이 버릇없는 말투였다. 나는 발끈했다.

"배고픈 게 왜 나빠? 무시하지 마, 너. 자원봉사보다 훨씬 거 룩한 거다. 그거."

겉멋보다는 더욱 거룩할 터였다. 나는 한 번도 본 적 없는 그 의 며느리를 딸의 얼굴과 겹쳐 보면서 속 시원히 내뱉었다. 더는 며느리나 딸이 우리 사이에 끼어들게 하고 싶지 않았다. 그를 마 지막으로 만난 날, 곧 미국 갈 수속중인데 될 수 있으면 오래 머 물 거란 얘기를 하고 나서 그의 반지 낀 손 위에다 내 손을 정성 스럽게 포개면서, 한 번 과부 된 것도 억울한데 두 번씩 과부 될 지도 모르는 일은 저지르고 싶지 않다고 말했다. 완곡하게 말한 다는 게 심하게 들리지나 않았을까, 눈치를 살폈지만 아무것도 읽어낼 수 없었다.

환각의 나비

1

그 집에는 느낌이 있었다.

그 느낌은 그 집을 지은 자재나 규모 또는 그 집에 사는 사람이 집 간수를 어떻게 했느냐에 따라서 달라지는 보통 집의 표정 같은 것하고는 달랐다. 사람으로 치면 성깔이나 교양, 옷차림 따위에 의해 수시로 변할 수 있는 인상 말고 저 깊은 중심에 숨어 있는 불변의 것, 임의로 할 수 없는 것으로부터 풍겨져나오는 예감 같은 거였다. 그 느낌 때문에 동네 사람들은 그 집에 이끌리기도 하고 그 집 앞을 돌아가기도 했다. 그 집은 동네에서 떨어진 외딴집이었지만 약수터 가는 길목이기도 했고, 전철역으로 통하는 지름길가이기도 했다. 행정구역상으로 그 집이 속한 동네는 서울의 위성도시 중의 하나인 Y시 안에 있었지만 Y시 사람

48

들은 그 동네를 원주민 동네라고 불렀다. 그렇다고 초가집이나 조선 기와집이 남아 있는 건 아니었다. 60년대에 유행한 슬래브 집들이 수리를 안 해 퇴락한데다가 좁고 더러운 골목길 때문에 실제의 나이보다 훨씬 더 낡고 흉흉해 보일 뿐이었다.

아마 Y시에 새로 들어선 아파트 단지 아이들은 원주민 동네라는 말을 곧이곧대로 믿고 슬래브집을 마치 남태평양의 섬이나 아프리카 오지에 남아 있다는 미개한 종족이 선사시대부터 오늘날까지 헤아릴 수 없는 세월을 변화시킬 줄 모르고 유지해온 동굴이나 오두막과 유사한, 우리 본래의 주거양식으로 여기고 있을지도 모를 일이었다. 그러나 생긴 지 기껏해야 삼십 년이 조금 더 된 동네였다. 땅 임자와 집장수의 합작으로 허허벌판에 새로운 동네가 들어섰을 때만 해도 그 일대는 밭농사와 과수원을 주로 하는 농촌이었고 농사짓는 사람들은 그 동네를 양옥집 동네라고 불렀었다. 그때만 해도 지붕도 없이 두부모를 잘라놓은 것처럼 네모반듯한 집에다가 벽에는 번들번들한 타일까지 입힌 집이 신기하고 부러운 나머지 그렇게 한껏 높여 부른 거였다. 양옥집 동네가 원주민 동네가 되는 데는 삼십 년도 채 걸리지 않았다.

그 집은 양옥집 동네가 생겨나기 전부터 있었다. 그 일대의 농촌이 감쪽같이 사라지기 차마 아쉬워 떨군 일점 혈육처럼 여러번 개조하고 증축한 흔적에도 불구하고 골수에 맨 시골티는 변할 줄 몰랐다. 대청마루가 널찍한 디귿자 집이었고, 기둥과 서까래는 육송이었지만 지붕은 회색빛 슬레이트였다. 때에 전 육송

뼈대와 슬레이트 지붕과의 부조화는, 문살이 많이 빠진 창호지 덧문과 마루에 새로 해단 유리 분합문과의 부조화와 묘한 조화를 이루었다. 원주민 동네에 오래 산 사람이라면 그 집이 골함석 지붕이었을 적을 기억할지도 모르겠다. 그전엔 이엉이나 양기와 지붕이었을 터이나 삼십 년은커녕 오 년 이상을 눌러산 집도 희귀한 동네에서 목격자를 찾는다는 것은 불가능한 일일 것이다. 원주민 동네라는 별명은 집뿐 아니라 주민에게도 해당되지가 않는 게 전출입이 잦기가 아파트에 사는 사람들보다 훨씬 더했다. Y시에서 낸 통계에 의하면 평균 거주기간이 아파트보다 일 년 육 개월이나 짧다고 했다. 중개업자의 농간이겠지만 곧 재개발에 들어가리라고 외부에 소문난 것과는 달리 막상 집을 사가지고 들어와보면 그런 기미가 전혀 없는 이상한 동네였다. 재개발이라는 게 나서서 추진하는 사람 없이 저절로 되는 게 아니라는 걸 알고 나서도 앞장설 만한 주변머리도 방법도 모르는 사람은 다시 집을 내놓았고 그래도 혹시나 하는 미련을 못 버린 사람도 세를 놓고서라도 빠져나가고야 말았다. 눈독을 들인 유일한 장점이 가짜였다는 걸 알고 나면 정떨어질 일밖에 없었다.

원주민 동네가 Y시의 섬이라면 그 집은 원주민 동네의 섬이었다.

아파트 아이들이나 원주민 동네 아이들이나 같은 학교에 다녔다. 그러나 아파트 아이들 보기에 원주민 동네 아이들은 어딘지 달라 보였다. 다른 줄 모르다가도 원주민 동네 아이라는 걸 알고

50

나면 어제까지 같이 신나게 하던 컴퓨터게임 얘기가 그럴 리가 없다는 느글거리는 배신감이 되어 그 아이를 뜨악하게 만들었다. 만일 그 집에 아이가 있었다면 그 동네 아이들도 그렇게 뜨악해져서 따돌렸으련만 그 집에 아이가 있었던 적은 한 번도 없었다. 그 집이 농가였을 때는 혹시 아이가 있었을지도 모르지만 그건 아무도 증거할 수 없는 그 집의 선사시대였다.

2

그 시간에 주차할 자리가 마땅찮은 건 어제오늘의 일이 아닌데도 영주는 지겹다는 소리를 연거푸 중얼거리고 나서 어린이놀이터 쪽으로 핸들을 거칠게 꺾었다. 아파트 뒤쪽은 어린이놀이터이고 놀이터와 녹지대를 타원형으로 둘러싼 아스팔트길은 아이들이 자전거나 롤러를 타던 길이어서 원래는 주차금지구역이었다. 거기까지 주차선을 그어봤댔자 언 발등에 오줌 누기였다. 당장은 좀 숨통이 트이는가 싶더니 며칠이 못 가 도로아미타불이었다. 다행히 새벽에도 빼기 쉬운 명당자리가 남아 있었다. 옆자리의 수북한 짐들을 챙기면서 영주의 입에서 지겹다는 소리가 다시 한번 새어나왔다. 짐이라야 별것도 아니있다. 빗어놓은 윗도리, 구럭 같은 핸드백, 책 몇 권은 보따리장수 적부터 익숙한 짐이고 오늘은 호박이 두 덩어리 더 있었다. 시골길에 피라미드

형으로 쌓아놓고 파는 늙은 호박이 하도 보기 좋아 벼르다가 산 것이었다. 호박장수는 죽을 쑤면 꿀맛이라고 묻지도 않았는데 쑤는 법까지 가르쳐주려 들었지만 귀담아듣지 않았다. 어머니는 틀림없이 호박범벅을 만드실 것이다.

호박범벅을 만들면서 어머니가 신바람을 내셨으면 좋으련만. 영주는 좀 망연해진다. 어머니는 아직도 호박범벅을 만드실 수가 있을까. 이까짓 호박 따위로 어머니를 시험하려 들지 말아야 한다. 이해해야 한다. 푸성귀를 다듬어 반찬을 만들고, 생선 비늘을 긁어 절이거나 조리고, 국이나 찌개 간을 보는 일을 반백 년이 넘게 허구한 날 되풀이하면서 그때마다 새로운 신바람이 나서 한다면 그게 오히려 이상한 거지, 그 일에 진력이 나서 매사를 시들해하는 걸 이상한 눈으로 볼 게 뭐였을까. 영주는 챙기던 짐을 스르르 밀어놓고 핸들에다 이마를 얹었다. 망연한 불안은 그러나 어머니보다 자신을 향하고 있었다. 보따리장사 육 년 만에 학위 딴 지 삼 년 만에 얻은 전임자리였다. 수도권 대학은 아니었으나 찬밥 더운밥 가릴 계제가 아니었다. 밥줄을 매단 처지도 아니었는데 그렇게 허둥댄 것은 아마 나이 때문이었을 것이다. 대전까지 출퇴근을 한다는 것은 쉬운 노릇은 아니었으나 불가능하지는 않은 게 그나마 다행이었다. 운전 솜씨도 능숙의 도를 넘어 노숙했고, 중고차만 물려받다가 이 년 전 처음으로 만져본 새 차는 지금 그녀의 몸의 일부분처럼 길들여져 있는 것도 원거리 출퇴근을 겁내지 않을 수 있는 좋은 조건이었다. 그러나 마흔 고개 마루턱에 와 있었다. 쉰까지는 미끄럼 타듯 신속할 터였다. 그 나이에 그것도 여자가 대학에 자리를 얻을 수 있었다는 건, 그 바닥의 사정에 아주 무식한 사람만 아니라면 감지덕지할 행운으로 여겨 마땅했다. 영주도 처음 한 학기 동안은 마침내 해냈다는 성취감에 도취해서 힘든 줄을 몰랐다. 그러나 요새 그녀는 박사나 교수 값이 그동안 너무 싸진 걸 자기만 모르고 있었던 것 같아 차츰 열쩍어지고 있었다. 왜 이제야 그런 생각이 들게 되었을까. 진작만 알았어도 그런 고생은 안 했을걸, 싶다가도 이런 게 바로 공부한답시고 날치던 여자의 한계인 것도 같아 혐오스러워지곤 했다. 싸도 너무 싸졌다고 느끼는 게 그 동안 들인 공과 시간에 비해 보수가 너무 낮다는 경제성보다는 존경도에 있었기 때문이다. 겨우 지방대학 가려고 뼛골 빠지게 박사를 했냐? 이렇게 노골적으로 무시하는 친구도 있었다. 그래 너 따위가 아는 지식의 값이란 평생 서울에 붙어먹고 살면서 적당히 즐기고, 품위 유지할 수 있는 자격과 같은 것일 테니, 이렇게 치지도외할 수도 있었으련만 그래지지가 않았다. 앙심까지 품어지도록 속이 아렸던 것은 바로 자격지심을 건드렸기 때문일 것이다. 가르치는 일, 지식을 풀어먹는 일은 생각보다 보람있지 않았다. 그 재미없음의 핑계를 학생들의 질이나 자신의 실력 부족으로 돌릴 수도 있으련만 그녀는 지식이라는 것을 통틀어서 비하하느라 허탈해지기도 하고 울적해지기도 했다. 한마디로 아니꼽기 짝이 없는 정서불안증이었다.

영주가 학위논문으로 허난설헌의 시 연구를 택한 것은 허난설헌의 시에 끌렸기 때문이고 끌리게 된 까닭은 그의 짧은 생애에 대한 애틋한 감동 때문이었다. 허난설헌에 감동하기 위해 많은 지식이 필요했던 건 아니다. 그 시대 배경이나 집안 환경에 대해서도 보통 사람 수준의 상식이 전부였다. 물론 그녀의 한문 실력으로 난설헌의 한시와 직관적으로 만나는 건 불가능했다. 그녀가 매혹당한 것은 시 자체의 뛰어남보다는 한 뛰어난 여자를 못 알아보고 기어코 요절토록 한 시대적 사회적 요인들에 대한 자유로운 상상력이었다. 그러나 논문이 필요로 하는 것은 상상력이 아니라 출처가 분명하고 실증할 수 있는 지식이었다. 중학교에서 교편을 잡고 있던 그녀로 하여금 대학원서부터 다시 시작할 수 있도록 충동질한 지도교수는 그녀의 상상력을 가장 경계했다. 영주가 제일 자주 들은 듣기 싫은 충고는 논문을 쓰면서 소설을 쓰고 있는 것처럼 착각하지 말라는 거였다. 그녀는 박사학위에 걸맞은, 난설헌에 대한 지식을 쌓기 위해 연구라는 걸 하는 동안 난설헌에 대한 매혹과 감동은 온데간데없이 사라지고 난설헌이라면 넌더리가 났다. 난설헌에 대한 감동을 잃은 대신 얻은 것은 난설헌을 그럴듯하게 본뜬 수많은 제웅을 무자비하게 난도질한 한 무더기의 검부러기와 학위였다.

차 안에 얼마나 그러고 있었을까, 아들이 와서 유리를 두드리는 소리에 비로소 머리를 들었다. 충우는 허름한 트레이닝복 차림에 슬리퍼를 끌고 있었다.

"웬일이냐? 니가 산책을 다 나오구."

"산책이 아니라 할머니 찾아나온 거예요."

영주는 가슴이 철렁했지만 충우는 대수롭지 않게 말했다.

"어쩌다 혼자 나가시게 했냐? 잘 보라고 그렇게 일렀는데."

"요기 어디 계시겠죠 뭐. 들어가 계세요. 제가 모시고 들어갈 테니까요."

그러고는 휘적휘적 걸어갔다. 부랴부랴 짐을 챙겨가지고 차에서 내린 영주는 아들의 아무렇지도 않아 뵈는 뒷모습에 문득 화가 나서 큰 소리로 불러세웠다.

"언제 나가셨는데 인제 찾아나선 거냐?"

"얼마 안 됐어요."

아들이 머뭇거리는 걸 영주는 그냥 봐넘기지 못했다.

"정확하게 언제냐니까."

"정확하게 언젠 줄 알면 붙들었지 나가시게 내버려뒀겠어요."

영주가 깐깐하게 굴자 충우도 지지 않고 도전적으로 나왔다.

"나가시는 것도 못 봤구나. 도대체 뭘 하고 있었길래."

"전화 걸구 있는 동안 없어지셨어요."

"누구하고? 계집애하고 전화질하느라 정신이 팔렸던 게지, 그치?"

아들은 대꾸하지 않고 휙 돌아서서 기비렸다. 영주는 들입다 쫓아갈 것처럼 몇 걸음 내딛다 말고 집 쪽으로 돌아섰다. 별로 고약하게 군 적이 없는 아들이건만 상습적으로 고약하게 군 것처럼 취급한 게 금방 후회스러워졌다. 정말 왜 이런지 모른다고, 그녀는 요즘 자꾸만 아슬아슬해지는 자신의 자제력을 돌이켜보며 위기의식 같은 걸 느꼈다. 정수리에서 한 움큼이나 되는 흰머리가 억새풀처럼 힘차게 들고일어나는 게 엘리베이터 속 거울에 비쳤다. 반사적으로 박사학위가 남루처럼 민망하게 느껴졌다. 화장대나 콤팩트의 거울보다 엘리베이터 속의 거울은 인정사정이 없었다. 특히 퇴근길에 볼 때 그러했다. 어깨도, 볼의 살도, 눈썹도, 아침에 드라이해서 한껏 곤두세운 머리도 기진맥진 축 처져 있을 때일수록 그놈의 흰머리칼은 올올이 들고일어나는 것이었다. 기회 있을 때마다 동생이 비아냥거리는 '언니의 박사 티'였다. 박사 아니라도 오십을 바라보는 나이에 머리가 세기 시작하는 건 흔한 일인데 동생은 볼 때마다 그렇게 놀렸고 영주는 그 소리를 들을 때마다 모욕감을 느꼈다. 집은 비어 있건만 문은 그냥 열렸다. 집 안은 뒤숭숭했다.

지난번 같은 소동 없이 돌아오셔야 할 텐데. 어머니의 건망증이 심상치 않다고 느끼기 시작한 것은 어제오늘의 일이 아니었다. 이 아파트로 이사 온 게 작년인데 그 전부터였으니까. 슈퍼에 갔다가도 동 호수를 잊어버려서 헤매는 일이 가끔 있었다. 그러나 워낙 오래 살던 단지라 누군가가 데려다주기도 했고 수위 아저씨가 알아보고 인터폰을 넣어주기도 했다. 또 늘 그런 것도 아니고 다시 멀쩡해져서 당신이 그랬었다는 걸 믿지 못해하거나 화를 낼 때도 있었다. 그러나 이 아파트로 이사하고 나서 미처

56

집 정리도 안 됐을 적에 있었던 일은 그런 일상적인 것하고는 달랐다. 새벽에 아무도 일어나기 전에 집을 나간 어머니를 찾은 건 그날 밤 자정이 넘어서였다. 찾고 보니 어머니는 그냥 나간 게 아니라 계획적인 가출이었다. 놀랍게도 조그만 보따리와 그 동안 얻다 꿍쳐놓았던지 꼬깃꼬깃한 용돈까지 챙겨갖고 있었다. 더욱 기가 찬 것은 고속도로순찰대가 노인을 발견한 곳이 의왕 터널이었다는 것이다. 영주네가 이사온 아파트는 둔촌동이었다. 거기까지 걸어서 간 것인지 무엇을 타고 간 것인지를 어머니한 테 상기시키는 건 불가능했다. 그냥 횡설수설했다. 연락을 받고 는 너무 기뻐서 식구들이 몽땅 정신없이 달려갔다. 특히 정이 많은 경아는 보따리를 가슴에 부둥켜안고 텅 빈 시선으로 식구들을 바라보는 할머니 품에 뛰어들어 엉엉 울음을 터뜨렸다. 충우도 할머니의 어깨를 뒤에서 안으면서 볼을 비볐고 남편은 윗도리를 벗어서 가을밤 기온에 으스스 떨고 있는 노인의 어깨에 걸쳐주면서 순찰대한테 몇 번이나 고개를 숙여 고맙다는 인사를 했다.

영주는 좀 비켜서서 움직이지 않았다. 마음이 차갑게 얼어붙는 걸 그녀 자신도 임의로 할 수 없었다. 아이들이 엉겨붙자 텅 빈 어머니의 얼굴에 차차 표정이 돌아왔다. 그리고 "아이고 내 새끼들, 쯧쯧 어디 갔다 이제야 왔누" 하면서 마주 엉겨붙었다. 어머니의 얼굴이 점점 곱게 펴졌다. 충우 경아 남매는 어려서부터 할머니한테 그렇게 엉겨붙기를 잘했다. 엄마라고 줄창 맞벌이를 하느라 집에서 아이들한테 어리광을 부릴 만한 기회를 줄 새가 없어서이기도 했지만 할머니가 그걸 좋아한다는 걸 아이들은 저절로 알고 있었기 때문이다. 이제 그만 데면데면하게 굴어도 될 만큼 머리가 커진 후에도 아이들은 할머니가 만든 반찬이 특별히 맛있다든가, 즈이들이 늦게 들어올 때 안 자고 기다리다가 문 열어주고 먹고 싶은 것까지 챙겨줄 때면 답례처럼 서비스처럼 으레 할머니한테 엉겨붙는 장난을 치곤 하는 것이었다. 그렇다고 아이들에게 계산된 간교함이 있는 건 아니었다. 아이들에게도 노인에게도 행복한 장난 이상도 이하도 아니어서 보고 있으면 절로 미소가 떠오르곤 했다. 남 보기에도 여실히 느껴지는 상호간의 그 완벽한 행복감 때문에 슬그머니 샘이 날 적도 있었지만 섣불리 흉내를 내보고 싶어한 적은 한 번도 없었다. 영주는 낳기만 했지 아이들은 순전히 할머니 손에서 자랐다. 노인에겐 그 어렵고도 장한 일을 한 이의 특권이랄까, 침범할 수 없는 당당함이 있었고, 아이들하고의 자연스러움은 거의 동물적이었다. 여북해야 셋이서 그렇게 정답게 굴고 있는 것을 볼 때마다 영주는 어머니의 붉고도 부드러운 혀가 아이들을 핥고 있는 것처럼, 세 몸뚱이 사이를 따숩고 몽실몽실한 털이 감싸고 있는 것처럼 느끼곤 했을까.

그러나 이번엔 달랐다. 가슴이 뭉클해져오는 것까지 자제해야 한다고 생각할 만큼 토라져 있었다. 의왕터널 때문이었다. 노인네를 반기는 태도가 식구들끼리도 이렇게 다른 걸 젊은 순찰대

58

원은 성급하게 고부갈등으로 짐작한 듯했다.

"이런 효자 아드님 효자 손자들을 두고 왜 집은 나오고 그러세요. 설사 좀 섭섭한 일이 있더라도 노인네가 참으셔야 해요. 세상이 달라졌단 말예요. 이렇게 자손들이 득달같이 달려온 걸 보면 할머닌 복 좋은 줄 아셔요. 알아들으셨죠? 이눔의 세상이 어떻게 된 세상인지 일부러 부모 내다버리는 자식도 많답니다. 그런 자식이 우리가 연락한다고 찾아오겠어요? 못 믿으시겠지만 연락도 헐 수 없게스리 즈이 살던 데를 싹 옮기는 자식도 있으니까요."

영주는 남편하고 시선이 마주치자 고개를 떨구었다. 나쁜 며느리가 된 것보다 더 면목이 없었다. 순찰대원은 일이 순조롭게 풀린 게 기분좋은 듯 계속해서 명랑하게 떠벌렸다.

"할머니도 꼭 그런 할머닌 줄 알았다니까. 아들네 집에 가야 한다고 보채기는 꼭 고집쟁이 어린애처럼 막무가낸데 아들네 전화번호는커녕 동네 이름도 모르는 척하는 게 영락없이 버림받고 양로원밖에 갈 데가 없는 노인네들이 하는 짓 고대로더라구요. 그러다 어찌어찌 전화번호를 하나 생각해내시길래 걸어보긴 했어도 기대는 안 했어요. 아니나 다를까 그 집엔 그런 분 없다면서 이사 온 지 얼마 안 된다길래 역시나 했지요. 그래도 그 번호가 단서가 되어 어렵사리 댁의 전화를 알아낸 건데 이런 좋은 결과를 맺었으니 참말로 보기 조옿습니다."

역시 그랬었구나, 어머니의 목적지는 영주가 짐작한 대로였다. 영주는 말없이 그 자리를 피해 먼저 차로 가서 기다리기로 했다. 그렇게 하는 게 못된 며느리에게 어울릴 것 같아서이기도 했지만 진실이 탄로나는 것을 피하고 싶어서이기도 했다. 남편도 그 점을 이해하고 아들 노릇을 잘해주려니 믿기로 했다. 어머니도 그걸 바랄지도 모른다고 생각하며 영주는 쓸쓸하게 웃었다.

영주하고 어머니는 고부간이 아니라 모녀간이었다. 그러니까 남편은 어머니의 아들이 아니라 사위였다. 어머니가 언제부터 딸하고 사는 걸 굴욕스럽게 여기게 되었는지 영주도 잘 안다고 할 수는 없었다. 아마 그녀의 남동생이 장가를 들고 나서부터일 것이다. 그때부터 친척이나 친지들이 어머니가 아들네로 안 가는 걸 이상한 눈으로 보기 시작했으니까. 특히 이모들은 딱하게 여기다 못해 불쌍해하려는 낌새까지 드러낼 적이 종종 있었다. "딸네 밥은 서서 먹고 아들네 밥은 앉아서 먹는다는데……" 이러면서 이모들이 쯧쯧 혀를 찰 때마다 영주는 이모들의 우월감에 침을 뱉어주고 싶도록 속이 끓곤 했다. 아들네한테 죽자꾸나 붙어산다는 것밖엔 어머니보다 나을 것이 조금도 없는 이모들이었다. 소녀 적부터 영주는 장차 화려한 성공을 거두어 어머니 호강시킬 것을 꿈꿀 때가 가장 살맛이 나고 즐거웠다. 그렇게는 못 되었지만 그렇게 되었다고 해도 어차피 어머니의 행복과는 상관이 없었을 것이라는 생각이 그녀를 참담하게 했다. 그녀는 어머니를 누구보다도 잘 알았다. 자식 밥을 얻어먹기 위해서가 아니라 당신 손으로 자식을 벌어먹이기 위해 일생 서서 일하면서 터

득한 당당함은 어머니만의 자존심일 터였다. 그걸 함부로 능멸
한다는 것은 아무리 어머니의 동기간이라 해도 용서할 수가 없
었다.

　남동생 영탁이는 막내이자 유복자였고 그녀하고는 열세 살이
나 나이 차이가 났다. 어머니는 영주 낳은 지 십 년 넘어 아이를
못 갖다가 아우를 본 게 영숙이였고, 영숙이가 돌도 되기 전에
또 아이가 들어서고 그 아이가 태어나기 전에 과부가 되었다. 아
버지의 유산이라고는 집 한 채가 다였다. 당시엔 시골 같은 변두
리 동네였지만 다행히 대학이 가까워 어머니는 하숙을 쳤다. 그
때부터 영주는 하숙집 딸로 불리었고, 하숙집 딸 노릇을 마치 그
렇게 태어난 것처럼 잘 해냈다. 반찬가게 심부름은 물론 숭늉 심
부름을 입에 혀처럼 잘하다가 방방의 연탄도 꺼뜨리지 않고 갈
수 있게 되었고, 고등학교 적부터는 밤늦도록 어머니와 무릎을
맞대고 가계부를 쓰면서 다음날 식단을 짜고 한 달 예산을 세우
고 동생들 장래를 걱정하곤 했다. 입시철이면 메뚜기도 한철이
라고 동생들을 독려해가면서 집 안의 방이란 방은 안방까지 내
주고 온 식구가 다락에서 새우잠을 잤다. 어머니에게 영주는 딸
이라기보다는 동지였다. 함께 일하고 함께 걱정했다. 어머니의
무거운 책임을 덜어주고 싶다는 일념으로 영주는 동생들에게 어
머니하고 똑같이 엄하고 짜게 굴긴 했지만 샘을 내거나 경쟁하
는 마음은 가져보지 못했다. 여북해야 동생들한테 제까짓 게 뭔
데 아버지처럼 군다는 불평까지 들었겠는가.

충우는 혼자서 들어왔다. 풀이 죽어 있었다. 영주는 그럴 줄 안 것처럼 실망하진 않았지만 속에서 불덩어리 같은 게 치밀어 올라와서 벌떡 일어났다.

"엄마, 죄송해요."

아들이 놀란 듯이 영주의 어깨를 잡으며 사과를 했다.

"너한테 화내고 있는 게 아니야."

영주는 어머니가 또 의왕터널에 가 있을 것 같고 그게 그렇게 화가 났다. 의왕터널은 남동생네 가는 길이었다. 어머니가 아들네 갈 일은 일 년에 서너 번도 안됐지만 그때마다 영주가 차로 모시고 갔고, 전에 살던 과천에서도 여기 둔촌동에서도 의왕터널을 거쳐야 했다. 어머니가 아들네에 이르는 길 중에서 가장 기억할 만한 특징이 있다면 의왕터널밖에 없었다. 과천터널과 의왕터널이 생긴 건 영주네가 과천에 입주한 지 몇 년 돼서였다. 하숙을 치던 넓은 집에서 처음 이사한 아파트였지만 어머니는 잘 적응했다. 일층이어서 마당을 가꿀 수 있는 재미 때문이었는지 이십 평 남짓한 아파트도 답답해하지 않았다. 어머니의 활동 무대는 마당에서부터 청계산으로, 관악산으로, 점차 그 영역을 넓혀갔다. 약수를 하루에도 몇 번씩 길어 날랐고 산나물 하는 데도 선수여서 도시물만 먹은 이웃 노인들이 줄줄이 어머니를 추종했다. 어머니는 약수터 배드민턴 회원이었고 관악 에어로빅 회원에다 청계 노인회원을 겸하고 있었다. 어머니는 당신이 놀던 마당에 굴이 두 개나 생기는 걸 여간 못마땅해하지 않았다.

특히 의왕터널은 당신이 발음이 잘 안 되니까 더 싫어했다. 그 무렵에 마침 의왕터널 지나서 새로 생긴 단지에 영탁이네가 입주하게 되었기 때문에 영주는 어머니가 아들네 가고 싶을 때 질러가라고 생긴 굴이라고 일러드리곤 했다. 그러면 어머니는 활짝 웃으며 편안해지곤 했는데, 실은 어머니의 건망증이 심해져서 집도 잘 못 찾게 된 게 터널이 생길 무렵부터여서 그 소리는 수도 없이 반복되었을 터였다.

"그랴그랴, 나더러 영탁이네 휘딱 가라고 그 굴을 뚫어줬다구? 시상에 누가 내 마음을 그리 잘 보살펴줬을꼬."

모녀는 그런 소리를 아마 골백번도 더 주고받았을 것이다. 그러나 어머니에게 영탁이네 갈 일은 자주 생기지 않았다. 아무리 아들네라도 초대받지 않고 불쑥 가는 게 아닌 세상이 된 것은 가르쳐주지도 않았건만 알고 있었다.

그날 어떻게 해서 거기까지 이르게 되었는지는 어머니는 끝내 말하지 않았다. 안 한 게 아니라 못 했을 것이다. 의왕터널 외에는 아무것도 확실하게 입력된 게 없었을 테니까. 둔촌동에서 의왕터널까지 걸어갔다는 게 믿어지지 않았다. 걷기도 하고 타기도 했으리라. 영주는 밖으로 뛰쳐나가려다 말고 들어와서 차 키를 찾았다.

"어디 가시게요?"

"의왕터널."

"또 거길 가셨을라구요?"

"그 너머가 바로 외삼촌네니까. 그날 할머니가 거기 계셨다는 건 우연이 아니었잖니?"

"알아요. 그렇지만 과천에서 가깝기 때문일 수도 있어요."

충우가 영주 눈치를 보느라 조심스럽게 말했다. 영주는 과천 소리만 나오면 화를 내기 때문이다. 과천을 향한 노인네의 집착은 영주를 혼란스럽게 했다. 별안간 드러내기 시작한 아들의 보호 밑에 있고 싶다는 갈망은 어쩌면 예정된 것이었다. 이상하다면 그게 너무 늦게 왔다는 것뿐, 이 땅의 모든 어머니들의 유구한 전통이었으니까. 그러나 십 년 넘어 살았다고는 하나 고작 아파트 단지에 지나지 않는 과천에 대한 어머니의 이상한 애착을 영주는 이해할 수가 없었고, 설명할 수 없기 때문에 인정하기도 싫었다.

"할머니가 과천을 좋아하신다면 그건 여기보다 외삼촌네하고 훨씬 더 가깝기 때문이니까 그게 그거야."

영주는 필요 이상 차갑게 잘라 말했다.

"그렇게 외삼촌한테 신경을 쓰실 거면 모셔오긴 뭣 하러 모셔오셨어요?"

"애 좀 봐. 너 말하는 투가 할머니를 꼭 남의 식구처럼 여기고 있잖아."

"어머니 고정하세요. 그렇게 생각하는 건 오히려 어머니 쪽이에요. 정말 왜 그러세요, 어머니답지 않게."

64

"괜히 모셔왔나봐. 아니 모셔온 것만 못해. 또 거기 가 계신다고 해도 이번엔 외눈 하나 까딱 안 할 거야."

"아무튼 나가신 지 한 시간도 안 됐어요. 그 동안에 무슨 수로 거길 가셨겠어요."

"설마 그때 할머니가 걸어서 거기까지 가셨겠니?"

"그날 할머니 발 생각 안 나세요?"

충우가 약간 이맛살을 찌푸리며 말했다. 온통 으깨지고 물집이 잡힌 발을 더운물에 담그게 하고는 운 생각이 났다. 분하긴 또 왜 그렇게 분했던지. 어머니에게 아들네 집은 얼마나 요원했을까? 그 아득함과 그럼에도 불구하고 이르고야 말겠다는 어머니의 집념이 그 무참하게 으깨진 발가락에 고스란히 드러나 있었다. 그게 안쓰럽고도 징그러워 영주는 잠을 이루지 못했다. 그날 밤을 뜬눈으로 샌 영주는 다음날 영탁이를 불러 어머니를 모셔갈 수 있나를 타진했다. 타진이라기보다는 애원이었을 것이다. 영탁이는 장가들기 전부터 어머니는 자기가 모실 거라고 큰소리를 쳤었다. 영주도 그럴 것 없다고 못 박지는 않았지만 내심 대견했었다. 언젠가는 어머니를 모셔갔으면 해서가 아니라 내 어머니만은 이 자식 저 자식에게 치이는 천덕꾸러기가 안 될 것 같은 게 고마워서였다. 그 정도면 어머니는 충분히 귀하신 몸일 터인데도 왜 애원조로 굴고 있는지, 영주는 자신의 태도가 못마땅했지만 바로잡아지지가 않았다. 처음부터 그녀가 기대한 것하고는 전혀 다르게 나오는 영탁이의 태도 때문이었을 것이다. 감정을 드러내지 않고 듣기만 하고 나서도 한참 동안이나 우물쭈물하다가 겨우 한다는 소리가 "누나도 별수 없구려"였다. 야유하는 투였다. 무슨 뜻인지 모를 소리였다. 그러나 여간 불쾌하지가 않았음에도 불구하고 한마디도 반박을 못 했다. 노후를 아들에게 의탁하지 못하는 것을 제일 불쌍하고 떳떳지 못하게 여기는 사회적 통념에 결국은 동의하고 만 자신이 싫었기 때문에 불쾌한 꼴을 당해도 싸다 싶었나보다.

"애엄마하고 의논해보고 연락드릴게요."

그렇게 나오는 데는 한마디 안 할 수가 없었다.

"네 생각을 말해. 난 그게 듣고 싶어."

"노인네를 모시는 건 여자 아뉴? 나도 명령은 할 수 있어요. 그렇지만 그러고 싶지 않아요."

영탁이는 몇 해 연애하던 여자와 결혼해 아들딸 낳고 재미나게 살고 있었다. 어머니가 군더더기가 될 건 뻔했다. 군더더기를 받아들이려면 마음의 준비뿐 아니라 실제적 준비도 필요하다는 것을 이해해야 한다고 생각하면서도, 그러고 간 후 함흥차사인 동생을 괘씸하게 여기느라 영주의 심사는 내내 불편했다. 명색이 장남이 어쩌면 그럴 수 있을까? 용서할 수 없는 심정은 내가 어쩌면 이럴 수 있을까 하는 자책과 오락가락해서 자신도 누굴 탓하고 있는지 종잡을 수 없을 지경이었다. 더 참기 어려운 것은 어머니의 달라진 모습이었다. 듣기 좋으라고 그랬는지, 정말 그럴 작정이었는지 영탁이가 어머니한테 곧 모시러 오마고 약속하고 떠난 게 화근이었다. 어머니는 이제 공공연히 보따리를 싸놓고 안절부절을 못 했다. '우리 아들이 데리러 온댔는데, 야아가 왜 이렇게 늦나.' 걸핏하면 이렇게 중얼거리면서 대합실에 발을 묶인 사람처럼 초조하게 창밖만 내다보기도 하고, 강하게 밀어내는 시선으로 집안 식구를 대하기도 했다. 참다못해 영주가 먼저 올케하고 직접 담판을 해서 어머니를 모셔가도록 했다.

그러나 어머니는 영탁이네서 석 달도 못 버티고 둔촌동으로 돌아오고 말았다. 실은 버티고 말 것도 없었다. 어머니는 하루하루 자신의 의지라는 걸 상실해갔으니까. 못 버틴 건 어머니가 아니라 영주였다.

어머니를 그렇게 떠맡기다시피 한 영주는 매일매일 문안전화를 안 할 수가 없었고 어머니는 그럴 적마다 야아, 나 과천 갈란다, 과천 좀 데려다주려무나, 그 말밖에 안했다. 그 말이 그렇게 애절하게 들릴 수가 없었다. 과천은 영주네가 둔촌동으로 오기 전에 살던 동네였기 때문에 영탁이나 그의 처는 그 말을 딸네로 가고 싶다는 소리와 같은 뜻으로 알아듣는 듯했다. 그러나 두 내외가 다 영주한테 모셔가란 소리는 죽어도 안 할 것처럼 깔끔하게 굴었다. 동생 내외한테서 모셔가란 소리가 안 나오는 게 오히려 야속할 만큼 영주는 어머니가 거기 계신 게 불안했다. 어머니를 동생네로 보내고 하루도 마음 편한 날이 없었던 것은 영주도 어머니의 과천 상성을 딸네 집으로 다시 오고 싶다는 소리로 알아들었기 때문이었다. 장녀로서 동지로서 어머니와 함께해온 수

많은 세월을 잊지 않고서는 차마 못 들은 척할 순 없는 애소였다. 그러나 영주는 주리 참듯 참았다. 느희들이 다시 모셔가라고 빌면 모를까, 내 입에서 먼저 모셔오겠다는 소리가 나올 줄 알구, 하는 영주의 앙심과, 한번 모셔온 이상 누나가 애걸복걸이나 하면 모를까 다시 어머니를 내주는 일이 있어서는 안 된다는 영탁이의 고집은 상반된 것 같으면서도 실은 같은 것이었다. 그들이 모시고자 한 것은 어머니가 아니라, 아들이 있는데도 딸네에 의탁하거나 거기서 죽는 것은 절대로 해서는 안 되는 치욕이라는, 관념이었으니까.

아들과 딸의 이런 보이지 않는 버티기를 아는지 모르는지 어머니의 여기 있으면 저기 있고 싶고 저기 있으면 여기 있고 싶은 증세는 하루하루 더해갔다. 어머니에게는 이미 아들이냐 딸이냐는 그닥 중요하지 않았다. 여기도 아닌 저기도 아닌 데가 과천이었다. 어머니는 겉으로는 지능이 퇴화하는 것처럼 보였지만 발달하고 있는지도 몰랐다. 치사하게 아들네서 딸네로, 딸네서 아들네로 보따리처럼 옮겨다니느니 여기도 아닌 저기도 아닌 과천이란 완충지대를 만들어놓고 거기 보내달라고 보채고 있으니 말이다. 아들네서도 마침내 가출이 시작됐다. 그러나 영탁이 처가 어떻게 사전 조치를 철저히 해놓았는지 어머니의 탈출은 번번이 그 단지 안을 벗어나지 못했다. 그녀는 그 단지의 부녀회장이어서 발이 넓을 뿐만 아니라 지능적이었다. 그녀는 어머니에게 도저히 외출할 수 없는 옷을 입혀놓았는데 멀리 못 가게 하기 위해 그럴 수밖에 없다는 것이었다. 잠옷이나 고쟁잇바람의 어머니의 외출은 아이들 눈에도 즉각 띄게 돼 있었고, 눈에 띄었다 하면 경비 아저씨한테 즉시 연락이 가도록 돼 있었다. 그런 모습으로는 그 단지는커녕 아마 자기네 동(棟) 경비 눈도 벗어나본 적이 없었을 것이다. 그래도 어머니의 탈출 시도가 계속되자 영탁이네 현관문엔 자물쇠가 하나 더 달리게 되었다. 보통 아파트 현관문은 밖에서 잠가도 안에서 여는 데는 지장이 없이 돼 있건만 그 집에는 나가는 사람이 밖에서만 잠그고 열 수 있는 장치가 추가된 것이다. 영주가 그걸 보고 언짢아하자 식구들이 다들 외출할 때는 그럼 어쩌란 말이냐고, 영탁이 처는 유리알처럼 정 없이 빠안한 시선으로 대드는 것이었다. 하긴 노인네를 지킬 사람을 따로 고용하지 않는 한 그런 장치는 불가피할지도 몰랐다. 영주 보기에 영탁이 처가 하는 일은 나무랄 데 없이 완벽했다. 영주는 그녀의 완벽함이 무서웠고, 영주보다 몇 배 더 무서워하며 왜소하고 황폐해지는 어머니의 비명이 들리는 듯하여 섬뜩해지곤 했다. 거기까지는 그래도 참아줄 수가 있었다. 며칠 만에 자물쇠가 하나 더 추가되었는데 어머니를 방 안에만 계시도록 하기 위한 방 자물쇠였다. 집 밖에 절대로 나갈 수 없다는 걸 납득하고 난 어머니는 혼잣말을 중얼대며 온종일 집 안의 문이란 문을 있는 대로 열어보면서 왔다갔다하는 게 일이니 어쩌겠느냐는 것이었다. 열어본 문을 화장실이나 광문까지 열고 또 열어보면서 이 방 저 방을 기웃대니 어머니 눈엔 그 집에 헤아릴 수 없이 많은 방이 있는 것처럼 보였을 것이다.

"여기도 방이 있네, 여기도 방이잖아? 무슨 집이 이렇게 방이 많담. 비워두다니 아까워라. 망할 놈의 여편네 같으니라구, 세나 주지 않구."

이렇게 중얼대면서 온종일 쏘다니는 걸 참다못한 동생의 댁이 마침내 어머니를 방 안에 가둔 것이다.

"저도 오죽해야 그랬겠어요. 신경이 써져서 살 수가 있어야죠."

그 노릇이 얼마나 못 할 노릇이었나는 그녀의 여위고 스산해진 모습만 봐도 알 수가 있었다. 그러나 영주는 서로의 인격을 죽자꾸나 부정하는 이 무서운 싸움을 짐짓 신경이 써질 뿐이라는 식으로 대수롭지 않게 표현하는 동생의 댁을 가증스러워하는 것만으로도 숨이 찼다. 이제 영주는 그들의 사이가 나아지길 기대하기보다는 빨리 그쪽에서 더는 못 모시겠다고 두 손을 번쩍 들기를 이제나저제나 바라고 있는 형국이었다. 그러나 그것조차 여의치 않았다.

영주가 어머니를 뵈러 간 날이었다. 언제나처럼 동생의 댁은 감정을 드러내지 않는 냉정한 얼굴로 맞이하고 영주는 너무 자주 드나들어 미안하다는 표정을 만면에 띠고 들어갔다. 동생의 댁은 차까지 끓여오면서도 어머니 방 문을 열어주지 않았다.

"어머니는 낮잠을 주무시나?"

"궁금하시면 베란다 쪽으로 나가셔서 창문으로 들여다보시죠?"

"아니 그게 무슨 소리야? 이젠 방문 열어주기도 귀찮아? 해도 너무하는구먼."

"저도 어머님한테 배웠어요."

동생의 댁이 처음으로 눈물을 보이면서 푸념을 했다. 어머니의 증세는 요새 부쩍 더 심해져서 낮에는 물론 밤에도 창문을 통해 베란다로 나와서 아들 며느리 방을 들여다본다는 것이었다.

"그러다 저하고 눈이라도 마주치면 댁은 뉘시우 하고 물으실 때 제 기분이 어떤 줄 아세요?"

그녀는 그 기분이라는 것을 더는 설명하지 않았다. 그래도 영주에겐 그녀가 얼마나 진저리를 치고 있나 여실히 느껴졌다. 분노와 모멸감으로 심장이 옥죄는 듯했다. 이윽고 영주는 베란다로 나가서 어머니의 방을 엿보았다. 어머니는 벽에 걸린 거울 속의 늙은이를 노려보면서 "댁은 뉘시우? 응? 저리 비켜요. 썩 물러나지 못할까" 연방 발을 구르고 있었다. 어머니가 거울 속의 노파가 누군지 못 알아보는 것처럼 영주는 방 안에 갇힌 늙은이가 어머니라는 걸 인정할 수가 없었다. 그 동안 더 야위거나 추비해진 건 아니었다. 노인네에 어울리는 편안한 옷을 입고 있어서 속고쟁잇바람으로 있을 때보다 오히려 더 단정해 보였다. 그러나 영주는 어머니의 눈빛이 그렇게 방어적인 걸 본 적이 없었다. 문 열어놓고 사는 집처럼 편안한 어머니였는데…… 눈빛뿐만 아니었다. 그 조그만 몸이 누가 툭 건드리기만 해도 당장 물어뜯으며 덤벼들 것처럼 긴장해서 털끝까지 곤두서 있다는 걸 자기 몸처럼 느낄 수가 있었다. 어머니 혼자서 대항하기에 이 세상은 얼마나 끔찍한 세상이었을까.

영주는 동생의 댁한테 문을 열어달랠 것 없이 베란다로 난 문을 통해 안으로 들어갔다. 어머니는 뉘시오? 묻지도 않고 덤비지도 않고 방구석에 가서 붙어섰다. 혼자 갈고 닦은 적개심만으로는 도저히 대항할 수 없는 거인을 만난 것처럼 어머니는 두려워하고 있었다. 영주는 어머니를 안았다. 나쁘지 않은 비누 냄새가 났다. 방 안도 간소하지만 정결했다. 벽에는 풍경화까지 두어 점 걸려 있었다. 화장실까지 딸린 방이면 아파트에선 안방에 해당할 터였다. 처음부터 동생네가 어머니에게 그 방을 내준 걸 영주는 여간 고맙게 여기지 않았다. 그 기분을 유지해야 된다고 생각했다. 영주는 품안에 들게 작은 어머니의 등을 토닥거리다가 살살 쓰다듬기 시작했다. 영주가 지금 쓰다듬고 있는 건 어머니가 아니라 자신 안에서 곤두서려는 분노일 수도 있었다. 어머니를 자기 집으로 모셔가야 한다고 생각했지만 동생의 댁한테 좋은 말로 그 얘기를 해야지 절대로 얼굴을 붉히거나 해서는 안 된다고 생각했다. 동생은 지금 거기 없었지만 괘씸한 생각이 별로 안 들었다. 어머니와 아내 사이에서 겪었을 그의 마음고생이 어떠했으리라는 것은 헤아리고도 남았다. 나이 차이 때문만이 아니라 태어날 때부터 아버지 없이 태어난 불쌍한 것을 남부럽지 않게 길러내야 한다는 중책을 어머니와 함께 나눠졌던 세월 때문에 그녀의 동생에 대한 느낌은 동기간의 우애라기보다는 모성애에 가까웠다. 영주는 어머니가 답답해할 때까지 오래 어머니를 쓰다듬고 있었다. 자신의 분심을 억제하기가 그만큼 어려웠던 것이다.

그렇게 해서 다시 둔촌동으로 모셔온 어머니는 믿을 수 없을 정도로 빠르게 그전의 모습을 회복해갔다. 돌아오는 차 안에서 벌써 남을 무조건 의심하고 경계하는 방어적인 눈빛과 몸짓은 사라진 뒤여서 식구들은 아무도 할머니가 더 나빠졌다고 생각하지 않고 나들이에서 돌아오는 분 맞듯이 했다. 영주도 내가 혹시 잘못 본 게 아닐까, 동생의 댁을 덮어놓고 밉보려는 고약한 시누이 근성 때문에 그리 보였던 건 아닐까, 은근히 자책까지 할 지경이었다. 그래도 가장 경계해야 할 것이 가출인 것은 그때나 이때나 변함이 없는지라 어머니 혼자서 집을 보게 하는 일이 없도록 했다. 전업주부가 없는 집에서는 그게 가장 어려웠다. 고2짜리 경아는 빼주고 영주하고 충우가 강의가 없는 날은 서로 당번을 서기로 했지만 그것만으로는 어림도 없었다. 사이사이 파출부를 쓰기도 하고 이모들이 와서 봐주기도 했지만 어머니가 다시 쉬엄쉬엄 집안일을 거들기 시작하고부터는 그나마 조금씩 허술해지던 중이었다. 집안일이라야 별것도 아니었다. 콩나물을 다듬어준다거나, 도라지를 찢어준다거나, 버섯이나 고사리를 보고 이건 우리나라산이 아니라고 분별해주는 정도였다. 그래도 그런 것도 안 시키면 죽으면 썩을 몸 놀면 뭐 하냐고 섭섭해했다. 영주는 어머니 입에서 그 말을 다시 듣게 된 게 그렇게 기쁠 수가 없었다. 하숙 칠 때 어머니가 가장 자주 하던 소리였다. 그 소리를 들으면 마치 어린날, 늦도록 기다리던 나들이 간 어머니가 저만치 부우연 어둠 속에 나타나는 걸 보고 뛰어가 치마폭에 안겼을 때처럼 마음이 놓이고 푸근해졌다. 더 좋은 건 빨래 개키는 솜씨가 돌아온 거였다. 어머니는 빨래가 약간 축축할 때 걷어다가 어찌나 정성을 들여 반듯하게 펴서 개키는지 내복도 꼭 다림질해놓은 것 같았다. 그건 아무도 흉내낼 수 없는 어머니만의 솜씨였다. 어머니의 손은 아직도 든든하고 예뻤다. 아, 아, 빨래를 꼭 다림질해놓은 것처럼 개키는 우리 엄마 손, 이러면서 어머니 손을 어루만지고 있노라면 경배하며 입 맞추고 싶은 따뜻한 충동에 사로잡히곤 했다.

그렇다고 들락날락하는 기억력까지 회복된 건 아닌데도 마음을 너무 놓았었나보다. 정 아쉬울 때는 어머니를 혼자 두고 집을 비울 때도 종종 있었다. 이모들한테 번번이 부탁하는 게 미안하기도 했지만 이모들은 무슨 말끝에고 반드시 죽을 때는 아들네서 죽어야 제대로 된 팔자라는 걸 어머니한테 입력을 시키고 말 것 같아서였다. 이미 확고하게 입력된 관념이 지워졌다고 믿는 건 아니지만 최소한 잠재된 걸 이르집는 짓은 삼가고 볼 일이었다.

3

　그 집 처마밑에 온통 연등이 달렸다.

　그 집에 절 표시와 천개사 포교원이라는 간판이 달리고 난 지 몇 달 만이었다. 연등으로 처마밑을 뒤란까지 두르고 나서도 남아 마당 위에다 줄을 매고 달아놓았다. 포교원 간판이 붙고 나서 처음 맞는 사월 초파일이었다. 원주민 동네에서 바라보면 연등은 분홍빛 풍선뭉치처럼 보여서 어느 순간 그 집을 매달고 둥실 승천하는 게 아닌가 하는 기대감을 불러일으켰다. 그런 기대는 허황하지만 기쁨에 충만한 거여서 동네 전체에 축제 분위기를 훈풍처럼 실어왔다. 연등이 달리기 전부터도 동네 사람은 그 집에 절 간판이 붙은 걸 보고 괜히 좋아했었다. 그러나 그 동네에 그 절의 신도는 한 사람도 없었다. 점도 치러 다니고 절에 치성도 드리러 다니면서 신앙이 불교라고 생각하는 집은 그 동네 가구 중 아마 반도 넘을 테지만 그 절의 신도는 한 사람도 없었다. 그런데도 그 집에 연등이 그렇게 많이 달린 걸 보자 생긴 지 얼마 되지도 않은 절에 신도가 꽤 많구나 싶어 기뻐해주고 싶었던 것이다. 남이 잘되는 걸 별로 좋아해본 적이 없는 마을 사람답지 않았다. 그 집이 절집이 되기 전엔 점집이었기 때문에 더 그런지도 몰랐다. 동네 사람들은 점집보다 절집이 격이 높다고 생각했고, 아이들 교육상도 절집이 나을 듯했다. 그렇다고 그 집이 점집이었을 적에 마을 사람들이 배타적으로 군 것은 아니었다. 따돌릴 것도 없이 그 집의 위치 자체가 마을로부터 배타적으로 돼 있었다. 낯선 사람이 그 동네에 들어와 처녀점집이 어디냐고 물으면 저어기 저 옛날 집일 거라고 벌판 너머를 가르쳐주곤 했다. 간판이나 깃발 따위 점집의 표시는 없었지만 그 집이 점집이라는 걸 모르는 마을 사람은 없었다. 또한 그 집에선 처녀가 점을 치고 있겠구나 하는 것도 외부 사람들이 그렇게 물으니까 그러려니 할 뿐 그 처녀 점쟁이가 예쁜지 미운지, 용한지 돌팔이인지 아는 사람도 있는 것 같지 않았다. 원주민 동네 사람 중 태반은 하는 일이 뜻대로 안 돼 무꾸리들을 잘 다녔고, 그게 유일한 취미인 사람까지 있었지만 그 집에 가서 점을 쳤다는 이는 아직 한 사람도 없었다. 고향에서 인정을 못 받기는 비단 예수님만이 아닌 모양이다.

파일날도 동네 아이들만이 그 집 앞으로 몰려가 안을 기웃댔다. 바람에도 가벼운 것이 먼저 날리듯이 축제 분위기에도 아이들만 덩달아 들떴을 뿐 그 동네 어른들은 끄떡도 안 했다. 파일날을 명절로 쇠는 집도 아마 각각 다니던 머나먼 절을 찾아 전철로 버스로 나들이를 떠났을 것이다. 그 집 대문은 활짝 열려 있었고 분합문 안엔 아담한 금빛 부처님이 비단방석에 앉아 은은한 미소를 짓고 있었다. 많은 신도들이 자기네 식구 이름을 꼬리표로 달고 있는 연등이 어디 있는지 찾아보느라 부산했다. 그들이 차려입은 색색가지 비단한복이 보기 좋았다.

그 절 스님은 비구니였다. 그 집이 점집이었을 적에 처녀 점쟁이와 지금의 비구니는 같은 사람이었다. 부처님까지도 처녀 점쟁이가 모시던 부처님과 같은 부처님이었다. 다만 절 표시를 붙일 무렵에 금빛이 좀더 찬란해졌을 뿐. 도금을 새로 했으니까. 신도들도 대부분 그 집이 점집이었을 적부터의 단골들이었고 새로운 신도들이 생겨봤댔자 점집 단골들한테 그 집 부처님이 영검하다는 소문을 듣고 솔깃해진 이들이었다. 단골이자 신도들은 처녀점쟁이가 스님이 된 데 대해 조금도 이상해하거나 뜨악해하지 않았다. 점쟁이였을 적에도 그 처녀는 부처님을 모시고 있었고, 처녀의 투시력이나 예언능력이 부처님으로부터 온다고 믿기는 마찬가지였으니까. 점집이었을 적에 단골들이 점을 치러 오면 으레 부처님한테 먼저 절을 하고 나서 점을 쳤고, 점을 다 친 후 또 한번 부처님한테 절을 하고 물러나는 절차도 절집이 됐다고 해서 달라지지 않았다. 그때나 이때나 신도들은 그녀의 무심히 던지는 것처럼 툭툭 내뱉는 한두 마디에서 남편의 영화나 자식의 출세와 관계되는 영감을 얻으려는 열망 때문에 그 집을 찾기는 마찬가지였다. 그리고 그녀가 영검한 걸 부처님이 영검한 것과 동일시했기 때문에 그녀가 점쟁이였을 적에 깍듯이 보살님이라고 불렀던 것처럼 비구니가 된 그녀를 자연 스님이라고 부르는 데 전혀 거부감을 느끼지 않았다.

달라진 게 있다면 한 달에 한 번 법문을 듣는 날이 따로 생긴 것이다. 법문은 천개사에서 내려온 노스님이 했다. 파일이나, 설, 칠석 등 이름 붙은 날이나, 망인의 사십구재나, 간혹 신도들이 부탁해서 불공을 드릴 일이 있는 날에도 천개사 스님이 내려왔다. 그러나 그 절집 신도들은 그 천개사라는 절이 어디 있는지 알지 못했다. 자연 스님이 어렵게 대하고, 또 내려오신다는 표현을 쓰니까 머나먼 곳에 있는 수려한 산속의 절을 연상할 수 있을 뿐이었다. 그러나 신도들은 그 천개사 스님을 별로 탐탁하게 여기지 않았다. 나이에 걸맞은 관록은 있어 보였으나 예언 능력을 나타낸 적은 거의 없었다. 신도 중에는 신분을 숨기고 싶어하는 고위층의 사모님도 간혹 있었는데, 그걸 알아보는 능력 하나는 뛰어나다는 것이 신도 사이의 중론이었다. 그런 능력이란 신도 사이의 친목을 해칠지언정 스스로의 권위를 위해서는 결코 득될 게 없었다. 요컨대 신도들은 그 노스님을 점집에서 절집으로 변화하는 시기에 있어야 하는 구색 정도로 봐주고 있는 셈이어서 하루빨리 자연 스님이 염불을 잘하게 되기를 바랐다. 자연 스님이 직접 그렇게 말한 적이 없는데도 스님은 지금 불교 배우는 대학에 가려고 공부중이라고 신도들 사이에 알려지고 있었다.

아직 천개사에서 노스님이 내려오기 전이었지만 큰 가마솥이 걸린 부엌에선 음식 장만이 한창이었다. 온갖 과일과 유과와 떡집에서 맞춰온 편과 절편도 부엌에 붙은 찬마루에 즐비했다. 파일이니까 신도들에게 점심은 물론 저녁 밤참까지도 대접할 준비였다. 국 끓이고 나물 무치는 일손도 충분했다. 총지휘를 하는 마금네의 음성은 일흔이 다 된 나이가 믿어지지 않을 만큼 기름지고 극성맞았다. 마금이는 자연 스님의 속명이자 호적상의 이름이었다. 마금네가 마금이를 낳고 나서 오늘처럼 행복하고 의기양양한 날은 아마 처음일 것이다. 마금네는 명령만 하고 일은 며느리들이 도맡아 하고 있었다. 마금네가 발기만 써주면 서울의 도매시장까지 득달같이 달려가서 장을 봐오는 사위도 있었다. 이대로 이 영업이 번창을 하면 아마 이삼 년 안에 이 집을 헐고 크게 짓든지 천개사와는 따로 어디다 절터를 장만하든지 해야 될 것이다. 생각만 해도 어깨가 으쓱했다. 마금네가 그 집을 둘러보는 시선은 탐욕스럽고도 그윽했다. 켕기는 구석도 없지 않았다. 흉가를 복가로 탈바꿈시켜 지금 한창 불 일어나듯이 일어나려는 판에 집에 손을 댄다는 것은 복을 쫓는 일이 되는 게 아닐까, 삼가는 마음 때문이었다. 그러나 치미는 욕심이란 늘 삼가는 마음보다 우세하기 마련이다. 오늘 이 좋은 날을 기해 이 자리에 법당을 짓자는 불사를 일으키기로 신도 중 오래된 단골들과 천개사 스님과 대강의 합의를 보았으니 반은 성사가 된 거나 마찬가지였다. 마금네가 사람의 마음에 위안과 희망을 주는 이런 사업에 눈을 뜬 지 오래됐다고는 할 수 없어도 확실하게 터득한 것은, 돈 버는 데 있어서 이 사업만큼 땅 짚고 헤엄치기도 없거니와 시작이 반이라는 소리가 그대로 들어맞는 사업도 없다는 사실이다.

마금네는 찬마루에 지키고 앉아 잔소리를 하는 한편 오늘 인등시주로 들어온 돈, 오늘 안에 불전으로 더 들어올 돈 등을 대충 머릿속으로 굴리기에 바빴다. 그녀의 표정은 싱글벙글했다시뜻했다 변덕스럽게 변했다. 마침내 궤도에 오른 사업이 꿈인가 생신가 대견하면서도 오늘 같은 날이면 돈을 주체를 못 해 가마니에다 발로 꾹꾹 눌러담는다고 소문난 어느 큰 절에 비하면 아무것도 아닌 것 같아 속이 부글거리곤 했다.

자연 스님의 방심한 듯 흐릿한 표정도 못마땅했다. 모녀간에 손발이 잘 맞아야 이 사업이 번창한다는 걸 아는지 모르는지, 손발은커녕 눈길 한번 맞추려 들지 않는 딸이 아니꼬워 죽겠는 걸 참자니 그도 못할 노릇이었다. 지가 뉘 덕으로 이만큼 됐는데, 그 천덕꾸러기가 용 됐다고 감히 이 에미를 업신여겨? 그러나 딸이 그럴 만한 까닭도 충분히 있었기 때문에 안 보는 데서는 눈을 흘기다가도 마주치면 얼레발을 치곤 했다. 그건 그녀도 할 노릇이 아니었지만 딸 역시도 그런 까닭으로 해서 피하려 드는지도 몰랐다. 그러니까 서로 눈도 안 마주치려는 건 모녀간의 묵계 같은 거여서 마금네가 이 집에 드나드는 건 법회나 불공이 들 때뿐이지 평상시에는 자연 스님 혼자서 지내도록 내버려두었다. 그러나 처녀 점쟁이일 때나 자연 스님일 때나 그녀가 그 집안의 유일한 돈줄인 건 변함이 없었다. 딸은 어머니하고 눈뿐 아니라 입도 잘 어울리려 들지 않았지만 돈주머니는 어머니가 수시로 마음대로 쓰도록 간여하지 않았다. 그녀는 자기가 하루 얼마를 버는지 알지 못했다. 그것을 계산하기 시작하면 식구들과 말을 주고받아야 되기 때문에 그걸 피하려고 스스로를 그렇게 버릇 들이고 있는지도 몰랐다. 그녀는 그 집안의 밥줄이고, 그녀 돈은 마금네 돈이고, 마금네 돈은 마금네 돈이었다.

　마금네야말로 그 동네의 진짜 토박이였다. 그 집의 선사시대
까지 알고 있었으니까. 그러나 지금 그녀는 원주민 동네에 살고
있지 않았다. 원주민 동네를 눈에 거슬리는 풍경처럼 굽어보는
아파트에 살고 있었다. 마금네는 아파트도 원주민 동네도 생겨
나기 전 그 동네가 농촌이었을 무렵 거기 어디서 태어나서 거기
어디로 시집가서 고달프고 어렵게 살았다. 그때부터도 그 집은
들판 한가운데 있었다. 마금네는 그 집보다 훨씬 못한 집에 태어
나서 친정보다 더 못한 데로 시집가서 살았고 그 집하고는 아무
런 관계도 없었다. 육이오 난리통에 처음으로 그 동네를 떠났다
돌아와보니 마을은 많이 변해 있었다. 인구의 이동도 심했고 빈
집도 많았다. 그 집은 그 동안 더 몹시 퇴락한 채로 남아 있었지
만 비어 있었다. 주인이 부역을 얼마나 몹시 했는지 가족들이 몰
살을 당했다고 했다. 원한을 산 사람한테 죽임을 당한 장소가 그
집이었다고 해서 알 만한 사람은 흉가라고 그 집 앞으로 갈 일도
돌아다녔다. 가끔 거지들의 소굴이 되기도 했다. 집은 점점 흉흉
해졌다. 육이오 때 일을 기억하는 사람들이 하나도 안 남아날 만
큼 세월도 가고 주민의 변동도 많았건만 그 집이 흉가라는 건 더
욱 과장되게 전해 내려왔다. 마금네는 과수원 날품팔이꾼 남편
과의 사이에서 아이를 오남매나 낳아 기르면서 그 동네를 못 떠
났고 그 동안 한 번도 제 집을 가져본 적이 없지만 그 집을 단 하
룻밤의 편한 잠을 위해서도 눈독 들인 적이 없었다. 그 집은 흉

가일 뿐 집이 아니었다.

그 흉가에서 어느날부터인가 가냘픈 연기가 오르기 시작했다. 또 지나가던 거지가 들었나보다 하는 관심조차 갖는 이가 없었다. 그때는 미처 원주민 동네도 생겨나기 전이었다. 벌판과 과수원에 드문드문 집이 있긴 해도 농촌이 피폐해질 조짐은 완연했다. 그렇지만 그쪽 땅까지 금싸라기땅이 되리라는 건 아무도 예측하지 못할 때였다. 그 집의 겉모양까지 사람 사는 집 티가 나기 시작할 무렵 그 집을 주목하기 시작한 게 마금네였다. 그 집에 들어와 살기 시작한 이가 몰살을 당한 주인의 살아남은 동생이라는 걸 알아볼 수 있는 사람은 마금네밖에 없었다. 육이오 때 청년이었던 그는 형 일가가 몰살당하는 걸 목격하고 충격을 받기도 하고 달리 의탁할 가족도 없고 하여 절로 들어가 이십 년 가까이 수도생활을 하다가 환속을 한 거였다. 마금네는 처음부터 그를 해코지할 구체적인 계획이 있는 것은 아니었지만, 그의 정체를 알고 있다는 건 생각만 해도 근질근질했다. 언젠가는 요긴하게 써먹을 때가 있을 것 같은 막연한 예감 때문이었다. 그 근처 땅값도 만만치 않아지기 시작할 때와 맞물려서 그 집을 지켜보는 마금네의 마음은 날로 팽팽해졌다. 젊음을 절에서 보낸 사내가 어느 날 느닷없이 절을 등진 것은 속세에서 먹고살 수 있는 길이 기다리고 있어서는 아닌 듯했다. 그 집에 선원(禪院) 간판이 붙었다. 절에서 만든 인간관계도 꽤 쏠쏠했던 듯 지식인풍의 남자들의 발길이 빈번하달 순 없어도 꾸준히 이어졌다. 마금네와 남편이 허드렛일을 거든다고 드나들면서 그 사람들이 한문이나 불경 공부를 하러 온다는 걸 알 수 있었다. 다달이 정기적으로 제법 많은 사람의 모임이 있는 날도 있었다. 마금네는 식구도 덜 겸 겨우 국민학교를 졸업한 마금이를 그 집에 잔심부름꾼으로 들여보냈다. 입에 풀칠도 어려울 때이기도 했지만 중학교도 못 보낼 바엔 기술이라도 가르쳐야 마땅하련만, 계집애가 어려서부터 청승을 잘 떨고 가끔 남의 앞일을 알아맞히는 이상한 능력을 보였기 때문에 귀동냥으로라도 불경을 좀 배워놓으면 쓸모가 있을 듯싶은 생각이 들어서였다.

그때만 해도 원주민 동네를 양옥집 동네라고 부를 때였다. 양옥집 동네 사람들은 무슨 선원이란 간판이 붙은 그 퇴락한 집을 경원했고 그 집에 사는 중도 속환이도 아닌 이상한 남자를 도사라고 불렀다. 물론 양옥집 동네 사람 중 누구도 그 집에 도를 닦으러 가거나 불경 공부를 다니는 사람은 없었다.

마금이가 심부름꾼으로 들어간 지 얼마 안 돼서 도사는 열네 살짜리를 범하고 말았다. 마금이는 다시는 그 일을 또 당하고 싶지가 않았기 때문에 엄마에게 고했다. 마금네는 길길이 뛰며 도사를 협박했고, 도사에게 많은 것을 뜯어내기 위해 도사가 그 집과 텃밭을 정식으로 소유할 수 있도록 도와주는 역할을 했다. 이윽고 그 집은 마금이의 소유가 됐고 도사는 남은 공터를 얻었다. 너도 좋고 나도 좋자였다. 마금이는 그 사건으로 남자 혐오증을 얻은 대신 사람의 표정이나 말투에서 그 사람의 생각을 감지하는 능력은 더욱 예민해졌다. 마금네는 딸의 그런 능력을 최대한으로 이용해 처녀 무당으로 키웠지만 마금이가 변덕이 심하고 돈욕심이 없어서 그 사업이 마금네의 욕심만큼 번창한 건 아니었다. 그러나 누이가 무당인 걸 빌미로 놀고먹으려는 여러 자식들하고 기생하기에 충분한 수입은 되었다. 처녀 점집이 절집으로 탈바꿈하기까지는 텃밭을 처분해서 다시 절을 하나 사가지고 산으로 들어간 도사의 협조도 있었지만 마금이도 순순히 응했다. 공부를 할 뜻을 비친 것도 그녀가 먼저였다.

그러나 그녀는 공부를 시작하기에는 너무 나이배기가 돼 있었고, 타고난 성품도 돈에 관심이 없는 것만치나 공부에 뜻이 없었다. 직감 외에 그녀는 아무것도 믿지 않았다. 그러나 무슨 핑계로든 여기 아닌, 어딘가로 가고 싶어했다. 그녀가 막연히 벗어나고 싶은 건 이 고장이 아니라, 여지껏 인연을 맺어온 사람들인지도 몰랐다. 그녀가 그 나이까지 만난 사람들은 식구건 남이건 하나같이 무슨 수를 써서든지 남의 재물이나 지위를 빼앗고 싶다는 생각밖에 머리에 든 게 없는 사람들이었다. 그걸 일찌감치 간파한 거야말로 그녀가 점을 칠 수 있는 주요한 밑천이었다. 그러나 사람이란 그런 것만은 아닌 것 같았다. 그녀는 아이를 낳아본 적은 없지만 어머니를 보면 어머니는 저런 것은 아닐 것 같은 생각이 들곤 했는데 그게 가장 괴로웠다. 그게 아닐 것 같은 거야말로 자신의 가장 정직한 속내였고 한밤에 문득 깨어나 마주 대하는 부처님의 고요한 미소가 동의해주는 바이기도 했다.

얼마를 벌었는지, 사월 파일을 치르고 난 절집은 그야말로 절간답게 고요하기만 했다. 마당의 연등을 마루 천장에다 옮겨걸어야지. 그러나 바람에 출렁이는 게 영락없이 연못을 거꾸로 이고 있는 기분이라고. 자연 스님은 하늘을 쳐다보며 미소지었다. 그리고 뒤란으로 푸성귀를 뜯으러 나갔다. 그렇게 음식을 많이 했건만 떡은 신도들한테 나누어주고 반찬은 식구들이 싹 쓸어가 먹을 게 아무것도 없었다. 딸이 한 번도 뭘 맛있게 먹는 걸 본 적이 없는 마금네는 뭘 먹도록 해줄 생각보다는 두면 썩혀버릴 거, 하면서 뭐든지 가져가려고만 했다. 그리고는 혼자만 뭘 잘 해먹는 줄 아는지, 행여 고기나 비린 건 먹고 싶어도 참아야지 안 그러면 신도 떨어져나간다고 윽박지르는 소리를 잊지 않았다. 음식 만드는 데 취미도 없고 어려서부터 제대로 배운 것도 없어서 그저 아무렇게나 굶어죽지 않을 만큼만 해먹는 게 버릇처럼 굳어져 있었다. 뒤란에 씨를 뿌린 것도 그녀가 아니어서 어떻게 해먹는 푸성귀인지도 모르고 손에 잡히는 대로 한 움큼 뽑아다가 다듬으려는데 노파가 한 사람 스르르 들어왔다. 한눈에 점을 치러 온 사람은 아니었다. 계절에 맞지 않은 옷에 비해 환한 얼굴이 까닭없이 눈부셨다. 노파는 웃으면서 스님을 나무랐다.

"아욱도 다듬을 줄 몰라. 쯧쯧 나이는 어디로 처먹었누."

그러면서 천연덕스럽게 마주 앉아 아욱을 다듬기 시작했다. 아욱은 연한 줄기의 껍질을 벗겨가며 다듬는다는 것을 그녀는 처음 알았다.

"다듬을 줄 모르니 씻을 줄은 더군다나 모르겠구먼. 아욱은 이렇게 씻는 거야."

그러면서 수돗가로 가져가더니 푸른 물이 나오도록 북북 으깨서 씻는 것이었다. 쌀뜨물 받아놓은 게 있을라구, 하면서 쌀을 내놓으라고 했다. 쌀 역시 박박 으깨서 한두 번 씻어내고 보얀 뜨물을 받아놓았다. 그리고 그 구식 부엌을 돌아보며 참 좋다고 연신 감탄을 하더니 밥을 안치고 장독에서 된장을 떠다가 국을 끓이는 것이었다. 그 모든 행동이 묵은 살림 하듯 막힘없이 능수능란했다. 스님은 그 이상한 할머니의 정체를 알아내려고 열심히 머리를 굴렸지만 도무지 짚이는 게 없었다. 대번에 뭐가 딱 와야지 오래 생각을 굴려서 알아낸 건 맞지 않는다는 걸 그녀는 경험으로 알고 있었다. 그러나 그녀는 그게 조금도 낭패스럽지가 않고 기쁨이 스멀스멀 등을 기는 것처럼 즐거웠다. 생전 처음 느껴보는 느낌이었다.

할머니가 차린 상에 두 사람은 정답게 겸상을 했다. 할머니가 끓인 아욱국이 어쩌나 맛있던지 국에 말아 밥 한 공기를 다 먹었는데도 할머니는 몸이 그렇게 약해서 어떡하냐고 자꾸 밥을 더 권했다. 누가 손님인지 헷갈리게 하는 할머니였다. 하긴 들어올 때부터 할머니는 자기 집에 들어오는 것처럼 아무렇지도 않게 굴었으니까. 저녁엔 뭐 구미 당길 걸 좀 해멕여야 할 텐데…… 다음 끼니 걱정까지 하는 할머니를 보면서 그녀는 슬그머니 어리광을 부리고 싶어졌다. 그런 느낌 또한 처음이었다. 그녀는 남한테 위함을 받아본 적이 없기 때문에 좋은 꿈을 꾸고 있는 것처럼 현실감 없이 황홀했다. 저녁엔 할머니를 위해서 장까지 봐왔다. 원주민 동네에 있는 미니슈퍼에 가서 두부도 사오고 콩나물도 사오고 멸치까지 사왔다. 그리고 부엌에 들어서서 할머니하고 주거니 받거니 저녁을 차렸다. 아까운 참기름을 그렇게 들이부으면 어떡하냐고 야단도 맞았다. 할머닌 야단을 잘 쳤지만 조금도 무섭지 않았다. 사람이, 아니 노인네가 어떻게 저렇게 거침이 없을까 신기했다. 밤엔 둘이서 나란히 자리 펴고 누웠다. 거침없이 들어왔듯이 잠든 동안 거침없이 나가면 어쩌나 싶어 살며시 할머니 손을 잡았다. 작고 거칠고도 말랑말랑한 손이었다. 옛날얘기 해줄까? 할머니가 손을 마주 잡아주면서 말했다.

"옛날, 옛날에 어린 자식 데리고 혼자 사는 과부가 있었더래. 과부는 바람이 났더래. 어린 자식 잠들면 서방 만나러 나가려고 밤마다 옷도 안 벗고 자더래. 에미가 밤이면 몰래 빠져나가는 걸 안 어린것은 손목에다 에미의 저고리 옷고름을 꼭꼭 묶고 잤더래. 새끼가 마음놓고 새근새근 잠들자 에미는 옷고름을 가위로 싹둑 자르고 풍우같이 달려나갔더래."

"너무 슬프다, 할머니."

그러면서 마금이는 새근새근 잠이 들었다. 몸과 마음이 푹 놓이는 숙면에서 깨어보니 아침이었다.

할머니는 곁에 있지 않았다. 그러나 밖에서 인기척이 났다. 마루에서 빨래를 개키고 있었다. 늙으면 죽어야지, 빨래 걷는 걸 잊어버리고 잤잖아? 그러면서 밤이슬에 눅눅해진 빨래를 어루만지듯 판판하게 쓰다듬어 반듯하게 개키고 있었다. 이따가 한번 더 볕을 봐야 해, 그래야 부숭부숭해지거든, 이렇게 중얼거리는 소리를 들으며 마금이는 어디서 저런 보물단지가 굴러들어왔을까, 생각할수록 신기했다. 쥐어짠 채로 털지도 않고 널어서 북어처럼 비틀어져 있던 그녀의 속옷과 가사가 방금 다림질해놓은 것처럼 반듯하고 얌전해졌다.

이렇게 시작된 할머니와의 생활은 꿈같이 편안하고 달콤했지만 어디서 온 할머니인지 어디로 갈 것인지는 궁금해하지 않기로 했다. 그 집에서 주인보다 더 자기 집처럼 자유자재로 행동한다는 것밖에 할머니의 정체를 알 수 있는 건 아무것도 없었다. 지난날에 대해서는 한마디로 횡설수설이었다. 일부러 그러는 것 같지는 않았다. 말꼬리를 잡고 추궁을 당하면 헷갈리는 표정으로 뭔가를 생각해내려고 애를 쓰다가도 금세 싫증을 냈고, 딴소리를 했다. 한번은 부처님을 물끄러미 바라보다가 예수쟁이들도 마음이 좋더라고, 하마터면 길에서 병이 들어 죽을 뻔했는데 깨어나보니 예수쟁이들이 기도를 하고 있더라는 소리를 한 적이 있었다. 그러나 다음날 거기에 대해 좀더 자세히 알고 싶어했을 때 전혀 딴소리를 했다. 멀리 보이는 비닐하우스를 바라보면서 요새 허리가 쑤시는 게 저기서 겨울을 났기 때문이라고도 했다. 그 소리 또한 종잡을 수 없기는 마찬가지였지만 아주 헛소리 같지는 않았다. 그녀가 직감으로 알 수 있는 것은 할머니의 기억력이 끊어졌다 붙었다 한다는 것 정도였다. 그러나 지금 이 상태를 만족해하고 있다는 것만은 확실했다. 고기도 놀던 물이 좋다더니, 사람도 살던 데가 이렇게 좋은 것을, 하면서 할머니가 기지개를 켜듯이 마음껏 느긋하고 만족스럽게 굴 적에는 옛날 옛적 이 집에 살던 할머니가 돌아온 게 아닌가 싶기도 했다. 그러나 그런 생각이 조금도 기분 나쁘지 않았다. 자기도 옛날 옛적부터 할머니의 손녀였다고, 지금은 이 세상이 아닌 그 옛날, 전생으로 돌아와 있다고 생각하면 그만이었다.

그러나 어쩌다 텅 빈 시선으로 먼 산을 바라보면서 우리 아들이 곧 데리러 온댔는데 왜 이렇게 안 오나? 이렇게 중얼거리는 소리를 들으면 가슴이 덜컥 내려앉으면서 기분이 언짢아지곤 했다. 아들이 곧 모시러 올까봐서가 아니라 계획적으로 버림받은 노인인 것 같아서였다.

4

어머니가 또 의왕터널 쪽으로 갔으려니 한 영주의 추측은 들어맞지 않았다. 그날은 뜬눈으로 새우고 다음날부터 가실 만한 데를 모조리 알아보고 나서 결국은 경찰에 신고를 하고 동회와 구청의 가정복지과에도 신고를 했다. 전국적으로 사람만 찾는 전화번호가 따로 있다는 것도 처음 알았다. 백방으로 수소문했으나 아무런 진전 없이 날짜만 흘러갔다. 신문에 광고도 내고, 남편 친구한테 부탁해서 청취율이 높은 시간에 방송도 몇 번 내보냈다. 그러자 제보가 몇 건 들어오기는 했지만 확인해보면 아니었다. 수원역에서 구걸을 하고 있더라는 식의 제보에 울먹이며 달려가기를 몇 번을 했는지 모른다. 내가 지금 바로 그 할머니한테 우동을 사먹이고 있으니 빨리 우동값 갖고 나오라고 하고 나서 어디라는 말도 없이 끊어버리는 장난질도 있었다. 검찰에 변사자 수배도 부탁했다. 그 결과 변사한 얼토당토않은 노인의 시체를 확인해야 하는 곤욕까지 몇 번 겪지 않으면 안 되었다. 그런 못 할 노릇은 주로 남편과 동생이 맡아서 해주었다. 할수 있는 일은 다 했다고 해서 가만히 앉아서 기다리기만 할 수는 없는 일이었다. 영주는 잠시도 집에 붙어 있지 못하고 차를 몰고 노인네가 갈 만한 데를 찾아나서지 않고는 못 배겼다. 집안 꼴이 말이 아니었다. 그래도 그 결과 과천에는 어머니가 한두 번 나타난 적이 있다는 걸 확인할 수가 있었다. 워낙 오래 살던 아파트라 안면이 있는 사람들이 많아 그중 어머니를 만났다는 이가 나타났지만 그냥 거기 어디 다니러 오셨다 가는 줄 알고 인사만 하고 말았다고 했다. 언제나처럼 깨끗하고 명랑해서 길을 잃은 줄은 꿈에도 몰랐노라고 했다. 그 사람이 만일 미리 그 사실만 알았더라도 붙들어두고 연락을 해주었을 것이다. 발을 구르고 싶게 억울했다. 때늦은 감은 있지만 사람 찾는다는 인쇄물을 신문지 사이에 끼우는 찌라시로 만들어 뿌리기로 했다. 몇 날 며칠을 두고 과천을 중심으로 평촌 산본 안양 일대의 신문보급소란 보급소는 다 찾아다니면서 그 일에만 종사하다가 신문 독자들이 찌라시를 눈여겨보지 않을 게 뻔해서 포스터를 만들어 붙이기로 했다. 평소의 어머니의 행동반경을 감안해서 그 범위 내만 붙이고 다닌다 해도 식구 단위의 인원만 가지고는 어림도 없는 큰일이었다. 그러나 어머니를 위해서 매일매일 뼛골 빠지게 뛸 일이 있다는 것 자체가 구원이었다.

그렇더라도 일일이 손 가고 시간 잡는 일이라 영주네 식구들만 갖고는 태부족이었다. 일손도 나눌 겸, 더 좋은 방법이 뭐 없을까 의견도 교환할 겸 삼남매가 모일 적이 많았다. 모이면 말이 많아졌고 비난의 화살은 으레 영주한테로 집중됐다. 나 같은 죄인이 무슨 할 말이 있겠수, 하는 건 영탁이가 자주 쓰는 말이었지만, 그 집 식구들이 가장 떳떳해 보였다. 영탁이 처는 이래라저래라 참견하는 법이라고는 없이 싸늘한 태도로 지켜보기만 했지만, 대문과 방문에 자물쇠 채운 게 최선의 방법이라는 게 증명된 이상 무슨 말이 필요하겠느냐는 냉소를 머금고 있는 것처럼 영주는 느끼곤 했다. 영숙이도 그런 걸 감지한 모양이다.

"언니가 그때 조금만 참지, 잘난 척하고 괜히 모셔와서 쟤들만 책임 벗게 됐지 뭐유? 보나 마나 올케는 속으로는 고소해할 거야."

"지금 누구 잘잘못 따지게 됐니? 어머니가 살아 계신지 돌아가셨는지도 모르고 사는 판에. 그때도 난 어머니가 바라시는 게 뭘까, 그것 먼저 생각하려고 했을 뿐이야. 이렇게 될 줄은 몰랐지만 잘못했다고 생각하진 않아."

"어이구, 박사 언니의 잘난 척은 하여튼 아무도 못 말린다니까. 경찰에서도 돌아가셨으면 즉시 연락이 닿게 돼 있으니 그 걱정은 말라고 했다며? 지문조회가 뭔가로."

"거기다 왜 박사는 갖다붙이니?"

"언니처럼 알뜰히 어머니 울궈먹은 자식도 없잖우? 그만큼 부려먹고도 뭐가 모자라 박사 욕심까지 내가지고 어머닐 늦도록 딸네집살이를 못 면하게 하다가 기어코 이 꼴 당한 거 아뉴?"

어쩌면 어머니하고 동생하고 이렇게 다를 수가 있을까. 즈이들이 누구 때문에 대학공부까지 할 수가 있었는데…… 그 일을 어머니는 장하게도 여겼지만 그 공의 반은 맏딸한테 돌리면서 늘 미안해하곤 했었다. 하숙집 딸 노릇만 안했어도 박사도 될 수 있는 딸이었는데, 이렇게 못내 아쉬워하는 소리를 한두 번 들은 게 아니어서, 어머니의 한을 풀어드리고 말겠다는 생각이 없었다면 박사를 뒤늦게 할 엄두도 못 냈을 것이다. 하숙집 딸답게 남편을 만난 것도 하숙생 중에서였다. 사정을 빠안히 알고 한 결혼이라 하숙집 딸에서 중학교 교사가 된 후에도 남편은 처가 식구와 같이 사는 걸 조금도 불편하게 여기지 않았다. 겉보리 서말만 있어도 안 한다는 처가살이를 그는 아무도 불편해하거나 미안해하지 않도록 잘 해냈다. 누가 가족관계를 물으면 장모님 모시고 산다는 소리를 여자들이 시어머니 모시고 산다는 소리와 다르지 않게 떳떳하게 했다. 영주는 그럴 때의 남편이 가장 잘나 보였고 그렇게 자랑스러울 수가 없었다. 어머니 또한 그런 사위를 좋아했었다. 지금도 구메구메 어머니 생각을 제일 많이 하는 게 남편이었다.

그런 형부에 대해서도 영숙이는 헐뜯고 싶어했다. 따뜻한 봄날이 계속되어 어머니가 한뎃잠을 주무시는 걸 가상해도 몸이 오그라붙는 느낌이 한결 덜해진 것만도 살 것 같은 날이었다. 남편이 아주 슬픈 얼굴로 어머니가 신 총각김치 줄거리 넣고 지진 청국장 생각이 간절하다고 말했다. 하필 영숙이가 듣는 데서 한 소리였고, 어머니의 그 솜씨가 천하일품이라는 건 다 아는 사실이었다. 남편은 울먹이듯이 비통한 얼굴로 그 소리를 했는데도 영숙이는 자리를 박차고 일어나면서 화를 냈다. 부리던 식모가 나갔어도 그보다는 듣기 좋은 소리를 할 거라는 거였다. 그게 그렇게 어머니에 대한 모욕이요 얕봄이라면 동생이 그리는 어머니는 어떻게 생겼을까. 영주는 빨래를 다림질해놓은 것처럼 얌전하게 개키는 어머니를 생각할 때 그리움이 가장 절절해졌으므로 남편의 진심을 이해하고도 남았다.

어느덧 어머니가 집 나간 지 반년을 바라보게 되었다. 계절도 초여름으로 접어들었다. 포스터를 천 장씩 몇번을 더 찍었는지 헤아릴 수 없게 되었지만 서울 시내와 근교를 다 덮기는 아지아직 멀었으리라. 제보가 끊긴 지도 오래되었다. 영주는 포스터도 붙일 겸해서 여기저기 산재해 있는 노인들의 수용기관을 찾아다니는 게 거의 일과처럼 돼버렸다. 보건사회부에 등록되지 않은 사설기관도 많았다. 그런 데는 소문으로 찾아다니는 수밖에 없었다. 그런 데를 한 군데 어렵게 찾아보고 돌아오는 길이었다. 아무 특징도 없는 서울 근곤데 괜히 쉬어가고 싶은 데가 있었다. 그녀는 차에서 내려 우선 공기를 심호흡했다. 특별히 신선한 것 같지도 않았다. 구질구질한 마을 어귀였다. 이 마을에도 포스터를 붙여볼까 하다가 문득 저만치 외딴집이 보였다. 요새도 서울 근교에 저런 옛날 집이 남아 있는 게 신기했다. 문화재적인 옛날 집이 아니라 그냥 나이만 많이 먹은 귀살스러운 옛날 집인데도 영주는 이상한 힘에 끌려 차츰차츰 다가갔다. 다가가면서도 무엇에 이끌리고 있는지 이상해서 주춤거렸다. 느닷없이 하숙 치던 종암동 집 생각이 났다. 그냥 생각이 난 것뿐 비슷한 것 같지는 않았다.

혁 하고 숨을 들이쉬면서 천개사 포교원이라는 간판과 함께 빨랫줄에서 나부끼는 어머니의 스웨터를 보았다. 영주는 멎을 것 같은 숨을 헐떡이며 그 집 앞으로 빨려들어갔다. 마루 천장의 연등과 금빛 부처가 그 집이 절이라는 걸 나타내고 있었다. 그밖엔 시골의 살림집과 다를 바가 없었다. 부처님 앞, 연등 아래 널찍한 마루에서 회색 승복을 입은 두 여자가 도란도란 도란거리면서 더덕 껍질을 벗기고 있었다. 더할나위없이 화해로운 분위기가 아지랑이처럼 두 여인 둘레에서 피어오르고 있었다. 몸집에 비해 큰 승복 때문에 그런지 어머니의 조그만 몸은 날개를 접고 쉬고 있는 큰 나비처럼 보였다. 아니아니 헐렁한 승복 때문만이 아니었다. 살아온 무게나 잔재를 완전히 털어버린 그 가벼움, 그 자유로움 때문이었다. 여지껏 누가 어머니를 그렇게 자유롭고 행복하게 해드린 적이 있었을까. 칠십을 훨씬 넘긴 노인이 저렇게 삶의 때가 안 낀 천진 덩어리일 수가 있다니.

암만해도 저건 현실이 아니야, 환상을 보고 있는 거야. 영주는 그래서 어머니를 지척에 두고도 한 발자국도 앞으로 나가지 못했다. 그녀가 딛고 서 있는 곳은 현실이었으니까. 현실과 환상 사이는 아무리 지척이라도 아무리 서로 투명해도 절대로 넘을 수 없는 별개의 세계니까.

참을 수 없는 비밀

　너무 오래 기다렸다. 아직도 새벽일까. 부유스름한 미명은 걷힐 기미가 보이지 않았다. 해돋이를 기다렸을까. 하영이 호텔에 들 때 동해의 일출 같은 건 염두에 둔 바 없었다. 키를 받을 때 동해의 일출을 볼 수 있는 방이라고 프런트의 아가씨가 생색내듯이 말하는 걸 듣고도 고맙다든가 잘됐다든가 하는 생각은 들지 않았다. 동해의 일출이란 딱딱한 말은 하영에게 아무런 연상작용도 일으키지 못했다. 그러나 눈뜨자마자 모로 누워 줄창 창밖을 보고 있었던 것은 그 말 때문이었을 것이다.

　흐린 물에 먹물을 풀어놓은 것 같은 하늘과 바다가 맞닿아 수평선은 보이지 않았다. 수평선이 있음직한 데보다 훨씬 높은 곳의 하늘이 별안간 시뻘겋고 길게 찢어졌다. 그러나 그리로 빛이 새어나오는 것 같지는 않았다. 금세 핏방울이 뚝뚝 떨어질 듯 싱싱한 생채기일 뿐이어서 희부연 새벽을 몰아내는 데는 전혀 도움이 되지 않았다. 그래도 그로 인해서 하영은 비로소 아직 해가 안 뜬 게 아니라 날씨가 몹시 흐렸다는 걸 알아차렸다.

그녀는 늙은이처럼 뭉그적대며 일어나 창가로 갔다. 완만한 해안선과 넓은 모래사장이 내려다보였다. 여름날 툭하면 텔레비전 화면이 비춰주던 이름난 해수욕장이었다. 아직도 한낮의 늦더위는 복중 못지않건만 바닷가는 씻은 듯 정결하고 고요했다. 인적 없는 쓸쓸함에 이끌려 그녀는 부랴부랴 옷을 주워입고 방을 나섰다.

현관은 바다를 등지고 있었다. 유리문을 통해 울울한 대나무 숲을 배경으로 만개한 백일홍나무가 보이자 하영은 가슴이 떨렸다. 침침한 날씨 때문일까, 키 작은 나뭇가지가 휘어질 듯 만개한 선홍색이 그렇게 생급스러울 수가 없었다. 눈에 들어온 한 무더기의 빛깔은 그녀의 의식 속에서 곧장 계집애들의 철딱서니라곤 하나도 없는 자자한 웃음소리로 바뀌었다. 어쩌자고, 어쩌자고…… 그녀의 중얼거림엔 호흡을 조절하는 것 이상의 뜻은 없었다. 그녀는 철딱서니 없음이 싫었다. 그 대책 없음은 싫다기보다는 무섭다는 쪽이 맞았다.

바닷가까지는 휘어진 내리막길이었다. 양쪽으로 나무가 우거져 새벽 같기도 하고 황혼 같기도 한 눅눅한 어둠이 고여 있었다. 길이 유턴을 하면서 바다가 보였다. 여전히 인적 없는 바다였다. 즐비한 횟집 거리를 지나 해안선 쪽으로 나아갔다. 횟집마다 굳게 닫혀 있었다. 가게마다 수조 속에서 생선들이 살아 움직이는 시늉을 하고 있는 걸 보면 폐업중은 아닌 듯했다. 펄펄 살아 날뛰는 바다를 눈앞에 빤히 보면서 수조 속에 갇힌 물고기들의 마음은 어떤 것일까. 그 차가운 심장에도 마음이라는 게 있기나 한 것일까. 지금 몇시쯤일까.

하영은 토막토막 생각하며 해안선을 천천히 걸었다. 파도가 핥고 지나간 자리를 피해 마른 모래사장을 택했건만 푹푹 빠질 때마다 운동화 속으로 스며든 모래는 눅눅하고 깔깔했다.

저만치 사람들이 동그랗게 모여선 게 보였다. 뭔가를 구경하고 있는 것 같았다. 외지 사람들 같지는 않았다. 관광객들은 으레 튀는 옷차림을 하고 있기 마련인데 그들은 안 그랬다. 마치 침침하고 눅눅하고 우울한 이곳 풍경의 일부처럼 보였다. 하영은 자기가 튀지 않을까 우려하면서도 호기심을 걷잡지 못했다. 그녀는 한 발 한 발 다가가면서 심장이 옥죄는 듯한 느낌 때문에 한 손을 왼쪽 가슴에 얹었다. 그녀는 조금만 긴장해도 그러길 잘했다.

마침내 사람들이 뭘 그렇게 구경하고 있는지가 보였다. 한가운데 사람이 누워 있었다. 사람이 죽어 있다는 것을 하영은 그냥 알아차렸다. 상체를 신문지 조각 같은 것으로 엉성하게 덮어놓아 얼굴은 볼 수 없었지만 산 사람이라면 그런 취급을 당할 리가 없었다. 시체는 하얀 운동화를 신고 있었다. 하얀 운동화를 보자 그녀는 온몸으로 한 번 진저리를 치고 사람들을 밀치고 앞으로 나아갔다. 그러고는 시체의 발치에서 무릎을 꺾고 한 손에 하나씩 운동화 신은 발을 움켜쥐었다. 사람들이 웅성거렸지만 하영은 아랑곳하지 않았다. 운동화 신은 발은 차갑고 무겁고 눅눅했다. 단지 눅눅한 정도였건만 하영은 흠뻑 젖어 있는 것처럼 느끼고 있었다. 자신의 내부에 미세한 실핏줄처럼 분포돼 있던 두려움이 일제히 하얀 운동화를 향해 방향을 잡고 질주해오는 듯한 느낌을 그녀는 걷잡지 못했다. 그녀는 하얀 운동화를 움켜쥔 채 고꾸라지면서 가슴으로 안았다. 복받치는 울음에 자신을 맡겼다. 소리내어 울기 시작했다. 울음소리의 청승맞음 때문에 그녀는 점점 더 서럽고 무서워졌다. 그러면서도 둘러선 사람들의 웅성거림 속에서 사태를 이해할 수 있는 말을 가려내고 있었다.

누굴까, 춘식이 아는 사람일까? 외지 사람인가본데 춘식일 어떻게 알겠어. 알아도 그렇지, 저렇게 통곡을 할 만큼 친한 사람이 누가 있겠어. 누가 알아, 편지질이라도 한 사인지. 저렇게 나이 많은 여자하고? 말도 안 돼. 춘식이네가 오면 알게 되겠지. 그나저나 춘식 에미 불쌍해서 어떡하지. 못된 자식, 변변치 못한 줄은 알았지만 이런 독종인 줄은 몰랐네. 저 하나 믿고 사는 에미를 생각해서라도 어떻게 약을 처먹을 수가 있어. 처먹더라도 살아날 만큼만 먹든지. 변변치 못하려거든 미련하지나 말아야지 원. 워낙 되는 노릇이라곤 없으니까 비관도 됐겠지 뭐. 아니 제가 마흔이야 쉰이야? 이제 겨우 나이 스물에 되는 노릇 안 되는 노릇을 겪어봤댔자 얼마나 겪어봤겠어. 모르는 소리 말아요.

하영의 통곡은 울음이라기보다는 발작 같은 것이었기에 태엽이 풀리듯이 시나브로 가라앉았다. 그 동안에 여태껏 애도한 죽음이 익사가 아니라 음독자살이란 것을 충분히 알아차린 그녀는 계면쩍은 듯 웃으며 고개를 들었다. 머리는 헝클어지고 입 언저리가 모래로 범벅이 돼 있었지만 눈물 자국은 보이지 않았다. 해 맑고 건조한 얼굴을 보고 사람들은 놀라서 부르짖었다.

아니 미친년 아냐? 그러면 그렇지.

겹겹이 둘러쳐진 동그란 원이 하영이 가고자 하는 방향으로 일제히 길을 열었다. 마침 사람들의 부축을 받으며 대성통곡 달려오는 춘식 어미에 의해 하영은 곧 잊혀졌다. 그렇지 않았으면 아마 구경꾼 중 몇 명은 또다른 미친 짓을 기대하며, 혹은 부추기며 그녀 뒤를 밟았을지도 모른다. 잔뜩 찌푸린 날씨 때문일까, 탁 트인 바닷가 사람들답지 않게 따분하게 꽉 막힌 표정이 구경거리에 여간 측측해 보이지 않았다. 하영은 뒤돌아보지도 않았지만 서둘지도 않으며 아무 일도 없었던 사람처럼 천천히 그 장소로부터 멀어져갔다. 요란한 차소리에 돌아다보니 앰뷸런스와 경찰차가 거의 동시에 현장으로 달려들고 있었다. 그제서야 그녀는 빨리 걷기 위해 모래사장을 가로질러 횟집 앞 포장도로로 접어들었다. 그 동안 아무런 위기의식도 없었음에도 불구하고 발이 단단한 시멘트 바닥에 닿자마자 하영은 위기에서 벗어난 것 같은 안도감을 느꼈다. 그러나 잠깐이었다. 어디라도 좋으니 몸을 숨기고 싶었다.

횟집 가게문은 스르르 열렸다. 깊숙한 안쪽에서 방문이 열리면서 티셔츠 가슴이 터질 듯이 풍만한 아줌마가 어서 오라고 하품 섞인 인사를 했다. 손님이 없는 시간이다뿐 일부러 영업을 안 하는 건 아닌 모양이었다. 바깥공기 중에 가득 고여 있던 바다 냄새하고는 또다른 비린내가 하영의 빈속을 훑듯이 자극했다. 그녀의 의지와 상관없는 꼬르륵 소리는 음험하고도 둔중했다. 한물간 생선과 와사비와 된장 간장 초고추장을 뒤범벅해놓은 것 같은 냄새는 환각인 듯 과장돼 있어 당장 입 안에 침을 돌게 했다. 그러나 그게 허기인지 구역질인지는 확실하지 않았다. 다만 어떻게든지 참아내야 할 것처럼 느끼고 있었다.

"식사를 하시게?"

주인여자는 왠지 아무것도 팔고 싶지 않은 얼굴로 물었다. 열린 방문을 통해 남자의 넙데데한 뒤통수와 텔레비전 화면이 보였다. 치고받는 코미디언, 피골이 상접한 얼굴에 파리가 잔뜩 꾄 아프리카 아이, 늘씬하고 번들거리는 몸뚱이를 섞고 개처럼 핥고 있는 서양 남녀가 빠르게 지나가고 나서 마침내 송해가 사회를 보는 노래자랑에서 화면이 질정됐다. 그 화면 속 배경도 통속적인 풍경화처럼 밝고 푸르게 칠해진 바다였다.

"우선 마실 거라도 좀."

하영은 미안해하며 중얼거렸다.

"그러는 게 좋겠네요. 아직 점심시간은 이르고, 우린 아침은 안 하거들랑요."

"저두요. 괜찮아요."

그렇게 말해놓고 나니 아침을 안 한단 소리가 안 판단 소리지 안 먹는다는 소리는 아닌데 싶어서 비적비적 웃음이 났다. 주인 여자의 태도도 덩달아서 친근해졌다.

"이층으로 올라가실래요? 우리집 이층은 경치가 그만이에요. 한쪽으론 바다가 보이고 반대쪽으론 호수가 보이거든요."

하영은 때에 전 융단이 깔린 계단을 더듬듯이 밟아가며 주인 여자의 뒤를 따랐다. 꽤 넓은 이층은 썰렁하게 비어 있었다. 경치가 좋아서가 아니라 당분간 혼자 있을 수 있을 것 같아서 마음에 들었다. 여러가지 음료수가 가득 든 진열장이 전면에 보였다. 경치보다는 진열장을 골똘히 바라보는 하영에게 여자가 선심 쓰듯 말했다.

"아무것도 안 마셔도 돼요. 곧 점심때가 될 텐데요 뭐. 참 커피 한잔 해드릴까요, 서비스루다요."

"아아뇨, 소주를 한 병 주세요."

뱃속에서 꼬르륵 소리가 날 때부터 하영이 죽자구나 참아내야 할 것처럼 느낀 것은 허기도 구역질도 아니고, 소주에 대한 다급한 갈증이었다.

빈속에 마시는 소주야말로 그녀 내부에서 한 그루의 꽃나무를 일으켜세울 수 있는 기적의 음료였다.

"소주요? 혼자서요?"

여자가 놀란 듯이 되물었다.

"왜 혼자서 소주 마시면 안 되나요?"

조바심 때문에 어쩔 수 없이 시비조로 나왔다.

"안 되긴요. 안주는요?"

주인여자의 태도도 도전적으로 바뀌었다.

"소주만 줘요. 안주는 식사할 때 시킬게요."

주인여자는 뭐라고 한마디 할 듯하더니 그냥 내려갔다. 이윽고 여자는 이홉들이 소주 한 병과 김치와 파래무침과 종류를 알 수 없는 젓갈을 두어 접시 가지고 올라와 하영이 앞에다 느릿느릿 그러나 공손치 못하게 내려놓고 나서 병마개까지 따주고 내려갔다. 하영은 그 동안을 힘들게 참아냈다. 그러나 아무리 급해도 소주를 병째 들이켜는 짓 따위는 하지 않았다. 첫 잔의 소주가 혀에 닿고 목구멍을 넘어 식도를 거쳐 위에 이르는 곧은 길이 선명하게 느껴졌다. 그 무색 투명한 액체는 목구멍을 넘자마자 따뜻한 장밋빛으로 변하면서 곳곳에 길을 낸다. 그 느낌이 하도 자릿하고 황홀해 하영은 부르르 진저리를 친다. 둘째 잔에서 화끈한 줄기는 가지를 뻗는다. 석 잔째에서 가장귀는 더욱 섬세하게 갈라진다. 하영은 자신 안에서 물이 오른 아름다운 나무처럼 우뚝 선 피돌기를 그대로 그리라면 그릴 수도 있을 것처럼 모세혈관까지 선명하게 느낀다. 그 나무는 당장 동백꽃처럼 붉은 꽃을 토해낼 듯이 잔뜩 충혈돼 있다. 거기까지가 살아 있다는 느낌의 절정이다. 더 욕심을 부려서는 안 된다. 꽃을 피우려고 서둘지 말아야 한다.

하영의 자제력이 아슬아슬해지려고 할 때 주인여자가 한 떼의 손님을 몰고 올라왔다. 관광객들인 듯 이 이층집에서 바라볼 수 있는 경치에 감탄하느라 우르르 바닷가 쪽 창으로 몰렸다가 호숫가 쪽 창으로 몰렸다가 한바탕 법석을 떤다. 하영은 마치 사람들의 무게에 따라 기우뚱대는 배에 탄 것처럼 어지럼증과 위기의식을 느꼈다. 역시 다음 잔은 흔들리는 배 안에서의 자작처럼 엎질러졌다. 더 나쁜 것은 관광객들이 하영 바로 옆 테이블에 자리를 잡은 거였다. 의자가 모자라는지 한 남자가 하영의 테이블에서 의자를 집어가면서 탐색하는 듯 경멸하는 듯 묘한 눈길을 보냈다. 이미 아름다운 꽃나무는 없다. 하영은 일어서려고 하고 주인여자는 주문을 받으려고 한다.

"식사는 아래층에서 할게요."

"그게 좋겠네요, 무드는 실컷 냈을 테니까."

그러면서 집어가버린 소주병을 주인여자는 다시 가져오지 않았다. 잗다란 밑반찬 접시와 조개탕과 생선찌개와 전기밥통에서 진이 빠진 밥이 나왔다. 그런 걸 주문한 것 같지 않았지만 별안간 심한 허기가 느껴져 허둥지둥 밥그릇을 비웠다. 주인남자도 방에서 나와 하영에게 묘한 눈길을 보내던 이층 손님과 함께 회칠 생선을 흥정하고 있었다. 하영은 주인여자가 나타나길 기다리면서 광언지 가자미인지 구별이 안 되는 생선이 주인남자의 쇠꼬챙이에 달려나와 양회바닥 위에서 요동치는 걸 물끄러미 바라다보았다. 물 속에선 늘쩍지근하게 겨우 살아 있다는 시늉만 하던 놈이 물 밖에서는 길길이 날뛰고 있었다. 이층에서 힘차게 내려온 주인여자를 놓칠세라 하영은 계산을 부탁했다.

"맛있게 드셨수?"

주인여자는 하영에게 거스름돈을 내밀면서 퉁명스럽게 말을 놓았다. 하영은 대답하지 않고 얼른 그 집을 벗어났다. 누가 붙든 것도 아닌데 살 것 같았다. 하얀 운동화를 신은 죽은 사람도, 둘러싼 구경꾼도 보이지 않았다. 처음엔 곁눈질하듯 조금만 그쪽을 보다가 그 동안에 그 모든 것이 깨끗이 사라졌다는 게 믿기지 않아 그쪽으로 몸을 돌리고 사방을 휘둘러보았다. 사람들도 경찰차도 앰뷸런스도 감쪽같이 사라진 뒤였다. 떠들썩했던 불상사는 자취도 없었다. 모래사장에서 하다못해 차바퀴의 흔적이라도 확인해야 할 것 같아 그쪽으로 가다 말고 돌아섰다. 내가 본게 정말로 일어난 일이었을까? 따위의 부질없는 혐의를 자신에게 두게 될까봐 지레 겁이 났다.

그 자리를 등지고 걷는 동안 줄창 스산한 바람이 불었다. 모래사장에서 차의 지문을 지우기에 알맞은 바람이라고 하영은 생각했다. 어느 만큼 걸었는지 횟집 거리와는 분위기가 다른 거리가 나타났다. 집집마다라고 해도 과언이 아닐 정도로 많은 간판이 붙은 동네였다. 거의가 초당두부 간판이었다. 원조, 옛날, 진짜, 무공해, 완전자연, 할머니 솜씨 등 각기 다른 말로 자기 집 두부야말로 진짜배기 초당두부라는 걸 강조하고 있었다.

요즘에는 서울에도 초당두부가 흔하게 나와 있지만 몇 년 전 하영은 바로 여기 본바닥에서 초당두부를 먹어본 적이 있었다.

춥고 눈 오는 날이어서 뜨끈한 순두부가 속을 훈훈하게 데워준 생각은 나지만 그 맛이 그렇게 유별났던 것 같진 않았다. 하영에게 그곳이 반가운 것은 두부맛 때문이 아니라 초당마을이라는 것 때문이었다. 그땐 남편과 함께였다. 남편이 차를 사고 난 후 첫번째 장거리 여행이었다. 전날 강릉 시내에서 자고 나서 물어 물어 거기까지 당도한 것도 초당두부에 대한 명성 때문이 아니라 초당마을 그 자체 때문이었다. 초당마을엔 허난설헌의 생가가 있다고 들었기 때문이었다. 실은 그것도 어렴풋한 정보였고 그들의 여행 계획에 처음부터 포함돼 있던 것도 아니었다. 그 전날 예정대로 오죽헌을 구경하면서 하영이 먼저 이왕 강릉까지 온 길에 허난설헌 생가도 보고 싶다고 말했다. 아마 오죽헌을 그렇게 잘 꾸며놓지만 않았어도 그런 생각이 안 떠올랐을지도 모른다. 오죽헌을 너무 잘해놓은 게 오히려 하영이 마음에는 차지 않았다.

남편은 그럼 다음날 그쪽으로 가서 회도 먹고 난설헌 생가도 찾아보자고 했다. 그때까지도 그들은 초당마을이란 데는 허난설헌이 태어난 집이 있는 곳이라는 것만 알았지 초당두부에 대해선 들어보지도 못했다. 강릉에서 자고 나니 눈이 무섭게 내리고 있었다. 서울에서는 본 적이 없는 목화송이처럼 탐스러운 눈이었다. 라디오로 대설주의보를 들으면서 차를 모는 느낌은 적당히 비극적이고 적당히 감미로운 멜로드라마의 화면으로 빨려드는 것처럼 아찔했다. 그때도 초당마을을 바로 찾았다는 걸 알 수 있었던 것은 초당두부 간판 때문이었다. 마을은 괴괴했다. 눈은 계속 내리고 있어 집 앞에 길을 내려는 사람도 없었다.

"내가 가서 물어보고 올게."

남편이 초당두붓집 근처에 차를 세우며 말했다. 남의 집 문을 두드리려면 여염집보다는 가게가 편한 법이다. 정강이까지 빠지게 깊은 눈을 헤치며 걸어가는 남편의 뒷모습이 늠름해 보여 하영은 눈을 가느스름히 뜨고 지켜보았다. 불과 몇 미터 사이가 아득해 보일 만큼 눈은 계속해서 퍼붓고 있었다. 가게문이 열리지 않는지 남편이 문을 쾅쾅 두드리며 말씀 좀 여쭙시다, 하고 소리질렀다. 한참 만에 주인이 문을 따고 고개를 내밀었다.

"저어, 이 동네에 허난설헌 생가가 있다고 들었는데 어디쯤일까요?"

"몰라요. 그런 사람."

"허균의 누님인데…… 허균 모르세요? 홍길동전 쓴……"

"글쎄 이 동네엔 허씨라곤 한 집도 없다니까요."

남편이 기가 막힌지 하영 쪽으로 돌아서서 두 팔을 벌리고 어깨를 으쓱해 보였다. 반 년쯤 미국물을 먹은 적이 있는 그에게 그런 폼은 썩 잘 어울렸다.

하영은 두 사람의 대화가 어찌나 재미있었는지 차 안에서 허리를 잡고 경박하게 깔깔댔다. 그리고 장난삼아 말했다.

"밥은 되냐고 물어봐요. 나 배고파요."

그렇게 해서 그 집에서 순두부백반을 먹게 되었고, 딴 손님이 없었기 때문에 뜨뜻한 구들목에서 눈발이 성겨질 때까지 오붓하게 두런거리며 느긋한 시간을 보낼 수가 있었다. 나중엔 주인까지 슬그머니 끼어들었지만 하영도 남편도 허씨 집에 대해서 다시 묻지 않았다. 초당(草堂) 허엽(許曄), 이미 허씨 집에 들어와 있지 않은가. 주인도 그걸 알까? 속으로만 그렇게 생각했다.

눈이 멎은 후에도 라디오는 계속해서 눈 얘기만 했다. 오전중에 내린 눈이 칠십 센티미터에 이르렀다는 것과, 대관령의 제설 작업 상황과 굼벵이 같은 소요시간과, 차가 갖춰야 할 장비와 꼭 엄수해야 할 주의사항 같은 거였지만 칠십 센티미터나 눈이 왔는데도 길이 막히지 않았다는 것만 고마웠다. 예고된 사고의 위험에 대해선 전혀 불안감을 못 느끼는 게 하영의 성미였다. 하영이 두려워하는 건 경고 없이 오는 불행이었다. 모든 불행은 경고 없이 오게 돼 있다는 걸 그녀는 알고 있었다. 무사안일한 시간이 계속될 때 그녀는 속에서 뭔가 차올라 숨통을 짓누르는 것 같아지곤 했다.

남편은 불안해하지 않는 하영에게 신경을 쓰느라 더욱 신중하게 운전했건만 어둡기 전에 대관령을 넘을 수가 있었다. 하영이 충격을 받은 것은 오히려 대관령을 넘고 나서였다. 눈의 무게를 못 이겨 쩍쩍 생솔가지가 찢어져내릴 정도의 엄청난 폭설이 대관령을 넘자마자 자취도 없이 사라지고, 그들이 지나온 하루 전과 다름없는 한겨울의 풍경이 벌거벗은 채 펼쳐지고 있었다.

그후에도 그와 비슷한 경험이 있었다. 강릉에 사는 동창이 한

겨울에 결혼을 한다고 해서 친구들이 버스를 대절해 몰려간 적이 있었다. 고교 동창 중에서 독신주의를 끝내 관철하고 말 것 같은 박사 두 명을 제쳐놓고는 제일 늦은 결혼이어서 다들 조금씩 흥분하고 있었다. 그러나 기꺼이 하객 노릇을 하면서도 하도 그악스러운 추위에 한마디씩은 그 자리에 있지도 않은 신부에게 지청구를 먹이고 싶어했다.

스물아홉이면 또 몰라, 서른여섯이나 일곱이나 그게 그건데, 조금만 더 기다리면 춘삼월 호시절인데 뭐가 그렇게 급해맞아서 이 엄동설한에 면사포를 쓰나 그래.

뭐가 급해맞은지 정말 몰라서 그러냐, 너. 네 배 부르다고 남의 배고픈 사정 모르면 죄받는다. 죄받아.

그때가 아마 음력으로는 해가 안 바뀐 동짓달이나 섣달쯤이었을 것이다. 어찌나 추위가 표독하던지 해가 높다래진 후에도 유리창에 두껍게 낀 성에가 녹지 않아 밖을 내다볼 수가 없었다. 답답해서 손톱으로 긁어내봤댔자 밖을 내다볼 수 있는 시간은 잠깐밖에 안 됐다. 즉시즉시 다시 성에가 끼곤 했다. 그러나 대관령을 넘어 길이 내리막길로 접어들면서 그 두껍고 완강하던 성에는 줄줄이 땀을 흘리며 녹아내렸다. 삽시간에 투명해진 유리창을 통해 동해바다가 보이자 모두 환성을 질렀다.

굽이굽이 험하다고는 하나 고개 하나 상관으로 전혀 다른 기후는 하영에게 달라지고 싶다든가, 달라질 수도 있을 것 같은 희망과 곧잘 연결되곤 했다. 하영이 바라는 건 변화 따위가 아니었다. 변화처럼 점진적이지 않은 획기적인 달라짐이었다. 그러나 어떻게 달라질 수 있는지 그녀는 알지 못했다.

이런저런 생각을 굴리느라, 다시 한번 허난설헌 생가를 찾아보리라는 생각도 없이 그냥 한눈에 예사로워 보이지 않는 어느 고가 앞에 와 있었다. 근처엔 두부 간판도 보이지 않아 보통 시골과 다름없어 보이는 초당마을 한가운데였다. 크기는 옛날 대가댁의 규모를 갖추고 있으나 전체적으로 몹시 퇴락해서 완만하게 함몰된 용마루를 남색 비닐텐트 천으로 덮고 있었다. 고아하게 이끼 낀 기와와 비닐조각과의 부조화가 을씨년스러워 보였지만 다행스럽게도 천격스러워 보이진 않았다. 비닐조각 따위가 넘볼 수 없는 기품 같은 게 아직도 이 마을의 맥을 완강하게 틀어쥐고 있는 것처럼 보였다.

집 앞에 안내판이 붙어 있었다. 초당 허엽이 그 집에서 살던 연도와 그 집에서 허난설헌이 태어났다고 전해진다는, 그 집이 지방문화재로 지정된 내력이 천박하게 번들거리는 금속판때기 속에 들어 있었다. 누군가가 살고 있으리란 생각이 든 것은 인기척 때문이 아니라 개들 때문이었다. 대문 안에도 대문 밖에도 개들이 늘쩍지근하게 누워서 낮잠을 즐기기도 하고 물끄러미 사람을 바라보고 있기도 했다. 덩치는 큰데도 전혀 안 무서워 뵈는 개들이었다. 실제로 발밑에 거치적거리는 걸 툭 건드리고 지나가도 반기는 기색도 기분 나빠하는 기색도 없는 이상한 개들이었다. 아무튼 누가 먹이니까 살아 있겠거니 싶은 팔자 좋은 개들이었다.

　안마당에 들어서자 뜰아랫방 툇마루에 간단한 살림살이가 보였다. 살림살이도 그렇고, 양회를 처발라놓은 안마당 수돗가도 그렇고, 밥그릇, 바가지, 양동이, 멍석, 양념병, 신발짝 등 눈에 띄는 것들이 온통 울긋불긋한 플라스틱이나 비닐로 된 것들이었다. 그런 일상용품들과 퇴락한 고가의 천격스러운 부조화가 바로 보기 민망해 총총히 돌아나온다는 게 길을 잘못 들어 뒤곁으로 가게 되었다. 안채를 뒤로 한 바퀴 도니 또하나의 마당이 나타났다. 사랑 마당이었다. 사랑 마당은 네모반듯하고 외부와는 운치 있는 돌담으로 차단돼 있어 마당임에도 불구하고 이 집에서 가장 은밀한 공간처럼 보였다. 사랑채의 보존상태도 안채와는 댈 것도 아니게 좋았다. 흙바닥 그대로의 마당에 낀 푸른 이끼는 잔디보다 우아했고 한쪽에 꾸며놓은 조촐한 정원에는 백일홍꽃이 만개해 있었다. 호텔 마당에서 본 백일홍꽃과는 댈 것도 아니게 그 붉은빛이 처연했다. 몇 가닥이나 되는 줄기가 서로 꼬이면서 올라가 뻗은 가지들은, 꽃이 진 후에도 조금도 허전해할 것 같지 않게 자유롭고도 자기 주장이 강해 보였다. 백일홍나무의 실제 수령이 얼마인지는 아는 바가 없었지만 난설헌도 그 나무 아래서 꿈을 꾸었다고 믿고 싶게 잔인하고 아름다운 고통의 흔적이 마디마디 배어 있는 것 같은 나무였다.

　하영은 사랑 마루에 비스듬히 앉았다. 마룻바닥과 둥근 나무를 그대로 쓴 기둥을 쓰다듬어보니 목질의 무른 부분이 먼저 닳은 대신 단단한 부분이 도드라져 우아한 나뭇결이 손바닥에 그대로 만져졌다. 한 번도 칠을 입히지 않은 나무가 살아 숨쉬는 듯 하여 하영은 마루에 길게 누웠다. 발치에서 다홍고추가 수득수득 말라가고 있었다. 순한 개들보다 더 확실한 인기척이었다. 하영은 속속들이 마음이 놓여서 스르르 눈을 감았다. 여름옷을 통해 등으로도 마루의 나무 무늬를 느낄 수가 있었다. 사백 년 세월의 부피가 수렁처럼 그녀를 끌어당겼다.

눈을 떴을 때 날씨는 활짝 개어 백일홍꽃이 이고 있는 하늘이 눈부시게 푸르렀다. 하영은 그런 하늘을 생전 처음 보는 것처럼 느꼈다. 가장귀가 무겁도록 흐드러지게 핀 선홍색 꽃도, 이끼 낀 마당도, 기와가 군데군데 벗겨져나간 돌담도 갓 태어나서 바라다본 풍경처럼 다만 경이로울 뿐이었다. 선입관이 개입하지 않은 있는 그대로의 세상이란 얼마나 낯설고도 투명한가. 그녀는 속속들이 평안했다. 그렇게 깊이 근심 없이 자본 것도 얼마 만인지 몰랐다.

발치에서 머리가 허연 노인이 널어놓은 고추를 뒤척이고 있었다. 하영은 부스스 일어나 앉으면서 계면쩍게 웃었다.

"고추가 예쁘네요."

"만물이라우. 실컷 잤수?"

"예, 깨우시지 않구요?"

"깨워 뭣 하게."

"여기가 허씨 집 맞죠?"

"그렇다나봅디다."

"전서부터 한번 와보고 싶었는데 이 근처까지 왔다가도 못 찾았어요. 동네 사람 말이 이 동네에 허씨라고는 안 산다지 뭐예요."

"맞는 말이지. 역적질하면 삼족을 멸했으니까, 이 댁도 아마 그때 손이 끊겼겠지. 안 그러우?"

노인이 하영을 빤히 바라보며 동의를 구했다.

"할머닌 누, 누구세요?"

하영은 말씨가 느린 노인의 합죽한 입을 노려보며 떨리는 소리로 물었다. 노인은 하영의 돌변한 태도에 어리둥절해서 대답 대신 입만 조금 우물댔다. 하영은 자신의 표정에서 온화한 핏기가 가시고 핼쑥해지는 걸 느꼈다. 평화로운 시간은 너무도 빨리 지나갔다. 달라진 건 아무것도 없었다. 그녀는 노인에게 인사도 안 하고 사랑 마당을 뛰쳐나왔다. 뒤꼍으로 돌지 않았는데도 문 밖이었다. 여전히 문밖에서 거치적대는 개들을 발로 밀어붙여도 누더기처럼 저항이 없었다. 하영은 누가 붙잡기라도 하는 것처럼 방향도 정하지 않고 걸음을 빨리했다. 그녀가 쫓기고 있는 것은 자신이 언제나 불행한 무엇과 연루돼 있다는 불안감으로부터였다. 실로 오래간만에 취한 완벽한 휴식이 왜 하필 절손된 집 마루에서였을까.

소나무의 수명은 얼마나 될까? 하늘이 안 보이게 울울하고도 정정한 숲을 하영은 제멋대로 사백 년은 넘었을 거라고 단정했다. 소나무 향기는 진하고 싱싱했다. 마음이 조금씩 가라앉았지만 불안감이 떨쳐진 건 아니었다. 오히려 그것으로부터 도저히 벗어날 수 없다는 체념이 그녀의 도망을 멈추게 했다. 솔밭은 오랫동안 볕이 들지 않아 밑에 아무것도 자라지 못하고 있었다. 하영은 소나무에 기대면서 흙바닥에 주저앉았다.

하영은 올해 마흔이다. 대학생이 된 건 스무 살 때였다. 시골에서 서울의 원하는 대학에 재수도 안 하고 들어간 건 큰 행운이었다. 부모도 오빠도 하영을 자랑스러워했다. 하영이네는 시골에 논밭과 과수원을 가지고 있는 농사꾼 집이었지만 발전하는 공업도시를 끼고 있어서 땅만 조금씩 팔더라도 서울에서 공부하는 자식들 뒷바라지하는 데 부족함이 없었다. 서울에 있는 학교에 붙여주는 것만도 고마웠는데 아들에 이어 딸까지 서울에서도 일류로 쳐주는 학교에 붙여주었으니 가문의 영광이었다. 순박한 사람들이었지만 공부 잘하는 자식들로 인하여 빛나고자 하는 욕심은 도시의 극성스러운 부모들과 다를 바 없었다. 하영이는 그렇지 않아도 아들 둘 사이에 낀 외딸이라 집안의 귀염둥이였다. 아버지는 딸을 너무 사랑한 나머지 술이 거나하면 누구라도 내 딸 눈에서 눈물나게 하는 놈 있으면 내가 쏴 죽일 거라고 무지막지하게 벼르곤 했다. 하영은 물론 그런 걱정 안 했다. 사랑을 듬뿍 받고 자란 처녀답게 자기가 좋아하는 사람이 자기를 안 좋아하는 일이 생기리라는 건 상상도 할 수 없었다.

대학생이 되고 나서 첫 여름방학처럼 근심 없이 다만 사랑의 예감만으로 충만한 시기가 또 있을까. 아름다운 시절이었다. 하영은 특히 더했다. 이미 점찍어놓은 남자가 있었다. 세준이라고, 오빠하고 같은 대학 친구였다. 순 서울내기라 여름방학 때면 날 잡아 친구의 시골집에서 신세지고 싶어했기 때문에 식구들하고도 흉허물이 없었다. 하영이는 그를 세준이 오빠라고, 친오빠와 구별해 불렀지만 고3 때부터 몰래 세준씨라고 불러보면서 가슴이 설레곤 했다. 응석받이였지만 세준이한테만은 어린애 취급당하고 싶지 않았다. 대학에 붙고 나서 제일 먼저 떠오른 생각도 세준이하고 동등해졌다는 거였다. 더군다나 하영이 붙은 대학은 남자 대학생들이 미팅이라도 한번 해보길 소망해 마지않는 대학이었다. 그러나 하영은 한 학기 동안 세준과 서울서 만날 수 있는 자연스러운 기회도 일부러 피했다. 몇 달 안 만나는 동안에 여고생 티를 벗고 훌쩍 크고 싶었다. 목표는 여름방학이었다. 그동안에 훌쩍 크기 위해, 안 그런 척하기 위해 미팅은 열불이 나게 쫓아다녔지만 속으론 세준이밖에 없었다.

그해 여름방학에도 세준이는 하영이네 시골로 내려왔지만, 너무 식구 같아서 특별한 계기가 없는 한 오누이 같은 관계가 달라질 것 같지 않았다. 하영이가 그것 때문에 조금 초조해질 무렵이었다. 각각 바람 쐬러 나갔다가 들길에서 마주쳤다. 처음으로 단둘이 있게 되었다. 시냇물을 따라 미루나무길을 걸었다. 흐름이 급해지면서 여울진 곳 시냇가에 앉았다. 시냇가는 선선하기 마련이지만 그 근처를 흐르는 공기에는 등물할 때 같은 으스스한

한기가 서려 있었다. 여울목 웅덩이는 위에서 흘러드는 물 말고
도 밑에서 샘솟는 물이 있어서 차갑기가 얼음 같다고 했다. 조금
거리를 두고 앉았다. 그래도 하영이 그렇게 가까이에서 남자의
얼굴을 관찰해보긴 처음이다 싶었다. 두상을 옆에서 보니 앞뒤
로 짱구였다. 그게 그렇게 귀여울 수가 없었다. 그의 머리를 한
팔로 안으면 남을까 모자랄까? 그게 궁금했다. 이마도 잘생기
고, 코도 잘생겼다. 뒤에서 손으로 그의 두 눈을 감겨주면서 꿈
꿀 때처럼 움직이는 눈동자를 손바닥으로 느껴보는 것도 재미있
을 것 같았다. 그의 코밑과 턱은 약간 지저분한 편이었다. 지저
분한 아름다움은 낯설어서 신선했다. 입술은 또 얼마나 단호하
면서도 섬세한지. 지저분한 것까지 아름다워 보일 수 있는 까닭
은 아마도 잘생긴 입술 때문일 것이다. 하영은 꼼짝 안 하고도
손끝으로 그의 입술선을 그리듯 더듬고 있었다. 남들은 그의 입
술이 단호한 줄만 알지 이렇게 섬세한 줄은 모르리라. 하영은 그
렇게 생각하고 싶다. 그와 좀더 가까워지고 싶어 손끝이 안타깝
게 떨린다. 욕망에의 아렴풋한 예감이 그녀의 순결한 감성을 섬
세하게 간지럽힌다. 뭔가 참을 수 없는 느낌으로 가쁜 숨결을 직
접 그의 입술로 가져간다. 그의 입술 근처는 지저분한 부분은 따
갑고 아름다운 부분은 뜨겁다.

"뭘 그렇게 보냐?"

세준도 그녀의 강한 시선을 느꼈는지 자기 얼굴을 한번 쓰다
듬으면서 덤덤하게 물었다. 하영은 자기 몸으로 남자의 몸을 더

듣어본 최초의 상상력이 수치스러워 화들짝 놀라면서 엉뚱한 소리를 했다.

"세준이 오빠, 수영할 줄 알아?"

"그걸 말이라고 하냐. 기본이지."

"여기 이 웅덩이 얼마나 깊은지 모르지? 물귀신이 있대. 그래서 빠지면 아무도 못 살아나온대. 그래서 우리 동네 사람은 여기서 미역 안 감는다."

"바아보, 물귀신을 믿냐?"

"다들 믿으니까. 다들 무서워하는 게 믿는 거지 뭐."

"있지 않은 걸 무서워하는 건 바보짓이야."

"있으면 어쩔래?"

"싸워 이기지 어쩌긴 어쩌냐?"

"그럼 싸워봐. 내 앞에서 싸워서 어디 한번 이겨봐."

이 무슨 유치한 수작인지. 그럴 작정은 아니었다. 대학생다운 지적인 대화를 나눠야겠다고 은근히 벼르고 있었다. 아마 처음 해본 성인용 상상력에 대한 수치심 때문에 더욱 어린 양을 했는지도 모르겠다. 전혀 예기치 못한 일이 그 다음에 일어났다. 세준이 신발도 안 벗고 그 자리에서 여울목으로 뛰어들었다. 언뜻 뛰어들 때의 멋진 폼과 하얀 운동화를 본 것 같았으나 멋지게 헤어나오진 않았다. 감감무소식이었다. 그후 어떻게 사람들에게 구원을 청하게 됐으며 그 동안이 얼마나 걸렸는지 하영의 기억력은 거기서 끊어진다. 끊긴 필름은 물에 젖은 세준이 하얀 운동화를 신고 풀밭에 누워 있는 장면서부터 다시 이어진다. 말리는 사람들을 뿌리치고 하영은 세준의 가슴을 두드리고, 배를 누르고, 그리고 입술을 빨았다. 실습해본 일도 남이 하는 걸 본 일도 없지만, 그녀 나름으로는 인공호흡을 하고 있는 거였다. 그의 입술은 얼음처럼 차가웠다. 아무리 열렬하게 빨아대도 새파랗게 질린 입술에 핏기는 돌아오지 않았다. 가족들과 동네 사람들이 그녀를 현장에서 억지로 떼어낸 후에도 틈만 나면 달려가 그 짓을 되풀이했다. 인공호흡의 효험이 지났다는 걸 알았다 해도 사랑의 입맞춤이 행할 수 있는 기적엔 시한이 없다고 믿고 싶었다. 동화 속의 왕자들이 해낸 걸 나라고 못 하려구. 그건 발작 같은 거여서 아무도 못 말렸다. 요새도 하영은 그때 빨아들인 냉기가 자신의 내부에서 빙하가 되어 모세혈관까지 고루 분포돼 있는 것처럼 느낄 적이 종종 있다.

그 짓을 더는 할 수 없게 된 것은 주검이 부란하기 쉬운 복중 날씨 때문만이 아니었다. 세준네 식구들이 도착해서 시신을 인계해가기까지 세준이 어머니가 부린 애통과 난동은 이루 말할 수가 없었지만 가장 못 견딜 소리는 집안의 대가 끊겼다는 소리였다. 남의 집 대를 끊어놓은 년이란 소리가 애통의 주제였다. 그 소리가 왜 그렇게 소름이 끼치던지. 그녀는 그때 온몸을 사시나무 떨듯 했다.

그러나 나중에 겪은 일에다 대면 그건 오히려 약과였다. 장례를 치르고 난 후 며칠 안 돼서 세준이 어머니가 다시 나타났다.

세준이 손위누님을 둘씩이나 대동하고였다. 불과 며칠 사이에 딴사람처럼 생기를 회복하고 있었다. 하영을 보는 시선도 핥듯이 부드럽고 집요했다. 악다구니보다 더 참기 어려운 친숙한 눈길이었다. 다짜고짜 하영이 손을 잡고 아들 하나만 낳아달라고 했다.

너 홀몸이 아니지? 나도 다 안다. 괜찮다. 부끄러울 거 하나도 없다. 우리집 대만 이어주고 나면 나 너 안 붙든다. 원하면 비밀도 감쪽같이 지켜주마. 그렇지만 그전에 딴마음 먹으면 가만 안 둘 기다.

대강 이런 소리를 조근조근 그러나 신들린 소리로 속삭였다. 누나들은 그렇게까지는 안 나왔다. 그렇지만 그런 헛된 희망을 불어넣어준 건 누나들인 것 같았다. 절망하여 몸져누운 어머니를 위해, 그랬으면 얼마나 좋겠느냐고 희박한 가능성이지만 희망사항으로 비쳤을 뿐인데 그게 당장 어머니를 떨쳐일어나게 할 엄청난 힘이 될 줄은 정말 몰랐노라고 했다. 그러나 시간이 해결해줄 문제니 조금만 참으라는 말 속엔 누나들도 그런 가능성을 아주 배제하고 있는 건 아닌 듯했다. 그들은 하영이 몸을 마치 그들의 소유물처럼 지키고 놓아주려 들지 않았다. 자기 몸의 권리를 찾기 위해 차마 못 당할 일까지 겪어야 했다. 내 딸 눈물 흘리게 하는 자는 쏴 죽인다고 장담하던 그녀의 아버지는 그 동안 끽소리 한마디 못 하고 술만 퍼마셨다.

하영에게는 송장과의 그 차가운 입맞춤이 남자하고 생전 처음 가져본 육체적 접촉이었다. 그 말을 차마 입 밖에 낼 수가 없었다. 믿어주고 안 믿어주고는 둘째였다. 사자와의 입맞춤이 최초의 입맞춤이란 사실은 얼마나 참을 수 없는 비밀인가.

세준이네 식구들은 그들의 희망이 헛된 희망이었다는 걸 확인하고 나서도 한바탕 분풀이를 하고야 말았다. 내 아들 잡아먹고, 남의 집 대 끊어놓고, 너 혼자 얼마나 잘사나, 어디 두고 보자, 재수 없는 년, 재수 없는 년……이란 악담을 동네방네 고루 퍼뜨리고 나서야 하영을 놓아주었다.

하영이네는 그해가 가기 전에 그 시골을 떠나 수도권 위성도시의 아파트로 이사를 했다. 아파트란 데는 사람 살 데가 못 된다고 여기던 아버지도 익명으로 살기엔 그만이란 것 하나만은 인정을 했다. 아무도 쏴 죽이지 못한 아버지다운 서글픈 양보였다. 하영은 일 년을 휴학했다. 그냥 아무것도 안 하고 멍하니 지내다가 오빠의 간곡한 설득으로 조금씩 복학할 준비를 할 때였다. 한밤중에 괜히 가슴이 답답하여 베란다에 나가 바람을 쐬고 있었다. 식구들이 다들 잠든 후였다. 베란다에선 그 도시를 띠처럼 두른 강과 그 너머로 강을 낀 국도가 바라다보였다. 낮 동안 연락부절하던 국도도 차의 통행이 뜸해져 있었다. 왜 그렇게 마냥 거기 서 있었을까. 잠이 안 오면 음악을 들으며 책을 읽는 게 평소의 습관이었는데. 뭔가를 골똘히 기다린 게 아니었을까. 아니 뭔가를 손짓해 부르고 있었음이 아닐까.

하영의 눈앞에서 국도를 양쪽에서 질주해오던 두 대의 승용차가 엇갈리지 않고 정면으로 맞부딪쳤다. 어느 쪽이 차선을 어겼는지 식별할 수 있는 거리는 아니었다. 믿어지지 않아 눈을 씻고 다시 보았을 때, 두 대의 승용차는 이미 화염에 휩싸여 있었다. 차가 붐비는 시간도 아니었고, 추월할 앞차가 있는 것도 아니었다. 어느 한 차의 운전자가 미쳤거나 자살할 목적이 아니었다면 있을 수 없는 일이었다. 하도 비현실적이어서 헛것을 보고 있을지도 모른다고 생각했다. 내가 왜 이러지, 불타는 차보다 자신을 더 근심하며 비틀비틀 방으로 돌아와 자리에 누웠을 때는 이미 그 일은 불꽃놀이의 기억처럼 가벼워져 있었다. 어찌어찌 잠이 좀 들었다 깨고 나니 더욱더 그 일이 생시에 일어난 일 같지가 않았다. 그러나 다음날 신문은 그날 새벽의 참사를 상세하게 보고하고 있었다. 두 차에서 살아남은 사람은 한 사람도 없다고 했다. 그날이 마침 세준이가 죽은 지 일 년 되는 날이었다. 그걸 깨닫자 비로소 가슴이 떨렸다. 자기가 그 시간에 국도를 바라보고 있지 않았으면 그 일이 일어나지 않았을 것만 같았다.

아마 그때부터였을 것이다. 하영에겐 자신의 의지나 의식과는 상관없는, 남을 해코지하는 어떤 힘이 있을지도 모른다는 생각이 명확해진 것은.

그렇다고 그전에는 그걸 못 느꼈을까. 그건 아니었다. 세준이 어머니가 그토록 열렬히 전한 불길한 소식들을 어찌 잊을까. 우연한 목격이, 어떻게든 모르는 척하려던 걸 에라 모르겠다 받아들일 계기가 됐을 뿐이다. 그렇다고 세준이 기일마다 나쁜 일이 일어나는 건 아니었다. 꼬아다 붙이기 나름이었다. 세준의 기일과 차사고도 꽈다 붙이지 않았으면 서로 무슨 상관이란 말인가. 세상에선 매일매일 좋은 일과, 나쁜 일과, 좋을 것도 나쁠 것도 없는 일들이 인총만큼이나 무수하게 일어나고 있다. 그거야말로 이 세상 끝날 때까지 이어질 수밖에 없는 이 세상의 숨결인 것을. 문제는 자신이 항상 불행한 무엇과 연관돼 있다는 불길한 예감이었다. 그 불안감이 관계맺을 불행을 찾아 헤맨다고 해도 과언이 아니었다. 그럴 작정만 하면 이 세상은 또 얼마나 좁디좁은가. 꽈다 붙이기로 마음먹으면 서로 친척이나 동향, 동창 중 한두 개 안 걸려드는 사이 없고, 아무리 밑바닥 인생도 최고 권력자와 연줄이 찾아지는 좁아터진 세상이 아닌가.

이사를 간 후 하영이네 식구들은 그 시골 마을에 대해선 일절 함구하고 살았다. 그 기억을 이르집는 것은 하영이의 상처를 덧들이는 것과 마찬가지로 여겨 금기로 삼고 있었다. 하영이가 졸업하고 나서 딱 한 번 어머니한테 그 마을 얘기를 들었다. 마치 싸고 싸두었던 흉한 상처를 이제는 아물었겠지 하고 들춰보듯이 조심스럽게 말했다.

"일전에 내가 그 마을에 그냥 가봤지 뭐냐, 그냥. 어쩌면 변해도 그렇게 변한다냐. 우리 아는 사람이라곤 아무도 없어, 야아. 그리고 참 그 여울목 말이다, 양회바닥이 돼버렸어. 시냇물을 다 복개해버렸더라. 공단이 생기고 구정물이 돼버렸단 소리는 들은 것 같은데 아마 공단에서 복개를 해줬는지."

그리고 한참 뜸을 들였다가. 그나저나 그 물귀신은 시방 어디에 가 있을까? 혼잣말처럼 중얼대며 흘긋 하영이 눈치를 살폈다. 그때도 하영이는 어머니가 자기한테서 물귀신을 찾고 있는 것처럼 여겨져 소름이 돋았다.

아버지는 딸 시집가는 거 보고 죽기를 소원하다가 못 보고 돌아가셨다. 암이었다. 병원에서였는데 늘 병상을 지키던 어머니가 너무 탈진한 듯 보여 모처럼 하영이가 교대한 날 밤 급격히 병세가 악화돼 졸지에 임종을 맞았다. 그 일도 하영은 그냥 보아 넘기질 못했다. 그때 자기가 교대하지만 않았어도 훨씬 더 사셨을걸 하는 가책을 떨치지 못했다.

지금의 남편하고 결혼한 건 서른이 넘어서였다. 시집갈 생각 같은 건 해보지도 않다가 별안간 맞선 전선에 나선 건, 하는 일도 없이 나이만 먹는 딸을 어머니가 아이고 애물단지, 아이고 우리 애물단지 하고 한숨 섞인 소리로 부르는 게 문득 고까워지면서였다. 되는 일 없이 오그라들기만 하는 집안 형편을 자기 탓으로 돌리고 있는 뜻으로 알아들은 하영은 빨리 비켜줘야겠다는 생각이 들었다.

웬만한 남자에게 쫓기듯이 간 시집이었다. 인물은 별로였지만 인품이 너그럽고 정이 많은 사람이었다. 아들도 낳고 딸도 낳고 재산도 늘고, 하영이한테는 좋은 일만 생기고 나쁜 일은 아이들의 고뿔 배탈 정도밖에 일어나지 않았다. 어머니는 그게 대견해 느이 아버지 음덕인가보다고 고마워했다. 하영이는 그것도 싫었다. 왜 남들은 다 일상적으로 누리는 걸 어머니는 마치 과람한 일처럼 감지덕지하느냐 말이다.

과람해하기는 하영이가 더한 건지도 모를 일이었다. 왜 이렇게 아무 일도 안 일어날까 하는 기다림인지 두려움인지 모를 것이 속에서 차오르면 하영은 거의 숨이 막힐 것 같아지곤 했다. 기다리다 못해, 아니 참다못해 차라리 선수를 치고 말지 싶어졌다. 발작적으로 안 살 거야, 이런 집에서 숨막혀 못 살아. 이렇게 주기적으로 생트집을 잡아 집안에 풍파를 일으키고 집을 나오는 게 그녀의 상투적인 선수치기였다. 그런 짓을 남편은 우리 집사람의 봄소풍, 또는 가을소풍이라고 부르면서 따뜻이 맞아들이고 더 잘해주려고 애썼다.

이번엔 달라. 달라져야 해. 하영은 솔밭을 휘청휘청 걸어나오면서 다짐을 했다. 올해 마흔이 아닌가. 하영은 반듯한 색종이를 귀 맞춰 접듯이 자신의 생애를 반절로 접는다. 스무 살에 인생이 바뀌었고 다시 스무 살이 된다. 넘지도 처지지도 않고 딱 맞아떨어지는 건 색종이가 아니라 불행의 반복이었다. 선수를 쳐야 한다. 그게 최선의 예방책이다. 난 내 식구를 사랑하니까. 사랑의 감정으로 목이 멘다. 급히 호텔방으로 돌아온다.

지금쯤 집엔 어머니가 와 있을까? 시어머니가 와 있을까? 남편이 퇴근할 시간은 아직 이르다. 아이들 목소리도 듣고 싶다. 어머니나 시어머니라도 좋다. 이번 가출은 여느 때의 소풍하고 다르다는 걸 분명히 해둬야 한다. 그들한테 그렇게 해두는 게 남편한데 그렇게 해두는 것보다는 훨씬 효과적일 것 같다. 하영은 저녁때까지 기다리지 못하고 자기 집 전화번호를 누른다. 신호가 두 번 울리고 목소리가 들린다. '지금 전화를 받을 수가 없습니다. 나중에 전화드릴 테니 하실 말씀을 남겨주십시오.' 생판 처음 들어보는 차갑고 기품 있는 목소리다.

"뉘시유? 응. 당신 누구요? 누가 남의 집에……"

하영은 놀라 수화기를 떨어뜨리며 뒤로 한 걸음 물러난다. 손끝 발끝이 차갑게 얼어들어온다. 모든 것이 아득하니 무감각해진다. 다만 심장으로부터 모세혈관까지 빙하처럼 차가운 피가 흐르는 걸, 마치 순환기 내과병원 같은 데 걸려 있는 인체도의 파란 정맥 보듯 또렷하게 느낀다.

길고 재미없는 영화가 끝나갈 때

오빠한테 아버지 얘기를 끝내자 오빠는 갑자기 앉은 자리가 불편한지 몸을 비비 틀면서 하품을 해댔다. 빨리 결론부터 말하라는 소리 같아서 아버지의 근황은 생략하기로 했다.

"아버질 우리집 근처로 모셔올까 해서…… 마침 옆 라인에 마땅한 전세가 나왔거든. 몇 년 외국에 나가 있게 되는데 세간을 맡길 데가 마땅찮아 다 두고 가고 싶대. 안방하고 거실만 비워주고. 그래서 아주 싸."

나는 나도 모르게 죄지은 것처럼 위축되어 오빠의 눈치를 살폈다.

"왜 아버지 동네 그린벨트라도 해제된다든? 아니면 정서방이 부도라도 내게 생겼든지."

오빠가 자리를 고쳐 앉으면서 물었다. 매사가 귀찮다는 듯 늘 피곤해 보이는 오빠의 시선이 일순 짓궂고 공격적으로 변했다.

그제서야 나도 저자세로 나온 걸 후회하면서 그가 무슨 생각을 하고 있는지 알아차렸다. 그러나 오빠하고 다투거나 구차한 변명을 늘어놓고 싶진 않았다. 오빠는 좀 그런 데가 있었다. 속마음은 그렇지도 않으면서 빈정거리길 잘했고 남한테 고약하게 보이고 싶은 객기를 애꿎은 나에게 발산할 적이 많았다.

"친정집 그린벨트 해제되는 게 나하고 무슨 상관이야. 장손이 이렇게 시퍼렇게 건재하신데. 그리고 우리 그이, 큰돈은 못 벌어도 착실하게 사업 잘하고 있어요. 내가 설마 아버지 집이 욕심나서 그러겠수. 가보면 사시는 게 말이 아니고 자주 가 뵐 수는 없고…… 오죽 멀어야 말이죠. 그래서 가까이 계셨으면 하는 거야. 왜 있잖아요? 서양 속담에도 그런 말이…… 수프가 식지 않는 거리가 자식네하고 가장 적절한 거리라는…… 아버지도 팔십이 내일모레유. 돌아가신 지 며칠 만에 시신이 발견되는 일 우리라고 당하지 말란 법 없잖우."

"알아, 나도 다 알아, 네가 천사폰 거. 그렇지만 천사 옆에 서면 보통 사람도 나쁜 새끼밖에 해먹을 게 없이 되는 것도 할 짓이 아니다. 너. 어머니 때 그만큼 이 오래비 망신시켰으면 됐지, 이번엔 또 무슨 망신을 시키려고……"

"그때 오빠가 무슨 망신을 했다고 또 그 소리야. 약속대로 임종 즉시 영안실로 모셨잖아. 딸네서 죽은 시신은 관에 그렇게 써붙이기라도 한대?"

내가 할 수 없이 언성을 높이며 세게 나오자 오빠는 단박 풀이 죽으면서 심약한 목소리로 중얼거렸다.

"왜 있잖냐? 도둑이 제 발 저리다는 거. 그리고 젤 죽겠는 게 정서방 앞에서 기죽는 거야, 너. 오죽 못났으면 마누라하고 같이 벌어야 사나 하고 속으로 얼마나 날 무시하겠냐?"

"오빠, 정서방이 그런 사람이면 내가 엄말 모셔갔겠수."

어머니가 우리집에서 돌아가시게 한 걸 오빠는 늘 그런 식으로 못마땅해했다. 위암 수술을 했지만 개복해보니 암이 모든 장기로 번져 육 개월을 못 넘길 거라고 했을 때 나도 중환자를 우리집으로 모시고 싶지 않았다. 맞벌이하는 올케한테 모셔가라는 건, 말을 안 꺼내니만도 못할 게 뻔해서 내가 모신 거였다. 그때도 오빠는 자기네만 못 모시겠다는 게 아니라 내가 모시는 것도 반대했다. 딸이 모셔간 줄 알면 남들이 자기를 어떻게 생각하겠냐면서 간병비나 서로 분담하자고 했다.

오빠는 고등학교 윤리선생이고 올케는 국민학교 선생이었다. 남 보기에 부부가 안정된 직업을 가지고 남매 기르는 게 넉넉할 건 없어도 그닥 궁상을 떨진 않아도 될 것 같은데 오빠는 안 그랬다. 직접 아쉬운 소리를 해서가 아니라 삶을 짜증스러워하는 태도 때문에 늘 찌들어 보였다. 대학원도 가고 외국 유학도 가고 싶었는데 난봉 피우는 아버지 때문에 그게 여의치 않았다는 게 지금까지도 오빠에게 자기 직업에 대한 비하가 되어 남아 있었다.

어머니의 마지막 육 개월이 보통 간병인이 감당할 수 있을 정도만 됐더라도 아마 오빠의 뜻대로 됐을 것이다. 암환자의 말기가 거의 다 그렇다지만 어머니도 숨을 거두시는 날까지 의식은 지나치다 싶을 정도로 명료했다. 그러나 뒤를 가리지 못했다. 수술 후 어떻게 된 게 항문의 괄약근이 고무줄이 빠진 것처럼 열린 채 오므라드는 작용을 못 하니 아무리 깔끔한 어머니도 속수무책이었다. 처음엔 일시적인 현상이려니 했다. 어머니도 그렇게 생각하고 싶어하셨다. 자기가 거기를 통제할 능력이 없어진 걸 너무도 기운이 떨어졌기 때문이라고 여기는 듯 뭐든지 주는 대로 열심히 잡수셔서 몸을 보하려 드셨다.

그때만 해도 간병인이 어머니를 돌보고 나는 일 주일에 두세 번 잡술 것만 해 나를 적이었는데 경험 많은 간병인은 그런 나를 노골적으로 못마땅해했다. 이 지경이 되고 나서 회복된 환자를 본 일이 없다. 이런 환자에게 가장 좋은 약은 덜 먹이는 것밖에 없으니 먹을 것 좀 작작 해 나르라는 거였다. 내가 안 볼 때 그 여자가 어머니에게 잡술 걸 제대로 드릴 리 만무했다. 그걸 안 이상 어머니를 그 여자에게 맡길 수가 없었다. 내가 설사 그 여자보다 어머니를 더 구박하게 될지라도.

내가 떠맡고 싶은 건 어머니가 아니라 어머니의 똥구멍이었다. 생판 남이 어머니의 똥구멍을 진저리를 치며 구박하도록 내버려둘 수는 없었다. 그건 효도 따위보다 훨씬 진실하고 씩씩한 분노였다.

하필 항문의 고무줄이 빠질 건 뭐였을까. 다른 사람도 아닌 우리 어머니가. 어머니에게 그건 얼마나 참을 수 없는 치욕이었을까. 나는 어머니가 어떤 사람이라는 걸 알고 있는 대가로라도 그 치욕을 다소나마 가려주는 일을 맡고 나설 수밖에 없었다.

회갑을 앞두고 비로소 시부모 봉양에서 놓여나고 아버지도 마지막 소실이 떨어져나가 집에 들어와 계시게 되어 어머니도 노후에 비로소 삶의 구색을 갖추고 사시는가 싶을 때였다. 친정집은 낡을 대로 낡은 구옥이었지만 터가 넓고 마당을 잘 가꿔서 여름이면 어머니 연세의 동네 노인들의 쉼터가 되곤 했다. 노인네들만 남아서 그린벨트 해제나 기다리며 소일하는 퇴락한 마을이었다. 아버지가 들어와 계시고부터 오빠네는 더욱 부모와 최소한도의 의무적 관계 이상은 기피하는지라 나라도 자주 찾아뵈려도 한 달에 한 번 정도가 고작이었다. 별러서 간 날이 마침 동네 노인네들이 마당에 모여앉아 수박과 부추부침 따위를 나누며 잡담을 즐기고 있을 때였다. 내가 가자 어머니가 여봐란듯이 나에게 노인네들 시중을 맡겼다. 그때, 부추에다 깻잎을 더 썰어넣고 고추장을 약간 푼 내 식의 지짐이도 부쳐보고 사가지고 간 과일과 케이크를 모양 있게 썰어서 느티나무 밑 평상으로 내가기도 하면서 들은 노인네들 얘기는 주로 죽을 걱정이었다.

요샌 왜 생전 안 보이던 친정어머니가 자꾸 꿈에 보이나 모르겠어. 우리 기택이 대학 붙는 것까지는 보고 죽어야 할 텐데.

아이고, 듣기 싫소. 또 그 소리. 기택이가 효손이요. 저의 할매 죽지 말라고 남 안 하는 삼수꺼정 했으니.

자네 손주 첫 번에 척 대학 붙었다고 기택이 할매 너무 구박 말거라. 기택이가 그게 보통 손준가. 맏며느리가 딸만 내리 낳고 단산한 줄 알았다가 그게 생겨났으니 자네라면 안 그러겠나.

중한 자식일수록 그렇게 자꾸 입초시에 오르내리는 게 아니란 소리 아닌감. 아들 손주 하나만 보면 당장 죽어도 한이 없다고 저 마누라 얼마나 동네방네 나발을 불고 다녔는지 생각들 안 나우? 오죽해야 저 마누라 아들 손주 본 날, 아마 곧 초상도 날 거라고 수군거렸잖우? 초상이 뭐야. 손자 본 날부터 그애 가방 메고 소학교 가는 건 보고 죽어야 한다더니, 소학교 가니까 또 중학교 가는 것까지는 봐야 한다고 글강 외듯 하다가 이젠 딱 대학 가는 것까지만 보겠다니 타고난 명은 길고, 기택이가 대학을 자꾸 떨어질 수밖에.

요 할망구가 악담을 하네그려.

악담이 아녀. 우리덜 다 과히 박복한 팔자는 아니지만 지금 죽어도 누가 그렇게 애통해할 것도 아닌데, 천금 같은 손주한테 잘난 명을 빌붙지 말자, 이거지.

증말 그래. 아직꺼정은 수족이 성해 파 한 뿌리라도 다듬어주면 주었지 저희들한테 양말 한 짝, 사루마다 빨래 한 번 내놓은 적이 없건만도 툭하면 며느리가 시집살이하는 유세를 떠니, 만약 죽치고 들어앉았게 되면 무슨 꼴을 볼까.

더도 말고 덜도 말고, 답답하면 이렇게 훌쩍 동네 마실도 다니고, 더 속상하는 일이 생기면 훨훨 딸네라도 다녀올 근력이 있을 때꺼정만 살아야 할 텐데.

무슨 복에 그렇게까지 바라겠소. 난 내 발로 변소 출입할 수 있을 때꺼정만 살게 해달라고 조상님한테도 빌고, 부처님한테도 빌고, 예배당 앞을 지날 때도 빌고, 잠자리에 들기 전에도 비는데, 글쎄 어떤 귀신이든 신령이든 들어주셨으면 좋으련만.

난 뒷간 출입보담은 망령인지 치맨지 그게 더 걱정입디다. 그 놈의 건 안 걸리고 죽었으면 쓰겠는데.

난 아냐. 변소 출입만 할 수 있으면 그까짓 망령 좀 들면 어때?

아이고 그게 따로따로가 아니라니까. 망령이 드니까 똥오줌을 못 가리게 되는 거지, 정신만 멀쩡하면 기어서라도 뒷간에 못 가겠수.

아이고, 그렇지도 않아요. 늙어서도 젤로 서러운 게 몸 따로 마음 따릅디다. 난 우리집 제삿날 생일날뿐 아니라 일가친척의 이름 붙은 날도 안 잊어버려서 정신 좋기로 소문났잖우. 우리 며느리한테는 그것도 흉이긴 하지만. 글쎄 그렇게 똑똑한 내가 툭하면 오줌을 지린다니까요. 자다가도 아니고 백주 대낮에. 한번 마렵다 생각이 들면 못 참아요.

어머, 집이도 그래? 나도 그런데.

그건 약과예요. 난 서울서 변소 찾다 말고 그냥 절절 다 싸버린 적도 있다우. 망신도 망신이지만 어떡허든지 며느리한테 숨겨야 한다는 게 더 서러웁디다. 영감만 있어봐요. 젊어서 고생한 탓을 해가며 보약이라도 먹어야겠다고 앙탈을 부리련만.

그러구 보니 여기서 민영이 할머니 팔자가 제일이구랴. 과부 아닌 이는 저 마누라밖에 없잖아? 그러게 사람은 뭐니뭐니 해도 후분이 좋아야 한다니까.

민영이 할머니는 우리 어머니를 가리키는 말이었다. 나는 그때까지 들며 나며 신바람이 나서 노인네들 시중을 들고 있었다. 죽는 문제만 남겨놓고 모든 가능성을 다 소진해버린 노인네들의 넋두리를 들으며 나는 사십대라는 내 나이에 울렁거리는 기쁨을 느꼈다. 춤추듯이 경쾌하게 깡총거리며, 느티나무 잎을 흔들고 난 푸른 바람에 주름치마가 부풀 때마다 콧노래를 흥얼거리며, 마치 갓 스물 같은 싱그러운 젊음에 흠뻑 도취해 있었다. 고작 배설이 주제인 노인네들의 넋두리에 동정 어린 경멸을 보내기 위해서라도 아직도 성적인 상상력에 충만해 있고, 성적인 화제가 가장 즐거운 내 나이에 새삼 황홀해질 수밖에 없었다. 그때였다.

난 방귀를 참을 수 있을 때까지만 살았으면 싶다우.

처음으로 그 화제에 끼어든 어머니의 목소리였다. 노인네들이 다들 박장대소를 했다. 아마 방귀처럼 남녀노소 가릴 것 없이 고루 웃길 수 있는 단어도 드물 것이다. 방귀는 뀌는 소리 그 자체도 하나의 완성된 유머였다. 애 업은 젊은 엄마의 방귀, 시아버지 진짓상 들이다가 뀌는 새며느리의 방귀, 맞선 보는 자리에서 누가 뀐 건지 아리송한 방귀 등은 또 얼마나 꾸준하게 사람들의 유머감각을 자극하고 웃음을 재생산해왔던가.

그러나 나는 느닷없이 끼어든 그 말이 마치 순조로운 차의 흐름 속에서 급브레이크를 밟는 소리를 들은 것처럼 가슴이 철렁하면서 진저리가 쳐졌다. 우습기는커녕 여지껏의 즐거운 기분이 일시에 깨어나는 듯했다. 어머니는 사람들이나 웃기자고 그런 말을 할 분이 아니다. 깔끔하다 못해 결연하기까지 한 어머니의 표정이 아니더라도 나는 그걸 알 수 있었다. 늙어갈수록 생리현상을 참는 기능이 헐거워지는 건 사실이나 어머니가 못 참아낼까봐 두려워하는 건 단지 그뿐이 아닐 것이다. 사람의 체면 유지를 위태롭게 하는 온갖 것들이 포함된 것처럼 느껴지는 건 어머니를 누구보다도 잘 안다고 믿는 딸의 감상 이상의 것, 연민이었다.

어머니가 얼마나 완벽하고 당당하고 한결같이 인고의 세월을 견디어냈는지는 친척간에도 동네에서도 유명했다. 그로 말미암아 어머니에게 늘 따라다니는 품위에다가 위엄 같은 게 어릴 적엔 자랑스럽기도 했다. 그러나 사춘기를 거치고 인생에 대해 뭘 좀 아는 척을 하고 싶어지면서부터는 그런 어머니가 싫었다. 자존심 없는 사람을 가장 경멸스러워할 때였다. 머리끝부터 발끝까지 일직선으로 자존심이 관통하고 있는 것처럼 보이는 어머니가 자존심은커녕 배알도 빼놓은 여자처럼 보이기 시작했다. 자존심이란 적어도 익으면 돌돌 말리게 돼 있는 오징어 따위를 반듯하게 익히려고 일직선으로 꿰는 쇠꼬챙이하고는 달라야 할 것 같았다.

내가 기억하는 한 아버지는 철저하게 어머니를 무시했다. 구박하거나 아옹다옹 다투는 것하고는 달랐다. 옛말에도 있는 소

닭 보듯 한다는 표현이 아마 가장 적절할 것이다. 그런 재미없는 사이는 맞선 볼 때부터 비롯됐다고 한다. 식민지시대 말기에 양가 어른까지 합석한 거창한 맞선 자리였는데, 소학교밖에 안 나온 어머니는 수줍어서 신랑 얼굴 한번 제대로 쳐다보지도 못했는데 신랑 쪽에선 다들 마음에 있어한다는 통고를 받게 되었다. 박색이랄 것까지는 없어도 한창 꽃다운 나이에도 예쁘단 소리 한 번을 못 들어봐서 용모에 자신이 없는 어머니는 맞선 자리처럼 위축되는 자리가 없었다. 한 번 더 보고 싶다는 자기 생각은 내색도 못 한 채, 신랑집 마음에 들었다는 것만을 감지덕지해하는 부모님 뜻에 순종할 수밖에 없었다. 세라복 입은 여고생을 동경하던 멋쟁이 아버지에게 투덕투덕 복스럽다는 것 외엔 볼 게 없는 어머니가 처음부터 마음에 안 찼을 것이다. 그러나 벌써 몇 번째 맏아들의 연애질에 속을 썩어온 부모는 그 듬직한 색싯감이 마음에 쏙 든다고 바싹 아들을 조이기 시작했다. 당시만 해도 부모가 강력하게 주장하면, 코찡찡이나 곰보가 아닌 이상 승복하는 게 자식된 도리였다. 더군다나 아버지는 어려서부터 부모한테 순종하고 부모님의 노후를 책임질 장남이란 걸 무엇보다도 우선적으로 철저하게 교육받아온 터였다.

어머니가 아버지의 아내가 된 게 아니라 그 집안의 며느리가 됐을 뿐이라는 걸 깨달은 것은 첫날밤부터였다고 한다. 당신이 할 일은 시부모를 극진히 받들고 시동생 시누이 들하고 우애 있게 지내는 거라는 걸 엄숙하게 선언했을 때 어머니는 무슨 생각을 했을까. 죽어도 시집 문지방을 베고 죽어야 한다는 절체절명의 명제 앞에서 입술을 깨물었을 것이다. 남편이 소 닭 보듯 하는 아내가 대접받을 수 있는 길은 대를 이을 수 있는 아들을 낳고 시부모님의 눈에 드는 거였다. 어머니는 그걸 해냈다. 한술 더 떠서 아버지가 갈아들이는 소실에 대해 전혀 투기하지 않음으로써 마치 성군의 중전마마처럼 품위 있고 당당해졌다.

아버지도 어머니에 대한 조강지처 대접 하나만은 깍듯했다고 한다. 아버지는 일제시대부터 다니던 경전(京電)을 해방 후 한전이 된 후에도 눌러서 다녔는데, 당시로서는 안정되고 대우도 괜찮고 가욋돈도 생기는 꽤 좋은 직장이었다고 한다. 아버지는 직장 근처에 딴살림을 차리고도 월급봉투 하나만은 한푼도 안 건드리고 큰집으로 들여왔다고 한다. 어머니는 소실하고 아버지가 무슨 돈으로 살림을 꾸리는지 아랑곳하지 않고 그 월급봉투에 대한 자부심이 대단했다고 하는데 그나마 오래 누리진 못했다. 박정희 정권 초기에 사회를 정화한답시고 관청이나 국영기업체에서 축첩한 자는 자진해서 사표를 쓰라고 엄포를 놓은 적이 있었다. 상습적인 바람둥이들도 서로 눈치를 봐가며 그럭저럭 그 시기를 무사히 넘겼는데 아버지는 그러지를 못했다. 아버지가 소실을 두고 있다는 건 사내에서도 모르는 사람이 없을 정도로 공공연한 사실이었다. 엄포가 내린 이상 실적을 올려야 하는 건 피할 수 없었고, 아버지는 당연히 최초의 희생양이 되었다.

세상에 그런 법이 어딨다냐? 할아버지 할머니는 그로 인하여 돌아가시는 날까지 박정희를 미워하였다. 그러나 어머니는 그후 다시는 아버지 월급봉투를 받아본 적이 없었음에도 불구하고 그 일에 대해 원망도 고소해하지도 않았다. 다행히 삼촌 고모 들을 다 결혼시킨 후라 생활비 걱정도 훨씬 덜 됐고, 마침 서울 근교 의 도시화에 힘입어 농토를 야금야금 팔아먹는 재미도 쏠쏠했 다. 어머니는 할아버지의 도움으로 마을에 방앗간을 열었고, 그 게 꽤 잘됐기 때문에 땅 팔 일이 생기는 건 주로 이것저것 사업 에 손댔다가 조금 돈을 만져보기도 하고 실패도 하는 아버지 때 문이었다.

아마 사업하면서 돈 좀 만질 때였을 것 같은데 아버지는 할머 니 환갑잔칫날 어머니나 어른들에게 미리 아무런 연통도 안 하 고 꽃같이 야들야들 예쁜 소실을 대동하고 나타나 큰절을 시킨 적이 있었다. 그래도 어머니는 안색 하나 변하지 않고 맏며느리 다운 체통을 지켜냈다. 여고생이던 내가, 어머니처럼 저 여자의 존재를 무시해버릴 것인가, 덤벼들어 머리채를 쥐어뜯을 것인 가, 어떤 것이 어머니를 더 위하는 길인지 몰라 붉으락푸르락하 면서도 한 가닥 위안이 됐던 건, 미남에다 멋쟁이인 줄로만 알고 있었던 아버지가 연세가 들수록 경박하고 볼품없어지는 반면 어 머니는 그 정반대라는 걸 발견한 거였다. 어머니는 젊어서는 별 로였지만 늙어가면서 점점 더 보기 좋아지는 얼굴이었다. 그게 아버지한테는 고소하면서도 내 나름으로는 가슴이 뭉클하니 슬 펐다. 사십 세 후의 얼굴은 본인 책임이라지만 양귀비로 변신할 수 있다고 해도 배알을 빼놓지 않은 이상 어머니처럼 그렇게 철저하게 욕망이나 분노를 감추고 살 수는 없는 일이었다.

그래도 그때 내가 알면 뭘 얼마나 알았겠는가. 어머니의 비장하다 못해 결사적인 자존심에 대해 어렴풋이 짚이기 시작한 것은 나 역시 시집갈 날을 앞두고였다.

넌 연애결혼이니까 그런 일은 없겠지만서두 만약의 경우에 대비해 일러두는 건데, 혹시 첫날밤 네 신랑이 제 부모 잘 모셔야 한다는 소리를 제일 먼저 하거나 계집은 또 얻을 수 있어도 부모는 또 얻을 수 없다는 식의 수작을 하거든, 그 자리에서 그 혼인 파투 치고 나와도 나는 너를 내치지 않으마. 야단도 안 치마. 그쪽만 귀하게 기른 자식인 줄 알지 말거라. 너도 똑같이 귀하게 길렀어.

어머니한테 그런 소리를 교훈이라고 듣고 시집간 딸은 이 땅에 아마 나밖에 없을 것이다. 어머니 또한 당신이 견디어온 굴욕에 대해 그 정도의 원성이나마 외부에 발산한 건 아마 그때가 처음이었을 것이다. 아무리 인간적인 추태라 할지라도 그렇게 철저히 갈무리해온 어머니였다.

방귀를 참을 수 있을 때까지만 살고 싶다던 어머니가 하필 말년에 괄약근이 열린 채 다물 줄 모르게 될 건 또 뭘까. 나는 도저히 해석할 수 있을 것 같지 않은 그 난해한 아이러니에 참을 수 없는 분노를 느꼈다. 어머니의 발병과 수술과 항문이 그 지경에 이르기까지의 과정은 다 빈털터리가 된 아버지가 역시 팔아먹을 거라곤 아무것도 안 남은 집으로 들어와 계시게 된 후에 일어난 것이었다.

처음부터 내가 어머니를 모시고 병원에 다녔기 때문에 암이라는 것도 내가 가장 먼저 알았다. 어머니가 당신이 암이라는 걸 알고 나서 제일 먼저 한 말은 아버지한테는 알리지 말아달라는 거였다. 오갈 데가 없어서 할 수 없이 들어와 있긴 해도 아버지가 어머니에게 소 닭 보듯 데면데면하게 굴기는 소실 두고 살 때와 조금도 달라진 게 없기 때문에, 나는 그런 어머니가 속으로 불쌍하기도 하고 조금은 가소롭기도 했다. 마나님이 곧 죽게 될 걸 알아봤댔자, 부리던 하녀가 죽게 됐다는 것만큼도 충격을 받을 아버지가 아닌데 뭘 숨기자는 걸까. 텔레비전 극 같은 데서 본 금실 좋은 노부부 흉내를 내고 싶어하는 것 같기도 하고, 곧 죽을 마누라한테도 여전히 데면데면하게 굴 영감 꼴을 보게 될 것을 피하려는 어머니의 마지막 자존심일지도 모른다는 생각도 들었다. 아버지는 어머니로서는 그렇게 저항할 수밖에 없는 상대였다.

자식들이 드러내놓고 말은 안 했어도 분위기로 봐서 대수술이라는 것쯤은 눈치챘으련만, 입원하러 들어가는 날 아침까지 아버지는 태연하게 어머니가 사력을 다해 손수 차린 밥상을 받았고, 근심하는 말 한마디 없이 어머니를 떠나보냈다. 수술하는 날에도, 그후의 입원기간에도, 어머니가 와보실 것 없대요, 라는 우리의 전살 한마디에 그대로 한 아버지였다. 퇴원할 때도, 싸우고 친정으로 갔다가 제풀에 걸어들어오는 마누라 대하듯 평소보다 더 데면데면하게 굴었다. 그때부터는 어머니 부탁이 아니더라도 아버지가 하나도 안 놀랄 것이 두렵다기보다는 너무도 뻔해서 어머니가 곧 돌아가실 거라는 말을 할 수가 없었다. 아버지가 그렇게까지 무자비하다는 게 어찌 어머니에게만 고통스러운 일이었겠는가. 자식한테도 못 할 노릇이었다.

입원하기 직전까지 당신 시중을 들던 어머니가 퇴원하고는 뒤도 못 가리게 된 것을 보면서도, 아버지는 병세가 심상치 않다는 걸 눈치채기는커녕 병원 욕만 했다. 멀쩡한 사람 병신 만든 의사를 그냥 놔두냐는 거였다. 어머니에 대한 근심은 조금도 안 하면서 괜히 길길이 뛰는 게 마치 의사를 걸어서 돈 뜯어낼 빌미라도 생긴 깡패 같아서 가뜩이나 낯설기만 한 아버지가 더욱 정떨어졌다. 한약이나 몇 첩 쓰면 나을 병을 가지고 괜히 자식들한테 엄살을 부려서 몸에 칼을 대게 하더니 꼴 좋다고 우리까지 싸잡아 비꼬기도 했다. 우린 그저 기운이 떨어져서 생긴 일시적인 현상이니 조금만 참으시라고, 아버지를 달랠 수밖에 없었다. 아무리 어머니의 소원이라지만 주인 앞에 병든 동료를 숨기고 감싸야 하는 종년 심정과도 같은 마음으로 아버지한테 절로 앙심이 품어졌다.

어머니를 우리집으로 모셔갈 때도 우리 모녀를 같잖아하는 아버지의 태도에는 변함이 없었다. 그 동안 혼자서 불편해할 걱정조차 안 하는 것은 어머니에 대한 얼마나 철저한 무시인가.

그래도 어머니는 뒤도 못 가리는 주제에 온종일 똥구덩이에

140

빠지다시피 해서 허덕이는 딸에게 아버지 밑반찬을 해 나르지 않는다고 성화를 했다. 그럴 경황도 없었지만 내 손으로 아버지 밑반찬을 만든다는 것조차 자존심이 상해서 시장에서 파는 걸 몇 가지 사고 어머니 옷가지도 좀 가져올 겸 해서 친정집에 갔을 때였다. 아버지는 며칠 사이에 몰라보게 추레해져 있었지만 여전히 그놈의 똥구멍은 언제 아문다더냐고, 항문 걱정만 함으로써 어머니 안부는 생략하고 마는 것이었다. 나는 억지로 아버지 진짓상을 봐드리고 나서 어머니 옷장을 뒤졌다. 속옷이 무진장 필요했기 때문이다.

어머니 옷갈피에는 어디서 난 건지 흔히 향(香)비누라고 일컫는 냄새 좋은 세숫비누가 구메구메 들어 있었다. 할머니가 돌아가신 후엔 옷장 버선 갈피마다에서 지폐가 쏟아져나왔다고 하더니 어머니는 향비누였다. 화장품을 살 때 선물로 얹어주는 작은 향수병도 몇 개 마개가 헐겁게 닫힌 채 들어 있었다. 행여 늙은 이 냄새가 날세라 그렇게 철저히 대비를 했던 것이다. 몸으로도 마음으로도 추레해지는 걸 극도로 두려워했던 어머니다운 자기 관리였다.

그런 어머니가 지금 딸네 집에 악취를 풍기며 누워 있는 것이다. 도대체 누가 무슨 권리로 어머니를 그렇게까지 희롱해도 된단 말인가. 하필이면 우리 어머니를. 나는 천방지축 도무지 종잡을 수 없이 조화를 부리는 인간살이에 분노를 걷잡을 수가 없었고, 그건 곧바로 아버지를 향해 폭발했다. 그때 아버지는 나한테

당해 싸게 굴었다. 어머니 반찬 솜씨를 한 번도 칭찬한 적이 없는 아버지가 시장 반찬은 도무지 못 먹어주겠다는 얼굴로 그놈의 똥구멍 때문에 언제까지 이 고생을 시킬 작정이냐고 투덜거렸으니 말이다.

어머니는 지금 말기 암환자고, 남은 명이 다섯 달도 안 될 거라고 말해버리고 나서 아버지의 반응 같은 건 살피지도 않고 친정집을 뒤로했다. 말해버리고 나니 허망했다. 뭐가 허망한 건지 잘 모르겠으나 길거리만 아니면 목 놓아 울고 싶게 산다는 것 자체가 허망했다. 어머니에게는 간단하게 이제 아버지도 아시게 됐다고만 말했다. 어머니는 왜 그랬냐고 야단도 안 치셨지만, 그 소릴 듣고 뭐라시던? 하고 묻지도 않으셨다.

그날 밤이었다. 아버지한테 전화가 걸려왔다. 처음엔 누군지 알아들을 수도 없는 목쉰 소리로 어머니를 바꾸라고 했다. 아버지가 어머니하고 직접 통화를 하고 싶어한 건 처음 있는 일이었다. 콧물을 들이마시는 것도 같고 딸꾹질을 참는 것 같은 이상한 소리가 섞여 들려서, 나는 어머니에게는 무선전화기를 갖다드리고, 계속해서 수화기를 들고 있었다. 엿들을 작정이었다. 어머니의 전화 바꿨어요, 하는 소리가 들렸다. 어머니도 뜻밖인지 약간 어눌하고 떨리는 소리였다. 저쪽에선 아직도 짓눌린 딸꾹질 같은 소리만 들렸다. 전화 바꿨어요. 전 괜찮아요. 많이 나았어요. 참다 못해 어머니 혼자서 말을 이어갔다. 그러고도 한참 만에 아버지 목소리가 들렸다.

여보, 사랑해, 사랑해, 사랑해요.

그 흐느끼는 음성을 통해 여지껏 들리던 그 이상한 잡음도 복받치는 울음을 참는 소리라는 걸 알아차렸다. 그런데도 나는 웃음이 폭발할 것 같아 얼른 전화통을 손바닥으로 틀어막고 방바닥에 뒹굴고 말았다. 나중에 보니까 통화가 끝난 어머니도 아픈 배를 움켜쥐고 그렇게 웃고 있었다. 어머니는 하루에도 몇 번씩 그 통화를 생각하고 웃음을 걷잡지 못했다. 어머니는 의사가 예언한 생존기간도 미처 못 채우고 돌아가셨지만 칠십에 처음 들은 사랑의 고백 때문에 그 동안을 즐겁게 보내셨다. 똥구덩이에 빠져서도 웃음을 잃지 않았다. 아버지도 말로만 아니라 거의 매일같이 어머니를 문병했고 똥도 치우고 싶어했지만 어머니가 그것만은 허락하지 않으셨다. 죽을 때까지 사랑받고 싶어서 그 꼴만은 안 보이고 싶었나보다. 어머니 묏자리를 잡는 데도 정성을 다하셨고, 장례 때도 수시로 그 딸꾹질을 참는 것 같은 소리를 내며 눈물을 뚝뚝 흘려서 우리를 민망하게 했다. 아버지에 비해 자식들은 솔직히 슬픔보다는 시원한 쪽이 더했을 것이다. 상주인 오빠의 얼굴을 보고 있으면 영락없이 길고 지루한 영화가 끝났을 때의 관객의 얼굴을 연상시켰다. 나는 지쳐 있기라도 하지, 오빠는 장남 된 도리를 제대로 못 한다는 자책감을 어서 벗어나고 싶어서 이제나저제나 임종 소식만 기다리기가 얼마나 지루했을까.

"아무튼 고맙다. 나도 아버지를 언제까지 거기서 그렇게 지내시게 할 순 없다고 생각하긴 했었어."

"그럼 됐네 뭐. 아직 정정하시겠다, 가끔 모셔가기도 하고 방문도 하고 그러면 되잖아. 나도 가까운 데 계셨으면 하는 거지, 전적으로 책임지겠다는 건 아냐."

"그래봤댓자 기죽는 건 마찬가지지 뭐."

"기가 왜 죽어?"

"네 따위가 장남 심정을 어떻게 아냐?"

"그래, 난 참새구 오빠는 대붕이다."

"참 나이가 무섭군. 그 능력은 다 어떡허구 이제 와서 자식 신세를 지게 되다니. 당신이 생각해도 한심하실걸, 아마."

"오빠는 아버지가 능력이 없어서 새장가를 못 든다고 생각해?"

"그럼 수절이라도 하신다는 거냐? 웃기지 마, 야. 그게 아버지한테 가당키나 한 소리냐."

"오빠는 뭘 몰라. 지금도 중매가 꽤 쏠쏠히 들어와요. 내가 접수한 것도 두어 건 되는걸."

"아직도 돈푼이나 있는 척하고 다니나보지, 자식들 고혈을 빨아서 연명하는 주제에. 말년엔 그래도 개과천선한 줄 알았더니……"

"오빠, 무슨 말을 그렇게 하우. 아버진 아직 집이 있잖아."

"그까짓 것도 재산 축에 드나."

"아까 오빠가 그랬잖아. 그린벨트라도 해제됐냐고. 해마다 될 듯 될 듯 소문이 무성한 데가 거기잖아. 장래성을 보고 그러는지, 꽤 젊은 여자들한테서도 프로포즈가 들어오나보던데."

"안 돼, 그건. 어머니가 살아 계실 때는 아버지 여자 문제를 내가 이러구저러구 할 입장이 못 됐지만, 이제부턴 아냐. 입적까지 시킬 수도 있는 문젠데 어떻게 가만히 당하기만 하겠냐? 안 그러냐?"

"오빠, 그렇게 무섭게 눈을 부라릴 것 없어. 그 문제는 벌써 아버지가 입장을 분명히 하셨으니까. 재혼 문제는 입도 뻥긋 못 하게 하셨어. 왠 줄 알아? 장남한테 그 집 하나만이라도 온전히 물려주고 싶다고 하셨어. 내가 가까이 모시겠다니까 나한테도, 너는 남부럽지 않게 사니 그 집 욕심내지 말라고 당부하셨는걸. 솔직히 나 그때 조금은 기분 나빴다. 흑심이 있어서가 아니라, 아버지도 내 마음을 순수하게 받아들이기 전에 저 계집애 저의는 뭘까, 그 계산부터 하는 게 역력했으니까."

"솔직히 말해 너 같은 딸이 어딨냐? 나도 좀 기분이 나쁘다, 야."

나는 내가 효녀도 아니고 착한 여자도 아니란 것을 오빠에게 제대로 설명할 수 있을 것 같지가 않아서 그냥 그런 척하고 있었다. 그건 자신에게도 설명되어지지 않는 복잡하고 난해한 부분이었기 때문이다.

오빠의 승낙도 받은 셈이겠다, 이제 아버지하고 몇 가지 최종적으로 의논할 것만 남아 찾아뵙겠다는 연락을 했더니 매일 서울에 오니까 서울서 만나자는 거였다. 아버지가 주로 나오시는 데는 롯데월드 들어가는 데 있는 지하광장이라고 했다. 전철을 한 번만 갈아타면 갈 수 있는 재미에 거의 매일 출근을 하다시피 하니 시간에 구애받지 말고 아무 때나 나와서 찾으면 된다는 아버지의 말투는 마치 그 광장의 주인처럼 당당해서 그만 실소를 터뜨리고 말았다. 차를 갖고 다니는 나에겐 교통체증 때문에 자꾸 멀어지는 것처럼 느껴지는 친정이 새로운 전철노선 개통과 함께 훌쩍 수도권이 된 것도 신기했다. 반사적으로 친정집의 삼백 평이 넘는 평수가 떠올랐다. 어느새 일흔보다는 여든에 더 가까워진 아버지지만 살아생전에 부자가 되는 것도 아주 허황된 공상만은 아니다 싶었다.

어머니가 돌아가신 후에는 아무도 마당을 가꾸지 않아 친정집은 사람이 사는 집 같지 않게 퇴락한 모습을 그대로 밖으로 드러내고 있었다. 어머니는 나무나 꽃이 좋아서라기보다는 추해진 집 모습을 가리기 위해 그렇게 열심히 마당을 가꾸었을 것이다. 어머니는 그런 사람이니까. 일생을 오로지 아무것도 내색하지 않기 위해 사신 분이니까.

롯데월드 지하광장은 어디가 어딘지 모르게 넓고 휘황하고 시끌시끌했다. 마침 성탄절을 앞둔 연말이었다. 브래지어나 팬티를 세일하는 임시매장을 슈퍼마켓으로 들어가는 입구에 설치해놓고 젊은 여자들을 불러모으고 있는가 하면, 그 옆 폭포 앞에서는 볼에 솜털이 보송보송한 앳된 무명 보컬그룹이 불우이웃돕기 성금함을 놓고 노래를 부르고 있었다. 여기저기 앉을 자리도 많

146

이 마련돼 있는데도 슈퍼로 통하는 계단에까지 사람들이 앉아서 통행에 지장을 줄 만큼 광장엔 사람들이 넘쳐나고 있었다. 누구를 기다리는 것 같기도 하고, 이미 만나 잡담을 즐기는 것 같기도 하고, 우두커니 그냥 시간을 보내는 것 같기도 한 사람들 사이로 뭐가 그렇게 바쁜지 신경질적으로 종종걸음을 치는 수많은 사람들이 급류를 이루고 있는, 그야말로 인산인해의 혼잡 속에서도 아버지를 찾는 건 어렵지 않았다. 노인네들끼리만 모여앉아 있는 데가 따로 있었기 때문이다. 거의가 남자 노인들이고 여자 노인은 어쩌다 섞인 한 떼의 노인들이 광장 한복판에 둥글게 둘러앉아 있었다.

눈에 잘 띄게 아버지는 노래를 부르고 있었다. 처음 들어보는 아버지의 노래는 한창 나이의 중년 남자 못지않게 끈적끈적 엉겨붙을 것처럼 기름진 목소리였다. 마이크가 있을 리 없는, 기껏 육성이, 보컬그룹이 부르는 내가 살아가는 동안에 할 일이 또하나 있지, 를 압도하고 훼방놓는 것처럼 들리는 건 피붙이로서의 민망함 때문이었을까. 아버지는 케케묵은 옛날 유행가, 진주라 천릿길을 내 어이 왔던가를 눈을 스르르 감아가며 한껏 기분을 내 부르고 있었다. 그뿐이 아니었다. '나무기둥을 얼싸안고'라는 가사를 슬쩍 '남의 계집을 얼싸안고'라고 바꿔 부르면서 옆에 앉은 여자 노인네의 허리에다 팔을 감는 것이었다. 구렁이 담 넘어가는 것보다 훨씬 더 유연하게.

수적으로 단연 열세인 여자 노인의 옆자리를 아버지가 차지한 것도 아마 우연은 아닐 듯싶었다. 그 여자 노인도 아버지의 팔이 허리를 감는 게 싫지 않은지 그때까지 꼬나물고 있던 담배를 얼른 비벼끄고는 아버지의 노래에 능숙하게 화음을 맞추기 시작했다. 남이라면 얼마든지 웃어넘길 수도 있겠지만 내 아버지가 그러는 건 창피하고 민망해서 얼굴이 붉어질 법한데 나는 문득 생각에 잠겼다. 그런 아버지의 모습이 처음이 아니라는 생각이 들어서였다. 아득한 기억의 저편에서 떠오른 아버지 얼굴에 나는 피할 수 없는 친근감을 느꼈다.

그때도 아마 어쩔 수 없이 엿보게 되었을 것이다. 여학교 때, 부득이한 일로 아버지 소실 집에 내가 심부름을 가야 할 일이 몇 번인가 있었다. 그때 내 앞에서 아버지가 소실과 희희덕댄 적은 한 번도 없었지만, 소실 집에 있는 우리 아버지는 집에서하고는 전혀 딴사람 같은 게 이상했었다. 집에서는 경직되고 근엄하고 불편해 보이던 아버지가 거기서는 편안하고 자유스럽고 느긋해 보였다. 롯데월드 광장에서 본 아버지도 그렇게 편안하고 거침없어 보였다. 아버지는 장남 노릇이 몸을 옥죄는 걸 참지 못해 편안하게 퍼질 자리를 찾아 난봉을 핀 게 아니었을까. 소녀 적엔 그렇게 풀린 아버지가 추악하게만 보였는데 지금은 아니었다. 난봉기도 도가 트니까 관록 같은 게 생겨 멋있고 풍류스러워 보이기까지 했다. 어머니는 늙을수록 괜찮아지는 타입이고 아버지는 늙을수록 경박하고 추레해진다는 내 예상도 결국은 들어맞지 않았다.

사람 팔자는 관 뚜껑 덮을 때까지 아무도 예측할 수 없는 그야 말로 한치 앞을 내다볼 수 없는 난해한 숙제로구나. 아버지가 어떻게 죽게 될지 그걸 누가 알랴. 까딱하면 아버지의 임종을 책임지게 될지도 모를 이번 결정을 후회할지 안 할지는 더군다나 알 수 없는 일이다. 일생을 자기의 한숨 소리 한 번 제대로 밖으로 새나가지 못하게 잔뜩 오므리고만 사신 어머니가 자기 항문도 못 오므리게 된 치욕적인 마지막을 보냈으니까, 식구들한테 못 할 노릇만 시키면서 너절하게 산 아버지는 혹시 우아하게 돌아가실지도 모른다는 요행수를 바란 건 아닐까? 그건 아니다. 어머니의 마지막을 행복하게 해드린 은혜 갚음을 하고 싶은가? 그것도 아니다. 나는 내가 그렇게 어머니 편에만 서 있다고 생각하지 않는다. 차라리 공식이 통하지 않는 그 난해함 때문에 그 일을 한 번 더 해보고 싶다는 게 조금은 더 맞는 말이 될지도 모르겠다.

오빠는 어머니가 돌아가셨을 때 시종일관 길기만 하고 재미없는 영화가 마침내 끝났구나, 하는 얼굴로 상주 노릇을 했다. 길고 재미없는 영화는 아무도 또 보고 싶어하지 않는다. 그러나 난해한 영화를 보고 나면 혹시라도 이번엔 조금이라도 더 이해할 수 있을까 해서 한두 번 더 보게 되는 수가 있다.

나는 웃으면서 아버지 앞으로 다가갔고, 아버지는 그제서야 그 노파의 허리에서 팔을 풀었다. 노파가 담배를 꼬나물자 아버지는 나에게 찡긋 윙크를 하고는 찰카닥 라이터를 켜서 노파의 담배에 불을 붙여주고 나서 일어섰다.

너무도 쓸쓸한 당신

　그녀가 경험한 졸업식은 하나같이 추웠었다. 그녀 자신의 졸업식을 비롯해서 아들딸의 각급 학교 졸업식의 공통점은 혹독한 추위였다. 그러나 가장 추운 졸업식은 교장 관사의 따뜻한 아랫목에서 목소리로만 듣던 시골 초등학교 졸업식이었다. 시골 공기는 도시보다 보통 삼사 도는 더 춥게 느껴지게 마련이다. 도시 아이들보다 입성이 부실한 시골 아이들이 얼마나 추울까 하는 최소한도의 배려조차 없이 교장의 졸업식사는 장장 반 시간 이상 계속됐다. 해마다 같은 소리였다. 짖어대듯 정열 없는 고성도 변함이 없었다. 아이들은 발을 동동 구르며 무슨 생각을 할까? 그녀는 자신의 분노를 보태어 살의까지도 감지할 수 있었다. 귀를 틀어막아도 보고, 절레절레 머리를 흔들어보아도 그 소리를 참을 수 없기는 마찬가지였다. 언 발이 결국은 무감각해지듯이 들끓는 분노가 체념으로 잦아들 무렵에나 교장의 식사는 끝났다. 그녀는 남편 직장과 겨우 담 하나를 사이에 두고 살고 있다는 데 절망적인 염증을 느꼈다.

교장선생님은 그녀의 남편이었다.

후기 졸업식은 처음이었다. 후기 졸업식을 코스모스 졸업식이라고도 한다는 소리를 어디선지 들은 것 같지만 그 가냘픈 꽃들이 피어나게 할 산들바람이 스며들 여지가 있을 것 같지 않게 늦더위는 견고하고도 끈끈했다. '파바로티'라는 밝고 넓은 찻집 안은 별천지처럼 냉방이 잘돼 있었다. 갑작스러운 냉기가 데친 토마토처럼 농익은 신열을 얄팍하게 개칠해서 그녀의 감각을 헷갈리게 했다. 종업원들은 다들 타이츠처럼 몸에 착 달라붙는 검정 유니폼을 입고 있었다. 적나라하게 드러난 몸매는 청년이라기보다는 소년처럼 군더더기 없이 청순하고 깡말라 보였다. 저런 걸 유니섹스라고 하는 걸까. 여자인지 남자인지 도저히 분간이 안 되는 젊은이들이었다. 하나같이 화장기 없이도 얼굴은 희고 곱살하고, 정결한 생머리를 짧게 커트한 애도 있고 뒤로 묶은 애도 있었다. 바지에 비해 다소 헐렁한 윗도리를 걸친 가슴은 아무렇지도 않게 빈약했다. 그녀는 그애들의 중성적인 엉덩이나 넓적다리를 슬쩍 만져보고 싶다는 강렬한 충동을 느꼈다. 그곳은 아이스바처럼 단단하고도 시릴 것 같았다. 그애가 만일 남자라면 그 짓은 성추행이 될 것이다. 온몸 도처에서 개칠한 냉기를 뚫고 열꽃처럼 피어나는 열망에 그녀는 으스스 전율했다.

이런 요상한 느낌은 얼마 만인가. 난생 처음인 듯도 했다. 대학가 커피숍은 나이 지긋한 이들이 갈 데가 아니라는 소리는 여러 번 들어서 나름대로 알고 있었다. 그러나 이곳은 은밀하거나 퇴폐적이지 않을뿐더러 음악이 옆사람 말귀를 못 알아듣도록 시끄럽지도 않았다. 나무랄 데 없이 건강하고 정결하고 쾌적한 분위기였다. 음악도 첼로인 듯싶은 음색이 파스텔 조로 은은하게 실내에 번져들도록 있는 듯 마는 듯 낮춰놓고 있었다. 튀는 점이 있다면 종업원들의 검정 유니폼 정도였다. 그럼에도 불구하고 아직 오기도 전인 남편의 촌티에 자꾸 신경이 써질 만큼 그녀가 보기에 이 커피숍의 세련미는 완벽했다.

남편과 만날 장소를 파바로티로 정해준 것은 딸 채정이었다. 채정이 졸업식 때도 그들 부부는 별거중이었다. 시골서 당일로 올라오는 남편과는 졸업식장 근처에 있는 초대 총장 동상 앞에서 만나기로 했는데 그 대학에는 그 동상 말고도 동상이 너무 많았다. 남편은 누구 동상이라는 것은 확인해보지 않고 제일 먼저 눈에 띄는 동상 앞에 마냥 죽치고 앉아 있었으니 식구들하고 만나질 리가 없었다. 더군다나 그날은 채정이가 오랫동안 연애하던 남자친구네 부모하고 처음으로 상견례를 치르기로 한 날이기도 했다. 식이 다 끝난 후까지 찾아헤맨 끝에 가까스로 만나긴 했지만 그날 촌스럽고 변변치 못한 남편 때문에 속상하고 초조했던 일은 나중에 생각해도 새록새록 울화가 치밀었다. 사돈 될 집에 비해 내세울 거라곤 없는 집안이라는 자격지심 때문에 그날의 조바심은 더욱 피를 말리는 것이었다. 그러나 하객들이 반 이상 빠져나간 후에 겨우 만나진 남편은 차라리 안 만나니만 못 했다. 그 추운 날 오버도 없이 세탁을 잘못해 모양이 망가진 누비파카에다 색 바랜 껑뚱한 면바지를 입은 모습은 사돈을 의식하지 않는다고 해도 못 봐주게 추비했다. 채정이가 울상을 하고 엄마 귓전에다 '난 몰라, 아빤 우리들이 미워서 일부러 거지처럼 하고 왔나봐'라고 속삭일 정도였다. 평소에도 마음에 안 드는 건 뭐든지 거지에다 빗대는 건 채정이의 아주 나쁜 버릇이었지만 그때는 듣기 싫지도 않았다. 그쪽 식구들 앞만 아니라면 더심한 말도 해주고 싶었다.

그녀가 두고두고 채정이 졸업식날을 악몽처럼 기억하는 건 남편의 무신경한 옷차림 때문인데 채정이는 하마터면 아빠를 못찾을 뻔했던 게 더 기억에 남는 모양이었다. 동생 채훈이의 졸업식을 앞두고도 또 아빠 못 만나면 어떡하냐고 그 걱정부터 하더니, 제가 미리 학교 앞을 답사하고 와서 제일 찾기 쉽고 노인네들도 눈치 보지 않고 들어갈 수 있을 것 같다며 정해준 곳이 파바로티였다. 딸이 시키는 대로 따르기는 하면서도 후기 졸업식에는 그닥 사람들이 많을 것 같지 않아 괜한 일이다 싶었다.

채정이는 부모가 서로 못 만날까봐보다는 따로따로 오는 걸보고 싶지 않은 게 아니었을까. 문득 그런 생각이 들었다. 시집가서 제 자식 낳고 살면서 겉보기에도 안정되고 철들어가니 그럴 수도 있으리라. 그러나 그녀는 딸 때하고 달라서 사돈한테 그닥 신경이 써지지 않았다. 생각할수록 아들이 좋다 싶은 게, 사돈한테 잘 보여야 한다는 생각이 별로 들지 않는 거였다. 사돈한테 죄지은 거 없이 저자세로 굴지 않아도 된다는 게 그렇게 신날 수가 없었다. 더군다나 결혼식까지 치른 후가 아닌가. 흉잡혀봤댔자였다. 확실하게 칼자루를 쥐고 있는 느낌이라고나 할까. 아들하고 대학 동기인 며느리가 아들이 군대 가 있는 동안 마음 변치 않고 조신하게 기다려준 게 기특하긴 해도 꼭 그래줬으면 하고 바란 것은 아니었다. 기특하게 여기는 마음보다도 여자로서는 한물간 동갑내기라는 걸 서운해하는 마음을 더 드러내 보이고 싶은 게 시에미의 꼬부장한 심정이었다. 지금 처가살이를 하고 있긴 하지만 그것도 사돈한테 면목 없을 게 없었다. 식 올린 지 아직 한 달도 안 됐고, 곧 둘이 같이 유학을 떠나기로 예정돼 있었다. 그 동안 시집살이를 안 시킨 걸 그쪽에서 고마워할 일이지 이쪽에서 미안해할 일은 아니었다.

까만 타이츠의 소년, 어쩌면 소녀가 유리컵에 얼음물을 갖다 놓고 잠시 그녀 앞에서 지체했다. 뭔가 시키기를 바라는 몸짓이었다. 그녀는 그의 목소리를 듣고 싶었지만 뭘로 하실 거냐고 묻는 건 주문을 재촉하는 걸로 여겨질까봐 삼가고 싶은 듯, 나이에 맞지 않는 너그러운 미소를 짓고는 가버렸다. 졸업식까지는 한 시간 가까이나 남아 있었다. 아빠는 분명히 일찍 오실 테니 엄마도 늦지 말라고 당부한 것은 채정이었다. 딸의 아버지에 대한 그런 확신은 애정이나 믿음보다는 촌사람 취급 쪽이 더 강했을 거라고, 그녀는 여기고 있었다.

기다린다기보다는 방심한 시선으로 문 쪽을 보고 있는데 남편이 들어오고 있었다. 불그죽죽한 넥타이로 목을 잔뜩 졸라맨 정장 차림이었다. 그녀가 일어서서 여기예요 여기, 하면서 손짓을 하려는데 먼저 그의 메마른 고성이 넓은 홀 안에 고루 퍼졌다.

"여기가 페스타롯치 다방 맞소?"

종업원들은 물론 손님들의 시선이 일제히 그에게로 쏠렸다. 손님의 대부분은 고등학생 티가 가시지 않은 젊은이들이었다. 웬 페스타롯치? 하면서 여기저기서 킬킬대는 소리가 들렸다. 그녀는 여기라고 외치는 대신 황급히 그에게로 다가가 소매를 끌었다. 마누라를 보자 안심한 듯 그의 목소리가 한결 누그러졌다.

"내가 그래도 옳게 찾아왔구먼. 많이 기다렸는가?"

그러나 마주 앉자 두 사람은 할 말이 없었다. 졸업식까지 아직 시간은 넉넉했다. 그가 꾀죄죄한 손수건을 꺼내 땀을 닦았다. 반들반들 벗겨진 구릿빛 정수리에서 샘솟듯 땀이 흘러내리고 있었다. 교장선생이었을 때의 별명이 놋요강이었다. 그는 워낙 땀이 많았다. 그러나 처음부터 대머리였던 건 아니다. 검은 머리가 뻣뻣하게 곤두서 약간은 사납게 보이던 젊은 날, 아아, 덥다고 비명을 지르면서 들입다 한번 머리를 흔들면 땀방울이 샤워처럼 사방으로 튀곤 했었다. 그땐 그를 사랑했었나? 그녀는 생각날 듯 날 듯 감질나는 옛 기억을 붙잡으려는 시늉으로 양미간을 모았다. 한때 있었던 것의 사라짐, 그게 사랑이든 삼단 같은 머리

칼이든 간에, 그뒤엔 일말의 우수라도 남아 있어야 하는 게 아닐까. 하나 그게 될 것 같지 않았다.

우린 부딪치면 안 돼. 피차 보호막 없이 부딪친다는 건 잔인한 일이야. 그녀가 밑도끝도없이 그런 생각을 하는 사이 충분히 땀을 들이고 난 남편은 큰 소리로 주문을 했다.

"여기 뜨거운 코피 두 잔 다고. 생각 같아서는 비싼 냉코피를 팔아주고 싶다만 이렇게 춥게 해놨으니 어떻게 찬 걸 먹냐?"

구석구석까지 잘 울려퍼지는 예의 건조한 고성에 그녀는 허를 찔린 듯이 질겁을 했다. 페스타롯치에 웃던 젊은이들이 여기저기서 킬킬대는 소리가 들리는 것 같았다.

"아, 어련히 주문 받으러 올라구요."

"여기서 뭣 하러 마냥 앉았나. 얼른 자릿값이나 하고 가봐야지."

"아직 시간 많아요. 여기 좀 좋아요? 시원하고 요새 애들 구경도 실컷 하고……"

"기름 한 방울 안 나는 나라에서 백주에 놀고먹는 아녀석들을 위해서 전력을 이렇게 낭비를 하다니, 내 원 한심해서."

입만 열었다 하면 옛날 고릿적 도덕책 같은 소리만 하는 남편을 외면하면서 그녀는 아무래도 안 되겠다는 생각을 했다. 그녀 마음을 누군가가 읽고 안 되겠는 게 뭐냐고 묻는다 해도 아마 대답을 못 했을 것이다. 그녀의 마음은 그렇게 두서가 없고 애매했다. 커피가 왔다. 남편은 나도 요새 블랙인가 뭔가에 맛을 들였지, 괜찮더라고 하면서 육개장 국물 들이마시는 소리를 냈다.

"언제 떠난대? 갸아들은."

"미국 학기 시작할 때 대가야 한다니까 일간 떠나겠죠 뭐."

"떠날 때까지 데리고 있지 그랬어? 새 며느리 말야. 아들 가진 쪽에서 그 정도는 본때를 보여야 하는 거 아냐? 적어두."

"아들 좋아하시네."

그녀는 울컥 치미는 반감 때문에 빈정거리는 투로 말했다.

"내가 뭐 틀린 말 했는감?"

당신이 언제 틀린 말 한 적 있수, 하고 되받으려다 말고 그냥 픽 웃고 말았다. 70년대 말까지 남편은 평교사였다. 남편은 교감, 교장이 된 후에도 그때를 한창 날릴 때였다고 회상하곤 했는데 시골 소학교 선생이 날릴 일이 뭐가 있겠는가. 교감이나 교장을 바라볼 수 있는 자리, 그러니까 그나마 출셋길이 열려 있던 시절이란 뜻이었을까. 새마을정신이 어린이들 의식까지 짓누른 유신시대였다. 그녀는 그때 생각을 하면 지금도 숨이 막혔다. 그가 담임 맡은 반은 온통 국민교육헌장으로 도배를 했고, 한 아이도 빠짐없이, 지진아까지 그걸 달달달 외우는 반으로 유명했다. 그걸 입술로만 외우는 게 아니라 뜻을 충분히 새겼다는 걸 알아보려는 경시대회가 군내에서 있었는데 그의 반은 거기서도 일등을 먹었다. 교감이 되고 교장이 된 것은 전두환, 노태우 정권을 거치면서였는데 그의 교장실에는 정권이 바뀔 때마다 대통령 사진이 가장 높은 정면에 으리으리하게 걸렸다. 그건 시골학교라서가 아니라 장관실이라 해도 아마 사정은 비슷했을 것이다. 문제는 갈등 없는 추종이었다. 마치 주인이 바뀐 노예처럼 주인의 이름이나 인품 같은 건 중요하지 않았다. 주인이라는 게 중요할 뿐이었다. 사진이 바뀌고 나면 그의 표정과 말투도 사진을 닮아 달라졌다. 조회 설 때마다 늘어놓는 장광설의 내용도 물론 그 최고 권력자의 어록에서 따왔을 것이다. 그가 만일 출세지향적인 권력의 측근자였다면 그런 언동을 이해 못 할 것도 없었다. 알아서 기는 교육공무원의 소심증이었다고 해도 아내에게만이라도 그걸 더럽고 치사하게 여기면서 참아내기 어려워하는 기색을 보였다면 그녀도 어떡하든 위로해주지 않고는 못 배겼을 것이다. 가족을 부양해야 한다는 가부장의 고독한 책무는 어쩌면 정의감 이상으로 비장해 보일 수도 있는 일이었다.

남편은 위로가 필요 없는 사람이었다. 위로가 필요 없는 인간처럼 참을 수 없는 인격이 또 있을까. 그의 체제 순응은 강요된 것도 의도적인 것도 아닌 체질적인 거였다. 그의 매력 없음의 본질 같은 거였다. 그와 다시 합친다는 건 생각해본 적도 없었다. 생각하기가 싫어서였다. 그러나 오늘은 표면적인 별거의 이유가 완전히 소멸되는 날이다.

그녀가 교장 관사에다 남편을 혼자 남겨놓고 남매를 데리고 서울로 온 것은 채정이가 대학에 붙고 나서였다. 채정이가 다닌 시골 고등학교에서 서울의 웬만한 대학에 합격자를 내기는 채정이가 처음이어서 학교 정문에다 크게 플래카드를 내걸 정도로 영광스러워했다. 부모가 우쭐했을 것은 말할 것도 없다. 그렇게 되기까지 그녀의 뒷바라지는 유난스럽고도 고달픈 거였지만 자신의 학부모 노릇에 자신이 생긴 것도 사실이었다. 드디어 딸이 떳떳하게 그 시골구석을 벗어나게 됐다는 데 그녀는 터질 듯한 기쁨을 느꼈다. 채정이 밑으로는 고등학교에 진학한 채훈이가 남아 있었다. 아들은 딸보다 더 좋은 대학에 보내고 싶은 그녀의 욕심과, 과년한 딸을 혼자 객지로 내돌릴 수 없다는 남편의 생각이 자연스럽게 맞아떨어져서 그들은 남 보기에도 그들끼리도 조금도 무리 없는 별거상태로 들어갔다. 그녀가 처음 자리잡은 서울의 지하 셋방은 위층에서 오줌 누는 소리, 입맛 다시는 소리까지 다 들렸다. 그래도 그런 소리를 들으며 교장 관사를 벗어난 게 꿈이 아니라 생시임을 확인할 수 있다는 건 실로 황홀한 기쁨이었다. 조회 설 때마다 판에 박은 듯 만날 똑같은 교장의 훈시에 귀가 다 먹먹해지고, 언제나 저 놋요강 두들기는 소리 안 들나 하고 지겨워하는 아이들의 수군거림까지 들릴 듯한 교장 관사생활은 고문의 기억처럼 진저리가 쳐졌다.

아이들 뒷바라지는 핑계일 뿐 그녀가 정말 하고 싶었던 일, 오랫동안 꿈꾸어오던 것은 교장 사모님 노릇을 안 하는 거였다는 걸 그제서야 알 것 같았다. 별거에 들어간 후에도 남편의 봉급은 다달이 거의 다 그녀의 통장으로 입금됐다. 아무리 혼자라도 어떻게 그 나머지로 살까 싶게 남편이 떼어낸 액수는 미미했다. 그러나 서울생활 역시 그 봉급으로는 빠듯했으므로 그걸 당연하게 받아들였다. 그렇게 얼마 안 살고 나서 채훈이 과외공부를 시키기 위해 그녀도 돈벌이를 하게 됐다. 아파트를 낀 상가의 화장품 할인매장을 하는 친구를 도와주다가 그 가게를 아주 인수하게 됐고, 국산 화장품 외에도 외제 소품을 겸함으로써 수입을 늘려나갔다. 자신이 생각해도 돈 버는 수완이 있었고, 운도 따랐다. 아이들 복인지도 몰랐다. 둘의 학비가 한창 많이 들 때 그녀의 수입도 피크에 다다랐다가 근처에 대형 백화점이 생기면서 조그만 상가가 사양길에 들어서자 학비 걱정도 줄어들다가 아주 안 하게 됐으니 말이다. 돈을 못 벌 때는 세 식구가 전적으로 남편 수입에 의지해야 했으므로 남편 사정을 볼 여유가 없었고, 돈을 넉넉히 벌게 되자 상대적으로 남편 송금이 하도 쩨쩨해 보여서 또한 남편 걱정을 안 하고 말았다. 그렇게 역대 정권에 충성을 다하던 남편도 어찌 된 일인지 정년을 한참 남겨놓고 명예퇴직을 당했다.

그 소식은, 남편이 근무하던 고장과는 얼토당토않게 휴전선하고 가까운 시골에다 헌 집하고 거기 딸린 약간의 땅을 사놓은 게 있는데, 거기 가서 살기로 정했단 소리하고 동시에 들었기 때문에 은퇴 후 같이 살게 되면 어쩌나 하는 근심 같은 건 할 필요가 없었다. 다만 마이크 대고 연설하고 싶은 걸 어떻게 참고 살까 싶어 피식 웃음이 났을 뿐이었다. 은퇴 후에도 연금은 꼬박꼬박 그녀의 통장으로 입금돼왔다. 아이들은 가끔 그 시골집에 다니러 가는 모양이었다. 조금만 더 참으시라고 위로하고 왔다는 소리를 들으면 아이들 보기에 그럴듯해 보이는 전원생활은 아닌 모양이었다. 아이들은 그녀에게도 조금만 더 참으란 소리를 자주 했다. 엄마가 저희들 때문에 아빠와 떨어져 사는 걸 늘 미안 해했다. 혹시 다른 이유가 있을지도 모른다. 저희들이 결혼 후까 지도 부모에게 신경을 쓰거나 책임을 지게 될까봐 그걸 미연에 방지하고 싶어할 수도 있으리라. 엄마 아빠를 붙여놓는 거야말 로 상쇄(相殺)시키는 최상의 방법이고, 그럼으로써 저희들은 완 전히 자유로워지고 싶은 속셈이 있을지라도 어쩌겠는가.

그녀는 일부러 한 번도 남편의 전원생활을 가보지 않았다. 남 편에 대한 자신의 무관심을 아이들에게 나타내 보이고 싶었다. 또 남편이 그녀에게 한마디 의논도 없이 그 정도로 착실하게 혼 자 살 궁리를 해온 걸 보면, 별거상태를 고정시키고 싶은 건 남 편도 그녀와 다름없다고 봐야 한다는 자존심 대결 같은 것도 있 었다. 불감청이언정 고소원인데 그가 어떻게 살든 뭣 하러 아는 척을 하겠는가. 초가집이 썩고 썩어 주저앉듯 고요한 파탄이었 다. 한 지붕 밑에 사는 자식들 귀에도 안 들리는.

"그 양복밖에 없으시우? 오늘은 딴 양복을 입으시지 않구."

그녀는 마직이라 구김이 많이 간 남편의 바짓가랑이를 내려 다보며 말했다. 윗도리 깃에는 김칫국물 자국인 듯한 얼룩도 보 였다.

"왜 이 양복이 어때서? 최고급이라면서."

"아무리 최고급이라도 그렇죠. 며늘네한테 예단 받은 양복 아니우? 예단 받은 건 결혼식날 하루 입었으면 됐지 줄창 입으면 그 집에서 어떻게 생각하겠어요?"

"줄창 입긴. 결혼식날 입고 오늘 처음 입었소. 여름에 넥타이 매는 양복은 누가 억만금을 준대도 줄창은 못 입겠습디다."

"사돈 보기에 줄창이란 소리예요. 결혼식날 보고 오늘이 처음 보는 거 아뉴. 조금 신경을 쓰시지 그랬어요."

"예서 어떻게 더 신경을 쓰나? 채정이년은 며칠 전부터 꼭 정장하고 오라고 전화질이지. 넥타이 매는 여름양복은 이거 한 벌밖에 없는 걸 낸들 어떡하란 말요."

"아이고 알았어요. 알았으니 그만둡시다."

더 길게 말하단 밑천도 못 건질 것 같았다.

"양복보다 더 중요한 건 사돈 보기에 우리가 보통 부부 사이로 보이는 걸 거요, 아마."

남편은 한결 가라앉은 소리로 그렇게 말하면서 일어서더니 찻값을 내러 갔다. 그녀는 남편의 짧은 눈길에서 연민 같은 걸 읽고 당황했다. 내가 저를 불쌍해하면 했지 왜 저가 나를 불쌍해한담. 아니꼽게스리. 시계를 보니 졸업식에 대가기 맞춤한 시간이었다.

후기 졸업식은 졸업생이 적어서 그런지 식장이 야외가 아니고 대강당이었다. 사돈 내외를 비롯해서 채훈이 처남, 처형, 동서 등 처가 쪽 식구가 열 명도 넘게 식장 입구에서 기다리고 있었다. 채정이는 보이지 않았다. 자리를 잡아놓으러 미리 들어갔다는 것이었다. 채정이 덕에 양쪽 사돈이 가장 좋은 자리에 나란히 앉고 다른 식구들도 흩어지지 않고 모여앉았다. 안사돈끼리 가운데 붙어앉고, 바깥사돈들은 각각 자기 마누라 옆에 앉게 되었는데 식이 진행되는 동안 계속해서 채훈이 장모는 그녀의 귓전에다 대고 야죽야죽 잘도 소곤거렸다. 하긴 한 달 가까이나 사위를 데리고 있었으니 할 얘기도 많을 것이다. 주로 두 내외가 얼마나 금실 좋은가 하는 얘긴데 흉보는 것 같으면서도 자랑이요, 어려웠던 것 같으면서도 재미 본 얘기였다.

"딸자식은 소용없단 소리가 무슨 소린가 했더니 이제야 알겠다니까요. 큰딸은 미리 그러려니 하고 길러서 몰랐는데, 막내는 우리집 양반이 유난히 애지중지하셨거들랑요. 저도 덩달아서 무슨 낙을 보겠다고 설거지 한 번을 안 시키고 떠받들어 길렀더니, 글쎄 시집가고 나더니 당장 부엌에 나와 제 신랑 먹을 거 먼저 챙기느라고 어쩌나 법석을 떠는지. 그뿐인 줄 아세요? 즈이 아버지가 아침마다 드시는 녹즙까지 즈이 신랑은 왜 안 주냐고 따지더니 아침엔 저보다 먼저 나와서 제 손으로 녹즙을 짜가지고 이층으로 살짝 올라간다니까요. 이왕 짜는 길에 즈이 아버지 것도 한 잔 더 만들면 어째서 글쎄 딱 한 잔 제 신랑 거만 해가지고 가는 걸 보면 나는 얄미워 죽겠는데 우리집 양반은 속도 없이 뭐라는 술 아세요? 이제야 철났다고 기특해하는 거 있죠. 아무튼 막내사위라면 예뻐서 그저 이래도 허허허, 저래도 허허허, 입을 못 다무신다니까요. 우리 수정이도 시집 잘 갔지만 정서방이 장가 하나는 정말 잘 갔어요. 안 그렇습니까?"

"아무려면요."

마지못해 그렇게 맞장구를 치면서도 이 여자가 누구 약을 올리기로 작정을 했나 싶어서 은근히 부아가 치밀었다. 신혼의 딸 내외를 꽃 본 듯이 어르면서 옥시글옥시글 즐거워할 그 집안과 대비되어 떠오르는 것이 자신의 옹색한 살림살이가 아니라 한 번도 가보지 않은 남편의 시골집인 것도 이상한 일이었다. 외딴 집 홀아비 살림의 썰렁함, 스산함, 그런 것들이 옛날 영화처럼 구질하게 떠올랐다.

"그래도 사위는 백년손이라던데 어려움이 많으시죠. 저희 집 으로 보내셔도 좋은데……"

그녀는 인사성으로 그렇게 말해놓고는 말끝을 흐렸다. 말끝을 흐릴 수밖에 없는 처지에 화도 났다. 안사돈끼리의 이런 미묘한 심리전을 아는지 모르는지 옆에 앉은 남편은 고개를 길게 빼고 무대 위에서 진행되는 졸업식을 열심히 지켜보고 있었다.

"아이고, 아니에요. 정서방이 얼마나 소탈하고 붙임성이 좋다 고요. 하긴 저희 집에 드나든 지가 어디 일이 년입니까. 신입생 시절부터 서로 단짝친구였으니, 사위 될 줄 모를 적부터 아들처 럼 얘, 쟤 이름 부르고 먹던 밥상에 숟갈 하나 더 놓고 같이 먹고 했으니까, 정이 들 대로 든걸요 뭐. 그래도 막상 사위가 되고 나 니 어찌나 든든하고 귀여운지. 우리집 양반은 더해요. 며칠 전에 즈희 시아버님 제사였잖습니까. 우리 큰애네는 미국 가 있으니

164

까 제사 참예 못 한 지가 오래됐지만 작은아들이 엄연히 있는데 글쎄 턱하니 아들 제쳐놓고 막내사위 먼저 잔을 올리게 하지 뭡니까. 조상님한테 새사람을 먼저 인사시켜야 한다나요. 우리집 양반이 워낙 소탈해서 제사에도 격식이 없어요. 영정만 모시고 지방은 안 써요. 제수도 격식보다는 생전에 좋아하시던 걸 자주 하죠. 지방을 안 쓰는 대신 우리집 양반은 마치 살아 있는 어른들한테 하듯이 자상하게 요새 사는 얘기도 하고 어려운 일이 있을 때는 잘 봐달라고 조르기도 한다니까요. 이번에 새사위를 생면시키면서도 어찌나 웃기시는지 제사가 엄숙하기는커녕 한바탕 웃음판이 벌어졌다니까요."

안사돈은 지금 생각해도 다시 한번 즐겁다는 듯이 호호거렸다. 새사람이라니. 아무리 세상이 두서없이 바뀌었다고 해도 수정이가 우리집 새사람이 되면 됐지 왜 우리 채훈이가 자기 집 새사람이란 말인가. 격식을 안 차리기로는 이쪽이 사돈집보다 한 술 더 뜨는 집안이었다. 그녀가 시댁 제사에 참예해본 지가 언젯적인지도 생각이 안 날 정도였다. 남편이 지차고 큰댁이 외진 산골이라 새댁 적 빼고는 남편 혼자 다녀오곤 했다. 남편도 다음날 아이들 가르치는 데 지장이 있을 것 같으면 돈만 부치고 안 가기도 했고, 그 버릇은 그런 신경 안 써도 되는 교장이 된 후까지도 계속됐다. 제사에 채훈이를 데리고 가본 것도 아마 손가락으로 꼽을 정도밖에 안 될 것이다. 제사는 자기가 보고 기억하는 조상에 한해서만 지내면 된다는 것이 남편의 주장이었다.

채훈이도 그런 환경에서 자랐으니 제사를 그닥 대수롭게 여기지 않았을 수도 있다. 그래도 그렇지, 제 처를 제 조상 제사에 참예시키기도 전에 제가 먼저 처가 제사에서 꾸벅꾸벅 절을 했을 생각을 하니까 기분이 영 고약했다. 아유, 못난 녀석, 더리쩍은 자식…… 생각할수록 치가 떨리게 분했다. 그녀는 야죽거리는 안사돈에 대한 적의를, 스스로 아들에 대한 배신감으로 증폭시키고 있는지도 몰랐다. 당장 졸업식장을 박차고 나가고 싶었다. 그녀는 옆에 앉은 남편의 손을 잡았다. 손잡고 나갈 사람이 필요했다. 남편은 손을 잡힌 것도 의식하지 못하는 것처럼 단상에서 진행되는 일에 온 신경을 모으고 있었다. 마치 이제나저제나 자기가 상 받으러 나갈 차례를 기다리는 모범생처럼 잔뜩 긴장하고 있었다. 그녀는 슬그머니 손을 거둬들이고 말았다.

남편에게 단상이 뭐라는 걸 알고 있기 때문이었다. 남편은 단상을 좋아했다. 단상에만 올라가면 저절로 목소리에 권위적인 억양이 붙고, 아무도 흠잡을 수 없는 지당한 소리만 줄줄이 나왔다. 아무리 조그만 집단에서도 단상은 권위의 상징이었다. 그는 단상에 있을 때, 단하에 있는 단 한 사람이라도 자기를 주목하지 않는 걸 참지 못했다. 주목만이 아니었다. 그가 단상에서 단하에 요구한 것은 경배였을 것이다. 단상에 있을 때 단상의 권위에 충실했던 것처럼 단하에서는 단하의 의무에 충실코자 하는 걸 누가 말리랴.

그런 그가 집안 식구에 대해서는 전혀 권위적이지 않았던 것은 자상하거나 가족적이어서라기보다는 월급봉투만 축내지 않으면 가장의 권위는 저절로 따라오는 것으로 믿었기 때문이 아닐까? 별거할 수밖에 없는 상황을 의심 없이 받아들인 후에도 그랬고, 은퇴 후까지도 월급이나 연금을 믿을 수 없을 만큼 조금 축내고 전액 식구들한테로 가게 하려는 그의 노력은 거의 집념에 가까웠다. 요새는 도대체 어떤 환경에서 뭐 해먹고 사는 것일까? 그녀는 조금 전에 잡았던 남편의 손을 바라보았다. 손톱 밑에 때가 낀 투박한 손이었다. 그녀는 직접 잡아보았을 적에도 못느낀 이물감에 허방을 밟은 것처럼 움찔했다.

박사, 석사학위 수여식이 끝나고 학사학위를 수여할 차례였다. 그녀는 아들이 학위 받는 걸 똑똑히 봐두고 싶었다. 사진은 채정이가 찍기로 돼 있었다. 채정이뿐 아니라 그쪽 식구들 중에서도 서너 명이나 카메라를 들고 나가는 것 같았다. 졸업생보다도 더 많은 사진사들이 무대를 가려서서 아무것도 보이지 않았다. 안사돈이 다시 조근조근 이야기를 시작했다. 장내의 웅성거림 때문인지 귓불에 숨결이 닿을 듯 안사돈의 속삭임은 친근했다.

"보려고 애쓰지 마세요. 사진이나 잘 나오면 되죠 뭐. 무슨 행사든지 사진밖에 남는 게 뭐 있나요. 참, 아이들 결혼사진 잘 나왔죠? 사진사가 찍은 것 말고도 카메라 사진까지 다 챙겨서 보내드렸는데."

"예, 잘 받았습니다. 카메라 사진은 저희들한테도 꽤 있는데, 웬걸 그렇게 많이 꼼꼼하게 정리를 해서 보내셨어요?"

"저희는 아이들 자라는 모습뿐 아니라 걔들한테 무슨 행사가 있을 때마다 사진으로 남겨놓는 게 큰 낙이랍니다. 취미도 되고요. 상이나 임명장 받는 사진도 안 빠뜨렸는데 혼인이야 인륜지대사인걸요. 이렇게 꼭 기록을 남기다보니, 기록 때문에라도 할 건 다 하고 살아야지 대충 넘어가면 안 되겠더라고요. 사진첩을 정리하다보니 신혼여행 못 보낸 게 그렇게 서운하더라고요."

"못 보내다니요? 저희가 안 가겠다고 우겨서 그렇게 된 게 아니던가요?"

그녀는 계속해서 당하고 있을 수만은 없어 정색을 하고 따졌다. 결혼식을 마침 바캉스 시즌에 치렀을 뿐 아니라, 유학 갈 날을 한 달 남짓 남겨놓은 시점이라 채훈이는 채훈이대로 수정이는 수정이대로 각각 일이 많았다. 비자도 새로 내야 하고, 짐도 배로 미리 부쳐야 하고, 운전면허도 갱신해야 하고, 이런저런 해결 안 된 일 때문에 마음들이 한갓지지 않아 신혼여행은 미국 가는 길에 하와이에 들러서 며칠 쉬다 가는 걸로 대신하겠다고 저희끼리 합의하고 양쪽 부모는 통고만 받았는데 지금 와서 웬 트집인가 싶었다.

"그러문요. 그러문요. 그래도 부모 마음은 그게 아니더라구요. 더군다나 양가가 다 언제 또 해볼 것도 아닌 마지막 자식 경사가 아닙니까. 남 하는 대로 다 해주고 싶더라구요. 그래서 말인데요, 졸업식 끝나는 대로 제주도로 삼박사일 정도 여행을 다녀오도록 예약을 해놓았습니다. 아직 걔네들은 모르고 있어요. 놀래

켜주려구요. 까다로운 절차도 다 끝나고 모처럼 여유가 생겼으니 좋아할 거예요. 여행 다녀오자마자 다시 비행기 타야 하는 게 안됐지만 사나흘이라도 하릴없이 서울에서 빈둥대면 뭘 합니까? 술친구한테 끌려나가기가 십상이죠. 안 그렇습니까?"

"그렇겠군요."

그녀는 자신 속의 참을성이 한계에 다다른 걸 위태롭게 느끼면서 쓰겁게 대답했다. 안사돈은 무슨 요량인지 핸드백에서 흰 봉투에 든 걸 꺼내서 그 내용물을 살짝 보여주었다. 왕복항공권과 하얏트 호텔을 이용할 수 있는 쿠폰이었다. 보여주고 나서 그걸 가볍게 그녀의 무릎 위에다 놓아주면서 속삭이듯 말했다.

"이따가 사부인께서 아이들한테 주세요."

"왜요?"

그녀는 당장 귀밑이 달아오르게 놀라면서 물었다.

"아, 아무나 주면 어떻습니까? 거기다 명토를 박아놓은 것도 아니고, 사부인께서 주시면 아이들이 더 좋아할 거예요. 저희 쪽에선 따로 여비나 쥐여주면 자연스럽지 않겠습니까?"

더할나위없이 상냥하면서도 속셈을 드러내지 않는 이 여자의 진의는 뭘까? 잘못한 것도 없이 사람을 남루하고 비굴하게 만드는 안사돈의 수법에 걸려 넘어진 것처럼 그녀는 무참해지고 말았다. 혼란스러워 허둥대는 손길로 무릎 위의 봉투를 사돈 쪽으로 거칠게 밀어놓았다. 그러나 미처 어째볼 틈도 없이 그 하얀 봉투는 이번에는 그녀 핸드백의 사이드 포켓 속에 꽂혔다. 민첩

하고도 우아한 손놀림이었다. 분노인지 수치심인지 스스로도 분간 못 할 감정이 모닥불처럼 그녀의 표정을 달구었다. 하필 그때 졸업식이 끝나고 하객들은 서로 먼저 빠져나가려고 우르르 몰리기 시작했다. 안 넘어지려고 버팅기면서, 정신없이 사람들한테 밀리며 밖으로 나오니 오후의 열기가 지글지글한 엿물처럼 엉겨붙어 그녀는 자신도 모르게 지겹다는 소리를 몇 번이나 연발했다. 녹아내리듯이 조금씩 흐느적대는 인파 속에서 남편도, 채정이 내외도, 사돈집 식구들도 찾아질 것 같지 않았다. 그녀가 되는대로 인파에 밀려난 자리엔 한 뼘 그늘도 없어서 그녀는 마치 고문을 당하는 것처럼 자포자기하게 서 있었다.

그래도 제일 먼저 그녀를 찾아준 것은 남편이었다. 남편은 저만치 큰 느티나무 아래 모여 있는 하객들을 가리키며 여기서 뭐하고 있느냐고 큰 소리로 나무라기부터 했다. 그녀는 남편을 보자마자 아직도 검정 핸드백에, 웨이터 주머니에 꽂힌 풀 먹인 손수건처럼 삼각형으로 빳빳하게 꽂힌 봉투가 갑자기 생각나 얼른 안으로 보이지 않게 밀어넣었다. 남편을 따라 느티나무 아래로 갔다. 거기 다 모여 있었다. 채정이 내외만 겨우 아는 척을 하고 딴 사람들은 채훈이를 둘러싸고 번갈아가며 사진 찍기에 여념이 없었다. 채훈이는 꽃다발과 선물꾸러미에 묻히다시피 해서 바보처럼 싱글거리고 있었다. 식장에서 바깥사돈이 포장을 요란하게 한 선물꾸러미를 들고 있는 걸 보고, 집에 데리고 있으면 집에서 주면 되지 뭣 하러 식장까지 가지고 왔나 다소 아니꼽게 여겼었는데 다른 친척들도 다들 선물을 준비한 모양이었다. 자식한테도 빈손을 부끄러워해야 되나? 아무리 부끄러워하지 않으려 해도 부끄럽게 만들고 있었다. 어쩌면 아까 건네준 흰 봉투는 아무것도 준비 안 한 우리들의 빈손에 대한 일종의 야유나 동정이 아니었을까.

아들은 그들하고 단체로 또는 삼삼오오 끼리끼리 사진도 찍고 인사치레도 하느라 아직도 정신이 없고, 이쪽의 찍사를 자처하고 나선 채정이까지도 그 사진 찍기 좋아하는 족속한테는 손을 들었는지 중심에서 밀려나 관망을 하고 있었다.

채정이 졸업식 때도 그랬다. 상견례를 겸한 최초의 만남이었는데도 이쪽은 제쳐놓고 저희끼리 채정이를 끼고 돌면서 사진도 찍고, 요리 보고 조리 보면서 귀여움도 표시하고 넌지시 위엄도 보이느라 이쪽은 완전히 찬밥 신세였다. 그래도 그땐 별로 분한 줄을 몰랐다. 딸 쪽이니까 으레 그러려니 했고, 그 밑에 아들이 있으니 아들 가진 쪽은 어떻게 세도를 부려야 되는지를 보고 배울 기회다 싶은 생각도 있었다. 이를테면 마음만 먹으면 몇 곱으로 갚을 수도 있는 복수의 기회가 남아 있기 때문에 그닥 굴욕스럽지 않았다. 또 재학중에 애인이 생겨 졸업식에 벌써 시집 식구들의 귀여움을 독차지하는 걸 부러워하는 눈길을 의식하는 것도 나쁘지 않았다. 그랬건만 이게 무슨 꼴이람. 누구누구 나무라 무엇하랴, 내 아들이 저 꼴이니. 그녀는 강력한 권리 주장처럼 눈을 부릅뜨고 아들을 주시했다.

채훈이가 마침내 엄마의 시선을 느낀 것 같았다. 주위를 두리번거리는 아들의 눈길을 그녀는 잽싸게 낚아챘다. 마치 잡아끌리듯이 채훈이는 곧장 그녀에게로 다가왔다. 약간 계면쩍은 듯이 웃는 채훈이는 아무리 내 아들이라도 바보 같았다. 아들은 엄마를 버려둔 걸 보상이라도 하려는 듯이 얼른 학사모를 벗어서 그녀의 머리 위에 씌워주려고 했다. 채정이도 이제야 자기가 나설 차례가 왔다는 듯이 카메라를 들이댔다. 그러나 그녀는 온몸으로 강력하게 반발하며 학사모에서 벗어났다. 엄마를 뭘로 보니? 그러나 그런 말이 미처 나오기 전에 남편의 목소리가 들렸다.

"왜 그래 임자. 좋으면 좋다고 그럴 것이지, 괜시리 암상은 부리고 그래, 이 좋은 날. 훈아, 느이 엄만 싫단다. 나나 좀 써보자. 그 뭣이다냐, 학사몬가 뭣인가⋯⋯"

머쓱해 있던 채훈이가 구원받은 듯 아버지 머리 위에 학사모를 올려놔주고 정답게 팔짱을 꼈다. 채정이뿐 아니라 사돈네 식구 중 카메라 가진 이는 몽땅 무슨 살판이나 난 것처럼 일제히 효자 아들과 장한 아버지를 겨냥해 초점을 맞추었다. 졸지에 남편은 스타가 되었다. 남편은 마치 소 팔고 땅 팔아 대학 졸업시킨 70년대 농사꾼처럼 멍청하고도 순진하게 사진을 찍히고 또 찍혔다. 저렇게 좋아하시는 걸 보니, 정서방이 하루빨리 미국서 석사도 따고 박사도 따서 아버님을 초청해야 한다는 덕담도 흐드러졌다. 다시 분위기는 화기애애해졌고 시간은 야비다리를 피우며 흘러갔다.

누군가가, 연못가도 좋고 민주학생기념탑이 있는 노천극장 주변은 또 얼마나 좋은데 주변머리도 없지, 여기가 뭐가 좋아서 꼼짝을 못 하고 같은 배경으로 사진을 찍고 또 찍느냐고, 그들의 사진 찍기에 제동을 걸었다. 그 말에 아무도 이의가 없었던지 대식구가 웅성거리며 사람들이 더 많이 모여 있는 경치 좋은 곳을 향해 이동을 시작했다. 자연히 그 집 식구는 그 집 식구끼리, 이 집 식구는 이 집 식구끼리 어울려서 걷고, 채훈이는 양쪽 눈치를 다 보느라 엄마 곁에 붙었다가 장모 곁에 붙었다가 하느라고 요령껏 걸음을 조절하고 있었다. 북새통이 더 심한 곳을 향해 걸어가는 양가 식구들은 서로 놓칠 뻔하다가도 채훈이가 이어줘서 서로 못 찾는 불상사는 안 일어났다. 장모 곁에서 뭐라고 정답게 소곤거리던 채훈이가 어느 틈에 그녀 곁으로 다가와 팔짱을 낄 때마다 그녀는 이렇게 알랑거리는 버릇을 어디서 배웠을까 징그러워서 눈을 보얗게 흘겨주며 뿌리치곤 했다. 노천극장에서는 마침 재학생들이 마당놀이 연습을 하고 있어서 기념탑 근처는 인산인해였다. 슬쩍 자리를 피하기에는 알맞은 장소다 싶었다. 안사돈은 아마 그 동안에 봉투가 자리를 옮긴 줄 알 것이다. 그 동안에 그럴 수 있는 기회도 시간도 충분했으니까.

그녀도 줄창 핸드백 바깥 주머니 속에 들어 있는 봉투를 의식 안 한 건 아니었다. 의식 안 할 도리가 없었다. 그건 줄창 내복에 달라붙은 가시처럼 그녀의 의식을 편안치 못하게 했으니까. 그녀는 사돈네 식구들과 채훈이가 함께 보이지 않는 틈을 타 남편의 소매를 힘차게 잡아끌었다. 돌연 떠오른 생각이 결정적 기회와 맞물렸다. 왜 그런 생각이 떠올랐는지, 그녀는 자신의 생뚱한 생각에 놀라서 가슴이 두방망이질하고 다리가 후들댔다. 그러나 탈출에 성공한 걸 알자 돈을 갖고 튀는 악당 같은 스릴과 쾌감으로 온몸이 파열 직전의 풍선처럼 부풀어올랐다. 그건 쾌감이 아니라 살(煞)인지도 몰랐다. 자신도 통제할 수 없는 힘이 살처럼 뻗치는 걸 생생하게 느낄 수 있었다. 남을 해코지할 수 있는 이상한 힘이 생긴 것 같은 느낌이 어찌나 좋은지, 웃음을 참을 수 없어 어금니를 물었다.

남편은 끌려오면서 어디로 가고 있는지 자꾸 물었다. 그녀는 대답하지 않았다. 아마 화장실이라도 찾는 줄 아는지 남편은 순순히 따라왔다. 교문이 보이는 데까지 와서야 그녀는 헛된 흥분을 가라앉히고 덤덤히 말했다.

"우리가 자리를 비켜주려고 그랬어요. 처가에서 채훈이 내외를 오늘 제주도로 여행을 보낸다는군요. 졸업 축하 겸 신혼여행 겸이라나요. 우리가 있으면 시간도 얼마 안 남았는데 길게 인사해야 하고, 떠나보낸 후엔 양가가 저녁이라도 같이 먹고 헤어져야 할 것처럼 미적거려려야 하고, 아직 서로 친하지도 않은데 그럴 거 뭐 있어요."

"그래? 참 사돈댁에서 신경을 많이 쓰는구먼. 그래도 그렇지 잠깐이라도 인사를 하고 오는 게 도리지, 우리가 길 잃어버린 줄 알고 찾으면 어떡하라고."

"걱정 말아요. 아까부터 내가 눈치 줬으니까 채훈이는 아마 짐작했을 거예요. 적당히 둘러대겠죠 뭐."

"우리가 용돈이라도 줘 보내야 하는 거 아닌가? 당신이 어련히 알아서 잘했겠소만……"

남편의 나중 말엔 다소 빈정거리는 투가 섞여 있었다. 어차피 손발이 맞아서 저지른 일도 아니건만 그녀는 울컥 야속했다. 그리고 아들 며느리의 즐거움을 잠시 훼방놓거나 하루쯤 유예하는 데 불과한 일을 위해 혼신의 힘을 소모한 좀전의 자신을 도무지 이해할 수가 없었다. 자신으로부터도 밀려난 것 같은 느낌은 여지껏 겪어본 어떤 외로움하고도 닮지 않은 이상한 외로움이었다. 돌이킬 수 있는 시간은 충분했지만 하는 데까지 해볼 작정이었다. 몸을 달구던 정열은 환각처럼 온데간데없었지만 훼방놓고 싶은 심술은 아직도 충분히 남아 있었다.

"우리끼리지만 저녁이라도 먹고 헤어집시다."

남편의 제안은 전혀 은근하지 않고 사무적이었다.

"이렇게 해가 높다란데요?"

살풋한 해는 어쩌자고 아직도 지칠 줄 모르고 열기를 내뿜고 있었다. 입추 쳐서 다 지났다고는 믿기 어려운 더위였다.

"그래도 한 끼 때우고 들어가는 게 안 낫겠소? 혼자 밥 해먹는 게 얼마나 을씨년스럽다고……"

어쩌자고 이 남자는 이렇게 정직한 걸까. 그녀는 남편의 촌스러움, 초라함, 변변치 못함이 다 겉에다 주렁주렁 달고 있는 혼자서 밥 해먹은 티만 같이 여겨져 바로 보기가 싫었다.

"오늘은 당신 따라서 바라나나 한번 가볼래요. 왜 그렇게 놀라요? 내가 어디 못 갈 데 가본다고 했어요?"

바라니란 남편이 자리잡은 동네 이름이었다. 채정이한테 들어서 알고 있었다. 채정이는 동네 이름이 참 예쁘다고 말했지만 그녀는 처음 그 이름을 들었을 때 기분이 안 좋았다. 행여나 누가 찾아오나 고개를 길게 빼고 동구 밖만 바라보고 있는 늙은이들 모습이 떠올라서였다.

남편은 잠시 놀란 듯하다가 금방 덤덤해지더니 전철을 타야 한다고 했다. 그녀는 말없이 남편 뒤를 따랐다. 상실감을 메우려고 너무 허둥거리고 있는 자신이 딱했지만 어차피 오늘은 빗나가기 시작한 거, 가는 데까지 가볼 작정이었다. 개통된 지 얼마 안 된 전철 노선은 오래된 노선보다 한결 시원하고 정결했다. 왕십리에서 국철로 갈아타고 종점에서 내려 다시 버스를 타야 한다고 남편은 양해를 구하듯이 앞으로 이용할 교통편에 대해 설명했다. 그녀는 듣는 척했지만 아무것도 떠오르는 게 없었다. 남편보다 더 서울에 대해 아는 게 없었다. 어렵게 확보해놓은 단골을 잃게 될까봐 처음 자리잡은 가게를 한 번도 옮긴 적이 없었다. 주로 아파트에 사는 단골들은 물론 자주 바뀌었다. 잃은 만큼 얻어지는 게 단골이었으니 단골이 꾸준히 있다는 게 중요하지 단골이 누구냐가 중요한 건 아니었다. 그녀가 세상사를 빠삭하게 꿰뚫고 있는 것처럼 느끼는 것도 단골들 덕이었다.

그녀는 좁은 가게 안을 요령껏 편안하게 꾸미고 단골들이 필요한 것 없이도 들러서 수다를 떨고 싶은 곳으로 만들었다. 근처에 대형 백화점이 들어서고 나서 그녀의 가게 앞은 백화점 버스 정류장으로 변했다. 처음에는 가게에 들어와서 구경하는 척하다가 백화점 버스가 오면 냉큼 나가 타던 단골들이 이제는 탈 때도 내릴 때도 그녀의 가게를 못 본 척하게 됐다. 마치 거기 가게가 없는 것처럼.

국철로 갈아타기 위해 계단을 여러 번 올라가야 했다. 마지막으로 지상으로 통하는 계단은 좁고 숨어 있듯이 외진 데 있었다. 지상은 아직도 해가 지기 전이었다. 고층건물 모서리에 걸려 있는 석양은 괄한 숯불처럼 이글거리고 있었다. 어쩌라고 국철을 기다리는 정류장은 해가리개 하나 없는 노천이었다. 차를 태워주기 위해서가 아니라, 벌을 세우기 위해 마련한 정류장이다 싶었다. 그러나 햇볕이 온종일 달군 시멘트 바닥에서 열차를 기다리는 사람들은 자신들이 무슨 일을 당하건 전혀 개의치 않겠다는 듯 방기한 표정으로 우두커니 서 있었다. 남편의 대머리가 둔탁하게 빛나면서 다시 땀이 배어나기 시작했다. 만지면 송진처럼 찐득할 것 같은 땀이었다. 생각만 해도 싫어서 절로 진저리가 쳐졌다. 국철은 전철처럼 자주 오는 게 아닌 모양이었다. 시멘트 기둥에 열차시간표가 씌어져 있었다. 이십 분에 한 번씩 오기로 돼 있었다. 그녀는 이건 더위를 견디는 게 아니라 굴욕을 견디는 거라고 생각했다.

참고 기다린 보람은 있어서 국철 안도 지하철 안과 다름없이 서늘했다. 그러나 국철 구간의 풍경은 서울에 이런 곳이 있다는 게 믿어지지 않을 만큼 낯설었다. 시골 같지도 않고, 도시 같지도 않은, 단지 버려진 것 같은 들판으로는 걸쭉하게 썩은 샛강이 흐르기도 하고, 어디로 가는지 모를 굽은 다리를 받쳐주기 위한 육중한 시멘트 기둥들이 질척한 늪지대에 괴기스럽게 뿌리내리고 있기도 했다. 녹슨 쇠붙이, 썩은 널빤지가 함부로 버려진 쓰레기더미 사이를 비집고 기승스럽게 자라는 풀들은 독초처럼 잔뜩 약이 올라 저만치 폐가처럼 썰렁한 집들을 위협하는가 하면, 갑자기 네모난 단층집 동네가 철로에 닿을 듯이 가까이 다가오기도 했다. 빨래가 널린 옥상과 백일홍, 맨드라미가 빨갛게 핀 마당이 사람 사는 동네다우나, 서운케도 열차를 향해 주먹질을 하는 동네 아이들은 보이지 않았다.

그녀는 무슨 깨달음처럼 국철 구간하고 남편이 어쩌면 그렇게 닮았을까 하는 생각을 했다. 그런 생각이 들자 거기 타고 있는 사람들이 지하철 승객하고는 인종이 다른 것처럼 이상해 보였다. 남편은 자는지, 자는 척하는지 편안히 눈을 감고 있었다. 지금 내가 도대체 무슨 짓을 하려는 걸까? 그녀에게 아들을 빼앗긴 상실감은 마치 허방을 밟은 것처럼 갑작스러운 것이었다. 순탄한 길을 걷다가도 휘청거릴 나이에 이런 허방이 숨어 있을 줄이야. 허방치고는 너무도 깊은 허방이었다. 그녀는 한없이 추락중인 삶의 허방에서 움켜쥔 한 가닥의 지푸라기를 바라보듯이 어이없어하며 자는 남편을 바라보았다.

사람들이 많이 내리는 역에서 그녀는 뭔가 참을 수 없는 기분으로 남편을 흔들었다. 얼떨결에 밖으로 따라나온 남편은 한 정거장 더 가야 종점이라면서 다시 타려고 했다. 그러나 그녀는 남편을 층층다리 쪽으로 거세게 잡아끌며 말했다.

"갈 데가 있어서 그래요."

"어딜? 별안간."

"그애들은 오늘 신혼여행 가서 마냥 재미 볼 거 아뉴? 우리도 기분 좀 내봅시다. 바라니에 가봤댔자 모기밖에 누가 우릴 반겨주겠어요."

채정이가 바라니 갈 때마다 모기약을 사나르던 생각을 하며 말했다.

"바라니로 가잔 것은 당신이었소."

남편이 침착하게 타이르듯이 말했다. 그러고는 횡하니 앞장을 서더니 돼지갈비집으로 들어갔다. 에어컨 대신 천장에서 옛날 비행기 프로펠러처럼 생긴 선풍기가 돌아가는 집이었다. 식탁마다 지글대는 불갈비 위로 후드가 바싹 내려와 있건만도 넓은 홀이 연기로 매캐했다. 마침 저녁시간이기 때문인지, 혹시 잘하기로 소문난 집인지, 거의 빈자리 없이 시끌시끌하고 활기차 보였다. 남편이 어리어리하시 않고 익숙하게 구는 것도 보기에 나쁘지 않았다. 그러나 재미 좀 보자는 걸 겨우 돼지갈비 정도로 이해한 남편을 속으로는 한심해하면서도 수굿이 따른 것은 별안간

의식하게 된 심한 허기증 때문이었다. 근수로 주문한 돼지갈비
와, 숯불이 이글대는 풍로와, 밑반찬만 갖다줄 뿐 나머지 일은
다 셀프서비스였다. 남편은 알맞게 익은 갈비를 먹기 좋게 잘라
서 접시에 옮겨주는 일에서부터 석쇠를 새걸로 가는 일까지 하
나도 그녀에게 안 시키고 척척 혼자서 잘했다. 가끔 영양 보충하
러 오는 싸고 잘하는 집이란 설명도 했다.

　옷서부터 머리카락까지 돼지갈비 냄새에 푹 절 만큼 포식을
하고 나오면서 남편은 이렇게 먹어도 계산은 얼마 안 나온다고
또 한번 싼 타령을 했다. 그런 남편을 돌아보지도 않고 앞서 나
온 그녀는 마침 갈비집 앞에서 손님을 내려놓은 택시를 잡고는
남편을 손짓해 불러 먼저 밀어넣었다. 얼떨결에 올라탄 남편 곁
에 앉자 어디 경치 좋은 러브호텔로 가자고 외눈 하나 까닥 안
하고 말했다. 러브에다 유난히 힘을 주어 말하고 나서, "당신 그
런 데 처음이죠?" 했다.

　"당신은 처음이 아닌 것처럼 구는구려."

　"그래요? 저도 처음이에요."

　그녀는 오금을 박듯이 힘주어 말했다. 그런 데 한 번도 못 가
봤다는 걸 서로 믿을 뿐만 아니라 설사 어느 한 쪽이 거기 들어
가는 걸 목격했다고 해도 바람 피우러 들어간다는 의심도 안 할
위인들이었다. 그래 우리는 그런 사람들이다. 그래서 좋은 부부
란 말인가. 왜 이 지경까지 되고 만 것일까. 스산한 낭패감으로
잔뜩 추슬렀던 그녀의 어깨에서 힘이 빠졌다. 다행히 택시를 한

강이 바라보이는 별장풍의 삼층집 앞에 대준 운전기사의 태도만은 노골적으로 그들을 늙은 잡것들 대하듯 했다. 마냥 끌고 다닌 끝이었다.

그래도 앞장서서 택시값도 치르고 프런트로 간 것은 남편이었다. 잠시 쉬었다 가시게요? 아니오, 하룻밤 묵어갔으면 하오, 하는 소리에 고개를 붉히며 그녀는 돌아서서 복도 끝 창밖으로 그제서야 해가 지고 말간 맨얼굴을 드러낸 하늘을 바라보았다.

"당신은 돈도 많구려."

키를 받아든 남편을 쭐레쭐레 따라가다가 이층으로 오르는 계단이 꺾이는 곳에서 멈춰 선 그녀는 약간 시비조로 말했다. 세상에 없는 구두쇠로만 알아온 남편이 저녁값은 물론 호텔비까지 선선히 지불한 걸 두고 하는 말이었다. 여윳돈이 있을 턱이 없는 남편이었으므로 구두쇠 노릇을 민망하게 여길지언정 미워한 적은 없었다. 서로 의심할 건더기가 아무것도 안 남은 무관심한 부부 사이건만 돈 문제에 대한 의혹은 아직도 민감하다는 데 그녀는 스스로도 놀라고 한편 부끄러웠다.

"채훈이 졸업식 아닌감. 사돈댁하고 식사라도 같이 하게 되면 내가 낼려고 벌써 얼마 전부터 여축해온 돈이라오."

남편의 쓸쓸한 듯 담담한 대답에 그녀는 할 말을 잃었다. 실내는 어둑시근하고 쾌적할 뿐 상상한 것처럼 야하진 않았다. 한강과 대안의 언덕에 산재한 별장인지 호텔인지 모를 아름다운 집들이 한눈에 들어왔다. 잔디가 곱게 다듬어진 이 집 정원도 그

끄트머리에 서면 강물에 발을 담글 수 있을 것처럼 한강하고 가까웠다. 그녀는 오래도록 창가에 서서 남편의 샤워하는 소리를 들으며 바깥을 내다보았다.

"아이고 시원하다."

욕실에서 나오는 남편을 돌아보다가 그녀는 에구머니, 소리를 지를 뻔하게 놀라면서 얼굴을 돌렸다. 팬티만 입은 남편의 하체가 보기 흉했다. 넓적다리에 약간 남은 살은 물주머니처럼 축 처져 있고, 툭 불거진 무릎 아래 털이 듬성듬성한 정강이는 몽둥이처럼 깡말라 보였다. 순간적으로 닭살이 돋을 것처럼 혐오스러웠다. 징그러운 것하고는 달랐다. 징그럽다는 느낌에는 그래도 약간의 윤기가 있게 마련인데, 이건 군더더기 없는 혐오 그 자체였다. 살을 대고 산 적이 있는 부부 사이에 그럴 수는 없는 일이었다. 같이 살 때도 살가운 부부는 아니었다. 남편은 그때도 여름이면 집에 들어와 팬티만 입고 돌아다니길 잘했다. 이 다음에 며느리 얻어도 당신 때문에 같이 살긴 틀렸다고, 남편의 그런 버릇을 걱정한 적은 있어도 보기 싫다는 느낌은 없었다. 그렇다고 매력 있어한 것은 아니고, 그냥 집에 있는 구닥다리 장롱이나 책상 밥상 보듯, 있을 게 있을 자리에 있을 때 아무런 느낌도 없는 것과 마찬가지로 그냥 무심했다.

전혀 예기치 못한 느낌에 놀란 김에 그녀가 황황히 생각해낸 게 안사돈한테 받은 하얀 봉투였다. 바로 눈앞에 전화기가 보였다. 오늘 안에 전화는 해야 된다는 것은, 그녀가 미리부터 생각하고 있던 각본이었지만 당장 떠오른 생각처럼 가슴이 울렁거렸다. 전화를 받은 것은 안사돈이었다. 그녀는 인사말 제쳐놓고 호들갑부터 떨었다.

"이를 어쩝니까? 사부인. 아이들한테 그걸 전하는 걸 그만 깜박 잊어버렸지 뭡니까? 우리집 어른이 어찌나 서두르시는지요. 오늘 같은 날 글쎄, 아들을 처가댁에서 독점할 수 있도록 우리는 피하는 게 예의라고 그러시지 뭡니까? 우리가 끼면 거북해하실 거라나요. 워낙 신식이 지나치신 어른이시거든요. 그 어른은 그 어른대로 계획이 있으셨나봐요. 저 지금 청평에 있는 그 어른 친구분 별장에 와 있어요. 혼자서 농장에서 지내실 때가 많아서 서울만 오시면 저한테 잘해주시려고 이렇게 주책을 부리시지 뭡니까. 어머, 이를 어쩌나, 급한 전화 걸고 또 딴소리네. 우리 아이들 지금 어떡허고 있나요? 제가 이걸 갖고 있으니 여행도 못 떠났을 테고…… 내일도 유효하겠지요? 이 비행기표랑 쿠폰이랑. 내일 일찍 서울로 갈 테니 우리 가게로 채훈이를 보내세요. 아무리 빠져나오기 급급했어도 이걸 어떻게 잊어버릴 수가 있었는지, 제가 생각해도 한심해 죽겠어요. 그나저나 아이들 일을 망쳐놓았으니 이를 어쩌죠?"

"아이고 사부인도 참, 망쳐놓으신 것 아무것도 없으십니다. 예정대로 여행들 떠났습니다. 표 없다고 예약된 게 어디로 가나요. 염려 놓으시고 즐거운 시간 보내셔요."

안사돈은 야죽거리지도 않고 간결하게 말했다. 간단했지만 무시하는 투는 충분하게 여운이 되어 남아 있었다. 흉보면 닮는다고 오래도록 야죽거린 것은 오히려 이쪽이었다.

이럴 수가…… 그들이 꾸민 자글자글한 행복을 조금 훼방놓거나 약간의 차질이라도 빚게 하려는 그 동안의 노력이 이렇게 허사가 될 줄이야. 음모를 꾸밀 때의 야릇한 쾌감은 간단한 비웃음이 되어 되돌아왔을 뿐이었다. 허망감에다 열등감까지 엎친 데 덮친다는 건 못 견딜 노릇이었다. 남편의 근심스러운 목소리가 들렸다.

"당신 사돈댁한테 무슨 실수한 거 아니오? 변변치 못하게스리."

"내가 뭘 변변치 못하게 굴었다고 그래요? 알지도 못하면서."

그녀는 울고 싶은 심정으로 톡 쏘았다.

"당신 똑똑하지, 무지무지하게. 그런 줄만 알았는데 채훈이 장모한테 비하니까 변변치 못해 보입디다."

그녀는 무슨 말이든지 대꾸를 하려면 울음이 섞일 것 같아서 잠자코 있었다. 다시 사뭇 의논성스러운 남편의 목소리가 들렸다.

"채훈이 전공한 학과가 유학이라도 하고 와야지 그렇지 않으면 밥벌이하기도 어렵다고 해서 내 말리지는 못했소마는 학비를 보낼 일이 큰 걱정이구려. 나는 돈 안 쓰는 재주밖에 없고, 당신 고생이 언제 끝날지 앞이 안 보이는 게 미안할 뿐이오."

"미안할 것 없어요. 걔들을 우리가 왜 보태줘요? 그만큼 해줬으면 됐지."

"우리가 걔들한테 뭘 해줬다는 거요?"

"며느리 시집올 때 혼수고 예단이고 다 접으라고 했잖아요. 요새 혼수랑 예단이랑 제대로 하려면 얼마나 드는지 알기나 아시우? 왜 그만두라고 했는지, 그 집에서도 당장 알아듣고 그만큼 딸라로 바꿔 보내겠다고 합디다. 목돈 가지고 간 거 다 쓰고 나면 며느리라도 돈벌이하겠죠 뭐. 제가 꼬셔서 가는 유학인데 그만한 각오도 없이 가겠어요?"

"그래도 그러면 쓰나. 우리가 애끼고 줄여서 다만 얼마라도 다달이 보내도록 노력을 합시다."

"노력 좋아하시네. 난 더 아낄 수 없어요. 가게도 장사가 안 돼서 조만간 정리하려고 하니까 내가 벌 수 있으리라는 기대도 마시구요. 정 그러고 싶으시면 당신이나 아껴서 송금을 하든지 미국 구경을 하든지 마음대로 하시구랴."

"나야말로 얼마나 최소한도로 쓰고 산다는 걸 당신 정말 모르겠소?"

그 소리의 슬픈 울림에 퉁기듯이 그녀는 발딱 일어났다.

"쉬고 계셔요. 잠깐 바람 쐬고 올게요."

침대에 벌렁 누운 남편을 외면하고 도망치듯 방을 나왔다. 도망치고 싶었기 때문에, 도망칠 수 없게끔 핸드백은 둔 채로 나왔다. 이층 복도는 빈집처럼 조용했다. 복도 끝에 있는 비상구는 가볍게 열렸고, 그 밖에는 잠시 담배라도 피울 수 있는 공간과,

정원으로 통하는 나선형 철제계단이 설치돼 있었다. 내려와 본 정원은 작은 연못까지 있고, 나무 그늘에는 강을 향해 벤치도 알맞게 배치돼 있었지만 거니는 사람 없이 괴괴했다.

올려다본 삼층집의 방방은 불이 켜진 데도 있고, 깜깜한 데도 있었다. 켜진 방의 불빛도 밝지 않고 은은했다. 오늘 하루 쓰잘데없이 애만 썼다는 사소한 허전함이, 일생을 헛산 것 같은 거대한 허전함이 되어 그녀를 한없이 미소하고 초라하게 만들었다. 이럴 줄 알고 뭔가로 메우려고 너무 허둥댔음일까. 검부러기라도 움켜잡듯이 마지막으로 움켜잡은 확실한 게 펴보니 고작 남편의 정강이였다. 그건 그와는 도저히 다시 살을 대고 살 수 있을 것 같지 않은 절망감의 생생한 실체이기도 했다.

오늘 남편을 여기까지 유인한 것은 섹스에 대한 기대가 있어서는 아니었다. 이제 그럴 나이도 아니었지만 한창 나이일 때도 둘 다 그런 쾌락을 밝히는 부부는 아니었다. 겨우 관행적인 섹스를 유지하다가 별거로 들어가고는 누가 먼저 그러자고 한 바도 없이 그들은 서로의 몸을 원하거나 그리워하는 일을 안 하게 되었다. 하다못해 스킨십조차 없는 완전히 남남이었다. 스킨십이라도 있었다면 남편의 정강이가 그렇게 꼴 보기 싫지는 않았을 것이다. 몸을 비비는 행동이 끊긴 것과 그의 몸이 그렇게도 보기 싫었던 것이 무관하지 않다면 몸을 비비는 행동이란 그닥 알볼 일도 아니다 싶었다. 그녀가 오늘 느낀 것은 결코 구체적 욕망이 아니었다. 흔히 등을 긁어준다는 식의 스킨십 정도였다고 해도 그것으로 이 거대한 허전함을 메우고 싶어했다면 그건 욕망보다 크고 아름다운 꿈이 아니었을까. 그것이 가망 없다는 걸 깨닫고 나서야 비로소 그 동안 완전히 단절됐던 몸의 만남을 후회하는 마음으로 되돌아보기 시작했다. 그것이 이렇게도 돌이킬 수 없는 실수라고는 미처 몰랐었다.

그녀는 남편이 잠들기에 충분한 시간을 흐르는 강물을 망연히 바라보는 것으로 보내다가 방으로 되돌아왔다. 방 안은 강바람 부는 강변보다 더 시원하고 남편은 침대 덮개도 안 걷어내고 그 위에서 헐렁하게 낡아빠진 팬티만 입은 채 코를 골고 있었다. 보기 싫은 것은 둘째치고 감기가 들 것 같아 덮어주려고 꽃무늬 덮개 자락을 들추다 말고 어쩔 수 없이 벗은 하체를 가까이 보게 되었다. 모기 물린 자국이 시뻘겋게 한창 약이 오른 것도 있고, 무르스름 가라앉은 것도 있고, 무수했다. 이 말라빠진 정강이에 서 피를 빨다니, 아무리 미물이라도 어떻게 그렇게 잔혹할 수가 있을까? 도대체 어떡하고 살기에 제 몸을 저렇게 만들었을까? 때가 낀 손톱과 함께 그의 지나치게 초라하고 고달픈 살림살이가 눈에 선했다. 그렇게까지 안 살아도 될 만한 연금을 받고 있는 남편이었다. 스스로 원해서 가부장의 고단한 의무에 마냥 얽매여 있으려는 남편에 대한 연민이 목구멍으로 뜨겁게 치받쳤다. 그녀는 세월의 때가 낀 고기구를 어루만지듯이 남편 정강이의 모기 물린 자국을 가만가만 어루만지기 시작했다.

그 여자네 집

지난 여름 작가회의에서 북한동포돕기 시낭송회를 한 적이 있다. 시인들만 참여하는 줄 알았더니 각계 원로들도 자기가 평소 애송하던 시를 낭송하는 순서가 있다고, 나한테도 한 편 낭송해달라고 했다. 내가 원로 소리를 듣게 된 것이 당혹스러웠지만, 북한돕기라는 데 핑계를 둘러대고 빠질 만큼 빤질빤질하지는 못했나보다. 하겠다고 했다. 그러나 거역할 수 없는 명분보다 더 중요한 것은 낭송하고 싶은 시가 있었다는 게 아니었을까. 그 무렵 나는 김용택의 「그 여자네 집」이라는 시에 사로잡혀 있었다. 김용택은 내가 좋아하는 시인 중에 한 사람일 뿐 가장 좋아하는 시인이라고는 말 못 하겠다. 마찬가지로 「그 여자네 집」이 그의 많은 시 중 빼어난 시에 속하는지 아닌지도 잘 모르겠다. 「그 여자네 집」은 다음과 같다.

가을이면 은행나무 은행잎이 노랗게 물드는 집 / 해가 저무는 날 먼 데서도 내 눈에 가장 먼저 뜨이는 집 / 생각하면 그리웁고 / 바라보면 정다운 집 / 어디 갔다가 늦게 집에 가는 밤이면 / 불빛이, 따뜻한 불빛이 검은 산속에 살아 있는 집 / 그 불빛 아래 앉아 수를 놓으며 앉아 있을 / 그 여자의 까만 머릿결과 어깨를 생각만 해도 / 손길이 따뜻해져오는 집

살구꽃이 피는 집 / 봄이면 살구꽃이 하얗게 피었다가 / 꽃잎이 하얗게 담 너머까지 날리는 집 / 살구꽃 떨어지는 살구나무 아래로 / 물을 길어오는 그 여자 물동이 속에 / 꽃잎이 떨어지면 꽃잎이 일으킨 물결처럼 가 닿고 / 싶은 집

샛노란 은행잎이 지고 나면 / 그 여자 / 아버지와 그 여자 / 큰오빠가 / 지붕에 올라가 / 하루 종일 노랗게 지붕을 이는 집 / 노란 집

어쩌다가 열린 대문 사이로 그 여자네 집 마당이 보이고 / 그 여자가 마당을 왔다갔다하며 / 무슨 일이 있는지 무슨 말인가 잘 알아들을 수 없는 말소리와 / 옷자락이 언뜻언뜻 보이면 / 그 마당에 들어가서 나도 그 일에 참여하고 싶은 집

마당에 햇살이 노란 집 / 저녁 연기가 곧게 올라가는 집 / 뒤안에 감이 붉게 익은 집 / 참새떼가 지저귀는 집 / 눈 오는 집 / 아침 눈이 하얗게 처마 끝을 지니 / 마당에 내리고 / 그 여자가 몸을 웅숭그리고 / 아직 쓸지 않은 마당을 지나 / 뒤안으로 김치를 내러 가다가 "하따, 눈이 참말로 이쁘게도 온다이이" 하

며 / 눈이 가득 내리는 하늘을 바라보다가 / 속눈썹에 걸린 눈을 털며 / 김칫독을 열 때 / 하얀 눈송이들이 김칫독 안으로 / 내리는 집 / 김칫독에 엎드린 그 여자의 등허리에 / 하얀 눈송이들이 하얗게 하얗게 내리는 집 / 내가 목화송이 같은 눈이 되어 내리고 싶은 집 / 밤을 새워, 몇 밤을 새워 눈이 내리고 / 아무도 오가는 이 없는 늦은 밤 / 그 여자의 방에서만 따뜻한 불빛이 새어나오면 / 발자국을 숨기며 그 여자네 집 마당을 지나 그 여자의 방 앞 / 뜰방에 서서 그 여자의 눈 맞은 신을 보며 / 머리에, 어깨에 쌓인 눈을 털고 / 가만히, 내리는 눈송이들도 들리지 않는 목소리로 / 가만 가만히 그 여자를 부르고 싶은 집 / 그 / 여 / 자 / 네 집

어느 날인가 / 그 어느 날인가 못밥을 머리에 이고 가다가 나와 딱 / 마주쳤을 때 / "어머나" 깜짝 놀라며 뚝 멈추어 서서 두 눈을 똥그랗게 뜨고 / 나를 쳐다보며 반가움을 하나도 감추지 않고 / 환하게, 들판에 고봉으로 담아놓은 쌀밥같이, / 화아안하게 하얀 이를 다 드러내며 웃던 그 / 여자 함박꽃 같던 그 / 여자

그 여자가 꽃 같은 열아홉 살까지 살던 집 / 우리 동네 바로 윗동네 가운데 고샅 첫 집 / 내가 밖에서 집으로 갈 때 / 차에서 내리면 제일 먼저 눈길이 가는 집 / 그 집 앞을 다 지나도록 그 여자 모습이 보이지 않으면 / 저절로 발걸음이 느려지는 그 여자네 집 / 지금은 아, 지금은 이 세상에 없는 그 집 / 내 마음속

에 지어진 집／눈 감으면 살구꽃이 바람에 하얗게 날리는 집／
눈 내리고, 아, 눈이, 살구나무 실가지 사이로／목화송이 같은
눈이 사흘이나／내리던 집／그 여자네 집／언제나 그 어느 때
나 내 마음이 먼저／가／있던 집／그／여자네／집／생각하면,
생각하면 생. 각. 을. 하. 면……

　내가 『녹색평론』에서 그 시를 처음 읽고 깜짝 놀란 것은, 이건
바로 우리 고향마을과 곱단이와 만득이 이야기다 싶었기 때문이
다. 지금은 칠순이 훨씬 넘은 장만득씨는 아직도 문학청년 기질
을 가지고 있다. 불과 몇 년 전까지만 해도 신춘문예 철만 되면
가슴이 울렁거린다고 했다. 가슴만 울렁거린 게 아니라 응모도
해봤으리라고 나는 넘겨짚고 있다. 그 울렁거림이 얼마나 참을
수 없는 울렁거림이라는 걸 알고 있기 때문이다. 만일 그 시가
김용택이라는 유명한 시인의 시가 아니라 처음 들어보는 시인의
시였다면 나는 장만득씨가 가명으로 등단을 했으리란 걸 의심치
않았을 것이다. 나는 그 시를 읽고 또 읽었다. 처음에 희미했던
영상이 마치 약물에 담근 인화지처럼 점점 선명해졌다. 숨어 있
던 수줍은 아름다움까지 낱낱이 드러나자 나는 마침내 그리움과
슬픔으로 저린 마음을 주체할 수가 없어서 혼자서 느릿느릿 포
도주 한 병을 비웠다.
　곱단이는 범강장달이 같은 아들을 내리 넷이나 둔 집의 막내
딸이자 고명딸이었다. 부지런한 농사꾼 아버지와 착실한 아들들

은 가을이면 우리 마을에서 제일 먼저 이엉을 이었다. 다섯 장정이 휘딱 해치울 일이건만 제일 먼저 곱단이네 지붕에 올라앉아 부산을 떠는 건 만득이였다. 만득이는 우리 동네의 유일한 읍내 중학생이라 품앗이 일에서는 저절로 제외되곤 했건만 곱단이네가 일손이 모자라는 집도 아닌데 제일 먼저 달려들곤 했다. 곱단이 작은오빠하고 만득이는 친구 사이였다. 그래도 마을 사람들은 만득이가 곱단이네 집 일이라면 발 벗고 나서고 싶어하는 게 친구네 집이라서가 아니라 그 여자, 곱단이네 집이기 때문이라는 걸 알고 있었다. 부엌에서 더운 점심을 짓느라 연기가 곧게 올라가는 따뜻한 가을날, 곱단이네 지붕에 제일 먼저 뛰어올라 깃발처럼 으스대는 만득이를 보고 동네 노인들은 제 색시가 고우면 처갓집 말뚝에도 절을 한다더니, 하고 혀를 찼지만 그건 곧 만득이가 곱단이 신랑이 되리라는 걸 온 동네가 다 공공연하게 인정하고 있다는 증거였다.

둘 사이는 그들보다 어린 우리 또래들 사이에도 선망의 대상이었다. 우리들은 그들 사이를 연애를 건다고 말하면서 야릇하게 마음 설레곤 했다. 사십년대의 보수적인 시골마을에서도 젊은 남녀가 부모 몰래 사랑을 나누는 일이 아주 없었던 건 아니었나보다. 누가 누구하고 바람이 났다든가, 눈이 맞았다든가, 심지어는 배가 맞았다는 소문까지 날 적이 있었다. 그건 부모가 얼굴을 못 들고 다닐 만한 스캔들이었고, 그 뒤끝도 거의 다 너절하거나 께적지근한 것이었다.

곱단이하고 만득이가 좋아하는 것을 바람났다고 말하지 않고
연애 건다고 말한 것은 그런 스캔들과 차별짓고 싶은 마음에서
였을 것이다. 마을 사람들로서는 일종의 애정이요 동경이었다.
남자들은 서당에서 한문공부를 하고 여자들은 어깨너머로 언문
을 해독할 수 있을 정도로 까막눈은 면했다 하나 읍에서 이십여
리나 떨어진 이 마을에서 신식학교 교육은 아직 먼 풍문이었다.
그러나 기회만 닿으면 자식에게만은 시켜보고 싶은 거였다. 연
애에 대해서도 비슷한 생각을 가졌던 것 같다. 도시에서 배운 사
람들이 하는 개화된 풍속에 대한 거역할 수 없는 호기심을 가지
고 있었다. 젊은 사람들 사이에서뿐만 아니라 사사건건 트집 잡
기 좋아하는 노인네들한테까지 그들의 연애는 일찌거니 인정받
은 거나 다름없었다. 왜냐하면 그들이 미처 연성을 느끼기 전부
터 둘이 짝이 된다면 얼마나 보기 좋은 한 쌍이 될까 눈을 가느
스름히 뜨고 상상하는 것만으로 즐거워한 게 노인들이었기 때문
이다. 만득이네나 곱단이네나 일 년 계량하기에 모자라지도 넘
치지도 않을 만한 토지를 가진 자작농이었고 인품이 후하여 어
려운 사람 살필 줄 아는 집안이었다. 만득이는 위로 누나들만 있
고, 곱단이는 오빠들만 있어서, 기다리던 귀한 아들 딸이었다.
제집에서 귀히 여기는 자식은 남들도 한 번 볼 거 두 번 보면서
덕담을 아끼지 않는 법이다. 그늘 또한 그러하였다.

곱단이는 시골 아이답지 않게 살갗이 희고, 맑은 눈에 속눈썹
이 길었다. 나는 그녀의 속눈썹이 얼마나 길었는지 표현할 말을

몰랐었는데 김용택의 시 중에서 마침내 가장 알맞은 말을 찾아 냈다. 함박눈이 내려앉아서 쉴 만큼 길었다. 함박눈은 녹아 이슬 방울이 되고 촉촉이 젖은 눈썹이 그녀의 검은 눈동자에 그늘을 드리우면, 목석의 애간장이라도 녹일 듯 애틋한 표정이 되곤 했 다. 만득이는 총명하여 하나를 가르치면 열을 알았고 생긴 것 또 한 관옥 같았다. 촌구석에서는 드문 인물들이었다. 만득이가 개 천에서 난 용이라면 곱단이는 진흙탕에 핀 연꽃이었다. 누가 먼 저랄 것도 없이 둘이 장차 신랑 각시가 되면 얼마나 어여쁜 한 쌍이 될까 하는 소리가 저절로 나왔다. 이구동성으로 두 사람의 천생연분을 점친 것이다. 양가의 처지 또한 서로 기울지도 넘치 지도 않았고 어른들은 소박하고 정직하여 남들이 사윗감 며느릿 감으로 점찍어준 아이들을 어려서부터 눈여겨보며 아름답고 늠 름하게 자라는 걸 서로 기특해하며 귀여워하였다. 곱단이와 만 득이는 우리 마을의 화초요 꿈이었다. 그러나 한두 번이라도 중 매를 서본 사람은 알 것이다. 남 보기에 하늘이 정해준 배필처럼 어울리는 한 쌍이 있어 그들을 맺어주는 것에 거의 소명의식 같 은 걸 느끼고 중매에 나서지만 본인은 의외로 냉담한 경우가 많 다는 것을. 남자와 여자가 서로 연정을 느끼는 건 신의 장난질처 럼 인간의 계획 밖의 일이다. 남이 나서서 잘되기를 꾀하거나 도 와주려고 하면 되레 어깃장을 놓는 속성까지 있는 것 같다.

그러나 만득이와 곱단이는 마을 사람들의 꿈을 배반하지 않았 다. 곱단이가 만득이만 보면 유난히 부끄럼을 타기 시작한 게 그 증거였다. 곱단이가 만득이 때문에 방구리를 깨뜨린 일은 두고 두고 동네 사람들의 입초시에 오르내렸다. 윗말 아랫말 합쳐야 이십여 호밖에 안 되는 작은 마을이라 우물이 하나밖에 없었다. 물 긷는 일은 전적으로 아낙네들 몫이었고, 물동이를 이고도 동이를 손으로 잡는 법 없이 두 손을 자유롭게 놀리며, 고개도 이리저리 돌려 볼 것 다 보고 다닐 수 있어야 비로소 살림에 관록이 붙은 주부였다. 계집애들은 엄마들의 그런 솜씨에 찬탄의 눈길을 보내는 한편, 언젠가는 자기들도 그런 최고의 경지에 도달하지 않으면 안 된다는 압박감을 가졌음직하다. 계집애들은 어려서부터 물동이를 이고 싶어했다. 아이들도 능히 일 수 있는 작은 물동이를 방구리라고 했다. 방구리는 실용보다는 딸애들의 놀이기구에 가까워서 깨뜨리기도 잘했다. 계집애를 얕볼 때, 쬐그만 계집애란 말 대신 방구리만한 계집애로 통하는 게 우리 마을이었다.

곱단이는 귀한 딸이고 올케가 둘씩이나 있어서 물동이 같은 거 안 이어도 됐건만 자기 몫의 방구리는 가지고 있었고, 동무들이 하는 건 다 해보고 싶은 나이였다. 그러나 머리에 인 방구리 손잡이를 양손으로 움켜잡지 않고는 한 발짝도 못 떼는 초보였다. 그렇게 방구리로 물을 길어 가는데 저만치서 만득이가 오는 게 보였다. 만득이는 방구리를 들어주려고 급히 달려오고 그걸 본 곱단이는 에구머니나, 흘러내린 치맛말기를 치켜올리려고 급히 방구리 손잡이를 놓아버린 것이다. 방구리가 깨진 건 말할 것도 없다. 곱단이가 열너덧 살 가슴이 살구씨만큼 부풀어올랐을 무렵이었다. 저고리를 짧게 입고 치맛말기로 가슴을 동일 때라 임질을 할 때면 겨드랑과 가슴이 드러나게 돼 있었다. 그 무렵의 우리 고장의 풍습으로는 젊은 여자들도 거기에 대한 수치감이 별로 없었다. 임을 이고 가는 엄마 뒤에 업힌 아이가 겨드랑 밑으로 엄마의 앞가슴을 더듬거나 끌어당겨 빨기까지 하는 모습도 흔히 볼 수 있었다. 가슴에 대한 수치심도 일종의 문화현상이 아닐까. 그 시절엔 엄마의 가슴은 아이들의 밥그릇 정도로 여겼던 반면 배꼽을 드러내는 건 수치스럽게 여겼다. 처녀는 좀 달랐겠지만 그런 풍토에서 방구리를 깨뜨리면서까지 가슴을 가리고 싶어했던 것은 예사로운 일이 아니었다.

우리 마을에서 만득이가 제일 먼저 읍내 중학교로 진학하자 곱단이는 아버지를 졸라 십 리 밖에 새로 생긴 소학교 분교에 입학했다. 방구리사건이 있고 나서였다. 분교를 간이학교라고 불렀고 입학하는 데는 연령제한 같은 것도 없었다. 남학생 중에는 아이 아범도 있을 정도였다. 중학교도 마찬가지였나보다. 만득이도 소학교만 나오고 나서 몇 년 집에서 농사를 거들다가 서울로 시집간 큰누나가 신식교육의 필요성을 역설해서 상급학교에 가게 됐으니 늦공부인 셈이었다.

간이학교는 우리 마을에서 읍으로 가는 도중에 있는 긴내골이라는 오십여 호가 넘는, 인근에서는 가장 큰 마을에 있었다. 고개를 두 번 넘고 시냇물을 한 번 건너야 했다. 만득이와 곱단이가 등하굣길을 자연스럽게 같이했을 것은 말할 것도 없다. 겉으로 보기에 두 사람이 유별나 보이지는 않았다. 늘 곱단이가 한참 뒤져서 걷고 만득이는 휘적휘적 앞서 가다가 기다려주곤 했다. 부부가 같이 외출을 해도 나란히 걷지를 못하고 아내가 한참 뒤에서 걷는 걸 예절처럼 알던 시대였다. 곱단이보다 갈 길이 곱절이 되는 만득이가 갑갑한 곱단이의 걸음걸이를 참지 못하고 휑하니 먼저 가버릴 적도 있었다.

들을 적시는 개울물이 도처에 그물망처럼 퍼져 있는, 물이 흔한 고장이었지만 다리를 통해 건너야 하는 긴내골의 시냇물은 유난히 아름다웠다. 물은 깊지 않았지만 골이 깊어서 길에서 수면까지 비스듬히 가파른 둔덕에는 잔다란 들꽃들이 봄 여름 가을 내 쉼없이 피었다 지곤 했고, 흰 자갈과 잔모래와 꽃 그림자 사이를 무리지어 유영하는 물고기들과 장난치듯 부서지는 잔물결은 수정처럼 투명했다. 그 시냇물에는 흙다리가 놓여 있었다. 양쪽 둔덕을 두 개의 기둥목으로 가로질러놓고 그 사이를 새끼줄이나 칡넝쿨 같은 것으로 엮고는 진흙으로 빤빤하게 싸바른 흙다리는 마치 오솔길의 연속처럼 편안했다. 그러나 비가 많이 오거나 봄의 해토 무렵엔 흙다리 곳곳에 구멍이 뚫리기도 하고 미끌거리기도 했다. 그런 불편은 잠깐, 곧 누군가의 손길로 감쪽같이 보수가 되곤 했지만 문제는 상마중이거나 미처 보수를 하기 전이었다. 특히 계집애들은 구멍난 흙다리를 건너기를 무서워했다. 차라리 둔덕을 내려가 신발 벗고 점벙점벙 강물로 들어가는 게 안심스러웠다. 물이 불어봤댔자 허리 정도밖에 안 찼지만 그럴 때는 앞서서 작대기로 물의 깊이를 알려주고 계집애들을 인도하는 게 남학생들의 중요한 사내구실이었다. 그러나 만득이는 곱단이가 사내녀석들하고 치마를 배꼽 위까지 걷어올리고 속바지를 적셔가며 물을 건너는 걸 참을 수 없어했다. 등굣길은 물론 하굣길까지 어떻게든 시간을 맞춰 지키고 있다가 구멍 뚫린 흙다리 위로 건너게 해주었다. 흙다리를 건너면서 곱단이가 얼마나 무섬을 타고, 앙탈을 하고, 그러면 만득이는 그걸 다 받아주며 다독거리느라 길지도 않은 흙다리 위에서 둘이 몇 번씩이나 서로 얼싸안는다는 소문이 자자하게 퍼지곤 했다. 그러나 구닥다리 노인들도 그런 소문을 망신스러워하지 않고 귀엽게 여겼다. 둘은 어차피 혼인할 테고 둘이 서로 좋아하는 것은 아름다운 한 쌍의 새가 부리를 비비는 것처럼 예쁘게만 보였다. 흙다리가 아니라 연애다리라는 소리도 악의라곤 없었다.

중학교 상급반으로 오르면서 만득이는 문학에 눈을 뜨게 된 것 같다. 한동안 그는 『懊惱의 舞蹈』라는 시집을 책가방에 넣지 않고 옆구리에 끼고 다닌 적이 있는데 그게 그렇게 멋있어 보일 수가 없었다. 학교 문턱에도 못 가본 이도 남자들은 한문을 다 읽을 줄 알았다. 서당이 마을 사내애들의 의무교육기관처럼 돼 있었다. '오뇌의 무도'라고 붙여서 읽을 수는 있어도 그게 무슨 뜻인지 확 오는 게 아니었다. 글자는 한자건만 그 낱말이 불러일으키는 이미지는 이국적이고 하이칼라한 것이었다. 어디서 흘러

들어온 말인지 하이칼라란 말이 우리 마을 젊은이들 사이에서 한창 유행할 때였다. 어딘지 이국적이고 약간 겉멋 들어 보이는 건 뭐든지 하이칼라라고 했다.

마을 젊은이들 사이에 춘원 바람을 일으킨 것도 만득이였다. 『흙』『단종애사』『무정』 같은 춘원의 책이 젊은이들 사이를 돌며 나달나달해질 때까지 읽혔다. 책은 나달나달해졌지만 거기 한번 맛들인 청년들의 눈빛은 별처럼 빛났다. 그러나 곧 춘원이 창씨개명에 앞장서고 청년들을 전쟁터로 내모는 연설을 했다는 말을 퍼뜨려 청년들을 실의에 빠뜨리고, 헷갈리게 만든 것도 만득이였다. 그가 마을 청년들의 정신의 맥을 쥐었다 폈다 한다고 해도 과언이 아니었다. 2차 세계대전이 말기에 접어들면서 마을의 형편도 날로 어려워지고 있었지만 젊은이들의 정신의 기갈은 그보다 더 심각하였기 때문에 먹혀들기도 그만큼 쉬웠다. 만득이가 퍼뜨린 책 때문에 마음이 통하게 된 젊은이들이 모여서 문학 얘기도 하고 세상 돌아가는 일에 울분을 토로하기도 하는 모임이 자연히 형성됐는데, 거기서도 중심인물은 물론 만득이였다. 그러나 고작 만학의 중학생이었다. 식민지 청년의 의식 있는 모임이라기보다는 만득이의 지적 허영심을 충족시키는 장이었다. 그는 가끔 자기가 쓴 시를 비장한 어조로 읽어주곤 했는데 그중 곱단이가 눈물이 글썽할 정도로 좋아한 시기 나중에 알고 보니 임화의 시 뒷부분이었다.

오늘도 연기는/구름보다 높고,/누구이고 청년이 몇,/너무나 좁은 하늘을/넓은 희망의 눈동자 속 깊이/호수처럼 담으리라./벌리는 팔이 아무리 좁아도,/오오! 하늘보다 너른 나의 바다.

이런 시였는데 팔을 벌리고 오오 하늘보다 너른 나의 바다, 할 때는 어찌나 격정적으로 목메어 부르는지 곱단이는 그때마다 만득이를 더 넓은 세상으로 내놓아야 할 것 같아 가슴이 떨린다고 했다.

곱단이는 나에게 가끔 만득이가 보낸 편지를 보여줄 적이 있었다. 누가 보여달랜 것도 아닌데 보여주는 게 계면쩍었던지 혼자 보기 아까워서……라는 말을 덧붙이곤 하였다. 연애편지를 혼자 보기 아까워한다는 건 실상 말이 안 되는 소리다. 그건 보여줘도 무관한 담백한 편지라는 뜻도 되지만, 곱단이 보기에 그럴듯한 문학적 표현을 자랑하고 싶어서이기도 했을 것이다. 그중 아직도 생각나는 것은 곱단이네 울타리 밑의 꽈리나무를 '꼬마 파수꾼들이 초롱불을 빨갛게 켜들고 서 있는 것 같다'고 표현한 거였다. 당시 우리 동네 집들은 거의 다 개나리로 뒤란 울타리를 치고 살았다. 그리고 뉘 집이나 울타리 밑에서 꽈리가 자생했다. 봄에서 여름에 걸쳐서는 거기에 꽈리나무가 있다는 것도 모를 정도로 전혀 눈에 안 띄는 잡초나 다름없었다. 꽈리가 거기 있다는 걸 알게 되는 건 풀숲이 누렇게 생기를 잃고 난 후였다.

익은 꽈리는 단풍보다 고왔고, 아닌게 아니라 초롱처럼 앙증맞았다. 그러나 그맘때면 붉게 물든 감잎도 더 고운 감한테 자리를 내주고, 들에서는 고추가 다홍빛으로 물들 때였다. 꽈리란 심심한 계집애들이 더러 입 안에서 뽀드득대는 것 외엔 아무짝에도 쓸모없는 하찮은 잡초에 불과했다. 우리집 울타리 밑에도 꽈리가 지천으로 자라고 있었다. 그렇게 흔해빠진 꽈리 중 곱단이네 꽈리만이 초롱에 불 켜든 꼬마 파수꾼이 된 것이다. 만득이는 어쩌면 그리움에 겨워 곱단이네 울타리 밑으로 개구멍을 내려다 말고 발갛게 초롱불을 켜든 꼬마 파수꾼 때문에 이성을 찾은 거나 아닐까. 그렇지 않고서야 그 흔해빠진 꽈리 중에서 곱단이네 꽈리만을 그렇게 특별한 꽈리로 만들 수는 없는 일이었다.

우리 마을엔 꽈리뿐 아니라 살구나무도 흔했다. 살구나무가 없는 집이 없었다. 여북해야 마을 이름도 행촌리(杏村里)였겠는가. 봄에 살구나무는 개나리와 함께 온 동네를 꽃대궐처럼 화려하게 꾸며주었지만, 열매는 시금털털한 개살구였다. 약에 쓰려고 약간의 씨를 갈무리하는 집이 있긴 해도 열매는 아이들도 잘 안 먹어서 떨어진 자리에서 썩어갔다. 아름다운 마을이었다. 살구꽃이 흐드러지게 필 무렵엔 자운영과 오랑캐꽃이 들판과 둔덕을 뒤덮었다. 자운영은 고루 질펀하게 피고, 오랑캐꽃은 소복소복 무리를 지어가며 나문다문 피었다. 살구가 흙에 스며 거름이 될 무렵엔 분분히 지는 찔레꽃이 외진 길을 달밤처럼 숨가쁘고 그윽하게 만들었다.

「그 여자네 집」을 읽으면서 돌이켜보니 행촌리의 그 흔한 살구나무 중에서도 곱단이네 살구나무는 특별났던 것 같다. 다 같은 초가집 중에서도 만득이에겐 곱단이네 지붕이 유난히 샛노랬던 것처럼, 그 흔해빠진 꽈리나무 중에서 곱단이네 꽈리나무만이 특별났던 것처럼. 곱단이네는 행촌리 윗말 첫 집이었다. 뒷동산에서 흘러내린 개울물이 곱단이네를 휘돌아 아랫말로 흐르면서 만득이네 문전옥답 논배미를 지나게 돼 있었다. 곱단이네 살구나무는 곱단이 아버지가 딸과 딸의 동무들을 위해 튼튼한 그네를 매줄 정도로 큰 나무였다. 만득이는 아마 개울물이 하얗게 하얗게 실어나르는 살구꽃을 연서처럼 울렁거리며 바라보았을 것이다.

1945년 봄에도 행촌리에 살구꽃 피고, 꽈리꽃, 오랑캐꽃, 자운영이 피었을까. 그럴 리 없건만 괜히 안 피고 말았을 것 같다. 그 꽃들이 피어나기 전에 만득이와 곱단이의 연애도 끝나고 말았을까. 만학이었던 만득이는 읍내의 사년제 중학교를 졸업하자마자 징병으로 끌려나갔다. 며칠 간의 여유는 있었고 양가에서는 그 사이에 혼사를 치르려고 했다. 연애 못 걸어본 총각도 씨라도 남기려고 서둘러 혼처를 구해 혼사를 치르는 일이 흔할 때였다. 더군다나 만득이는 외아들이었고 사주단자는 건네지 않았어도 서로 연애 건다는 걸 온 동네가 다 아는 각싯감이 있었다. 그러나 그는 한사코 혼사 치르기를 거부했다. 그건 그의 사랑법이었을 것이다. 남들이 다 안 알아줘도 곱단이한테만은 그의 사랑법을 이해시키려고, 잔설이 아직 남아 있는 이른봄의 으스름 달밤을 새벽닭이 울 때까지 곱단이를 끌고 다녔다고 한다. 곱단이가 그의 제안에 마음으로부터 승복했는지 아닌지는 알 길이 없다. 그러나 끌고 다니지를 않고 어디 방앗간 같은 데서 밤을 지냈다고 해도 만득이의 손길이 곱단이의 젖가슴도 범하질 못하였으리라는 걸 곱단이의 부모도, 마을 사람들도 믿었다. 그런 시대였다. 순결한 시대였는지, 바보 같은 시대였는지는 모르지만 그때 우리가 존중한 법도라는 건 그런 거였다.

만득이네 대문에 일본 깃대와 출정군인의 집이라는 깃발이 만장처럼 처량히 휘날리고, 그 집 사랑에서 며칠씩 술판이 벌어져도 밀주 단속에도 안 걸리고…… 그렇게 그까짓 열흘 눈 깜박할 새 지나가 만득이는 마침내 입영을 하게 됐다. 만득이가 꼭 살아 돌아올 테니 기다리라고 곱단이를 설득하기는 어렵지 않았을 것이다. 곱단이가 딴 데 시집갈 아이도 아니거니와 식구들 역시 딴 데 시집보낼 엄두라도 낼 사람들이 아니었으므로. 설득에 그렇게 오랜 시간이 걸린 것은, 그럴 것이면 왜 혼사를 치르고 나서 떠나면 안 되냐는 곱단이의 지당한 생각 때문이었을 것이다. 곱단이는 이름처럼 마음씨도 비단결 같은 처녀였지만 옳다고 생각하는 걸 굽힐 만큼 호락호락하진 않았으니까. 사위스러워서 아무도 입에 올리신 않았지만 마을 사람들은 만득이가 사지(死地)로 가고 있다는 걸 알기 때문에 곱단이를 과부 안 만들려는 그의 깊은 마음을 내심 여간 대견히 여기는 게 아니었다. 만득이와 곱단이는 요샛말로 하면 마을의 마스코트라고나 할까. 둘 다 행복해지지 않으면 재앙이라도 내릴 것처럼 지켜주고 싶어했고, 만득이의 처사는 그런 소박한 인심에도 거슬리지 않는 최선의 것이었다.

만득이가 떠난 후에도 마을 청년들은 앞서거니 뒤서거니 징병이나 징용으로 끌려가 마을에 남자라고는 중늙은이 이상만 남게 되었다. 곱단이 오빠들도 도시로 나가 공장에 취직한 셋째오빠와 부모님을 모시는 큰오빠 빼고 두 오빠가 징용으로 나가 아들 부잣집이 허룩해졌다. 장정만 데려가는 게 아니라 양식 공출도 극악해져 그 풍요하던 마을도 앞으로 넘길 보릿고개 걱정이 태산 같았다. 궂은날 부침질만 해도 서로 나누느라 한 채반은 부쳐야 했던 인심도 스스로 금가기 시작할 무렵이었다. 아주 나쁜 소식이 염병보다 더 흉흉하고 걷잡을 수 없이 온 동네를 휩쓸었다. 전에도 여자 정신대에 대해서 아주 모르고 있었던 것은 아니다. 일본 본토나 남양군도에 가서 일하고 싶은 처녀들은 지원하면 보내주고 나중에 집에 송금도 할 수 있다는 면사무소의 공문이 한바탕 돈 후였지만 그럴 생각이 있는 집은 한 집도 없었고, 설마 돈벌이를 강제로 보내리라고는 아무도 짐작을 못 했다. 그러나 들려오는 소문은 그게 아니어서 몇 사람씩 배당을 받은 면사무소 노무과 서기들과 순사들이 과년한 딸 가진 집을 위협도 하고 다짜고짜 끌어가는 일까지 있다고 했다. 설마설마 하는 사이에 더 나쁜 일이 생겼다. 그건 같은 면 내에서 생긴 일이기 때문에 소문이 아니라 실제상황이었다. 동구 밖에서 감춰놓은 곡식을 뒤지려고 나타난 면서기와 순사를 보고 정신대를 뽑으러 오는 줄 지레짐작을 한 부모가 딸애를 헛간 짚더미 속에 숨겼다고 했다. 공출 독려반들은 날카로운 창이 달린 장대로 곡식을 숨겨두었음직한 곳이면 닥치는 대로 찔러보는 게 상례였다. 헛간에 짚가리로 창을 들이대는 것과 그 부모네들이 안 된다고 비명을 지른 것은 거의 동시였다. 창 끝에 처녀의 살점이 묻어나왔다고도 하고, 꿰진 창자가 묻어나왔다고도 하고, 처녀는 그 자리에서 죽었다고도 하고, 피를 많이 흘리면서 달구지로 읍내 병원으로 실려갔는데 죽었는지 살았는지 모른다고도 했다. 아무튼 그 소문의 파문은 온 면내의 딸 가진 집을 주야로 가위눌리게 했다. 끔찍한 일이었다.

도시에서 군수공장에 다니는 곱단이 오빠가 종아리에 각반을 차고 징 달린 구두를 신은 중년 남자를 데리고 내려왔다. 신의주에 있는 중요한 공사판에서 측량기사로 있는, 한번 장가갔던 남자라고 했다. 곱단이 부모로부터 그 흉흉한 소문을 듣고 급하게 구해온 곱단이 신랑감이었다. 첫 장가 든 부인이 십 년이 가깝도록 아이를 못 낳아 내치고 새장가를 든다는 그는 곱단이의 그 고운 얼굴보다는 별로 크지 않은 엉덩이만 유심히 보면서, 글쎄, 아이를 잘 낳을 수 있을까? 연방 고개를 갸우뚱, 그닥 탐탁치 않아했다고 한다. 그러나 워낙 총각이 씨가 마른 시대였다. 게다가 지금 그 늙은 신랑감이 하고 있는 일은 군사적인 중요한 일이라

징용은 절로 면제된다고 한다. 곱단이네는 그 고운 딸을 번갯불에 콩 궈먹듯이 그 재취 자리로 보내버렸다.

곱단이가 어떤 심정으로 그 혼사에 응했는지는 알 길이 없다. 피를 보면 멀쩡한 사람도 정신이 회까닥해진다고 하지 않는가. 피 묻은 소문도 마찬가지였다. 곱단이네 식구뿐 아니라 마을 사람들도 이성을 잃고 말았다. 만득이와 곱단이의 연애를 어여삐 여기고 스스로 증인이 된 마을 어른들도 이제 곱단이를 위해 할 수 있는 일은 일본군한테 내주지 않는 일뿐이었다. 더군다나 곱단이 어머니는 피가 무서워 닭 모가지 하나 못 비트는 착하디착한 위인이었다. 그 피 묻은 소문에 살이 떨려 우두망찰했을 것이다. 곱단이는 만득이와의 언약을 저버리고 딴 데로 시집을 가느니 차라리 죽고 싶었을 것이다. 그러나 그녀도 스스로 제 목숨을 끊을 만큼 모질지는 못했다. 죽은 것과 마찬가지로 넋을 놓아버리는 게 고작이었을 것이다. 곱단이네서 혼사를 치르고 사흘 만에 신랑을 따라 집을 떠나는 곱단이는 사자(死者)를 분단장해놓은 것처럼 섬뜩하니 표정이라곤 없었다.

멀고먼 신의주로 시집가 첫 근친도 오기 전에 해방이 되었다. 그녀는 열아홉에 떠난 지붕 노란 집에 다시 돌아오지 못했다. 우리 고장은 아슬아슬하게 삼팔선 이남이 되어 북조선의 신의주와는 길이 막히고 말았다. 만득이는 살아서 돌아왔다. 그 이듬해 봄 만득이는 같은 행촌리 처녀인 순애와 혼사를 치렀다. 순애는 투덕투덕 복 있게 생긴 처녀였지만 곱단이에겐 댈 것도 아니었다. 혼삿날 마을 풍속대로 신랑을 달았는데 군대나 징용 갔다가 심성이 거칠 대로 거칠어져 돌아온 청년들이 어찌나 호되게 신랑 발바닥을 때렸던지 만득이가 엉엉 울었다고 한다. 만득이 또한 군대 가서 고초를 겪을 만큼 겪었는데 그까짓 장난삼아 치는 매를 못 견디어 울었을까? 울고 싶어, 실컷 울고 싶어 울었을 것 같다. 이렇게 만득이의 일거수일투족을 곱단이와 연관지어 생각하고 싶은 게 아직도 두 사람의 어여쁜 사랑을 못 잊어하는 마을 사람들의 심정이었으니 그리로 시집간 순애의 마음도 편치는 않았을 것이다. 그러나 두 사람은 마을 사람들이 금실을 확인해볼 겨를도 없이 곧 서울로 세간을 냈다. 외아들이었지만 서울 누나가 동생의 일자리를 구해놓고 데려갔다.

육이오 동란 후 삼팔선 대신 그어진 휴전선은 행촌리를 휴전선 이북 땅으로 만들어놓았다. 그 동안 서로 만나지는 못했어도 귀향길에 만득이가 순애하고 곧잘 산다는 소식 정도는 들을 수 있었는데 그나마 못 듣게 되었다. 6·25 때 죽지 않았으면 같은 서울 하늘 밑 어디메 살아 있겠거니, 문득문득 생각이 나던 것도 잠시 만득이는 내 기억 속에서 아주 사라져버렸다. 서울살이라는 게 촌수 닿는 친척도 결혼 청첩장이나 부고나 받아야 마지못해 챙길 정도로, 이해관계가 닿지 않는 인간관계는 지딱지딱 잊게 돼 있었다.

만득이를 서울에서 다시 만난 지는 채 십 년도 안 된다. 지금은 돌아가셨지만 그때까지는 생존해 계시던 삼촌이 우리 고향

군민회에 가보고 싶다고 하셔서 모시고 간 자리에서였다. 실향민들이 마음을 달래려는 자리가 흔히 그렇듯이 노인네들 천지였다. 매년 열리는 군민회라지만 삼촌처럼 처음 간 분은 서로 알아보는 데도 한참 시간이 걸렸다. 알아보는 걸 도와주려는 주최측의 배려로 면 단위로 나눠서 자리를 잡았고, 우리끼리 다시 리단위로 무리를 만들었다. 행촌리는 나하고 삼촌하고 낯 모르는 노부부 네 사람밖에 없었다. 그 이듬해 돌아가신 삼촌은 그때도 이미 여든 가까운 연세셔서 고향의 흙냄새 대신 고향 사람 체취라도 맡고 싶은 마음에 느닷없이 군민회 나들이를 하고 싶어한 것 같다. 죽을 날이 가까우면 안 하던 짓을 하게 되는 걸 자손들은 가벼운 망령 정도로 취급했다. 오죽해야 조카가 모시고 가게됐을까. 행촌리 노신사도 삼촌을 알아보는 것 같지 않았다. 그냥어른 대접으로 행촌리 살던 아무개라고 공손하게 인사를 했지만 나는 별로 귀담아듣지 않아 못 알아들었다. 나중에 그가 나에게 명함을 주며 인사를 청하지 않았으면 아마 끝까지 못 알아보았을 것이다. 무슨 전업사 대표 장만득으로 돼 있는 명함을 보고 나서야 뭔가 이상해서 다시 한번 쳐다보니, 젊은 날의 그가 어디숨어 있다가 고개를 내밀듯이 분명하게 떠올랐다. 몸집도 별로붇지 않고 얼굴도 잘 늙지 않은 동안이었다. 나하고 그는 그닥친한 사이가 아니었다. 그는 곱단이 것이었으므로 당시의 우리또래들은 다들 그를 소 닭 보듯 하는 걸 예절로 알았다. 그건 장만득씨도 마찬가지였을 것이다. 그는 워낙 마을에서 유명했지만, 유명인사가 팬을 알아보란 법은 없다. 나는 그에게 하나도 안 변했다고 말하고 나서 쑥스럽게 웃었다. 한참 동안 못 알아본 주제에 그건 말도 안 되는 소리였기 때문이다.

순애를 떠올리는 건 더욱 불가능했다. 이 유복하고 금실 좋아 보이는 노부부 중 한 쪽이 순애인지도 자신이 없었다. 오히려 순애 쪽에서 나에게 아는 척을 하며 하나도 안 변했다고 해줘서 순애려니 했다. 나는 학교 다닌답시고 학교도 안 다니는 집에서 바느질이나 배우는 나보다 나이 많은 애들하고 동무한 적이 없었다. 만득이하고 순애는 보기 좋은 부부였다. 그냥 헤어지기는 섭섭하여 서로 전화번호를 교환했는데 뜻밖에도 순애가 자주 전화를 해서 점심도 같이 하고 쇼핑도 같이 하는 교분이 이어졌다. 그 여자는 장만득씨가 아직도 곱단이를 못 잊고 있다는 얘기를 하소연했다.

아우님, 다들 나더러 팔자 좋다고 하지만 나 같은 빛 좋은 개 살구도 없다우. 아우님이니까 얘기야. 딴 사람들한테 아무리 얘기해봤댔자 나만 이상한 사람 되지 누가 내 속을 알겠수. 돈 잘 벌고 생전 외도라곤 모르고, 애들한테 잘하고, 나한테도 죄지은 것 없이 죽는 시늉도 하라면 하는 그런 남편이 어디 있냐고들 하지만, 아마 나처럼 시독한 시앗을 보고 사는 년도 없을 거유. 곱단이년이 내 남편한테 찰싹 붙어 있다는 걸 번연히 알면서도 머리채를 잡을 수가 있나, 망신을 줄 수가 있나, 미칠 노릇이라우. 그래도 내가 아우님을 만났게 망정이지, 그렇지 않았으면 이 억울한 사정을 누구한테 말이라도 할 수가 있겠수. 그 영감 지금도 글쎄 그년한테 연애편지를 쓴다니까요. 설마라고? 나도 처음엔 설마했지. 지도 쑥스러운지 시를 쓴다고 합디다. 내가 몰래 훔쳐 봤더니 뭐 '그대 어깨에 살구꽃 내리네' 아니면 '살구꽃은 해마다 피는데, 우리 임은 왜 한 번 가고 다시 아니 오시나' 이따위가 연애편지지 그래 시란 말이유. 그뿐인 줄 알아요? 우리가 작년에 중국여행을 갔을 적에도 얼마나 내 오장을 뒤집었다구요. 속 모르고 따라간 나도 배알 빠진 년이지만. 백두산 구경하고 나서, 단동인가 어디서 배 타고 북한땅 가까이까지 가보는 압록강 유람선 관광이라는 걸 했는데, 정말 저쪽 북한땅 강가에 놀이 나온 아이들까지 보이게 배가 가까이 가니까 나도 마음이 좀 이상해집디다. 그냥 뱃놀이를 편하게 즐기는 건 다 중국 사람들이고, 표정이 심각하게 굳어지는 건 다들 남한 사람들이더라구요. 그 정도는 당연한 거지. 근데 우리 영감은 별안간 뱃전에다 고개를 떨구고 소리내어 엉엉 울지를 않겠수. 머리가 허연 늙은이가 온몸을 들먹이면서. 분단의 슬픔이라구? 아이구, 그게 아니라 거기서 보이는 땅이 신의주였어요. 곱단이년 사는 데가 닿을 듯 닿을 듯, 닿지는 않으니까 미치겠는 거지 뭐. 당장 강으로 밀어 처넣고 싶더라구요. 헤엄쳐서 어서 그년한테 가라구요. 그뿐인 줄 알아요. 여기서 돈 잘 벌고 사업 잘 하다가 느닷없이 아이들은 여기서 키우고 싶지 않다면서 미국으로 이민을 가잔 적이 다 있었다니까요. 지나 내나 영어 한마디 못 하는 주제에 이민을 가자

210

는 속셈이 뭐였겠수? 뻔하지. 미국 시민권을 얻으면 북한을 마음대로 드나든다면서요. 내가 그 꼬임에 넘어갈 성싶어요. 가려면 혼자 가라구, 가서 그년 데려다 잘살아보라고 했더니 나를 정신병자 취급하면서 주저앉습디다. 아이들한테는 끔찍한 양반이니까요. 실상 그거 하나 믿고 여지껏 서러운 세상 건딘 거죠.

간추리면 대강 그런 얘기였다. 아닌게 아니라 그런 얘기는 곱단이와 만득이가 연애 걸던 시절을 아는 사람 아니면 도저히 먹혀들 것 같지 않은 이야기였다. 그러나 그 여자 레퍼토리는 그 몇 가지의 에피소드에 국한돼 있었다. 아직도 만득이가 곱단이 생각만 한다는 증거를 더는 대지 못했고, 나도 비슷한 얘기를 하도 여러 번 반복해 들으니까 넌더리가 나면서 그 여자보다는 장만득씨가 불쌍해질 무렵 그 여자의 부음을 듣게 됐다. 장만득씨가 상처를 한 것이다. 고혈압으로 몇 년째 약을 복용하고 있었는데, 돌연 쓰러진 후 의식을 회복하지 못한 채 사흘 만에 숨을 거두었다고 했다. 문상을 가서 그 여자의 영정 사진을 보고 섬뜩했다. 이십대 후반으로밖에 안 보이는 사진이었다. 요샌 영정 사진도 너무 늙은 건 보기 싫다고, 아주 늙기 전에 찍어놓는다고는 하지만 칠순의 남편이 눈물을 떨구고 있는 앞에 이십대의 사진은 너무했다 싶었다. 자식들이 문상객들의 그런 눈치를 채고, 어머니는 평소에도 나 숙거든 늙어빠진 영정 쓰지 말라고 부탁하시더니, 돌아가신 후 보니까 손수 마련해놓으신 영정 사진이 있더라고 했다. 나는 나도 모르게 그 여자의 젊었을 적과 곱단이의 젊었을 적을 머릿속으로 비교하고 있었다. 댈 것도 아니었다. 내 상상 속에서 곱단이는 더욱 요요해지고, 그 여자는 젊다는 것 외엔 흔한 얼굴 그대로였다. 그리고 그제야 그 여자가 불쌍해졌다. 아아, 저 여자는 일생 얼마나 지독한 연적(戀敵)과 더불어 산 것일까. 생전 늙지도, 금도 가지 않는 연적이란 얼마나 견디기 어려운 적이었을까.

그 여자가 죽고 나서 만득이를 따로 만날 일이 있을 리 없었다.

그를 우연히 만난 것은 그가 상처하고 나서도 이삼 년 후 엉뚱하게도 정신대 할머니를 돕기 위한 모임에서였다. 뜻밖이었지만, 생전의 그의 아내로부터 귀에 못이 박이게 주입된 선입관이 있는지라 그가 그 모임에 나타난 것도 곱단이하고 연결지어서 생각되는 걸 어쩔 수가 없었다. 모임이 끝난 후 그가 보이지 않자 나는 마치 범인을 뒤쫓듯이 허겁지겁 행사장을 빠져나와 저만치 어깨를 축 늘어뜨리고 걸어가는 그를 불러세웠다. 그리고 다짜고짜 따지듯이 재취장가를 들었느냐고 물었다. 그는 아니라고 말하고 나서 앞으로도 할 생각이 없다고, 묻지도 않은 말까지 덧붙이는 것이었다.

왜요? 곱단이를 못 잊어서요? 여긴 왜 왔어요? 정신대에 그렇게 한이 맺혔어요? 고작 한 여자 때문에. 정신대만 아니었으면 둘이서 혼인했을 텐데 하구요? 참 대단하십니다.

내 퍼붓는 말에 그는 대답 대신 앞장서서 근처 찻집으로 갔다. 그 나이에 아직도 싱그러움이 남아 있는 노인을 나는 마치 순애의 넋이 씐 것처럼 꼬부장한 마음으로 바라다보았다. 그가 나직나직 말했다.

내가 곱단이를 아직도 잊지 못한다는 건 순전히 우리집 사람이 지어낸 생각이에요. 난 지금 곱단이 얼굴도 생각이 안 나요. 우리집 사람이 줄기차게 이르집어주지 않았으면 아마 이름도 잊어버렸을 거예요. 내가 곱단이를 그리워했다면 그건 아마 누구에게나 있을 수 있는 젊은 날에 대한 아련한 향수였겠지요. 아름다운 내 고향에서 보낸 젊은 날을 문득문득 그리워하는 것도 죄가 되나요? 내가 유람선상에서 운 것도 저게 정말 북한땅일까? 남의 나라에서 바라보니 이렇게 지척인데 내 나라에선 왜 그렇게 멀었을까? 그게 서럽고 부끄러워 나도 모르게 눈물이 복받친 거지, 거기가 신의주라는 건 별로 중요하지 않았어요. 오늘 여기 오게 된 것도, 글쎄요, 내가 한 짓도 내가 설명할 수 있을 것 같지 않지만…… 아마 얼마 전 우연히 일본 잡지에서 정신대 문제를 애써 대수롭게 여기지 않으려는 일본 사람들의 생각을 읽고 분통이 터진 것과 관계가 있겠죠. 강제였다는 증거가 있느냐? 수적으로 한국에서 너무 부풀려 말한다. 뭐 이런 투였어요. 범죄의식이 전혀 없더군요. 그걸 참을 수가 없었어요. 비록 곱단이의 얼굴은 생각나지 않지만 나는 지금도 생생하게 느낄 수가 있어요. 곱단이가 딴 데로 시집가면서 느꼈을 분하고 억울하고 절망적인 심정을요. 나는 정신대 할머니처럼 직접 당한 사람들의 원한에다 그걸 면한 사람들의 한까지 보태고 싶었어요. 당한 사람이나 면한 사람이나 똑같이 그 제국주의적 폭력의 희생자였다고 생각해요. 면하긴 했지만 면하기 위해 어떻게들 했나요? 강도의 폭력을 피하기 위해 얼떨결에 십층에서 뛰어내려 죽었다고 강도는 죄가 없고 자살이 되나요? 삼천리강산 방방곡곡에서 사랑의 기쁨, 그 향기로운 숨결을 모조리 질식시켜버리니 그 천인공노할 범죄를 잊어버린다면 우리는 사람도 아니죠. 당한 자의 한에다가 면한 자의 분노까지 보태고 싶은 내 마음 알겠어요? 장만득씨의 눈에 눈물이 그렁해졌다.

꽃잎 속의 가시

아침에 언니의 부음을 받았다. 언니가 미국으로 쫓겨간 지 두 달도 채 안 돼서였다. 나는 당장 상가로 달려가야 할 것처럼 영안실이 어디냐고 황황히 물었다. 그건 웃기는 질문이었나보다. 질부(姪婦)의 웃음소리를 듣고서야 언니가 여기 어디가 아닌, 미국땅에서 죽었다는 걸 깨달았다. 그래도 그렇지, 웃음이 나오다니. 전화기를 통해 들어서 그런지 질부의 웃음소리는 상제답지 않게 들떠 있었다.

"어딘 줄 알면 가시게요?"

"못 갈 것도 없지, 하나밖에 없는 언닌데."

그 소리를 하면서 울음이 복받쳤다. 오남매 중 나 혼자 남게 되었다는 게 막막하고 무서웠다.

"이모님도 참, 미국이 저기 어디 부산이나 대구쯤으로 아시나봐."

"시방 너 있는 데는 어디냐?"

"어딘 어디예요, 반포죠. 즈이가 어디 사는지도 잊으셨나봐."

"그럼 맏며느리도 미국이 멀어서 여적지 못 가고 있단 말이지?"

"아범이 방금 떠났어요. 비수기니까 그나마 비행기표를 구했지 그렇지 않았으면 어쩔 뻔했나 모르겠어요. 미국은 뭘 찾아먹으러 그렇게들 드나드는지."

"그럼 넌 비행기표가 없어서 못 갔단 소리냐?"

"이모님, 막내가 고3이에요. 고3 엄마가 어딜 가겠어요?"

질부의 목소리는 어림도 없다는 듯이 팽팽했다. 순간 나는 넉살 좋게 빌붙다가 떠다밀린 것처럼 움찔했다. 고3짜리뿐 아니라 고2를 모시고만 있어도 웬만한 법도쯤 무시하고 살아도 아무도 뭐랄 수 없다는 것쯤은 나도 알고 있었다. 질부는 여기저기 알릴 데가 더 있으니 그만 전화를 끊자고 했다.

"에미야, 그럼 난 어떡하라구? 난 그냥 이대로 가만히 있으라구? 어떻게 그럴 수가 있냐, 야아."

난 끊긴 전화통에다 대고 이렇게 징징거렸다. 듣는 사람이 없다는 걸 깨닫자 울음보다는 노여움이 치뻗쳤다. 마지막 다녀간 걸 그렇게 보내다니. 나도 언니가 서울에 와 있는 동안 살뜰하게 해주지 못했지만 질부가 처음 모신 시어머니한테 한 짓은 생각할수록 괘씸했다.

언니네가 미국으로 이민을 간 게 60년대였으니 삼십 년이 넘는 셈인데 그 동안 언니는 단 한 번도 고국 나들이를 하지 않았다. 거기서 대학 나오고 결혼까지 한 맏아들이 고국에 일자리를 구해 영구귀국할 때도 언니는 따라오지 않았고, 그후에도 어떻게 사나 보러 올 법도 한데 미국물을 떠나면 죽는 줄 아는지 꼼짝을 안 했다. 하긴 그 동안에 거기 눌러앉은 다른 아들딸들이 다 뿌리내리고 살 만해진 건 언니의 공이 컸고, 맏아들도 뻔질나게 미국을 드나들었으니까 아들 보고 싶은 걸 참고 살았달 수만은 없었다. 언니네가 이민 갈 때 고등학생이었던 맏이는 영어와 모국어를 거의 똑같이 완벽하게 구사한다고 했고, 그로 인해 발탁된 일자리니만치 일 년이면 서너 달은 외국에서 보냈다. 나처럼 자식들이 외국물과는 인연이 먼 사람에게는 질부가 제 남편이 비행기 때문에 골병들고, 비행기 음식 때문에 위장 버렸다고 안달을 하는 소리도 은근한 자랑으로 들렸다. 우리집에선 내가 그래도 언니 덕에 외국 바람을 가장 많이 쐐본 셈이었다. 언니하고 나는 오남매 중 맏이와 막내였는데 가운데 세 남자 동기들은 다들 회갑을 전후해서 세상을 떴다. 자연히 언니하고 나는 떨어져 사는 거리와는 상관없이 정이 날로 애틋해져 전화도 자주 걸게 되고, 언니가 불쑥 비행기표를 보내주면 즉시 날아가서 한두 달씩 머물다 오기도 했다. 물론 언니네가 그쪽에서도 잘사는 축에 들고 나서였으니까 최근 십 년 사이의 일이었다.

언니의 삼십여 년 만의 귀향은 말도 많고 탈도 많았다. 지금 고3짜리하고는 십 년이나 터울이 지는 그 집 맏아들은 언니가 미국에서 받은 첫손주이자 장손이었다. 올 봄 그애가 결혼할 때

다녀간 게 언니의 마지막이자 첫 고국 나들이였다. 언니가 도착하던 날 나도 공항에 마중을 나갔는데 울긋불긋한 잠바조각하며, 곱슬곱슬한 머리 위로 올려붙인 선글라스하며, 샌들을 신은 맨발에 시뻘건 매니큐어하며 칠십대 노인의 차림치고는 촌스럽다기보다는 상스러웠다. 부조화스럽기는 언니가 밀고 나오는 짐도 마찬가지였다. 얼룩지고 낡은데다가 솔기에 테이프까지 더덕더덕 붙인 구럭 같은 이민가방하고 상표도 안 뗀 중후하고 고급스러운 루이뷔통 새 여행가방은 암만해도 잘 안 어울렸다. 그러나 곧 그 금빛 장식도 은은한 가방은 언니의 생뚱스러운 차림에 대한 우리 모두의 민망한 마음을 씻고 새로운 기대를 불러일으켰다. 장손의 결혼식에 참석하러 오는 삼십 년 만의 귀향이 아닌가. 언니가 조르지 않았어도 미국에서 잘사는 삼촌과 고모들이 결혼식에 오지는 못하나마 선물이 없을 수 없었다. 그 가방은 추레한 이민가방과의 도드라지는 차별성 때문에라도 선물가방이라고 써붙인 거나 마찬가지였다. 차에다 가방을 실을 때의 언니의 표정만 봐도 거기 값지고 좋은 것들이 들어 있다는 건 의심할 여지가 없었다.

큰아들네서 짐을 푼 언니는 그러나 이민가방만 풀고 그 고급스러운 새 가방에 대해서는 누가 물어볼 엄두도 안 나게 이상하게 굴었다. 신주단지라도 든 것처럼 아이들 발길에만 차여도 언짢아하다가도, 아무것도 아니라고 미리 발뺌을 하면서 구석빼기로다만 밀어붙이려 드는 게, 영락없이 장물아비 장물 끼고돌듯 떳떳지 못해 보였다. 언니가 여봐란듯이 풀어놓은 이민가방에서 쏟아져나온 선물들은 더군다나 그 새 가방에 대한 호기심을 부추겼다. 너무나 보잘것없는 것들이었기 때문이다. 봉다리에 든 인스턴트 커피가 스무 개도 넘었고 대만제 싸구려 립스틱은 그보다 더 여러 개였다. 흔해빠진 랑콤 콤팩트가 그래도 그중 값나가는 물건 축에 들겠는데 그건 몇 되지도 않았다. 그 밖엔 언니 옷들인데, 왜 그렇게 울긋불긋 너절한 것들뿐인지 내가 괜히 민망했다. 눈치도 없이 그까짓 봉다리 커피를 가지고 나눠줘야 할 사람들을 기억력도 좋게 사돈의 팔촌까지 엮어대면서 몫을 짓는 언니 곁에서 나는 질부와 눈을 맞추면서

"우리 언니 몰라도 뭘 너무 모른다 잉."

일부러 잘할 줄도 모르는 사투리 억양까지 써가면서 분위기를 누그러뜨리려고 했다. 언니가 이민 갈 때만 해도 미제라면 그저 커피 한 봉지라도 감지덕지할 때였다. 요새 웬만한 집에서는 다들 원두커피지 인스턴트 커피는 잘 마시지도 않는다는 것을 언니는 아마 모를 것이다. 내내 시큰둥한 눈으로 바라보던 질부의 표정에 노골적인 비웃음이 번졌다. 암말 말고 조금만 더 참으라고, 내가 눈치로 질부를 다독거리고자 한 것은 아직도 그 새 가방에 대한 기대 때문이었다. 언니는 그 깊고깊은 이민가방 속을 충분히 다 뒤지고 나서, 뒤져낸 선물의 수효와 자신의 기억력과 맞춰보느라 손가락까지 다 동원했다. 뿌르르 부엌으로 나간 질부가 식사 준비를 하는 것 같았다. 팬 돌아가는 소리와 굴비 굽

는 냄새가 끼쳐왔다. 오만원짜리 굴비를 굽고 있을까. 언니가 없어도 나에겐 일 년에 한두 번씩은 조카네 들를 일이 생겼는데, 그럴 때마다 이 시이모에 대한 질부의 대접은 깍듯하고도 융숭했다. 귀한 음식도 아낌없이 내놓았다. 커다란 굴비를 통째로 구워준 적도 있는데 한 마리에 오만원도 넘는 진짜 영광굴비라고 했다.

식탁은 푸짐했다. 김치만 해도 몇 가지나 됐고 갈비찜이며, 잡채며, 전유어며 잔칫상 같았다. 그러나 그런 것들은 다 언니가 미국서도 실컷 먹던 거라는 걸 난 알기 때문에 얼른 굴비를 언니 앞으로 밀어놓았다.

"언니, 이 굴비 좀 잡숴봐요. 한 마리에 오십 달러도 넘는 진짜 영광굴비라우."

"아이구머니 하늘 무섭다. 이까짓 조기 한 마리에 뭐 얼마라구? 미국선……"

언니는 자기 귀를 의심하는 듯 되물으며 굴비접시를 멀찌거니 밀어놓았다.

"언니, 미국서 잡히는 건 조기 아냐, 그건 부서지. 영광굴비에다 그까짓 부서를 어떻게 갖다대우."

그러나 언니는 미국 조기가 더 진짜지 한국 조기는 중국서 건너온 거라고 우기고 나서, 마치 살림 재미에 돈독이 잔뜩 오른 여편네처럼 그쪽 물가가 얼마나 싸다는 걸, 무 배추에서 마늘 파에 이르기까지 일일이 예를 들어가며 기억해냈다. 외국살이하다온 사람들한테서 흔히 듣던 소리건만 질부의 과장되고 냉랭한 무관심 때문에 마치 고부간이 맹렬히 싸우고 있는 것처럼 느껴졌다. 이런 싸움을 말릴 사람은 나밖에 없다는 사명감으로 나는 숨이 가빠왔다. 내가 주책을 부려서라도 화제를 딴 데로 돌려야 할 것 같았다.

"언니, 왜 그 루이뷔통 가방은 공개 안 하우? 나 가고 나면 식구끼리만 열어보려구? 언니 그럼 못써. 보나 마나 손주며느리한테 줄 예물일 텐데, 그치? 삼촌이나 고모들도 뭐 한 가지씩 해보냈을 테구. 그런 건 자랑하는 거야. 그래야 장만해준 아들딸들도 낯이 서지. 그거 못 보면 나 오늘 집에 안 갈 테니 그런 줄 아슈."

"이모님두, 안 그러면 오늘 가시려고요? 장우 결혼식이 며칠 남았다구요? 그때까지 여기 계셔요. 두 분 회포도 실컷 푸시고 함 보낼 때 격식에 어긋나지 않게 이것저것 참견도 해주셔야죠."

질부의 표정이 단박에 배시시 풀어졌다. 질부는 이렇게 다루기에 따라서는 싹싹하고 뒤끝도 없었다. 며느리까지 보게 됐으니 같이 늙어가는 처지건만 제법 늙은이 위할 줄도 알았다. 질부나 나나 그 가방이 궁금한 것은 호기심하고도 다른, 얼른 짚고 넘어가서 개운해지고 싶은 께름칙한 그 무엇이었다. 언니가 아이 참, 하면서 숟가락을 놓고 일어섰다. 식사중에 보자는 소리는 아니었다고 말할 틈도 없었다. 그러나 언니가 횅하니 식당으로 가져온 것은 두툼한 봉투였다.

"그리잖아도 다들 있는 데서 내놓을 참이었다. 느이 시동생하고 시누이들이 제법 큰 부조 했다. 뭘 하나씩 맡아서 해주고 싶다고 의논들을 하길래 신랑 쪽이니까 그럴 것 없이 돈으로 하라고 내가 옆에서 훈수를 뒀다. 안 그러냐? 돈이 젤이지. 얼마를 해야 할지 감을 못 잡길래 액수도 내가 정해줬다. 백주에 강도 같았을 거야, 천 달러씩 내놓으라고 공갈을 쳤으니까. 걔네들은 이제 양키 다 됐어. 웬만한 양키는 지 아들이 혼인해도 천 달라 안 내놓을걸. 얼마나들 짠데. 그래도 우리 아이들은 근본이 있는 아이들이니까 두말 안 하고 내놓더라."

언니에겐 그쪽에 삼남매가 더 있으니까 그 돈은 삼천 불은 될 것이다. 물건으로 뭘 해보낸다고 해도 그 이상 가는 걸 해보낼 사람들이 아니었다. 나는 그쪽 조카들 집도 다 한 번씩 가보아서 알지만 다들 으리으리한 집에 사는 것 같아도 다 빚덩어리라고 했다. 은행빚이라고는 하지만 하다못해 학비까지 빚이라니 속 빈 강정처럼 사는 건 거기 사정이나 여기 사정이나 별로 다를 게 없다 싶었다. 그런 자식들한테 말이 조카지 왕래가 있고 정이 든 것도 아닌 순전히 관념적인 조카를 위해 천 불씩이나 짜낸다는 것은 보통 일이 아니었을 것이다. 언니가 의기양양해할 만했다.

질부도 그렇게 생각하는 것 같았다. 이렇게 과용들을 해서 어떡하나? 하면서도 흡족해하는 눈치였다. 그렇다면 그 가방은 뭔가? 돈봉투 때문에 잠시 흐려졌던 관심이 다시 원점으로 돌아왔다. 언니가 그 가방을 구석빼기로 처박으려고 하면 할수록 그 존재는 정체 모를 손님처럼 이 식탁에 끼어앉아 우리의 신경을 지속적으로 건드리고 있었다. 나는 그런 느낌은 질색이었다. 질부도 같은 생각이라는 게 이심전심으로 느껴질수록 질부에게 미안한 생각까지 들었다.

축의금 봉투가 출현하고부터 다들 입맛을 잃었는지 숟가락을 놓았다. 언니만이 누구 약을 올리고 싶은 건지 오래도록 못마땅한 듯 반찬접시를 께적거리면서 식사를 계속했다. 맨 나중까지 수저를 붙들고 있는 언니 때문에 나는 자꾸 식구들 눈치가 보였다. 내가 왜 미안해해야 하는지 이치가 닿지 않는 미안감에 떠다밀리듯이 불쑥 또 한마디 하고야 말았다.

"언니, 그만 먹어. 이제 그만 먹고, 남은 짐이나 풉시다. 궁금해 죽겠네."

"다 풀렀잖냐? 가방 맨 구석빼기 속주머니에 넣어가지고 온 돈봉투까지 꺼내다 광고를 쳤으면 고만이지 뭐가 또 궁금한 게 남아 있냐?"

언니는 일부러 굼뜨게 수저를 놓으며 나를 나무랐다.

"새 가방을 아직 안 풀렀잖우?"

"그 안엔 아무것도 없어, 야아."

"그럼 빈 가방이란 말유?"

"아니, 그건 아니고 미제는 이제 아무것도 안 남았다구……"

언니는 다시 장물아비처럼 떳떳지 못하게 우물거렸다.

"언니두, 우리가 뭐 미제에 걸신이 들린 줄 알우? 미제면 어떻구 중국제면 어떠우. 언니가 신주단지 위하듯 하는 게 뭔지 그냥 보자는 거지."

"그렇게 보고 싶으면 보자꾸나."

언니가 식탁에서 일어서 자기 방으로 정해진 곳으로 향했다. 나는 뒤따르면서 나도 모르게 고약한 일에 말려든 것처럼 기분이 언짢아졌다. 이럴 작정은 아니었다. 장난스러운 호기심 정도였는데 왜 이렇게 심각해졌는지 모를 일이었다. 나는 속으로 이집 분위기 탓이라고, 몇십 년 만에 노모를 맞는 태도치고는 은근하거나 따뜻한 배려가 조금도 섞이지 않은 조카네들 하는 짓에 휘말렸을 뿐이라고, 누가 묻지도 않는 변명을 궁리했다.

허섭스레기를 넣어두던 곳을 대강 치운 빈방이라 제물장 속도 어수선했다. 어느 틈에 거기 넣어두었는지 루이뷔통 가방은 그 안에 비스듬히 처박혀 있었다. 언니가 손수 그걸 꺼냈다. 뒤따라온 식구들이 둥글게 에워싼 한가운데서 언니는 답답하도록 느리고 서툴게 가방을 열었다. 마치 가방 밑에 용수철이라도 장착된 것처럼 안의 것들이 둥실 부풀어올랐다. 대나무숲을 스친 미풍 같은 상쾌한 소요와 함께 그것들이 코끝까지 부풀어오를 것 같은 환각 때문에 우리는 다들 비명을 억누르며 뒤로 한 걸음씩 물러났다. 누런 베옷들이었다. 우리가 그 느닷없는 이물감을 미처 어째볼 새도 없이 언니는 그 안의 것들을 한 가지씩 끄집어내면서 하나하나 이름을 부르기 시작했다. 원삼, 당의, 천금, 지요, 멱목, 악수…… 그것들은 수의였던 것이다.

"어머니, 그만 하세요, 그만요."

조카가 먼저 격앙된 목소리로 어머니를 만류했고, 질부는 손바닥으로 얼굴을 가리고 그 방을 뛰쳐나갔다. 딴 식구들도 우르르 질부를 따라 나가 뭐라고 위로의 말을 하는 것 같았다. 나는 그 일이 왜 조카며느리가 울고불고 위로받아야 할 일로 둔갑을 했는지 미처 깨달을 새도 없이 언니가 꺼내놓은 것들을 가방에 도로 쑤셔넣기에 바빴다. 졸지에 분란을 일으킨 것들을 우선 안 보이게 하는 게 수라고 생각했다.

"이왕이면 갖은 수의로 해달라고 했지."

언니가 이를 악문 듯이 야무지게 말했다. 언니답지 않게 도전적인 표정이었다. 갖은수의란 예로부터 내려오는 격식을 한 가지도 생략함이 없이 고루 갖춘 수의를 말한다. 그게 어쨌다는 것인가. 더군다나 장손의 경사를 앞둔 집에 수의가 아랑곳인가. 그러나 언니는 자신이 일으킨 파문에 대해 조금도 신경을 안 쓰는 것처럼 늘어지게 하품을 하더니 일찍 자고 싶다고 했다. 나는 잠깐 바깥 동정에 귀를 기울이고 나서, 질부가 처음 모셔보는 시어머니를 위해 새로 꾸며놓은 폭신하고 가뿐한 이부자리를 깔아주었다. 언니는 자신이 졸지에 구박데기로 전락한 걸 아는지 모르는지 매사가 귀찮은 듯이 눈을 감아버렸다. 나는 푸석하고 미련스러워 뵈는 언니를 내려다보다가 살그머니 밖으로 나왔다. 질부는 전화로 누군가와 다투고 있었다. 입에 거품을 문 것처럼 격정적인 언성에도 불구하고 그녀를 둘러싼 식구들의 분위기는 침울하게 가라앉아 있었다.

"아니면? 아니면? 그게 아니면 뭐란 말인가? 그 잘난 딸들은 생판 모르는 일이라고 앙큼을 떨더니 자네는 또 그게 아니라구? 오해라구? 칠십 노인한테 수의를 안동해서 보낸 게 여기서 돌아가시란 소리가 아니면 무슨 소리냐구? 여직껏 이 집 저 집 조리를 돌려가며 식모처럼 알뜰하게 부려먹다가 이제 자식들 다 길렀겠다 아쉬울 거 없을 때, 노인네 근력 떨어지니 마침 잘됐다 이거지? 그럼 난 뭔가? 말이 좋아 맏며느리지 누굴 등신인 줄 아나? 맏며느리는 배알도 없는 줄 아나본데 잘 들어둬. 자네나 나나 땡전 한푼 없는 이민자 가족한테로 시집와서 자수성가하긴 마찬가지야. 그래도 자넨 노인네 노동력이라도 이용했지만 난 일찌거니 시집 그늘 벗어나서 덕 본 거 하나도 없어. 그만큼 떳떳하다구. 노인네가 귀찮아질 무렵에 마침 고국 나들이할 기회가 생겼으니 그걸 이용하고 싶은 마음이 생겼겠지. 그 기분 나도 알아. 이제사 말인데 나도 시집 식구들로부터 자유로워지려고, 영어 잘하는 남편한테 기회도 많고 여자들 살기 좋은 그 좋은 땅 버리고 한국에서 새롭게 기반을 닦았으니까. 왜 이래. 나도 그런 여자라구. 자네가 나한테 미리 자네 속셈을 넌지시 귀띔만 했어도 내가 이렇게까지 막 나가진 않았을 거야. 자네가 본데없이 자란 건 알고 있었지만 그렇게 맹랑한 사람인 줄은 미처 몰랐네그려. 설사 웬수지간이라도 남의 개혼에 어떻게 그 흉측한 수의를 얹어 보낼 생각을 하냔 말야. 난 그게 분하단 말야. 어머님이야 여적지 부려먹은 사람들한테로 가시라고 비행기 태워드리면 그만이지만, 자넨 무슨 억하심정으로 남의 귀한 아들 혼사에 수의 보따리를 안동을 해서 보냈나구? 말해봐. 그게 아니면, 미국서 오래 살면 남의 경조사에 해도 되는 것과 하면 안 되는 게 있다는 것도 몰라도 되는 줄 아나? 덮어놓고 다 아니라니 무슨 꿍꿍이속인지는 몰라도 나는 자네 꿍수에 넘어갈 사람은 아닐세."

내가 듣고 있다는 게 민망했던지 조카가 느닷없이 눈을 부라리며 제 댁한테서 수화기를 낚아채 소리나게 내려놓으면서 고함을 쳤다.

"그만 닥치지 못해. 당신이야말로 자식들 앞에서 할 소리가 있고, 해서 안 되는 소리가 있다는 것도 몰라?"

"느이 어머니 잠드셨다. 시차 때문에 고단하신가보더라. 하룻밤 모시고 자면서 회포를 풀려고 했더니 안 되겠다, 가봐야지."

나는 총총히 그 자리를 피했다. 아무도 나를 붙들지 않았다. 나도 알토란 같은 내 손주새끼들과 효자일 것도 불효자일 것도 없는 아들 며느리가 있고, 기회만 있으면 나를 데려가지 못해 안달하는 딸자식도 있는 몸이었다. 제까짓 것들이 붙들지 않는다고 아쉬울 거 없었지만 앞으로 뭔 일을 당할지 첩첩태산인 언니 생각을 하면 뒤꼭지가 당기는 듯하여 발길이 잘 떨어지지 않았다.

집에 오자마자 나는 식구들 몰래 내 방에서 미국으로 전화를 했다. 요금을 그쪽 부담으로 하려면 암만해도 조카보다는 조카딸들이 만만했으므로 LA 교외 라구나 비치에 사는 큰조카딸한테 전화를 걸었다. 질부도 맨 먼저 거기다 전화를 한 듯, 조카딸은 여기서 일어난 일을 대강 알고 있었지만 왜 그렇게들 야단법석인지를 도무지 모르겠다는 투였다.

"큰올케는 다짜고짜 나한테 엄마 짐에 수의가 들어 있는 것도 몰랐냐고 시비를 거는데 내가 그걸 어떻게 알아? 엄마는 샌프란시스코 작은오빠네서 떠나신걸. 난 엄마한테 축의금만 보냈지 배웅도 안 했어. 알았어도 그렇지. 엄마가 갖고 가고 싶으면 갖고 가는 거지 그걸 우리가 왜 말려야 돼. 수의는 죽어서 입자고 하는 옷이잖아. 엄마는 만약 한국 나갔다 돌아가시는 일이 생기면 그걸 입고 싶었나보지 뭐. 그게 거기 사는 아들 며느리 짐을 덜어주는 일도 되구. 살아생전에 수의를 장만하는 마음이 바로 그런 거 아니겠수. 꼭 돌아가실 날 받아놓은 것처럼 윤달 낀 해를 손꼽아 기다렸다가 자식들한테 보채다시피 해서 장만한 거거든. 그거 얼마나 비싼 건데. 처음엔 여기 올케한테 구걸하기 싫어서 나 혼자 했었어. 소문보다 싸더라구. 여기 노인들도 윤달 든 해엔 수의 장만하는 게 유행이라 값도 빨해. 교포사회가 좀 살 만해졌거든. 그래서 남 하는 대로 했는데 엄마가 중국 베라고 시뜻해하시면서 당신은 꼭 한국산 안동포로 하고 싶다는 거야. 엄마가 우리한테 어떤 엄만데 그 소원 하나 못 들어주겠수. 그래서 내가 해드린 건 좀 못사는 노인에게 선물하기로 하구 다시 추럼을 해서 그 안동포라나 뭐라나 하는 최고로 비싼 베로 새로 해드린 거야. 엄마가 애착을 가질 만하지 뭐. 근데 왜 난리들이야. 이모도 알다시피 LA가 얼마나 더운 데유. 그래도 겨울 한철 좀 서늘할 때면 밍크 입고 나오는 노인들 더러 있다우. 나도 밍크 있다 이거지. 애교스럽지 않아. 엄마의 수의도 그렇게 애교로 좀 봐주면 안 되냐구?"

조카딸 얘기를 듣고 보니 언니의 수의에 그닥 큰 음모가 숨겨져 있는 것 같지는 않았다. 질부가 그렇게까지 심하게 넘겨짚은 건 수의가 주는 이미지의, 경사와는 너무도 안 어울리는 그 생급스러움, 사위스러움의 충격 때문이 아니었을까. 그러나 밍크코트하고 수의하고 비교가 가능한 조카딸한테 사위스럽다는 우리 마음속의 해묵은 그늘을 어떻게 이해시킬 것인가. 나는 암만해도 느이 엄마 여기 오래 계실 것 같지 않다는 소리만 하고 조카딸하고의 통화를 끝냈다.

그러나 언니의 수의 소동은 그것으로 끝난 게 아니었다. 언니가 온 지 며칠 안 돼 신부집에서 예단이 왔다고 보러 오라는 전갈이 왔다. 신랑집의 집안네가 다 외국에 있으니까 접어두고, 직계만 하라고 했다는데도 나한테까지 예단이 왔다는 것이었다. 언니하고 나하고는 같은 천의 아름다운 비단이었는데 언니는 두루마깃감까지 있고, 나는 치마저고릿감만 있었다. 알맞은 차별이어서 호감이 갔다. 언니는 연분홍빛이고 나는 황금빛인 것도 마음에 들었다. 나는 옷감을 풀어서 언니의 어깨에 걸쳐 보이면서 어떻게 이렇게 잘 어울리는 색깔을 골랐을까, 라고 사돈댁의 안목을 치하해 마지않았다. 언니도 오랜만에 기죽을 펴고 활짝 웃더니 벌떡 일어서서 큰 거울 앞에 섰다. 그리고 한쪽 어깨로부터 발끝까지 치렁치렁 그 고운 비단을 걸쳐 보였다. 고급비단 특유의 우아한 주름과 속삭임 같은 살랑임에 우리는 그 동안 어긋났던 마음이 편안히 녹아드는 걸 느꼈다. 그러나 거울 속의 자신의 모습에 황홀한 눈길을 보내고 있던 언니의 입에서 나온 소리는 정말 너무 엉뚱했다.

"이런 옷감으로 수의 했으면 참 좋겠다, 그치?"

언니는 희고 아득하게 웃으며 가물가물한 소리로 우리의 동의를 구했다. 나도 섬뜩했으니 질부가 노발대발한 건 말할 것도 없다. 나는 예단이 만들어준 모처럼의 화해의 틈서리에 끼어들어 오늘밤이야말로 언니하고 함께 자리를 나란히 회포를 풀어보려던 생각을 단념하고 쫓기듯이 조카네를 떠나야 했다. 내 몫의 예단에다가 바느질삯이 든 봉투를 얹어주는 질부를, 암만해도 노망기 같으니 네가 참아야지 어쩌겠느냐고 다독거렸다.

"나도 따로 알아봤는데 느이 시누이나 시동생은 노인네를 여기 떠맡길 생각 추호도 없더라. 거기 애들이 특별히 효자라서가 아니라 노인네 앞으로 나오는 돈이 충분하고 병이 들어도 병원비 걱정도 없는데 뭣 하러 그런 혜택을 안 받겠느냐고 하더라. 나도 미국에 대해선 좀 아는데 거긴 나라가 효자야. 여기서 여생을 보내려고 오신 거 아니란 거 하나는 확실하니까 괜히 지레 겁먹지 말고, 계실 동안 잘 해드려. 결혼식만 끝나면 너무 오래 계시지 않도록 나도 거들 테니까."

이 정도로 질부의 비위를 맞추는 것도 잊지 않았다. 그래도 질부는 수의라면 얼마나 지긋지긋했던지 결혼식날도 시어머니한 테 그 예단으로 옷을 지어드리지 않았다. 언니는 옥색 옷을 입고 있었다. 결혼식이 끝나고도 언니는 한 달가량이나 별탈 없이 아들네서 잘 지냈다. 내가 미국 가서 언니한테 받은 대접을 생각하면 마땅히 나도 언니를 우리집에 청해 단 며칠이라도 같이 지내고, 운전 잘하는 딸한테 부탁해서 시골 바람도 좀 쐬게 해드리는 게 도리인 줄은 알겠는데 그럴 엄두가 나지 않았다. 자기 며느리 눈 밖에 난 언니가 내 며느리 눈 밖에는 나지 말란 법이 없기 때문이다. 시어머니를 모시고 있는 동안 딴사람처럼 표정이 어둡고 거칠어진 질부만 봐도 언니가 얼마나 달갑지 않은 짐이라는 건 짐작하고도 남았다.

그후 내가 앞장서서 언니를 마치 고약한 짐 부치듯이 황황히 떠나보낼 수밖에 없는 사건이 또 한번 생겼는데, 수의하고는 상관없는 일이었다는 게 그나마 다행이었다. 그러나 수의보다 훨씬 해괴한 사건이었다. 빨리 좀 와달라는 질부의 전화를 받고 달려갔을 때 언니는 난만한 낙화 한가운데 사뿐히 앉아 있었다. 하필 사돈집에서 보내온 예단을 밤새도록 싹독거렸을 것으로 보이는 분홍 꽃이파리들은 찍어낸 것처럼 크기와 모양이 일정해서 언니의 요망스러운 짓거리에 괴기감을 더했다. 언니는 그 옷감이 피륙일 때 몸에 걸쳐 보일 때처럼 하얗게 바랜 웃음을 지으며 나를 바라보았다. 나는 언니, 정말 왜 이래? 겁에 질린 소리로 부르짖으며 언니를 부둥켜안았다. 또 무슨 광기가 분출

할지 모르는 언니의 몸은 그러나 재만 남은 뜬숯처럼 사뿐했다. 한 줌의 바람을 안은 것 같은 허망감에 소스라치며 나는 언니를 밀어냈다.

이래도 나만 나쁜 며느리냐고 질부가 나를 쏘아보며 대들었다. 나는 그런 질부가 정떨어졌지만 질부 편을 들 수밖에 없었다. 질부 편을 든다는 것은 질부가 직접 나서지 않고도 언니를 미국으로 보낼 수 있도록 주선하는 거였다. 그 일은 그리 어렵지 않았다. 조카보다는 조카딸이 만만해서 전화로, 너희 어머니가 가시고 싶어해서 어느 날 몇시 비행기 태워드린다고만 말했고 조카딸은 알았어, 이모 하고는 바쁜 듯이 전화를 끊었다. 그뿐이었다. 내가 했으니까 그 정도로 간단하게 해결이 됐지 질부가 했으면 아마 이러쿵저러쿵 훨씬 더 곱잖은 소리가 오갔을 것이다.

미국으로 떠나는 날 공항에서 마지막 만난 언니는 입국할 때와는 딴사람처럼 고상하고 품위 있어 보였다. 결혼식 때 입었던 옥색 한복에다 흰 버선에 고무신까지 갖추어 신고, 그 동안 자란 머리를 깔끔하게 얹어빗은 게, 언니의 작달막한 키와 나부죽한 어깨선에 잘 어울렸다. 짐도 루이뷔통 가방만 그대로고, 구럭 같은 이민가방 대신 제대로 된 새 여행가방으로 바뀌어져 있었다. 큰 가방을 두 개나 더 장만한 걸로 보아 그쪽에 사는 시동생 시누이들한테 줄 선물도 충분히 해보내는 것 같았다. 우애는 별로라도 그 정도의 허영심은 있는 질부였다.

"미국물이 좋다지만 늙은이한테는 한국물이 좋은가보다. 몇 달 안 되는 동안 느이 시어머니 어쩌면 저렇게 귀티가 잘잘 흐르냐?"

나는 질부에게 이렇게 아부 겸 치하의 말을 했다. 어찌 됐건 그 동안 별난 시어머니를 그만큼 잘 참아낸 끝에 호사까지 시켜서 무사히 떠나보내는 질부가 고마운 것도 사실이었다. 출국장 앞에서는 떠나는 사람과 보내는 사람이 서양식으로 얼싸안고 볼도 비비며 작별을 아쉬워하는 게 어색하지 않고 보기 좋았다. 나도 남들이 하는 대로 언니를 포옹했다. 언니에게도 전송 나온 식구들은 남부럽지 않게 여럿 됐지만 끌어안고 서로의 존재를 느낌으로 간직하고 싶어하는 동기는 나밖에 없구나 싶은 게 뭉클하니 내 눈시울을 자극했다. 언니는 전혀 반응하지 않았다.

질부는 시어머니가 싹둑거려놓은 한 바구니나 되는 꽃잎을 다 압수한 줄 알았는데, 어젯밤 마지막으로 짐을 점검하면서 보니, 루이뷔통 가방 속 안동포 수의 갈피갈피에 흩뿌려놓은 것처럼 아직도 많은 꽃잎이 숨겨져 있더라고 했다. 공항을 빠져나오면서 질부가 내 귓전에 대고 속삭인 마지막 시어머니 흉이었다.

"그래서? 그래서? 어떡했니?"

나는 숨가쁘게 물었다.

"어떡허긴 어떡해요. 그냥 못 본 척했지요."

"그래 잘했다."

나는 가슴을 쓸어내리고 싶게 안도하면서 태워다주마는 조카를 뿌리치고 버스정거장으로 향했다. 언니의 이상한 행동을 고

자질할 때마다 악령이라도 본 사람처럼 불길하고 영물스러워 보이는 질부를 다시는 보고 싶지 않다고 생각했다.

그러고 나서 두 달도 안 돼 언니의 부음을 들을 줄이야. 그래도 그렇지 두 달이 어디 짧은 동안인가. 그렇게 보내놓고 어쩌면 그동안 한 번도 언니가 어떻게 지내는지 알아보려 하지 않았을까. 궁금해하지 않은 건 아니었다. 다만 이제나저제나 그쪽에서 소식이 있기를 기다렸을 뿐 먼저 전화나 편지를 쓸 엄두가 안 났다. 나쁜 소식을 듣는다 해도 내가 도울 수 있는 일은 아닐 것 같은 일종의 무력감, 무소식은 희소식으로 덮어두고 싶은 소심증 때문에 아예 알고 싶지도 않았는지 모르겠다.

공항으로 언니를 마중 나오기로 한 게 큰조카딸이었으니까 아마 언니를 끝까지 모신 것도 그애였을 것이다. 내가 언니 보러 미국 갔을 때마다 제일 잘해주고 유복하고 그래서 마음 편하게 묵을 수 있는 곳도 그애네 집이었다. 미국서도 제일 부자동네라고 했다. 우리나라로 치면 산동네 같은 지형에 기화요초로 정원을 가꾼 집들이 드문드문 흩어진 그림 같은 동네였다. 조카딸네는 맨 아래 마당이 바로 바닷가로 면한 집이었는데 천 평은 됨직한 마당 끝에 서면 절벽 아래로 바다가 몰려와 하얗게 부서지는 모습이 마치 갈기를 세운 맹수의 공격처럼 사납고 무시무시해 보였다. 언니한테 안 무서우냐고 물어보았더니 태평양인데 뭐가 무서우냐고 했다. 태평양이면 왜 안 무서울까? 그것까지는 미처 물어보지 못했다. 한번은 언니하고 온종일 그 동네를 한 바퀴 돈

적이 있다. 세상에, 세상에, 꽃도, 꽃도 어쩌나 많고, 모든 꽃들이 바로 지금이 제철인 양 어쩌나 진하고 흐드러지게 피어 있는지 식물원이 따로 없었다. 버려진 공터나 낭떠러지에 물결치고 있는 노란 야생화는 멀리서 보면 한창 철 만난 유채꽃 같은데 야생 겨자꽃이라고 했다. 그 동네엔 유명한 영화배우도 살고, 돈 많은 변호사도, 은퇴한 고관들도 산다고 언니는 일일이 그런 집들을 손가락질까지 해가며 알은척을 했다. 세상에, 경애 신랑은 돈을 얼마나 많이 벌었길래, 한국 사람이 이런 동네서 살 수가 있을까. 내가 이렇게 감탄을 하면 언니는 속도 없이 이 동네 사는 한국 사람은 그렇지도 않다면서 저기 저 대문이 네 개에다 풀장이 두 개나 되는 집은 한국에서 부도내고 도망 온 누구누구네, 저기 지금 한창 수리중인 성 같은 집은 몇 년 전 신문을 떠들썩하게 한 빠찡꼬계의 주먹대장 누구누구네 집 하는 식으로 알은척을 계속했다. 잘사는 동네답게 동네를 휘감아도는 길도 구렁이 잔등처럼 능글능글 기름져 보였지만 차의 통행은 어쩌다가 볼 수 있었다. 그날 언니는 유난히 즐겁고 의기양양해 보였지만 밤에는 둘이서 똑같이 끙끙 앓는 소리를 낼 정도로 그건 고단한 순례였다.

그렇게 온종일 다리품을 파는 동안 어쩌면 동네 사람이건 행인이건 걷는 사람이라곤 한 사람도 못 만난 것일까. 언니가 손가락질하며 알은척한 집에 정말 그런 사람이 살고 있었을까? 그런 사람이건 저런 사람이건 그 동네가 사람 사는 동네라는 게 맞기

나 할까. 언니의 부음을 듣고 나서 왜 줄창 그런 의심이 들었는지 모르겠다.

큰조카가 장례를 치르고 돌아왔지 싶어 아무 일도 손에 안 잡힐 무렵 먼저 조카한테서 전화가 걸려왔다. 질부를 거치지 않고 조카가 직접 전화하기는 드문 일이었다. 회산데, 장례 치르고 와서 첫 출근이라 자연히 이모님 생각이 난다면서 차 보낼 테니 나오시면 점심 대접하고 싶다고 했다. 점심이 급한 게 아니라 할 얘기가 급한 것 같은 눈치에 사양하지 않았다. 여자 형제끼리는 늙을수록 닮아가는 법이고, 그게 그 자식들한테는 곧잘 상실감을 달랠 수 있는 구실이 된다는 걸 나도 경험해봐서 알고 있기 때문이었다.

고급스러운 일식집은 그의 단골집인 듯 친절하고 공손하게 안내된 정갈한 방엔 조카가 먼저 와서 기다리고 있었다. 그가 내 손을 양손으로 따뜻이 보듬으며 반겼다. 질부 앞에서라면 감히 꿈도 못 꿀 친밀감의 표현이었다. 전골냄비의 야채와 어우러진 고기맛은 부드럽고도 감미로웠다. 그러나 좀처럼 식욕은 일지 않았다. 조카도 전골 국물보다는 따끈하게 데운 정종잔을 더 자주 홀짝이면서, 요양원에서 돌아가셨더라구요. 정신 놓은 노인들을 위한. 그런 노인들이 더 오래 산다는데 어머니가 그런 데서 돌아가신 걸 갖고 한번 땡깡을 부렸더니, 장례 치르고 나서 경애년이 글쎄 이런 얘기를 해주지 뭐예요. 경애가 알고 있는 일을 왜 저는 몰랐을까요? 하긴 알고 있었다고 해도 달라질 건 아무것도 없었겠지만 말예요. 제가 어머니를 속속들이 이해할 수 있었다고 해도 결과는 마찬가지였을 거란 생각이 왜 이렇게 슬플까요. 이모님. 평소 과묵한 그답지 않게 이야기는 주절주절 계속됐다. 나는 어느 틈에 조카하고 마주 앉은 게 아니라 언니하고 마주 앉아 옛날 얘기를 듣는 것 같은 착각에 빠져들었다.

내가 미국 처음 갔을 때만도 60년대니까 한국이 지지리도 못 살 때였다. 사업에 실패한 남편 형님이 미군하고 국제결혼한 처제 연줄로 먼저 미국으로 이민을 갔는데 이민 간 지 몇 년 만에 살 만해졌다고 했고, 시어머니 생신 때는 백 불씩 부쳐오곤 했다. 그때는 백 불이 어찌나 큰돈이었는지 그걸로 잔치를 떡 벌어지게 치를 수가 있었다. 시어머니는 마치 아들이 미국 가서 갑부나 된 것처럼 날로 도도해지셨고, 남편도 여기서 월급쟁이 노릇하는 걸 불만스러워했다. 그건 불만이 아니라 열패감이었는지도 모른다. 한국사회에서의 경쟁은 이미 결판이 나버린 나이였으니까. 출세할 사람은 이미 다 했고, 못 한 사람은 영영 가망이 없어진 사십대 중반이었다. 출세한 친구가 유난히 많은 명문대학 출신이라는 것도 남편이 시시한 직장을 성에 안 차하는 까닭 중의 하나였을 것이다. 이까짓 직장 당장 때려치울까보다는 소리를 누가 붙드는 것도 아닌데 줄창 입에 달고 다녔다. 여기서 사는 걸 뜨내기처럼 말하는 데는 미국서 자리잡은 형님한테서 들은 풍월의 영향도 컸다. 남편은 자기가 보이지 않는 힘에 의해 주류에서 밀려나 변두리에서 부당한 대우를 받고 있다는 피해의식이 강했기 때문에 형이 떠벌리는 원리원칙이 지켜지는 사회, 노력한 만큼 잘살 수 있는 나라야말로 자기 같은 사람이 놀 물이라고 생각하기에 이른 것 같았다. 그렇다고 그가 특별히 귀가 여린 사람은 아니었다. 그때는 다들 그랬다. 사회 도처에 불평불만이 팽배해 있을 때라 미국 이민은 누구나 한 번쯤은 꿈꿔볼 만한 돌파구였다. 공항을 통해 이 나라를 뜬다는 것만으로도 당장 신분이 수직으로 상승한 것처럼 보일 때였다.

남편의 꾸준한 노력 끝에 우리는 드디어 이민길에 오르게 되었다. 그 무렵 시어머니가 돌아가신 것도 낯선 나라에서 과연 적응이 잘 될까 하는 부담감을 한결 가볍게 해주었다. 단출한 우리 식구만도 여섯이나 되었다. 대식구였다. LA에서 잘산다는 형네는 이혼한 처제와 함께 식당을 하고 있었다. 순전히 한국인 상대의 식당은 한국의 변두리 식당보다 김치 젓갈 따위 고타분한 냄새가 더 짙게 배어 있었다. 그 냄새가 그리워 찾는 손님이 많다고 하는데 이국적인 걸 동경한 우리는 오만 정이 떨어졌다. 남편은 더했다. 형은 처제가 독립하고 싶어하니 아우를 그 자리에 앉히겠다고 했다. 그러나 이민수속과 함께 영어회화 공부를 제법 착실하게 해가지고 온 남편은 온종일 영어 한마디 할 필요가 없는 일터는 천만금을 준대도 싫다는 거였다. 남편은 어떻게든 백인들 사회에 끼어들려고 안간힘을 쓰면서 가져온 돈을 조금씩 까먹었다. 형과 사이가 나빠지자 나도 그 식당에서 일을 거들 수 없게 됐고, 앞으로 아이들 공부시킬 일이 난감했다. 형네는 아이들이 좋은 학교 다닌다는 게 큰 자랑거리였고 희망이었다. 개같이 벌어서 정승같이 쓴다고 자부했다. 남편은 그 잘난 학벌 때문에 오히려 애들을 개처럼 기르게 될지도 모르는 일이었다. 남편이 잘 벌어도 부부가 같이 벌지 않으면 먹고살기 힘든 사회라는 게 우리 형편을 딱해하는 사람들의 한결같은 충고였다. 나는 그런 사람들의 주선으로 시간제 식모 같은 일자리도 더러 얻어걸렸지만 오래가지는 못했다. 나는 남편과는 달리 식민지시대에 여고에서 배운 영어가 단데, 그나마 부끄러움을 많이 타서 입이 떨어지지 않았다. 말이 안 통하는 가정에 들어가 종 노릇을 하기가 죽기보다 싫었다. 그러잖아도 유색인종에게 백인은 알아서 기어야 할 상전처럼 어렵기만 한데, 그게 일대일의 관계가 되면, 나처럼 소심한 사람은 그 스트레스를 감당하기 어려웠다.

그러다가 처음으로 정식으로 출퇴근할 수 있는 일자리를 얻은 게 냉동회사였다. 내가 맡은 일은 냉동한 새우를 크기에 따라 몇 단계로 분류해서 포장하는 일이었다. 보수는 작업량에 따라 주급으로 지급되는데, 내가 받은 주급은 동료들 중에서 늘 꼴찌였다. 내가 가장 일이 더디니까 당연했다. 나는 내 직장에 만족했다. 일한 만큼 돈을 벌 수 있다는 것도 좋고, 같은 일을 하는 동료들이 있다는 건 또 얼마나 좋은 일인지 몰랐다. 동료들은 대부분 뚱뚱한 멕시코 여자들이었다. 그들은 친절하고 유쾌했고 무엇보다도 그들 앞에선 한결 주눅이 덜 들 수 있어서 좋았다.

백인들이 하는 영어는 하나도 못 알아듣겠는데 멕시칸의 영어는 곧잘 귀에 들어오는 것도 신기했다.

어느 날, 별안간 나에게 사무직이 주어졌다. 들어오고 나가는 물량만 기록하면 되는 간단한 사무직이었지만 보수도 오르고 손이 온통 짓무르는 막노동을 안 해도 되니 이게 웬 떡인가 싶었다. 그러나 신참인데다가 작업능률도 가장 떨어지는 나에게 그런 출셋길이 어떻게 열렸는지를 알고 나자 괜히 동료들에게 미안한 생각이 들었다. 그 경위는 이러했다. 그 회사에서 슈퍼마켓으로 넘긴 새우가 대량으로 반품이 들어왔는데, 표시된 규격과 다르게 크고 작은 게 함부로 섞여 있었다는 것이다. 반품을 받아보니 사실이었으므로, 누가 그렇게 불성실하게 일했나를 알아보기 위해 포장하는 봉지에다가 누가 작업한 건지를 알아볼 수 있는 특별한 표시를 했는데 정직하게 일한 사람은 나 하나뿐이라는 게 드러났다는 것이다. 진급할 만해서 한 거였는데도 제일 신참이 먼저 진급한 게 미안해서 나는 늘 아이 앰 쏘리를 입에 달고 다녔다. 사장한테도, 감독한테도, 동료들한테도 만나기만 하면 아이 앰 쏘리였다. 행여나 누가 날 시기할까봐 미리 겸손을 떨었고, 마음으로부터 미안한 것도 사실이었다. 차차 그런 과장된 내 겸손은 비웃음거리가 되는가 싶더니, 누가 뭘 어떻게 고해바쳤는지 나는 생선을 뼈째 가는 무시무시한 기계가 있는 곳으로 쫓겨났다. 그 기계를 청소하는 일은 아주 힘든 막노동이었다. 엄청 큰 기계였는데, 청소를 하다가 잘못 조작을 해 팔뚝이 잘린 일이 있는 기계라고 했다. 겁이 많은 나는 그 직장을 그만두었다. 함부로 굽실대며 미안해할 것이 아니라는 것 하나는 착실하게 배운 성싶었다. 또하나, 같이 일하던 멕시칸들로부터 일본 사람이 운영하는 믿을 만한 직업소개소가 어디 있다는 걸 알아놓은 것도 냉동회사에서 얻은 소득이라면 소득이었다. 일본말엔 자신이 있었고, 통하는 말로 통사정을 할 수 있으면 반드시 살길이 열릴 것 같았다.

그런 예상은 빗나가지 않았다. 소장은 나이 지긋한 여자였다. 일본말 특유의 상냥한 말투만으로도 큰 위로가 되겠는데, 고맙게도 그 여자는 어떡하든 내 소질이 뭔가를 알아내려고 내게 말을 많이 시켰다. 나는 말에 굶주려 있었기 때문에 곧 제동을 걸 수 없도록 수다를 떨기 시작했다. 그 여자는 웃으면서 적당히 반문도 하고 맞장구도 쳤는데, 상대가 어떤 일에 적합한지 알아내려는 의미 있는 질문이어서, 나는 저절로 기술 한두 가지 정도는 익혀가지고 오는 건데, 하고 깨우칠 정도였다. 그 여자와 이야기하는 동안 비록 익혀온 기술은 없지만 내가 하고 싶은 일, 잘할 수 있는 일은 무엇일까를 내 안에서 진지하게 찾아보기 시작했고, 그건 덮어놓고 아무 일이나 하게 해달라고 덤빌 때하고는 딴판의 행복감이었다. 나는 대학도 안 나오고, 이민 오기 전에 취직해본 적도 없고, 출신학교도 현모양처를 양성하기로만 소문난 여고라는 걸 그 여자에게 몹시 미안해하며 털어놓았다. 여학교 때 얘기를 하다가 좋아하는 과목 얘기도 나오고, 양재(洋裁)가

가장 좋아하는 과목이었다는 걸 아련한 그리움으로 생각해냈다. 내가 학교 다닐 때만 해도 여자들은 거의 여고가 최종학력이 되었으므로, 상급반에서는 실생활에 필요한 요리나 바느질, 예의 범절을 철저하게 교육시켰다. 양재도 그중의 하나였는데, 선생님이 그 시절엔 희귀한 양장미인이어서 양재과목은 인기학과였다. 재봉실 시설도 훌륭해서 우리는 좋은 선생님 밑에서 재봉틀 실습은 물론 치수를 재는 법에서부터 기본형 옷본을 떠서 자유자재로 변형시키는 법까지 철저한 기본교육을 받았다. 결혼할 때도 양재노트만은 챙겨갈 정도로 그때 받은 교육은 오래도록 쓸모가 있었다. 내가 딸애들의 원피스는 사입히지 않고 거의 내 손으로 해입힌 것도 생각해보니 그 양재노트 덕분이었다.

그 여자하고 그런 옛날 얘기까지 하게 된 것은 이미 구직을 위한 상담의 한계를 벗어난, 막혔던 대화의 욕구였다. 동년배인데다 섬세한 감정 표현까지 가능한 공통의 언어를 갖고 있다는 걸로 나는 그 여자에게 첫날부터 우정 같은 걸 느꼈다. 취직과는 상관없이 가끔 놀러 오고 싶다고 말했다. 나는 그전엔 누구에게도 그렇게 넉살 좋게 군 적이 없었다. 그러나 그 여자는 내 이야기를 섬세한 직업의식을 가지고 들었던 듯하다. 얼마 안 돼 나는 그 여자의 소개로 양장점에 취직을 할 수가 있었다. 특수한 고객만을 상대로 하는 맞춤옷집인데 주인은 불란서 여자라고 했다. 임금도 냉동회사와는 댈 것도 아니게 후했다. 그 여자가 나를 과대평가해서 잘못 소개한 게 분명했으므로 뒷일이 걱정돼 사양하려고 했지만, 하필 그날 그 여자는 정신없이 바빴고, 나를 데리러 온 사람이 기다리고 있었으므로 나는 떠다밀리듯이 새로운 일터에 발을 들여놓게 되었다.

불란서 양장점은 일본인들 거주지역하고 가까운 깨끗하고 고요한 뒷골목에 있었다. 일본 여자 소개로 불란서 양장점에 왔다는 느낌 때문인지 결벽증에 가까운 청결함과 하찮은 것도 멋있어 보이는 분위기가 나에게는 일본과 불란서의 의좋은 공존처럼 신기하게 여겨졌다. 양장점이라고 해도 밖으로 면한 쇼윈도우는 없었고, 그림에서 본 유럽의 성당 문처럼 생긴 문을 밀고 들어가면 비로소 큰 유리장이 보이고 그 안에는 창백하고 도도하고 어딘지 슬퍼 보이는 마네킹들이 공단이나 사텐, 시폰 같은 고급천으로 만든 주름이 풍부한 드레스를 치렁치렁하게 입고 읍(揖)한 자세로 고즈넉이 서 있었다. 불란서 여자의 작업실은 이 응접실풍의 작은 홀을 거쳐서 들어가게 돼 있고 그 안은 밝고 능률적으로 정돈돼 있었다. 그 여자는 주름은 없었지만 깡마르고 강파른 얼굴이 나이를 짐작할 수 없었고, 오렌지빛 루주를 진하게 바른 입술이 한련꽃을 문 것처럼 생생하게 도드라져 보였다. 미싱이 놓인 작업실은 그 다음 방이었고 재봉사들은 아랍계의 남자들이었다. 불란서 여자와 재봉사들이 말하는 걸 나는 한마디도 알아들을 수 없었다. 그 여자는 나에게 쉬운 영어로 간단한 지시를 했고 가끔 일본말도 했다. 어떤 말도 아주 조용히 속삭이듯이 말했기 때문에 눈치로 알아듣는 게 더 편했다.

거의 말을 할 필요가 없었다. 그러나 내가 미국땅에서 여러 번 던져졌던 침묵 중에서 이곳의 침묵은 아주 편안했다. 단절이 아니라 용해 같은 거였기 때문이다. 내가 맡은 일은 불란서 여자가 떠주는 본대로 천을 재단하는 일이었다. 나는 양재선생한테 배운 대로 몸체의 앞뒤나 좌우를 뜰 때, 암홀이 서로 반대방향으로 가게 놓고 재단했다. 무늬가 없는 옷감인 경우 그렇게 해서 옷감을 덜 들게 하는 건 재단의 기본이었는데도 불란서 여자는 그걸 매우 신기하게 여겼고 나를 칭찬해주었다. 얼마 안 돼 나는 그 여자가 나를 신임하고 좋아한다는 걸 알 수 있었다. 남편은 아직도 방황중이었지만, 나는 순전히 내 힘으로 잡은 좋은 일자리로 인하여 비로소 이민생활이 일단 위기를 벗어났다는 안정감을 맛볼 수가 있었다.

　일감은 연달아 있었지만 나는 옷을 맞추러 오는 고객을 거의 보지 못했다. 고객인가 싶은 이도 맞춤옷의 진짜 주인은 아니었고, 심부름꾼이었다. 미국사회에도 전화를 걸거나 하인을 시켜서 치수를 대주고 옷을 맞추는 보수적이고 폐쇄적인 귀족사회가 있다는 게 믿어지지 않았지만 있기는 있는 모양이었다. 나는 틈이 날 때마다 소녀 적에 읽은 괴기소설로다 그런 상류사회를 유추해보곤 했다. 흑사병이 창궐하던 중세에 권세와 부를 한몸에 지닌 성주가 선택된 귀족들을 외부세계와 철저히 차단된 성안에 모아놓고, 흑사병과 맞선다. 흑사병은커녕 바늘 끝이나 심지어는 시간이 흘러들 틈도 없는 완벽한 방어 속에서도 그들은 흑사병의 공포에서 못 벗어난다. 그래서 허구한 날 질탕 같은 무도회로 그 공포를 잊으려 하지만, 어느 날 낯익은 멤버 외에 낯선 손님이 섞여 있음을 발견하고 경악한다. 불청객이 있을 수 없는 상황이었다. 그 불청객이 바로 흑사병이었고, 춤추던 귀족들은 차례차례 비명을 지르며 죽어간다, 는 이야기였다. 그 폐쇄된 성 안의 교만하고 이기적인 귀족들에게나 어울릴 것 같은 옷이었다.

나는 불란서 여자가 재단한 이런 치렁치렁하고 유현(幽玄)한 옷보다는 그 여자가 모조진주로 손수 수놓는 비단 실내화나, 불란서 망사의 정교함이 돋보이는 베일, 그리고 자투리 헝겊을 날이 긴 반짝거리는 가위로 날렵하게 싹독거려서 한 송이 요염한 꽃으로 피어나게 하는 코사지 등을 더 좋아했다. 불란서 여자가 몰입과도 도취와도 같은 표정으로 그 일에 열중하는 걸 나는 숨죽이고 지켜보곤 했다. 검은색이나 은색 보라색 등 가라앉은 색상의 드레스에 한쪽 가슴을 장식하는 코사지는 거의 비슷한 계통의 색상으로 만들었음에도 불구하고 그 비현실적인 옷에다가 놀랍도록 생생한 현실감을 불어넣었다. 옷을 뚫고 걸어나올 것 같은 생기는 생뚱스럽게도 간드러진 요염함이었다. 그 여자는 어쩌면 자기가 만든 엄숙한 옷에다가 장난을 치고 있는지도 몰랐다. 나는 그 여자가 다 된 옷에다가 장난을 치기 위해 코사지를 만들 때의 무아지경을 볼 때마다 아침에 거울 앞에서 오렌지색 루주를 칠할 때도 저런 표정으로 칠하려니 상상하곤 했다. 나는 오렌지색 루주를 안 칠한 그 여자를 상상만 해도 소름이 끼쳤다.

그 양장점 종업원 중에서는 내가 가장 가벼운 일을 하고 있는 것 같은 미안감 때문에 나는 될 수 있는 대로 늦게까지 남아 있다가 마무리 청소까지 끝마치고 퇴근하려 들었다. 어디서나 그놈의 미안감이 문제였다. 그러다보니 가게를 열고 닫는 열쇠까지 내 차지가 되었다. 커다란 거울이 걸린 잘 정돈된 불란서 여자의 작업실에서 나는 금지된 장난에의 유혹으로 가슴을 울렁거리며 아직 찾아가기 전의 맞춤옷을 이것저것 걸쳐보곤 했다. 계집앳적 엄마의 외출복을 몰래 입어볼 때처럼 서양 여자들의 체격에 맞춘 옷들은 나에게 터무니없이 컸지만 고급천의 감촉은 황홀했고, 가슴에서 피어나는 코사지는 내 안에 남은 화냥기처럼 요요했다. 나는 내 하루 중 그 시간을 얼마나 사랑했던가. 감미롭고도, 마치 열병의 예감처럼 불안하고 달뜬 열정의 웅성거림을 내 안에서 감지할 수 있는 시간이었다.

그 양장점은 내가 생각한 것보다 훨씬 더 유명한 양장점인 것 같았다. 어느 날 어마어마한 장비와 함께 그 지역 텔레비전 방송국 촬영팀이 들이닥쳤다. 미리 약속된 것인 듯 나만 놀라고 아무도 안 놀라며 그들을 맞이했다. 휘황한 조명등이 설치되고 여기저기다 플러그를 꽂고 마이크랑 카메라가 이동하면서 그들은 서로 거침없이 떠들었다. 물론 영어였고, 나는 못 알아들어서가 아니라 그런 소요가 마치 여직껏 내가 편안하게 안주해왔던 침묵이 흘러나가는 소리만 같아서 불안했다. 장비를 설치하는 기술자 중에 동양인이 한 사람 있었다. 동양 사람 중에도 한국 사람이 아닌가 싶게 친근한 얼굴이었다. 나는 그에게 우리말로 이야기를 시켜보았다. 그는 어깨를 으쓱하고 두 팔을 크게 벌려 못 알아듣겠다는 몸짓을 해 보이고는 이내 무관심한 표정으로 돌아갔다. 그러나 나는 계속해서 그를 관찰했고, 마침내 조작하는 기계가 말을 잘 안 듣자 일본말로 욕을 하는 걸 들었다. 우리말만은 못해도 일본말만 해도 어딘지 몰랐다. 그가 맡은 일이 끝나기를 기다렸다가 다짜고짜 일본말로 말을 시켰다. 이번에는 그도 반가워했다. 내가 일하는 양장점이 텔레비전에 나올 만큼 유명한가를 그에게 물은 게 잘못이었다. 그들은 특이한 직업을 취재 중이었고, 불란서 여자는 부자들의 수의를 비싼 값으로 잘 만들기로 소문난 여자라고 했다. 내가 가게에 혼자 남아 걸쳐본 야회복은 수의였던 것이다. 나는 그날로 그 양장점을 그만두었다. 다시는 그렇게 편안한 직업을 못 가지게 되리라는 걸 알고도 더는 그 일을 계속하기가 싫었다. 정말로 그후로는 그렇게 편안한 직업을 못 가져보았고, 남편이 안정된 직업을 갖기까지 안 해본 고생이 없었지만 그 직장을 그만두지 말걸 하는 후회 같은 것도 하지 않았다. 혹시나 좀 괜찮은 일자리를 얻을까 해서 그 일본인 직업소개소를 다시 기웃거려보는 짓 따위도 하지 않았다.

마치 홀딱 반해 얼싸안고 정을 나누던 사내의 정체가 실은 해골이었더라는 괴기담 속의 처녀처럼 날로 수척해질지언정 지난날을 돌이킬 수는 없는 일이었다. 직접 송장을 다루는 것도 아니겠다. 그만큼 편안한 일터를 놓친다는 건 어리석은 일이었다. 그러나 송장에 대한 금기가 워낙 격렬하고 유구한 내 나라의 문화를 극복한다는 것은 내 능력 밖의 일이었다.

공놀이하는 여자

버스 종점에서 아란은 집을 지나쳐 조각공원 쪽으로 갔다. 옥죄는 가슴을 펴고 마음을 진정시키기에는 집은 너무 좁아터졌다. 마을 사람들이 조각공원이라 부르는 곳은 그냥 넓은 초원이었다. 왕년의 어떤 조각가가 인근의 농가를 개조해 찻집을 차리고 주변의 공터에다 조각물을 설치하고 공원처럼 꾸몄다고 한다. 찻집 자리가 어디쯤인지 지금은 그 흔적도 없지만, 공터에 조각물은 여기저기 남아 있었다. 조각가는 죽었다고도 하고 이민을 갔다고도 하는데 남아 있는 조각들은 거의가 온전치 못하거나 흉물스러워 아란은 거기 갈 때마다 조각가가 공원을 임대를 했었을까 무단점거를 했었을까 궁금해하곤 했다.

땅에도 팔자리는 게 있는지 도심으로부터의 거리나 교통편이 나쁘지 않은 편인데도 땅값이 좀처럼 오르지 않는 동네였다. 평범한 서울 근교였을 적에 철거민들한테 열 평 미만의 땅을 나누어주고 그들을 여기다가 쓰레기처럼 실어다 부려놓고 간 후에 생겨난 동네라고 했다. 시작이 그렇게 잘못되고 보니 그후에 많이 발전했다는 게 고작 임대아파트와 연립주택 단지였다. 둘 다 평수가 열 평 남짓한 영세민용이었다. 아란이 최초로 장만한 다세대 연립은 동네 끄트머리여서 버스 종점에서 멀고 외졌지만 공원을 바라볼 수 있어서 그나마 숨통이 트이는 편이었다.

공원엔 벤치 같은 것도 없었다. 여기저기 남아 있는 조형물의 잔해가 벤치 구실을 했다. 간혹 작가의 이름과 작의(作意) 같은 게 새겨진 팻말도 눈에 띄었다. 그러나 작품과 팻말이 제대로 짝이 맞는 것은 극히 드물었다. 작품은 없이 팻말만 남아 있는 것은 빈 무덤가에 서 있는 비석처럼 처량하고 우스꽝스러워 보였다. 팻말의 설명문치고 겸손한 건 하나도 없었다.

"이 작품은 주석을 재료로 한 것이다. 주석이란 무엇인가. 주석은 인간이 대지로부터 불을 써서 얻어낸 것이다. 인간과 대지와 불이라는 팽팽한 긴장관계는 늘 내 영혼을 떨리게 한다. 영혼의 떨림 없는 창조적 충동을 나는 믿지 않는다."

거의가 이런 투였다. 잘난 척은…… 시커먼 고철더미 옆에 이런 팻말이 붙어 있는 걸 보고 아란은 기가 막히다는 듯이 중얼거리고 걸음을 멈추었다. 그리고 용암이 흘러내린 것처럼 생긴 조형물 끝부분에 맷돌처럼 편안한 자리가 있기에 걸터앉아 블라우스 소매를 걷었다. 우윳빛 나긋한 팔뚝에 헌이 담뱃불로 지진 자리가 아직도 세 개 나란히 선연하게 남아 있었다. 앵두처럼 고운 빛깔로 부풀어져 있던 게 찌그러들면서 갈색으로 변했다고는 하나 누가 보기에도 화상자국이라는 걸 숨길 수 없는 흉터였다. 담배를 자주 피는 편은 아니었다. 사는 게 곤곤하고 구질구질하고, 도대체 희망을 가져야 하는지 안 가져야 하는지 자신을 그 어느 쪽으로도 처리할 수 없을 때 문득 한 대 피워물게 되는 것은 담배맛을 알아서가 아니라 미스 김의 담배 피는 모습에 반해서였다. 미스 김은 아란이네 집에 세든 여자였다. 교외에 있는 호텔 커피숍에서 경리일을 보는 얌전한 아가씨인데 늘 돈, 돈, 돈, 돈 소리를 입에 달고 다녔다. 버는 건 얼마 안 되고 쓸 데는 많고, 손 내밀 데는 마땅찮은데 손 내미는 식구는 쏠쏠하니 그럴 수밖에 없으리라. 지배인이 담배 냄새 맡으면 당장 쫓아낼 거라고 두려워하면서도 담배를 끊지 못했다. 근무하는 동안 참다가 피워서 그런지 아주 맛있게 피웠다. 그렇게 맛있냐고 물어보면 맛으로 피는 게 아니라, 이 개 같은 기분 대신 평화를 얻으려고 핀다고 했다. 어머, 그렇게 좋은 거니? 나도 한번 피워볼까. 이렇게 해서 꼬나물어보긴 했어도 열심히 미스 김 폼만 흉내내다 말았지 담배맛도 평화의 맛도 안다고는 할 수 없었다. 그러나 헌이 사법고시에 네번째 낙방한 걸 알았을 때는 정말 개 같은 기분이었다. 그래서 또 미스 김 담뱃갑에 손이 갔던 것인데 연거푸 세 대나 피워서 좁아터진 거실 겸 부엌이 매캐해졌을 때 하필 헌이 들이닥친 것이다. 그는 다짜고짜 담뱃불을 빼앗아 아란의 팔뚝을 지지면서 겨우 네 번 떨어진 걸 가지고 이렇게 지지궁상을 떨기냐고 눈을 부라렸다. 아란은 서른 살이었다. 겨우 네 번이 아니었다. 그러나 헌이 다음에 겨냥한 건 서른 살의 조바심이 아니라 서른 살의 몸뚱이일 터였다. 헌은 자기가 만들어놓은 팔뚝의 화상자국을, 얻어맞고 들어온 손자의 피멍에 놀란 할머니처럼 애간장이 녹는 표정으로 호호 불어주면서 서서히, 그러나 능숙하게 아란의 몸을 달구기 시작했다. 그녀의 몸은 농익은 수밀도처럼 자포자기한 단내를 풍기면서 허망하게 무너져내렸다. 일이 끝난 후에도 아란은 헌의 몸을 감고 놓아주지 않아, 누가 올드미스 아니랄까봐 점점 더 바치긴, 하는 소리를 들어야 했다. 그러나 그 순간 아란이 절절하게 바친 건 색(色)이 아니라 자꾸만 희미해지려는 한 가닥의 희망, 쥐어도 쥐어도 쥐어지지 않는 한 줌의 가능성이라는 걸 헌은 눈치도 못 채고 있었다.

아란이만한 미모가 서른이 되도록 시집을 못 갔다는 건 회사에서도 화제였다. 이제 사내에서는 군침을 삼키는 상대가 남아 있지 않았다. 헛물을 켜던 총각들은 다들 아기 아빠가 돼 있고, 그녀만 못한 외모 때문에 그녀에게 주눅이 들었던 아가씨들도 짝을 찾아 회사를 그만두기도 하고 달덩이처럼 부풀어오른 배를 당당하게 내밀고 계속 출근하기도 했다. 그런 여자들에게 자신의 미모가 얼마나 같잖아 보일까. 아란은 불을 보듯이 빤히 알고 있었다. 미모뿐 아니라 가난까지 겸비한 그녀가, 그러나 조금도 주눅 들지 않고, 뻔뻔스러울 정도로 태연하게 서른이 될 때까지 한 회사에서 버틸 수 있었던 것은 언젠가는 찬탄과 선망의 대상으로 떠오를 자신의 모습에 대한 매혹 때문이었다. 사법고시 합격생과의 결혼 청첩장을 꼭 이 직장에다 돌리고 말리라. 아란이 죽자꾸나 매달린 것은 헌의 식은 몸뚱이가 아니라 언젠가는, 언젠가는, 아아 언젠가는 개천에서 용 날 날이었다.

개새끼, 개새끼, 개새끼…… 아란은 자신도 믿어지지 않을 정도의 폭발적인 성량을 허공에 날리고 나서 옷소매를 내렸다. 회사에서 갈아입은 유니폼이 반소매로 바뀔 날도 얼마 남지 않았다. 그러나 아란은 픽 하고 코웃음을 쳤다. 그전에 회사를 그만둬도 그만일 것처럼 그 일이 대수롭지 않게 여겨졌다. 이제부터 아무것도 참지 않아도 된다, 아무것도. 개새끼한테 개새끼라고 말하고 싶은 것도. 여직원은 아무리 오래 다니고 열심히 일해봤댔자 터줏대감 자리가 최고위직인 회사를 박차고 나오고 싶은 것도, 열네 평짜리 집이라도 혼자 쓰고 싶은 것도 참을 필요가 없다. 이게 꿈이 아니고 생시일까. 이 비현실적인 기쁨을 누구하고라도 교감하지 않으면 연기처럼 사라져버릴 것 같았다. 그러나 미스 김은 아니었다. 천만원짜리 적금도 들기만 여러 번 들었지 번번이 도중 해약을 할 일이 생겨 평생에 한 번이라도 천만원을 목돈으로 만져보는 게 소원인 미스 김에게 천만원의 서른 배가 넘는 돈은 너무 잔혹한 거액이 아닐까. 그건 고문과 다름없는 가혹행위이다. 사람은 고문을 당하면 자기 보호 본능처럼 독기를 뿜게 마련이다. 그녀는 자신의 행운을 독기에 오염시키고 싶지 않았다. 그러나 미스 김을 떠올린 것은 잘한 일이었다. 미스 김이 아무리 기어오르려고 발버둥쳐도 도달해본 적이 없는 천만 원의 서른다섯 배라는 곱셈으로 자신이 거머쥔 행운의 부피를 어느 정도 어림짐작할 수 있었으니까. 아란은 자신의 존재도 덩달아서 풍선처럼 부풀어오르는 느낌을 감당 못 해 그 개똥철학의 우스꽝스러운 잔해인 주석 조형물의 한 자락으로부터 둥실 몸을 일으켰다. 아란은 자신이 지금 걷고 있는 게 아니라 땅과는 어느 만큼 거리를 두고 부유하고 있는 것처럼 느꼈다. 그건 희열인 동시에 불안이었다.

'존재의 아픔'은 조형물은 사라지고 홀로 꽂혀 있는 팻말 속에 남은 작품명이었다. 잘난 척은…… 이렇게 코웃음을 쳐주고 지나치려다 말고 아란은 문득 땅에 발이 붙는 느낌으로 그 앞에 멈춰 섰다. 생각나는 이름이었다. 이 초원의 빛깔이 일 년 중 가장 아름다울 때였으니 작년 이맘때가 아니었을까. 세번째의 낙방을 경험한 헌이 어디 가서 머리나 식히고 오겠다며 여비를 타가지고 잠적한 후 소식이 없을 때였다. 화창한 휴일날 행여나 해서 고시촌에 전화를 걸어보고 나서 참담한 마음을 달래려고 조각공원으로 바람을 쐬러 나왔을 때였다. 그날도 작품은 없고 '존재의 아픔'이란 작품 이름만 버티고 서 있었다. 그때도 아란은 '존재의 아픔'이 자신의 마음 아픔, 가슴 아픔, 골치 아픔에 비해 너무도 유치찬란한 말장난만 같아서 코웃음을 쳤던 것 같다. 마침 멀리서 아란 앞으로 공이 하나 굴러왔다. 공을 굴린 사람들은 저만치 아득한 곳에서 손뼉을 치며 웃고 있었다. 아장아장 걷는 어린아이와 젊은 부부였다. 아기가 걷어찬 공이 그렇게 마냥 구르는 것은 초원의 경사면 때문이었다. 그러나 젊은 부부는 아기의 발힘 때문인 것으로 생각하고 싶은 것 같았다. 부부는 깔깔대며 손뼉을 치고 아이는 공을 따라 달려오고 있었다. 하얀 공은 야구공보다는 훨씬 큰, 어른 두 손바닥 안에 겨우 들 만한 말랑한 고무공이었다. 아란은 숨을 죽이고 요새는 흔치 않은 그 너무도 평범한 고무공의 행방을 지켜보고 있었다. 이상하게도 아득한 기분이었다. 그 공의 시발점은 아이의 발힘이 아니라 아란의 유년기였다. 아란은 그녀의 유년기로부터 굴러오는 공을 맞기 위해 과녁처럼 상기해 있었다.

아마 어린이날이었을 것이다. 판자촌의 아이들도 싸구려지만 다들 선물 한 가지씩은 얻어가져서 골목 안이 명랑한 웃음소리로 시끌벅적했다. 아란이 골라잡은 선물은 고무공이었다. 전날 밤 늦게야 돌아온 엄마는 미처 선물을 준비 못 한 걸 미안해하며 아란을 동네 문방구점으로 데리고 나갔다. 어린이날을 겨냥해 학용품 외에도 이것저것 다양한 장난감을 준비해놓고 있었지만 빈촌의 문방구점답게 날림제품들이었다. 아란은 그중에서도 제일 싼 고무공을 골랐다. 그런 아란이가 안됐는지 인형이라도 하나 더 사자고 엄마가 권했지만 아란은 고개를 저었다. 그때 갖고 싶은 걸 골랐을 뿐이지 엄마를 생각해서 일부러 싸구려를 산 건 아니었다. 아란은 그 공이 저절로 탄력이 없어질 때까지 꽤 여러 날 가지고 놀았다. 한 손으로 공을 치면서 한 번도 놓치지 않고 동네를 한 바퀴 돌기도 하고, 골목 아이들이 지켜보는 앞에서 오른쪽 왼쪽 다리를 번갈아 획획 공 위로 돌려가면서 공치기하는 묘기를 보여주기도 했다. 그까짓 거 나도 할 수 있다고 말하는 아이에게 공을 빌려줘봐도 아란이처럼 할 수 있는 아이는 없었다. 그 하얀 공은 어디를 갔다가도 아란의 손바닥 안으로 되돌아왔다. 공이 되돌아올 수 있는 탄력을 잃었을 때 비로소 아란은 공놀이에 싫증이 났다.

아이가 찬 공이 마치 자석에 끌리는 쇠붙이처럼 그녀에게로 곧장 다가오리라는 것을 의심 없이 기다리고 있는데 돌연 공이 시야에서 사라졌다. 공을 따라 달려오던 아이도 멈춰 서더니 울음을 터뜨렸다. 바라보고만 있던 엄마 아빠가 웃음소리를 바람에 흩날리며 아이에게로 달려왔다. 아란은, 아가 내가 찾아줄게 울지 마, 아이를 달래는 한편 공이 감쪽같이 사라진 지점의 풀숲을 손으로 더듬듯이 살펴보았다. '존재의 아픔' 팻말 근처에 깊은 구멍이 두 개나 나 있었다. 아마 조형물을 누가 철거했거나 훔쳐가고 난 흔적일 터였다. 밝은 햇살에 익은 눈으로는 구멍 속이 식별 안 돼 손을 넣어보았다. 속이 어찌나 깊은지 팔을 어깨 있는 데까지 들이밀고 나서야 겨우 공의 탄탄한 탄력이 만져졌다. 다행히 첫째 구멍에서였다. 찾았다, 아가야, 누나가 곧 꺼내줄게 조금만 기다려. 이제 울음을 그친 아이 쪽을 볼 겨를도 없이 아란은 연방 말로 아이를 달래가며 공을 그 안에서 꺼내기 위해 갖은 애를 다 썼다. 공과 구멍의 지름은 거의 맞먹는 것 같았다. 만져진다고 쉬 잡아낼 수 있는 게 아니었다. 아란은 팔을 어깨죽지까지 집어넣고 손톱으로 공 주위의 흙을 후벼파고 나서야 가까스로 공을 그 안에서 끄집어낼 수가 있었다. 그러나 아이는 기다려주지 않고 저만치 양손으로 엄마 아빠의 손에 매달려 그네를 타면서 멀어져가고 있었다. 젊은 부부의 재잘거리는 듯한 속삭임과 아이의 부드러운 머릿결이 산들바람에 나부끼면서 아란의 볼을 약올리듯이 간지럽혔다. 그녀는 화끈한 모욕감에 얼굴을 붉히며 주인에게 버림받은 공을 그 구멍 속으로 되돌려주었다. 손톱 밑의 시커먼 흙보다 더 더러운 기분이었다.

'존재의 아픔' 팻말 근처의 두 개의 구멍은 여전했다. 아직도 그 하얀 공이 구멍 안에 있을까. 아란은 땅에 엎드려서 구멍 안에 팔을 깊숙이 밀어넣었다. 첫번째 구멍에서는 비닐봉지와 눅눅한 흙이 만져졌고 두번째 구멍에서 공이 만져졌다. 공은 그 안에서 탄력을 잃은 듯 둘레의 흙을 손톱으로 후벼파지 않고도 꺼낼 수가 있었다. 일 년 동안 흠뻑 더러워진 공을 수돗가로 가지고 갔다. 근처 주민들이 약수라고 믿고 길어가던 지하수였다. 식수로 부적격 판정을 받은 후 버려진 수도꼭지는 비트니까 물이 나왔다. 아란은 뽀얗게 씻어낸 공을 잔디밭에 풀어줬다. 잔디 위에서 햇볕을 받으면서 다시 팽팽하게 부풀어오른 공을 아란은 발끝으로 살살 선드리기 시작했다. 아란은 푸르디푸른 초원 위로 흰 공을 자유자재로 굴리면서 발끝으로부터 짜릿한 쾌감이 실핏줄처럼 온몸에 고루 퍼지는 걸 느꼈다. 전혀 뜻하지 않은 공과의 황홀한 교감이었다. 실은 공을 굴리는 게 아니었다. 그녀 자신이 공이 되어 있었다. 옴짝달싹도 할 수 없이 답답하고 어두운 정해진 팔자에서 비로소 열린 세상의 햇빛 속으로 나온 자유의 기쁨을 공과의 동일시를 통해 차츰 몸에 익히고 있었다. 어떻게 그 꿈같은 사실에 단박 익숙해질 수가 있단 말인가.

진혁부 회장의 부음을 신문에서 본 것은 달포쯤 전이고 그의 장남인 정기씨의 전화를 받은 것은 일 주일 전이었다. 아란이 진 회장이 죽었다는 걸 알고 제일 먼저 떠오른 생각은 엄마가 그 노인보다 먼저 죽은 게 얼마나 다행인가 하는 정도였다. 엄마가 살아 있었다면 아란이 진씨 집에서 어떤 대우를 받건 아랑곳없이 사람의 도리를 내세워 그 집에 가서 상제 노릇을 애걸하도록 강요했을 것이다. 열 살도 안 됐을 어린 나이에 진회장의 소문난 칠순잔치에 엄마에게 떠다밀려 참석했다가 그 집 식구들한테 당한 모욕은 아란에게 아직도 깊은 상처로 남아 있다. 그 사건은 엄마가 죽을 때까지 아란으로 하여금 엄마에게 복종하지 않아도 되는 좋은 빌미가 되었다. 그녀는 엄마하고 싸울 때마다 그때 당한 걸 낱낱이 열거해서 엄마를 공격하고 능멸할 수 있는 무기로 삼았지만 일부러 빼먹고 말하지 않은 게 딱 한 가지 있었다. 철들고 나서 처음으로 아버지 품에 안겨본 느낌이었다. 한창 무르익은 화려한 파티장 주빈석으로 아란이 곧장 다가갈 수 있었던 것은 용기가 있어서도, 당차서도 아니고 나는 엄마가 쏜 화살에 불과하다는 정신적 무력감 때문이었다. 그러나 저 계집애가 여기가 어디라고 감히, 하면서 그 노인의 직계가족이 일제히 송곳 같은 시선을 아란에게 꽂으며 에워쌌을 때 그녀는 입술을 비죽대며 울음을 참는 게 고작이었다. 그때 진회장이 사람들을 헤치고 아란에게로 다가와 어린 게 무슨 죄가 있냐고 하면서 그녀를 안았다. 그때 아란의 키는 노인의 가슴에 귀가 닿을 만했던가. 아란은 작은 새처럼 할딱거리는 노인의 가슴 소리를 통해 노인이 뭇사람의 해코지로부터 자기를 보호하기 위해 매우 필사적일 거라는 걸 알아차렸다. 노인은 아란을 양팔로 보듬은 채 사람들을 헤치고 파티장을 나와 누군가에게 아란을 인계했다. 아마 호텔 웨이터였을 것이다. 그는 아란을 엘리베이터에 태워 현관까지 데리고 나와 택시까지 태워주고 들어갔다. 엄마의 말에 의하면 그 노인은 아란의 아버지일 터였다. 할아버지라고 해도 젊은 할아버지 축에도 못 낄 그 저승꽃 핀 신사가.

그렇다면 엄마는 아마 그 노인의 첩이었을 것이다. 그러나 아란은 엄마의 첩 노릇을 본 적은 없었다. 세상에서 첩이라는 족속에 대해서 갖고 있는 일반적인 통념, 요망스러운 미모, 나태와 사치에 대한 남다른 성벽, 감추려야 감출 길 없는 화냥기, 불로소득에 대한 치사한 갈망 같은 게 전혀 느껴지지 않았다. 엄마는 죽을 때까지 남의 집 파출부 노릇을 했지만 이리저리 옮겨다니지 않고 서너 군데의 단골집만 다녔는데 하나같이 처녀나 과부로 교수나 교장 자리에 오른 전문직 여성들 집이었다. 그들이 더 좋은 데를 소개해준다 해도 홀아비나 부부가 같이 있는 집은 일언지하에 거절하는 좀 유난스러운 결벽증을 가지고 있었다. 엄마의 첩 노릇은 오직 빛바랜 사진첩 속에나 남아 있었다. 진회장과 엄마는 부부라기보다는 부녀간처럼 보였고 둘 사이에는 어린 아란이 반드시 끼어 있었다. 둘만의 사진이 신기할 정도로 없는 것으로 보아 아란을 위한 사진첩인 것 같았다. 사진 속의 진회장은 첫손자를 본 할아버지처럼 인자하고 달콤한 시선으로 아란을 바라보거나 보듬어안고 있었다. 아란의 기억 이전의 가족 모습이었다. 이 시기는 아마 이 숨겨진 가족이 큰집한테 발각되기 이전일 것이다. 그 시기가 길지 않았다는 것은 사진 속의 아기가 더는 자라지 않고 유아기에 정지돼 있는 것만 봐도 알 수 있었다. 빛바랜 낡은 사진들이 흔히 그렇듯이 표정이나 의상은 진부하고 생기 없어 보였지만 나른한 불안 같은 건 아직도 살아 숨쉬고 있었다. 어떤 계기나 경로로 큰집에 엄마의 존재가 들켰는지 엄마는 한 번도 말하려 들지 않았고, 아란 또한 묻지 않았다. 보나 마나 생각하기도 입에 담기도 싫은 한바탕의 추악하고 통속적인 풍파가 있었을 것이다.

엄마는 진회장과 깨끗이 헤어지는 대신 아란을 진씨가의 호적에 입적시켜달라는 조건을 달지 않았나 싶다. 그게 뜻대로 안 되자 이럴 수는 없는 일이라고, 약속이 틀리다고 분해하고 한숨 짓는 엄마를 아란은 여러 번 보았다. 그 일에 관한 한 한숨만 짓고 가만히 있을 엄마가 아니었다. 그렇다고 다시 진회장과 만나는 일 같은 건 없었지만 아란의 존재를 그 집에 알리려고 온갖 수를 다 썼다. 진회장 앞으로 아란의 졸업식이나 입학식의 초대장은 물론 성적표나 미술대회나 글짓기대회의 상장 같은 것까지도 복사를 해서 우송할 정도였다. 칠순잔치에 아란을 밀어넣은 것도 아마 그런 존재 과시용이었을 것이다. 그러나 아란이 진씨가에 입적이 된 것은 그로부터 십 년이나 지난 그녀의 고등학교 때였다. 그때 처음으로 그 집 장남 정기와 정식으로 인사를 했다. 그가 먼저 만나기를 제의해온 것은, 회장님은 벌써 몇 년 전에 기업 일선에서 은퇴를 했고, 은퇴와 동시에 기업체의 인수인계와 재산의 분배도 깨끗이 마무리되었다는 걸 통고하기 위함이었다. 덧붙여서 입적을 시켜주는 대신 남남처럼 살겠다는 약속을 받아내는 것도 잊지 않았다. 겨우 고등학생이었다. 알 건 다 알았던 것도 같고, 아무것도 몰랐던 것도 같다. 그건 정기로서는 별로 중요한 일이 아니었을 것이다. 대화 상대는 엄마이고 아란은 간접통화의 도구에 불과했을 테니까.

"느이 어머니가 네가 아버지 핏줄이라는 걸 인정해주길 왜 그렇게 바랐는지 모르겠구나. 실지로 돌아갈 재산은 땡전 한푼 없는데 말이다. 그렇다고 우리 집안이 대단한 명문도 아니고…… 할아버지가 노가다 십장 하면서 재산을 늘린 집안이다 너."

이렇게 아주 안됐다는 듯이 비웃었다. 일부러 그러는 거겠지만 농기간에 내한 최소한도의 배려도 안 하려 들었다. 놀부 같다고나 할까. 남 줄 물건에는 침을 뱉든지 흠집이라도 내줘야 직성이 풀릴 것 같은 심술궂고 야비한 인간이었다. 그후 아란은 기회 있을 때마다 장남이 한 말과 똑같은 말로 엄마를 비웃곤 했다. 이렇듯 엄마는 아란의 진씨집 입적이 성사된 후 훨씬 더 지독한 구박을 딸한테서 받아야 했다. 엄마의 대답은 늘 똑같았다. 재산이나 가문이 탐나서가 아니라 다만 사실을 사실대로 인정받고 싶었노라고. 끝끝내 잘난 척은…… 아란은 엄마의 잘난 척에 신물이 났다. 아란은 엄마가 속 다르고 겉 다르다는 걸 알고 있었다. 이제 여한이 없다고 맥을 놓더니 곧 병을 얻어 아란이 대학도 가기 전에 세상을 떴지만, 과연 여한이 없었을까. 오랜 투쟁 끝에 아무것도 거머쥐지 못한 낙담과 충격으로 그렇게 쉽사리 목숨줄을 놓은 게 아니었을까. 그렇게 생각하는 게 편했다. 아란은 복잡한 건 질색이었다. 아란이 엄마가 싫은 것도 그 난해함 때문이었다. 완벽한 위선의 그 꼬이고 꼬인 난해함에는 넌더리가 났다. 엄마가 죽고 나서 삼 년 안에 진회장도 상처를 했다는 걸 풍문으로 들었지만 그때 아란은 직장 다니면서 야간대학 다닐 때라 살기에 바빠 아무런 느낌도 없었다. 지지리 복도 없는 엄마, 혹시 살아 있었다면 그 잘난 진씨집 호적에 정식으로 오를 수도 있었으련만…… 하다못해 이런 생각도 못 했던 것은 살기에 바빠서라기보다는 그 징글징글하도록 번족하고 배타적인 그 집 식구에 대해선 생각하기도 싫었기 때문이었을 것이다.

호적에만 올랐다뿐 이렇게 남남과 다름없이 지내던 진씨가에서 느닷없이 만나자는 연락을 받고 이상하게 여기긴 했어도 겁날 것은 없었다. 진씨가에서 아무것도 바랄 것이 없다는 기정사실이 아란의 배짱을 두둑하게 만들었다. 또 진씨가가 비록 야비할지언정 난해하지 않다는 것도 아란을 마음 편하게 했다. 만나자는 장소는 회사가 아니라 어떤 아파트였다. 그러나 아란이 약속시간에 지정된 아파트에 당도했을 때 분위기는 냉랭하고도 근엄했다. 정기씨를 비롯해 나이 지긋한 신사들이 여러 명 대기하고 있었고 머리가 허연 노부인을 비롯해서 중년 부인들의 모습도 보였다. 부인들은 하나같이 상복을 입고 있었는데 생전 웃지도 않을 것 같은 그들의 경직된 표정과 잘 어울렸다. 아마 진혁부 회장의 딸이나 며느리들일 것이다. 상을 당한 지 달포가 됐는데도 집 안에서까지 일제히 상복을 입고 있는 게 아란이 보기엔 과시용처럼 보였다. 아란은 개나리 빛깔의 투피스를 입고 있었다. 그녀는 어떤 빛깔에나 자신이 있었지만 특히 노란색이 그녀를 도전적으로 보이게 한다는 것을 알고 있었다.

"장사에도 안 오고 만 년을 그래도 딸이라고⋯⋯"

제일 나이 많아 보이는 노부인이 아란의 위아래를 날카롭게 훑고 나서 저만치 딴전을 보면서 중얼댔다.

"형님, 쟤 옷 입은 거 보세요. 탈할 만해야 탄하지요. 참으세요."

"그 말씀 하시려고 저를 부르셨나요. 남남처럼 살자고 한 게 누군데요."

아란은 부인들을 무시하고 징기를 똑바로 쳐다보며 말했다.

"누님, 자리를 좀 비켜주시지요."

정기의 그 말 한마디에 상복 입은 여자들이 슬금슬금 안방 쪽으로 사라지고 남자들만 남았다. 정기 빼고는 누가 누군지 분간할 수 없는 낯선 남자들이었다. 그중 한 신사가 아란에게 명함을 건네주었다. 직업적인 정중함이 몸에 밴 신사였다. 그는 진씨가 아니고 이씨 성을 가진 변호사였다.

"아버님의 유언을 집행할 변호사시다. 아버님이 이 집을 너에게 남기셨다는구나."

정기가 남의 말 하듯 덤덤하게 말했다.

"이 집을요? 누굴 놀리시는 거예요?"

"사실입니다."

방금 명함을 건네준 변호사가 말했다. 변호사 쪽이 훨씬 덜 사무적이었다.

"그분의 뜻이 그렇다고 해도 당신네들이 줄 사람들이 아니잖아요?"

"당신네들이라고? 당찬 건 좋은데 버릇이 너무 없구나. 아닌 게 아니라 안 주고 싶다만 유언장을 공증까지 하고 돌아가셨으니 어쩌겠니."

아란은 변호사한테 말했는데 대답은 정기가 했다. 아란이 독기를 뿜고 말했음에도 불구하고 정기는 웃고 있었다. 억지로 꾸민 웃음이 아니라 사람 좋아 뵈는 능글능글한 웃음이었다. 숫제 가지고 노는구나, 가지고 놀아. 아란이 그런 모욕감으로부터 미처 자신을 추스르기도 전에 정기가 정색을 하고 말을 이었다.

"우리 집안끼리는 너를 입적시키기 전에 상속을 끝냈으니까

264

이 집이 아버님께서 당신 명의로 가지고 계시던 마지막 재산이란다. 당신이 운명하신 것도 이 집에서였고. 그래 그런지 우리 식구들은 아버님이 당신의 모든 것을 너에게만 주고 가신 것처럼 느낀단다. 아버님이 생전에 우리 형제들에게 주신 것에다 대면 이 집 한 채는 극히 약소한데도 말이다. 왠지 액수로 비교가 되지 않고, 우리는 나눠가졌는데 너는 전부를 가졌다는 생각이 드는구나. 그건 일종의 배신감이기도 하단다. 특히 누님이 아버님의 처사를 가장 뼈아파하셔서 한때는 혼절을 하다시피 하셨지. 어째 안 그렇겠니. 아버님이 몸져누우시자 누님이 이 집하고 같은 라인의 아파트를 사서 이사를 하실 정도로 전적으로 아버님 병수발을 책임지셨거든. 출가외인이 그게 어디 쉬운 일이겠니. 그렇지만 며느리가 시아버지 병구완하기는 더 어렵다는 걸 알기 때문에 누님이 희생양이 되기로 작정을 하신 거지. 그러기를 자그마치 오 년이었어. 아들들은 아들들대로 누님한테 빚진 기분이었고. 그래서 우리 형제들은 다들 누님한테 꼼짝을 못 한단다. 누님은 이 아파트에 네가 들어와 사는 꼴만은 정말 못 보시겠다는구나. 그것만은 막아달라시는 걸 어쩌겠니? 누님이 우리에게 요구하는 속죄로서는 가벼운 편이지. 그렇다고 아버님 유언을 집행 안 할 도리도 없구. 그래서 이 아파트를 우리가 너한테서 사기로 했단다. 알아듣겠느냐?"

아란은 못 알아듣겠어서 고개를 저었다. 눈이 마주친 변호사가 안심하라는 듯이 고개를 크게 끄덕여 보였다.

"이 아파트 시세가 작년만 해도 사억오천은 나갔는데, 너도 아이엠에프는 알 테지만, 그놈의 아이엠에프 이후 집값이 뚝 떨어져 삼억오천이라도 살 사람이 없어. 급매물은 삼억짜리도 나와 있다더라. 못 믿겠으면 이따 가면서 부동산에 들러보면 알 게다. 이변호사님은 우리의 이익을 위해서가 아니라 네 이익을 위해서 최선을 다하고 계신 분이다. 네 충실한 대리인이라고 보면 틀림이 없을 게다. 이변호사님하고 우리가 미리 합의한 건데 제반 비용 다 제하고 삼억오천을 너에게 주기로 했다. 제 값 이상을 주고 이 아파트를 우리가 사는 셈이지. 넌 그 돈 가지면 요새 얼마든지 이보다 훨씬 더 좋은 아파트를 살 수도 있고 또 현금으로 가지고 있어도 금리로 따지자면 아이엠에프 전의 사억오천보다 나으면 나았지 못하지 않을 게다. 알아듣겠니? 이왕 이 집을 너에게 주는 걸 피치 못하게 된 이상 너한테 손해나는 일은 안 한다. 차라리 벼룩의 간을 내먹으면 먹었지. 다만 네가 여기 들어와 사는 걸 보기 싫다는 것 때문에 이렇게 협상을 하게 된 거야. 누님만 이 위층에 사는 게 아니라 우리 형제들 대부분이 같은 단지나 근처 단지에 살거든."

"그렇게 하시죠."

변호사가 훈수 두듯이 아란에게 고개를 끄덕여 보이며 서류뭉치를 내놓았다. 아란은 혼이 빠져 아무것도 느낄 수가 없었다. 그저 그가 시키는 대로 여러 군데에다 도장을 찍고 또 찍었다. 가끔 그와 시선이 마주칠 때마다 적진에서 만난 유일한 내 편과

266

암호를 주고받은 것처럼 마음이 놓이곤 했다. 계약금이고 중도금이고 따로 없이 일 주일 후에 삼억오천을 한꺼번에 지불할 테니 그 동안에 모든 것을 깨끗이 끝내달라고 정기가 변호사한테 요구했다. 그때 안방 쪽에서 머리가 하얗게 센 여자가 입에 거품을 물고 뛰어나왔다. 아이고 형님, 고정하셔요, 이젠 다 끝난 일이에요. 여자들이 눈부신 백로떼처럼 그 뒤를 따랐다.

"이년 호적도 아주 깨끗이 파가라. 요 요 요망한 년. 대를 물려 우리 아버지를 홀린 이 백여우 같은 년."

이변호사가 황급히 아란을 일으켜세우더니 등뒤로 감싸면서 총총히 그 집을 빠져나왔다. 잠시 엘리베이터를 기다리는 동안 정기가 따라 나와 앞으로의 일에 별 차질이 없을 테니 걱정 말고 기다리라고 했다. 이변호사는 아란에게 택시까지 잡아주고 나서 주차장 쪽으로 갔다. 아란은 이변호사가 진혁부씨 칠순잔칫날의 웨이터처럼 느껴졌다. 그 영감님 오래도 살았지. 정기의 누님이란 이도 아란 보기에는 거의 칠십대로 보였다.

그러고 나서 오늘이 바로 일 주일째 되는 날이었다. 지난 일 주일 동안 아란은 삼억오천에 대한 현실감이 거의 없이 지냈다. 그런 거액이 정말 나에게로 돌아올까 하는 의구심이나 조바심 같은 것도 생겨나지 않았다. 그런 욕심 없이도 지난 일 주일은 지옥이었다. 그런 면으로 아란은 엄마를 쏙 빼닮았달 수도 있었다. 엄마는 횡재나 금시발복을 믿지 않았다. 애야, 이 세상에 웬 떡이란 없단다. 그게 바로 엄마의 생활신조였다. 아란은 삼억오

천의 횡재보다도 그런 거액을 들여서라도 아란을 자기네 핏줄공
동체 안에 들이지 않으려는 그 집 식구들이 무서웠다. 그들 보기
에 나는 어느 만큼 더럽고 천하고 불길한 것일까. 엄마는 왜 날
낳았느냐는 아란의 포악을 제일 싫어했었다. 그런 엄마가 없다
는 게 천만다행이었다. 죽은 엄마에게 맹렬한 살의를 느꼈다. 아
란아, 너는 어느 만큼 더럽고 천하고 불길하냐? 첩질은 용서할
수 있어도 이런 나를 낳은 엄마는 절대로 용서할 수 없었다. 죽
이고 싶었다.

정확하게 일 주일째 되는 날 아침에 이변호사한테 연락이 왔
다. 전번의 아파트가 아니라 정기 회사 사장실로 나오라는 전갈
이 왔고 이변호사도 동석한 자리에서 천만원짜리 수표 서른다섯
장을 건네받은 것이다. 새삼스럽게 정기가 칠순잔칫날의 부친을
연상시켰다. 거의 그만큼 늙어 보이기도 했지만 첫 대면 때와는
다른 낯익음 때문인 듯도 했다. 아란은 저절로 우러나오는 친근
감이 수치스러워서 삼억오천만원어치 수표에 대해서는 짐짓 덤
덤하게 굴었다. 그런 아란이 가소로웠던지 정기씨는 한쪽 입가
로만 웃는 이상한 미소를 띠고 말했다.

"그 동안 네가 집값을 따로 알아보고 다녔는지 말았는지 잘은
모르지만 이만하면 현 시세로 과히 억울한 값은 아니니라. 이변
호사도 기꺼이 동의하셨고. 금리로 따져도 아이엠에프 전 사억
오천보다 오히려 더 많이 금리를 챙길 수 있을 게다. 집을 사든
지 현금으로 굴리든지 그건 네 자유다만 만약 네가 원한다면 가

장 높은 이자로 안전하게 굴릴 수 있는 금융상품을 알아봐줄 수도 있다. 한 달에 사오백을 나오게 하는 것은 어렵지 않을 게다. 이건 내 생각이다만 아직 시집도 안 갔는데 집을 사기보다는 돈을 늘리는 게 좋을 것 같다. 혼잣몸에 한 달에 사오백이면 뭘 못하겠니. 보아하니 혼기도 늦은 모양인데 유학도 생각해볼 수 있는 문제 아니겠니. 커리어 우먼, 그거 별거 아니다 너. 이 돈을 집보다는 네 자신에게 투자해서 당당하게 살 수 있기를 바란다만 그건 내 희망사항일 뿐 그러고 말고는 어디까지나 네 자유다. 삼억오천의 원금은 끄떡없이 살아 있고 한 달에 사오백이면 그거 너 적은 돈 아니다."

삼억오천만원에는 원금처럼 흔들리지 않던 아란의 심지가 한 달의 사오백에 비로소 강한 충격이 왔다. 오싹하고도 기분좋은 전율과 함께 이게 웬 떡이냐 싶었다. 웬 떡이야말로 엄마와 나의 숨은 욕망이었던가?

글쎄 유학을 갈 수도 있다는구나. 아란은 그의 발밑에서 맴돌고 있는 하얀 공에게 말을 시켰다. 그리고 멀리멀리 날려 보낼 셈으로 힘껏 걷어찼다. 그러나 힘이 부쳤는지 공이 시원치 않았는지 멀지 않은 곳에 떨어진 공은 충실한 강아지처럼 그녀한테로 되돌아왔다. 에이, 바보. 아란은 공을 가볍게 원래의 구멍에다 밀어넣었다.

집으로 돌아온 아란은 우선 회사에다 전화를 걸어서 들뜬 목소리를 가까스로 억제하고 죽어가는 소리로 감기가 심해 며칠 못 나갈 것 같다고 말했다. 처음 있는 일이라 과장은 비교적 친절한 편이었지만 나중에 친한 동료로부터 받은 전화는 지금이 어느 땐데 그까짓 감기 정도로 결근을 하느냐고 염려가 대단했다. 진심으로 아란이 걱정을 하고 있다는 게 분명한데도, 글쎄 말이다. 내가 왜 이런지 몰라, 별안간 귀골이 된 것처럼 푹 쉬고만 싶네, 라고 무성의하게 받아넘겼다. 아란보다 귀가는 늦어도 출근은 이른 미스 김도 다음날 늦게까지 드러누워 있는 아란을 보고 대뜸 언니 잘렸구나 하고 단정을 했다. 아란은 그렇다고도 아니라고도 안 하고 애매하게 웃기만 했다. 잘린 사람치고 태평한 아란을 보고 미스 김은 부럽다는 듯이 또 그놈의 천만원짜리 적금 타령을 했다.

"언니야, 언니는 돈 좀 모았구나. 좋겠다. 집도 있구, 딸린 식구는 없구. 난 짤리면 안 돼. 어떡하든지 천만원짜리 적금 한 꼭지는 타고 나서 짤리든지 그만두든지 할 거야. 두고 봐."

미스 김은 내가 모은 목돈이 얼마나 된다고 생각하는 것일까. 아란은 천만원 근처에서 크게 벗어나지 못할 미스 김의 빈약한 상상력을 생각하고 연민을 느꼈다.

그로부터 꼬박 사흘 동안 아란은 삼억오천만원 때문에 먹지 않고도 배부르고, 잠자지 않고도 정신이 말똥말똥했다. 하룻밤은 붕 뜬 기분 때문에 잠을 잘 수가 없었고, 다음날부터는 열네 평짜리 집구석에 간수하기엔 너무 버거운 수표다발 때문에 입맛을 잃었다. 입맛뿐 아니라 돈 생각 외엔 아무런 생각도 할 수 없을 만큼 집중력을 잃고 온종일 허둥거렸다. 수표다발을 가지고 나가기도 겁나고 두고 나가는 것은 더군다나 말도 안 되고, 그러자니 지키고 있을 수밖에 없었다. 잠시 골목으로 나가 집을 쳐다봐도 제 값의 몇 갑절을 복장에 품고 있는 집은 표정부터 달라 보여 더럭 겁이 났다. 내 눈에도 이렇게 달라 보이는데 전문가 눈에 어찌 안 띄고 배기랴 싶었다. 골목을 어슬렁거리는 이들은 모조리 전문적인 도둑놈처럼 보였다. 집뿐 아니었다. 아란은 마치 몸에도 황금비늘이 돋아난 것처럼 자신을 아주 귀하게도 낯설게도 느끼고 있었다.

온종일 수표뭉치를 부피로 만져보다가 장수를 세어보다가, 몇 장씩 나누어 간수했다가 함께 간수했다가, 하루에도 몇 번씩 변덕을 부리느라 지칠 대로 지쳐서 딴 일에는 손끝 하나 까딱하기도 싫었다. 밤에도 수표를 책갈피에 넣었다가 옷갈피에 넣었다가 자리 밑에 깔았다가 하느라고 정작 그 돈을 장차 어떻게 할 것인가 하는 생각을 할 겨를이 없었다. 스스로 생각해도 자기 꼴이 말이 아니었지만 삼억오천의 파수꾼 노릇이 싫은 것만은 아니었다. 어쩌면 그 거액을 시시때때로 어루만지고 싶은 게 아란의 본심이었는지도 모르겠다. 그 거액을 현금으로 바꿔다가 밤새도록 세보고 싶다는 생각이 든 적도 있었으니까. 이렇게 아란이 삼억오천에 적응하기 위해 몸살이 날 정도로 지쳐 있을 때 정기한테서 전화가 왔다. 정기도 돈의 안부부터 물었다.

"아직 주신 상태로 간수하고 있어요. 왜요?"

"잘했다. 나는 그 동안 네가 그래도 나한테 의논을 해오리라고 생각하고 기다렸는데 아무 소리가 없더구나. 너도 그 동안 쭉 사회생활을 해온 아이니까 세상물정에 어둡지는 않으려니 믿고 있다만 요새는 훌륭하게 공직생활을 마무리한 이도 눈 뻐언히 뜨고 퇴직금을 날리는 일이 비일비재니만치 너한테 신경이 안 써질 수가 없구나. 아버님의 뜻도 너도 남부럽지 않게 살도록 해주는 것이지 일정액을 떼주고 나 몰라라 하라는 건 아닌 줄 안다. 그래 말인데 요새 부동산은 값이 바닥이긴 하지만 당분간 오를 가망도 없다는 게 전문가들의 진단이다. 금리도 점차 내려갈 추세지만 아직은 고금리야. 우리처럼 사업하는 사람은 죽을 맛이지만 예금생활자는 천국이지 뭐. 더 내리기 전에 금리가 그중 높은 금융상품에 투자하도록 해라. 현재로선 그게 최선이다. 마침 잘 아는 투자신탁에서 나한테 예금 유치를 하려고 이것저것 구미 당기는 상품을 권하러 왔길래 네 생각이 나서 전화 거는 건데 네 생각은 어떠냐? 전번에도 말했지만 예금 종류를 선택하기 따라서는 한 달에 사오백 이자는 거뜬히 보장되겠더라."

몇억보다 몇백에 더 구미가 당기고 현실감각이 생기기는 그전이나 지금이나 마찬가지였다. 아직까지는 그랬다. 정기는 투자신탁 직원을 집으로 보내주마고 했다. 두어 시간 후 여직원한테 선물꾸러미까지 들려가지고 나타난 직원은 보통 직원이 아니라 지점장이었다. 지점장이 도착하자마자 그를 믿고 모든 것을 맡기라는 정기의 전화가 다시 한번 걸려왔다. 지점장은 요새 삼억오천이면 하루 금리도 얼만데 며칠씩이나 장롱 속에 묵혀두었느냐고 아란의 무심한 경제감각을 나무랐다. 그리고 세금우대, 확정금리 육 개월 만기, 일 년 만기, 다달이 이자를 찾을 수 있는 예금 등 네 종류로 구분해서 예금하는 게 아란에게 가장 유리할 거라고 말했다. 서로 합의가 되자 지점장은 하루라도 이자를 밑지지 않도록 오늘 날짜로 집어넣겠다며 보관증을 써주고 나서 보증수표 다발을 인수해갔다. 당장 지금부터 가만히 앉아 있어도 하루에도 십만원 이상이 굴러들어온다고 생각하니 꿈만 같았다. 홀가분하기는 또 얼마나 홀가분한지. 왜 진작 이렇게 못 했을까. 그 동안 가만히 앉아서 몇십만원을 손해 본 것은 또 얼마나 바보짓인지. 그러나 정기가 연락할 때까지 그 돈을 가만 놓아둔 것은 잘한 짓이다 싶었다. 정기한테 되바라져 보이지 않고 순진해 보였을 건 확실하니까. 무엇보다도 지점장이 몸소 방문해서 예금을 받아가는 입장이 돼보니 신분상승의 맛이 바로 이거로구나 싶게 황홀했다. 아란은 지점장이 가져온 오렌지주스를 느긋하게 음미하면서 나른한 만족감에 빠졌다.

잠깐 낮잠이 들었던가. 들뜬 듯 편치 못한 낮잠에서 깨어나면서 지점장이 집까지 예금을 유치하러 오는 신분은 상류사회에서도 그리 흔하지 않을걸 싶던 우쭐한 허영심이 퍼뜩 의구심으로 바뀌었다. 지점장이 집까지 찾아와서 예금을 받아가는 일은 생전 듣도 보도 못 한 일이 아닌가. 내가 무엇에 홀려도 단단히 홀렸지, 평소에 욕심이라곤 없던 사람도 길에서 네다바이를 당할 때는 잠시 욕심에 눈이 가리어 그리 된다고 들었는데 나야말로 눈에 뭐가 씌어도 단단히 씌었지, 하루의 이자에 눈이 멀다니. 그런 생각이 들자 미칠 것 같았다. 수표를 숨겨둘 자리를 이리저리 바꾸느라 잠을 못 이루던 밤의 고통은 여기다 대면 아무것도 아니었다. 정기가 설마, 하고 그를 믿게 되다가도 그 집 족속들이라면 능히 췄다 뺏고 나서 용용 죽겠지 회심의 미소를 지을 것 같았다. 그 족속들의 낭자한 조소 소리가 환청이 되어 그녀의 귓가에서 잉잉거렸다. 가만히 있는 사람을 불러다가 그렇게 잔인한 짓을 할 까닭이 없다는 생각은 잠깐이었다. 그가 그런 계략을 쓸 까닭이 없다는 생각보다는 계략에 넘어갔다는 생각이 훨씬 우세했다. 그러면서도 정기에게 전화를 걸어 사태를 확인해볼 용기는 나지 않았다. 일확천금한 가난뱅이 티를 드러내는 결과밖에 되지 않을 게 뻔했기 때문이다. 지점장은 다음날 사람을 보내거나 자기가 직접 통장을 가져오겠다고 했으니 그때까지 기다려보는 게 체면에 어긋나지 않는 행동이라고 자신을 달래가며 겨우겨우 그날 밤을 넘길 수가 있었다. 그러나 그 시간에 온다고 해도, 그 남자를 못 믿기 시작했는데 그가 가져온 통장은 과연 믿을 수 있을까 하는 새로운 의혹이 솟구쳤다. 다시는 그런 바보짓을 해서는 안 될 것 같았다. 아란은 떨리는 마음으로 지점장 명함에 있는 전화번호를 돌렸다. 꼭 엉뚱한 데가 나오든지, 사용하지 않는 전화번호라는 목소리가 들릴 것만 같았다. 그러나 지점장하고 곧바로 연결이 되자 아란은 그가 뭐라고 말하기 전에 먼저, 오실 것 없다고, 마침 그 근처로 나갈 일이 생겼으니 그리로 들르겠노라고 했다. 도심에 자리잡은 지점 건물은 장중하고 으리으리했다. 안에 들어가자마자 귀빈처럼 정중하게 지점장실로 안내된 아란은 폭신한 소파에 다리 꼬고 앉아서 향기로운 녹차를 대접받았다. 여직원이 아란의 통장을 지점장실까지 가지고 왔고, 아란은 그것을 건네받기 전에 예금 종류에 따라 약간씩 다른 이율과 이점과 특징에 대한 자상한 보충설명을 지점장으로부터 다시 한번 들었다. 곧 유학을 가신다면서요? 마지막으로 지점장은 눈웃음을 치면서 아란에게 물었고 현관까지 배웅해주었다.

아란은 귀빈 대우에 어울리도록 우아하고 품위 있게 걸어나오다가 뒤돌아서서 한참 그 건물을 쳐다보았다. 저 웅장한 건물이 신기루처럼 사라지지 않는 한 내가 거머쥔 삼억오천은 요지부동이렷다. 악몽이 사라지자 세상은 아름다웠다. 아란은 깨끗하고 반듯한 건물만 모여 있는 거리를 이방인처럼 달착지근한 향수에 젖어 유유히 거닐다가 그럴듯한 찻집에 들어가 랩을 들으면서 비 오는 날은 일 나가지 않고 샹송을 듣는 것이 소원이었던 바보 같은 엄마, 별난 파출부를 생각했다. 지금도 거금을 가지고 있긴 마찬가지인데 거짓말처럼 불안은 사라지고 몸과 마음이 날아갈 듯이 가벼웠다. 혹독한 통과의례를 치렀다고나 할까, 면역성이 확실한 열병을 앓고 났다고나 할까, 아무튼 다시는 그렇게 못나빠진 불안증에 걸리는 일은 없을 것 같았다. 따개비처럼 악착같이 달라붙어서 살던 세상에서 어느 만큼 거리를 두고 바라보는 맛을 여유 있게 즐기고 나서 아란은 집으로 향했다. 너절한 동네도 마음만 먹으면 언제든지 벗어날 수 있다는 여유를 두고 바라보니 영화 세트처럼 재미가 쏠쏠했다. 세상과 나 사이에 돈이라는 윤활유가 넉넉해지면 세상은 이리도 아름다운 것을.

조각공원이 보이자 아직도 구멍 속에 갇혀 있을 공 생각이 났다. 초원을 구르는 맛을 안 공을 구멍 속에 처박아두는 것은 못할 짓이다. 불쌍한 나의 공, 아란은 동네로 가지 않고 곧장 조각공원 쪽으로 갔다. 구멍 속에 처박힌 공을 꺼내 저만치 자유롭게 굴려주려다 말고 살살 발끝으로 희롱을 하기 시작했다. 속이 근질근질하면서 탄산수처럼 상쾌한 즐거움이 복받쳤다. 집에 가면 우선 헌이한테 전화부터 걸어야지. 헌이하고 잔 게 얼마 만인지. 어서 헌이하고 자고 싶었다. 헌이 자기한테 시키던 온갖 굴욕적이고 야비한 짓거리를 그에게 시켜가며 데리고 놀고 싶었다. 주객이 전도된 것이다. 주도권이란 이렇게 간단히 뒤바뀔 수도 있는 것을. 그의 비리비리한 팔뚝을 담뱃불로 지질 수도, 그로 하여금 방바닥을 기게 할 수도, 개처럼 헐떡이며 온몸을 핥게 할 수도 있을 것이다. 아란은 혼자서 미친 듯이 킬킬거렸다.

헌하고 급하게 하고 싶은 것은 자는 것만이 아니었다. 알려주고 싶었다. 나의 꿈은 더이상 일편단심 개천에서 용 나기를 기다리다가 기어코 개천에서 난 용의 조강지처가 되는 것이 아니라는 것을. 나 아니라도 개천에서 용 날 꿈에 매달려 사는 너의 여덟 식구만 해도 너에게는 버거운 악몽일 테니 나는 이제 개천 바라기에서는 빠지겠노라고. 그렇더라도 헌의 쓸모가 아주 끝난 것은 아니었다. 용은 아니라도 필요에 따라 기둥서방을 삼을 수도, 싫증나면 헌신짝처럼 버릴 수도 있을 것이다. 훗날 헌신짝처럼 버림받을지도 모른다고 전전긍긍 두려워해야 할 이는 이제 내가 아니라 헌이 너다. 하고 싶은 대로 할 수 있는 것은 이제 네가 아니라 나다. 여태껏 모든 주도권이 남자에게 있었던 것은 이 세상의 주도권은 항상 가진 자에게 있었던 것과 같은 이치라는 것쯤은 너도 알 것이다.

아란이 지금 발끝으로 살살 굴리고 있는 것은 공이 아니라 헌이었다. 자신을 공과 동일시할 때보다 훨씬 더 재미가 있었다. 힘을 모아 힘껏 걷어차보았다. 공은 한참 날아가 땅에 떨어지자마자 감쪽같이 없어져버렸다. '존재의 아픔' 언저리였다. 나쁘지 않은걸. 이런 게 홀인원이라는 건가? 아란은 들은풍월로 중얼거리고는, 그러나 공을 구멍에서 꺼내줄 생각은 없었다.

결국은 이렇게 진씨집과 화해를 하게 될 줄이야. 돈독인지 돈힘인지를 맛보고 나서야 진씨집에서 여태껏 당한 것을 용서할 수도 있을 것 같은 자신에게 아란은 문득 비애를 느꼈다. 도시 한가운데서도 문득 지난날의 향수처럼 풀이나 거름 냄새 같은 게 코끝을 스쳐살 때가 있듯이, 잡힐 듯 말 듯 모호하고도 생뚱스러운 비애였다.

J-1 비자

선생질이 날로 고달파지고 있었다. 파김치가 되어 퇴근한 그를 아내는 늘 조심스럽게 대했지만, 오늘은 그 조심성이 지나쳐 눈치꾸러기처럼 굴고 있다는 걸, 그는 피곤하고 피곤한 가운데도 느끼고 있었다. 마침내 아내가 입을 열었다. 저녁밥상을 치우다 말고였다. 그가 저녁밥을 달게 먹고 충분히 생기를 회복했다 싶을 무렵이었을 것이다.

"동민이 결혼날짜 잡았대요. 팔월 초나흘루다요. 팔월이면 그쪽도 한창 더울 때 아녜요. 왜 하필 복중이냐고 했더니 당신이 참석하려면 암만해도 여름방학이라야 할 것 같아서 신부 쪽에선 오월에 하고 싶어하는 걸 우리 쪽에서 그렇게 하자고 우겼대나 봐요. 뭐든지 당신 형편에 맞추고 싶어하는 건 우리 엄마 아빠의 못 말리는 버릇이잖아요. 그렇지만 너무 부담 느낄 건 없어요."

될 수 있으면 지나가는 말처럼 대수롭지 않게 말하고 싶은 듯,

아내는 고무장갑을 낀 채 말하고 나서 돌아서서 하던 설거지를 계속했다. 동민은 막내처남이고, 처가는 맏딸을 그에게 시집보낸 후 온 가족이 이민을 가 캘리포니아에 흩어져 살고 있었다. 별로 폐 끼칠 일 아닌 것 가지고도 친정일이라면 우선 저자세로 나오는 아내가 안쓰러워, 그는 짐짓 흔쾌하게 말했다.

"잘됐네. 오래간만에 쐬는 바깥바람인데 우리 느긋하게 다녀옵시다. 아이들도 데리고 가지 뭐. 장모님도 사위보다는 손자들이 더 보고 싶어 여름방학으로 정하셨을걸, 아마."

"정말이에요, 당신? 미국 대사(大使)한테 사과 안 받고 미국 가도 괜찮겠어요?"

아내가 고무장갑을 부랴부랴 벗어놓으면서 심각하게 물었다. 도저히 믿을 수 없다는 표정이었다. 그제서야 그는 아차, 싶으면서 아내가 여지껏 왜 그렇게 석연치 않게 굴었는지 알아차렸다. 아내라고 그가 정말로 미국 대사로부터 사과를 받아낼 수 있으리라고 믿고 기다린 건 아닐 것이다. 그러나 아내는 반색을 하면서도 실망하는 눈치가 역력했다. 아내가 안 잊어버린 걸 그는 깜박 잊고 있었다니. 거기에 대해 아내가 실망하고 있다면 그는 마땅히 그 자신에게 실망해야 했다. 아내는 그가 어쩔 수 없이 끌어들인 입회인이었을 뿐 그건 어디까지나 자신과의 약속이었다. 그는 마치 아내보디 훨씬 못생긴 여자와 정열 없는 오입을 하다 들킨 것처럼 아내에게는 화가 나고 자신에게는 정이 떨어졌다. 엉망으로 고약한 기분이었다. 그러고는 지지리 못나게도 '무시당해 싸다니까, 우리 민족은' 하고 그의 건망증, 그가 당한 모욕을 민족성에다 뒤집어씌우려고 했다.

이창구 선생이 김혜숙의 전화를 받은 건 재작년 삼월 중순이었다. 학교 교무실에서였다. 그때 그는 가르치는 게 너무 어렵다는 생각을 하고 있었다. 그건 그의 생각의 버릇일 뿐 최근에 특별히 어려운 일이 생긴 건 아니었다.

"선생님, 이창구 선생님 맞죠? 안녕하세요. 건강하시죠? 23회 김혜숙이에요."

상냥하고 상쾌한 목소리였다.

"자네가 웬일인가?"

그는 어정쩡하게 아는 척을 했지만 특정한 얼굴이 떠오르는 건 아니었다. 그는 사립인 B여자고등학교에서만 이십 년을 넘어 국어선생 노릇을 해왔고 그 동안 그 학교를 거쳐간 졸업생 중 김혜숙이란 이름을 꼽자면 몇십 명은 좋이 될 것이다. 김혜숙도 그의 흐릿한 대꾸에서 그런 걸 느낀 것 같았다.

"여기 미국이에요. LA요. 유학 떠나오기 전에도 학교로 인사 갔었는데…… 23회 졸업식 때 전체수석 해서 이사장상 받은 김혜숙이라구요."

생각나다마다. 김혜숙은 그가 담임 맡은 반에서 처음이자 마지막으로 내본 수석졸업생이었다. 집안 반듯하고, 용모 깔끔하고, 타고난 머리도 우수한데다 좀 융통성 없는 공부벌레이기도 해 서울대학에 무난히 합격을 했다. 담임이 특별히 공들이거나 신경 쓸 필요가 없는 모범생이었다. 김혜숙이 누구라는 게 분명해지자 그는 반갑다는 생각보다도 쏜살같이 23회 졸업식 무렵이 떠올라 께름칙한 부끄러움을 느꼈다. 그때 일은 생각하기도 싫었다. 교장선생을 비롯한 교직원 일동이 입을 모아 한턱내라고 난리들을 쳤다. 전체수석을 낸 반 담임은 으레 그렇게 하기로 돼 있는데 이번 수석은 서울대학까지 붙었으니 내도 거하게 내야 된다는 것이었다. 고3 담임은 처음 맡아봤지만 그거 비슷한 턱은 해마다 얻어먹어본 것 같기도 했다. 그러나 어느 수준으로 내야 하는지는 짐작이 되지 않았다. 이 학교는 워낙 회식이 잦았다. 심지어는 여선생이 새로 산 옷을 입고 와도 잘 어울린다, 얼마짜리 어디 젠가, 한바탕 요란을 떨고 나서 누가 착복식 하라고 조르면 구내식당에서 먹는 점심에 불고기가 얹혀나오기도 했다. 식당 아줌마한테 고깃값을 얹어주면 그 정도는 봉사를 해준다고 했다. 그도 그 정도의 한턱을 쓸까 하다가 겹경사니까 거하게 내야 된다는 열화 같은 요청이 마음에 걸려 조촐한 대중음식점에서 갈비로 하기로 했다. 초대할 때부터 선생들은 호텔 뷔페가 아닌 걸 이상해하는 눈치더니 갈비를 뜯으면서 한턱을 내는 주체가 김혜숙의 부모가 아니라는 걸 알고 나서는 갈비맛이 뚝 떨어지는 얼굴로 일제히 _그를 바보취급했다. 당장 자리를 박차고 일어설 것처럼 분개하는 선생도 있었고, 있는 집이나 공부 잘하는 아이 둔 학부모는 이러저러하게 길들여야 한다는 훈계를 하려

드는 이도 있었다. 눈 깜박할 사이에 맹렬히 씹히고 있는 건 갈비가 아니라 그였다. 그는 죄지은 것처럼 이 모든 비난을 감수하면서 한편으로는 그 또한 그런 집단의 일원이라는 게 부끄러워 마음이 화끈거렸다.

그가 교직에 몸담게 된 것은 교육에 대한 남다른 이상이 있어서도 아니었지만, 단지 생계유지 수단만도 아니었다. 그는 격렬한 데모와 휴교가 반복되던 70년대에 대학을 다녔다. 비록 검거되거나 제적당한 적은 없어도 운동권 노래를 목이 쉬어터지게 부르면서 의롭지 못한 권력을 규탄할 때의 기분을 알고 있었다. 용기가 없다고 해야 할지, 겁이 많다고 해야 할지 운동권에 진한 동류의식을 느끼면서도 붙들려들어갈 만큼 적극적으로 투신하지도 못한 주제에 대학 다니는 동안 내내 관심은 그쪽에 가 있었다. 무릎 꿇고 사느니 서서 죽을 것 같던 동지들의 하늘을 찌를 듯한 의기도 결국은 일과성 정열로 끝나버렸지만 극히 일부는 위장취업까지 하면서 민중 사이로 파고들었다. 그는 그 나중 소수가 취한 언행일치가 존경스럽기도 하고, 그 과장된 몸짓이 못 미덥기도 했다. 그는 그런 어정쩡한 생각에 알맞은 진로를 택했다. 한 몸 바쳐 민중을 위하는 것도 좋지만 직접 민중으로 살아보는 것도 중요하다고 생각했다. 교직을 대학교육을 받은 먹물들이 할 수 있는 가장 민중적 삶이라고 생각한 것은, 주로 여학생들이나 듣는 교직과목을 선택하면서 의식하게 된, 안됐다 쩨쩨하다는 식의 주위의 경멸과 실망 때문도 있었을 것이다.

그가 교단에 처음 선 날 얻어갖게 된 별명은 계집애였다. 남자로서는 곱살한 편인 얼굴을 붉히며 시선을 얻다 둘지 몰라 쩔쩔매는 모습을 보고 여학생들은 총각 선생이 즈네들한테 부끄럼을 탄다고 여겼나보다. 손뼉까지 치면서 좋아했다. 젊고 괜찮은 남자를 손아귀에 쥐고 가지고 놀고 싶다는 숨은 욕망이 표적을 찾았다 싶은 득의의 표현이었다. 그러나 그의 기억에 의하면 여학생들은 눈에 들어오지도 않았다. 미처 폭발하지 못한 자유에 대한 미련과, 어쩌자고 교단에 서자마자 분명해진 아무것도 모르겠다는 낭패감 때문에 그렇게 얼굴이 달아올랐던 것이다. 계집애라는 별명은 오래가지 않았다. 그는 곧 감정을 드러내지 않는 무뚝뚝하고 재미없는 선생으로 변해버렸고, 그보다 먼저 총각딱지도 떼어버렸기 때문이다. 그러나 툭하면 계집애처럼 자신이 없어져 망설이고 수줍어하는 마음은 여전했다. 다만 얼굴을 붉히지 않는다뿐이었다. 얼굴 대신 마음이 얼마나 화끈거리는지는 자신만이 느낄 수 있었다. 결국은 시대와의 충돌을 피해 여기 이렇게 안전지대에 서 있구나 싶은 자격지심은 낯짝보다는 마음을 붉게 했다.

"오랜만이군. 무슨 일인가?"

그는 LA 아니라 달나라라고 해도 달라질 게 없을 것 같은 시들하고 건조한 목소리로 물었다.

"선생님을 초청하고 싶어서요. 5월 26일 전후해서 어떠세요?"

"고맙긴 하지만 나 미국 구경 실컷 했네. 아이들 외가가 다들 그쪽에 살거든."

"관광 오시라는 게 아니라요. 제가 몸담고 있는 C대학 동아시아학과 세미나에 정식으로 선생님을 초청하려구요. 벌써 삼 년째 매년 '식민지 체험과 근대성 : 한국 일본 중국의 경우'란 주제로 해당국가 작가를 초청하는 모임을 가져왔는데 올해는 한국의 경우고, 제가 주제발표를 하게 돼 있어요."

"날더러 그걸 참관하러 오라는 소리인가?"

"설마요. 제 논문이 선생님 소설 「삿갓재 마을」을 통해서 우리나라의 식민지시대를 분석한 거거든요. 제가 얼마나 열렬한 선생님 소설의 애독자이자 성실한 연구자인지 모르셨죠?"

"그래서?"

그가 듣기에도 그의 목소리는 울컥 신경질적이었다. 그는 제자나 심지어는 제 자식한테도 헐렁하고 무심한 편이어서 무책임하다는 소리까지 듣는 반면 그의 문학에 관해서는 신경을 곤두세우고 과잉보호를 하는 경향이 있었다.

"선생님, 그렇게 무섭게 말씀하시지 마세요. 꼭 제가 큰 잘못을 저지르고 추궁받는 것 같잖아요. 그건 그렇구 빨리 본론을 말씀드리자면요, 선생님을 원작자로 초청하는 거죠. 우리 연구모임 참석자들에게 「삿갓재 마을」의 영어번역판을 미리 돌려서 기본 지식을 갖게 하고 제 논문의 요약본도 보내서 그날 토론의 발제문으로 사용할 계획이에요. 당일의 진행순서는 아마 선생님 소개가 있은 뒤, 물론 고등학교 선생님으로서가 아니라 작가 이창구로서 소개되고 나서 제가 발제를 하고 토론이 시작될 텐데, 제 글에 대한 질의응답이 있은 뒤에, 참석자들로부터 선생님께 많은 질문이 쏟아질 것 같아요. 이 단계에서 제가 할 일은 토론 의제를 솎아내는 것과 토론과정에서 매개 역할을 하는 것이라 생각되는데요. 이 과정을 매끄럽게 하기 위해서는 대략이라도 제가 식민지 체험과 근대성에 대한 선생님의 견해를 어느 정도 미리 인지하고 있어야 그때그때 통역이 제대로 될 것 같아요. 선생님께서 그 문제에 대해 이삼십 분 분량의 말씀거리를 미리 준비해오시는 것도 한 방법인 것 같아요. 그러면 또 번역이 문제인데, 선생님께서 미리 초안을 주시든지 하루이틀 먼저 오셔서 저하고 충분히 말을 맞추시든지…… 전 정말 잘하고 싶어요. 미국 내에서도 특히 캘리포니아 쪽에서 동아시아 문화에 관심들이 많아서 연구자들도 점점 늘어나는 추세거든요."

"그럼 간혹 영역하지 않은 내 소설을 우리말로 읽고 이해할 수 있는 친구도 있겠구만."

"아뇨, 아직 그 정도는 아녜요. 약간 알아듣는 친구도 있긴 하지만…… 통역 문제는 염려 마세요. 제가 잘할 자신 있으니까요."

"「삿갓재 마을」의 영역본이라는 것도 자네가 만든 건가."

"아니지요, 그선. 그럴 필요가 없었으니까요. 헬렌 강이 한국 문화재단의 지원으로 번역해서 이쪽 출판사에서 낸 한국문학단편선집에 그 작품이 포함돼 있잖아요. 혹시 선생님 모르고 계셨어요?"

"헬렌 강인가 하는 사람이라면 알고 있네. 자네 보기엔 믿을 만한 번역가인가?"

"그러문요. 일급이에요. 국민학교 다닐 때 이민 왔다는데 할머니가 계셔서인지 토속적인 우리말도 잘 알아듣고 영어야 물론 네이티브 스피커 수준이구요. 결혼도 미국 사람하고 했으니까요. 제 나이 또랜데도 한국문학을 영어권에 알리는 데 사명감도 있고 야심도 만만찮은 여간 똑똑한 사람 아니에요."

그는 거기까지 듣고 나서 정식으로 초청장을 보내주면 가도록 노력하겠다고 성마르게 대답하고는 전화를 끊었다. 헬렌 강의 번역본을 사용한다는 소리에 울컥 화가 치밀어 그렇게 조급하게 굴었던 것이다.

그가 자신에 대해 알기로는 이십 년 근속의 평범한 교사라는 것은 확실했지만, 소설가로서는 성공한 건지 실패한 건지, 잘 나가는 편인지 못 나가는 편인지, 남이 알아주는지 안 알아주는지, 그 어느 것도 확실한 게 없었다. 그는 음악을 들으면서 책을 못 읽을 정도로 두 가지 이상의 일을 동시에 할 수 있는 능력에 있어서는 젬병이었다. 그런 자신의 주제를 잘 안다고 여기면서도 둘 다 결코 쉽다고 할 수 없는 교사와 문사를 겸직하려고 마음먹은 것은, 그렇게 공부 안 하고 어떻게 졸업을 할 수 있었는지 신기하게 여겨질 정도로 공부 안 하고 대학을 나왔건만도 그때 배운 걸 밑천으로 밥벌이를 할 수 있는데, 공부보다 훨씬 많은 시간과 열정을 투자한 이념을 완전히 외면한다면 그건 너무 의리 없는 짓 같아서가 아니었을까. 요컨대 자신에게 정떨어지기가 싫었던 것이다. 교직과 작가는 그의 생계와 자존심을 떠받쳐주는 양쪽 기둥이었다. 자기 확인을 위해서도 일 년에 한두 편 정도의 중단편은 어떡하든지 써야 한다고 다짐하고 있지만 시간을 쪼개는 것보다도 교사에서 작가로 완벽하게 변신하지 않으면 한 자도 안 써지는 게 문제였다. 자연히 방학 때 아니면 못 쓰는데 변신하는 동안도 수월찮게 걸리거니와 그 동안은 안절부절 성마르게 구는 게 그의 못 말리는 버릇이었다. 학교에선 그런 일이 없었는데 지금 느닷없이 그 증(症)이 도진 자신이 내심 당혹스러웠다. 오월이면 학기중인데 왜 그렇게 쉽게 승낙을 했는지 금방 후회가 되면서도 어떡하든지 참석을 해야 할 것 같았다. 김혜숙이 뿌리치지 못할 정도로 간곡하게 군 것도 아니었다. 그보다는 아마 헬렌 강 때문이었을 것이다. 헬렌 강을 만난 적은 없지만 한두 번 전화통화를 한 적이 있었다. 번역을 하면서 미심쩍은 대목을 원작자한테 직접 묻는 태도는 칭찬을 해줄 일일지언정 나무랄 일은 못 됐다. 그러나 오독하기 쉬운 문장이나 작가의 의도가 애매한 은유 따위에 대해 의견교환을 하고 싶어하는 게 아니라 사전만 찾아도 단박 알 수 있는 '서까래'나 '무리꾸럭' 따위 순 우리말의 뜻을 묻는 건 친절하게 대답해주기란 참을성을 요하는 일이었다. 헬렌 강의 질문이 정신대가 무슨 뜻이냐에 이르러 드디어 그는 말문이 막혔다. 사전적인 해석만으로 될 일이 아니었다. 정신대가 무언지 모르면서 그 작품을 번역하고 싶어한 번역자라면 그녀가 아무리 영어를 잘해도 이건 아니올시다 싶었다.

정신대 가서 어떤 일을 당했다는 건 작중에 한마디도 안 나오지만 일제 말기의 궁핍한 농촌의 암울하고 희망 없는 분위기가 작품의 바탕색을 이루고 있었다. 그의 어머니는 열여덟 꽃다운 나이에 찢어지게 가난한 친정 부모에 의해 팔아넘겨지다시피 전실 자식이 주줄이 달린 삼십대 홀아비한테 시집가 내리 삼남매를 낳고 나서 겨우 스물세 살 적인 육이오 때 과부가 되었다. 친정 부모가 딸한테 그런 못 할 노릇을 하고도 큰소리칠 수 있었던 것은 핑계가 있었기 때문이었다. 없는 사람이 딸자식 정신대 안 내보내려니 그 길밖에 없었다는 것이었다.

그는 해방 후에 태어났으니까 식민지시대에 대해 어렴풋한 기억도 없지만, 그 시대의 가장 억울한 희생자의 몸을 빌려 태어났다. 어머니의 맺힌 한이 고스란히 옮아붙기를 바라서였을까, 온몸을 원고지에다 피나게 비비듯이 쓴 작품이었다. 그렇게 겉핥기로 읽히길 원치 않았다. 영어 좀 한다고 우리말 모르는 것에 대해선 전혀 위축되지 않는 헬렌 강의 당돌한 태도보다도 더 한심한 건 그걸 끝까지 참아낸 자신의 참을성이었다. 한두 작품 번역된다는 걸로 그의 문학이 변방의 언어를 벗어나 세계화될지도 모른다는 기대라도 한 것일까, 아니면 영어 잘하는 사람 앞에서 그가 버릇처럼 느껴온 열등감 때문이었을까. 그 어느 쪽이라 해도 마음이 화끈거리기는 마찬가지였다.

그의 영어 실력이 요즈음의 고등학생 수준에도 못 미치는 건, 국문과를 나온 것 말고도 허구한 날 데모와 휴교로 지새던 70년 대에 대학을 다녔기 때문이기도 할 것이다. 그러나 거기에 대해 은근히 열등감을 느끼기 시작한 것은 소설가가 되고 나서부터였다. 작가 대접을 받게 되고 소속된 문학단체까지 한두 개 생기게 되자 해외에서 하는 문학 세미나에 참석할 기회도 자비라면 어렵지 않게 주어졌다. 처음에 그는 관광이 아닌 문화교류를 위해 출국한다는 데 우쭐우쭐 작가가 된 보람을 느끼기도 했다. 번족할 뿐 아니라 우애가 유난스러운 처갓집에 무슨 행사가 있을 때마다 맏사위의 자격으로 초청을 받게 되어 세 번에 한 번꼴로만 출국을 한다 해도 김포공항 출입에 이골이 난 편이었기 때문에 그런 여행과의 차별성이 그렇게 대견했는지도 모른다. 아내도 친정에서 비행기표를 보내주는 여행보다 빠듯한 살림에서 여비를 쪼개 내야 하는 그의 버젓한 해외 나들이를 오히려 신나하며 부추기기까지 했다. 그러나 그런 해외 모임에 한두 번 참석해보는 사이에 가족이나 학교 동료들에게 그럴듯하게 보이는 것 말고는 아무것도 아니라는 걸 알아차리게 되었다. 그렇다고 그가 처음부터 외국 작가들 앞에서 자기의 주장을 펴거나 주목받을 만한 발언을 할 수 있길 바란 건 아니었다. 그는 소심할 뿐 아니라 타고난 성품이 워낙 비사교적이었기 때문에 그 떠듬거리는 영어로 누구와 친교를 나눌 엄두도 못 냈다. 그는 그저 언어와 생김새가 다른 동업자들이 하는 짓을 구경하고 그 판이 어떻게 돌아가나 느끼고 싶었다. 그건 그가 자신의 문학에 대해 은밀히 품고 있는 촌스럽다는 자격지심과도 무관하지 않은, 열린 세상과의 그 나름의 소통의 방편이었다. 그러나 그는 번번이 문화적인 바람 쐬기 정도의 바람마저도 따돌림을 당한 것처럼 느끼고 돌아와야 했다. 그건 그가 국제공통어를 익히지 못해서도 주제발표나 토론에 참가할 기회가 한 번도 없었기 때문도 아니었다. 그런 답답함하고는 종류가 다른 괴상한 느낌이었다. 아무리 떼거리로 몰려가 많은 자리를 차지해도 투명인간이 된 것처럼 그 자리에 소속감이 느껴지지 않은 건 어쩌면 그만의 느낌인지도 몰랐다. 영어에 능통한 원로문인이 외국인에게 통역을 시키고 자신은 당당하게 우리말로 주제발표를 하는 것을 들은 일이 있는데 격앙된 어조로 우리도 적어도 십 년 안에 노벨문학상을 거머쥐어야 한다고 주장하는 걸 들으면서 온몸에 닭살이 돋아 그 자리에서 안절부절못한 적도 있었다. 그러나 그것 또한 그만의 느낌이었을 뿐 딴 참석자들은, 외국인들까지도 그의 논지에 공감과 존경을 표하는 것 같았다. 그만의 느낌, 그게 문제였다.

그가 예전에 본 영화 중에서 다만 한마디 대사 때문에 잊혀지지 않는 영화가 있다. 유럽사회에서 유럽인처럼 살고 있는 유대인이 진정으로 그 사회에 끼어든 건 아니라는 걸 이렇게 술회하고 있었다. '냇물까지 갈 수는 있지만 그 물을 마실 수는 없다'고. 그 한마디는 영어권뿐 아니라 백인들의 언어권에서 그가 느긴 생전 끼워줄 것 같지 않은 느낌과 어쩌면 그렇게 정확하게 맞아떨어지는지. 그래서 잊혀지지 않을 뿐 그 영화의 주제와는 아무런 상관없는 소리였을 수도 있다. 그 영화 자체도 아마 보고 나서 당장 잊어버려도 그만인 허섭스레기였는지도 모른다. 줄거리는 물론 주인공이 누구였는지, 재미가 있었는지 없었는지조차 생각나지 않는다. 밑도끝도없이 그 소리만 걸려든 것은 아마 그만이 가지고 있는 안테나 때문이었을 것이다. 더듬이라고 해도 좋았다. 그만의 느낌이란 그런 것이었다. 남들이 당연하게 받아들이고 기꺼이 합류하는 일에 혼자서 망설이고 쭈뼛쭈뼛 수줍음을 타게 만드는 자기만의 느낌 때문에 처세가 변변치 못하다는 건 그도 알고 있었다. 그러나 남들이 그의 외양을 보고 그가 이 세상 어느 누구도 아닌 이창구라는 걸 알아보듯이, 혼자서만 느낄 수 있는 자신 속의 그런 과민성은 그가 남과 다르다는 걸 스스로 알아볼 수 있는 유일한 정신의 증후였다.

자신이 그렇게도 변변치 못한 위인이라는 걸 알면서도 김혜숙의 초청을 선뜻 수락하고 만 것은 김혜숙이 의지가 될 것 같아서도, 그쪽 모임을 자신의 이런 약점을 극복하고라도 참가하고 싶을 만큼 대단하게 여겨서도 아니었다. 오히려 대학원생들의 스터디그룹 정도의 모임이려니 싶어 성에 차지 않기까지 했다. 그러나 그건 나중에 차차 하게 된 추측이고 당장 그렇게 성마르게 군 것은 순전히 헬렌 강에 대한 불신 때문이었다. 아무리 줄거리를 제대로 옮겨놨다 해도 거기 배어 있는 느낌을 그녀가 제대로 파악했을 리가 없었다. 그건 우리말의 행간 말고는 딴 어떤 언어에도 스며들 수 없는 정서적 호소력이라고 생각하고 있었다. 하필 그런 작품을 번역하겠다고 나선 것은 헬렌 강의 안목 없음, 문학성의 결여라고 생각했다. 양쪽 언어에 능통하다는 거 하나만 믿고 스스로 감동하지 않은 작품을 번역하는 것은 원작에 대한 모독을 지나 죽임인 것만 같아서 참을 수가 없었다. 비록 바늘구멍만한 통로를 통해서라도 그가 피나게 불어넣은 생명력을 표출하고 해명하고 싶었다. 자기 작품에 대한 이런 애정과 의무가 그의 창피하도록 옹졸한 한계를 뛰어넘을 수 있는 힘이 되었다고도 볼 수 있었다.

그가 김혜숙의 전화통화와는 따로 C대학으로부터 서신을 받은 건 4월 30일이었다. 도나 화이트라는 그 연구소 책임자 명의로 된 서신은 4월 18일부로 작성된 거였고, 다행스럽게도 공문이라는 게 원래 그렇겠지만, 고1 정도의 그의 영어 실력으로도 해독에 불편함이 없었다. C대학 인문학회의 '식민지 체험과 근대성 : 한국 일본 중국의 경우' 연구모임을 대신해서 그를 초청하게 됐다는 인사말과 함께 일정과 조건 등이 명시돼 있었다. 왕복여비와 체재비와는 따로 오백 불의 사례금도 지급된다고 했다. 흥, 오백 불 벌러 미국까지 오란 말야, 뭐야? 그는 아내 앞에서 이렇게 콧방귀를 뀌었지만 그건 오백 불 소리가 나왔으니까 비로소 부릴 수 있는 호기였다. 남들은 어떤 조건으로 초청을 받는지 알아본 바는 없지만 사례비는 그의 예상에 들어 있지도 않왔다. 여비와 체재비 정도야 주겠거니 하면서도 그게 초청에 응할까 말까를 결정하는 전제조건이 되지는 않았다. 그는 가고 싶다기보다는 가야 한다고 생각하고 있었기 때문에 오백 불은 많지는 않지만 싫지 않은 덤이었다. 봉투 안에는 그런 편지와 함께 이쪽의 생년월일 등 간단한 인적사항을 기입해야 하는 서류가 동봉돼 있었다. 그는 J-1 비자로 미국에 입국해야 하고, 그 비자를 내기 위한 서류는 그를 초청한 대학측에서 이쪽으로 보내줘야 하는데 거기 기입할 거니까 빠른 시일 안에 팩스로 보내달라고 했다. 그때 이쪽의 여행일정과 신용카드번호도 함께 가르쳐주면 호텔이나 교통편을 예약하는 데 도움이 되겠다고 했다.

팩스 보내기 전에 해야 할 일은 뭐니뭐니 해도 교장한테 사정을 말하고 허락을 얻는 일이었다. 학기중에 외국을 나가보긴 처음이었다. 다행히 담임을 안 맡았으니까 수업만 누가 대신해주면 아이들한테 큰 지장을 주지 않고도 갔다 올 수 있을 것 같았다. 초청장의 문맥으로 봐서 미팅날인 5월 26일을 전후해서 관광계획을 짜도 될 것 같았지만 동부면 모를까 여러 번 가본 캘리포니아 쪽에서 그렇게 구질구질하게 굴고 싶지 않았다. 아내의 눈치로 봐서 거기까지 갔다가 처가 쪽 식구를 한 명도 안 만나고 온다는 건 좀 너무한 것 같아 회의가 끝나고 장인 장모한테 들러 하룻밤 정도 자고 오려면 오박 육일 정도면 충분할 것 같았다. 대강 이렇게 대체적인 일정을 잡고 있는데 김혜숙한테서 집으로 전화가 걸려왔다. C대학뿐 아니라 L대학, I대학 등 딴 대학들의 동아시아 연구모임에서도 그와 미팅을 가지고 싶어하니 시간을 할애해달라는 거였다. 연이어 일면식도 없는 시인이 그쪽 문학 단체의 총무라면서 김혜숙과는 따로 그에게 연락을 취해왔다.

"C대학으로부터 초청을 받으셨다면서요? 아유, 반갑습니다. 저희 재미 서부지역 문인회에서도 국내의 저명한 문인들을 초청해서 대화도 나누고 교류도 하고 싶은데 워낙 재정적 기반이 영세하다보니 단독으로 초청할 엄두를 못 내던 차에 그 소식 듣고 속된 말로 이게 웬 떡이냐 싶어 이렇게 전화 올립니다. 이쪽에도 선생님 독자들이 적지 않습니다. 저희 문인회에 꼭 모시고 싶으니 거절하지 마시고 시간 좀 내주시면 영광이겠습니다. 일정이 빡빡하신 거 감안해서 무리가 가지 않도록 간담회 형식으로 할 테니 부담 느끼시지 않아도 될 겁니다. 우리 회원 중 LA판 한국어신문 기자도 있거든요. 그 친구는 그 친구대로 따로 벼르고 있으니 기자회견도 거절하지 마시고요."

조금 지나치다 싶게 공손하면서도 일방적으로 밀고 나가려는, 충분히 강압적 어투였다. 그가 초대하고자 하는 사람이 정말 나일까? 어리벙벙하기도 하고 내가 어느새 그렇게 유명해졌나 하고 우쭐해질 것도 같았다. 내가 나인 거 맞아? 하면서 스스로에게 농이라도 걸고 싶은 기분이었다. 이리 끌려다니고 저리 끌려다니느라 처가에서 하룻밤도 묵지 못하고 가까스로 식사나 한 끼 하고 돌아올 생각을 해도 입가에 절로 흐뭇한 미소가 번졌다. 처가로부터 무시당한 적도 없건만 처가 식구들이 다시 봐줄 게 틀림없다 싶은 게 그렇게 유쾌할 수가 없었다. 김혜숙도 하루는 모시고 꼭 관광을 하고 싶다기에 그 또한 거절하기 박절하여 일 정에 넣다보니 칠박 팔일도 빠듯할 것 같았다. 중간에 일요일이 하루 끼는 걸 감안해도 꼬박 일주일을 결근하게 일정을 세우고 팩스를 넣기 전에 교장한테 허락을 맡으러 들어갔다. 교장은 신 춘문예에 삼 년 계속 떨어진 경험을 지금도 자랑하고 싶어하고 그리워하는 자칭 문학애호가였지만 그의 글을 읽는 것 같지는 않았다. 그래도 꾸준히 관심은 있는 척했다. 그가 교장실에 들어 갔을 때도 대뜸,

"이선생 왜 요새는 글 안 써요? 그 어려운 등단을 했으면 꾸준 히 발표를 해야지 문학상도 차례가 올 거 아녜요?"

교장은 크고 작은 문학상 수상자가 발표될 때마다 버릇처럼 이창구의 이름이 빠져 있는 걸 서운해하더니 이번에도 그 소리 였다. 그는 못 들은 척 넘어가려다가 부탁을 부드럽게 하려고 공 손하게 말했다.

"상은 못 타도 열심히 쓰고는 있습니다. 지난달에도 중편을 한 편 문예지에 발표한걸요."

"원 이선생은, 글쓰는 사람이 어쩌면 그렇게 정이 없이 메말랐 어요? 나 같으면 잡지에 자기 글이 실리면 돈 아끼지 않고 여러 권 사서 교장실에도 갖다놓고 교무실에도 돌리겠어요. 아이들한 테는 사보라고 선전도 하구요. 내가 공짜를 좋아해서 이러는 거 아녜요. 요새는 자기 피알 시대라잖아요. 나 듣기로는 문학상이

그렇게 많다는데 아직도 우리 이선생한테 한 개도 안 돌아온 것은 실력이 모자라서가 아니라 피알을 할 줄 몰라 그런 것 같아요. 아니면 비싸게 굴어서 밉보였던지, 학교에서처럼 말예요."

"비싸게 굴다니요. 오히려 그 반대입니다. 자신이 없어서 누가 내 소설 보았댈까봐 겁을 내는 편인걸요."

"그럼 뭣 하러 등단을 하며 발표를 합니까? 말도 안 되지."

그는 그 문제를 더 길게 논해봤댔자 이로울 게 없을 것 같아서 덮어놓고 죄송하다는 사과부터 하고는 본론으로 들어가 C대학 인문학회로부터의 초청건을 얘기하고 학기중이지만 수업에 지장이 없도록 기한을 최소한으로 짧게 잡았으니 선처해달라고 부탁을 했다.

"아니, 그게 정말이에요? 그럼 이선생 작품이 미국에까지 알려졌다 이 말 아녜요? 번역은 또 언제 그렇게 됐나? 아까 자기 피알 못 한다고 구박한 거 취소예요. 이왕이면 노벨상을 노리겠다 이거죠? 세계화시대에 걸맞은 야심이 장하고 부러워요. 잘했어요. 아주 잘했어요."

다혈질의 교장이 부리부리한 눈이 튀어나올 것처럼 걷잡을 수 없이 흥분을 하자 그는 밖에서 누가 듣고 깔깔대는 것만 같아 어쩔 줄을 몰랐다. 먼저 김혜숙의 초청이라는 걸 밝힐걸 잘못했다 싶었다.

"선생님 고정하세요. 노벨상이라니 당치도 않아요. 그게 아니라요, 김혜숙 있잖습니까? 23회 전체수석 김혜숙 생각나시죠?"

296

"생각나다마다요. 우리 학교 생긴 이래 최고 수재 김혜숙을 내가 잊어버릴 리가 있나요."

교장의 말투는 요새 유행하는 텔레비전 코미디풍의 허풍을 고스란히 닮고 있어 그는 실소를 머금고 김혜숙이 지금 미국서 뭐하고 있으며 어찌하여 그를 초청하게 됐는지 되도록 간략하게 설명하려 했다. 그러나 교장은 김혜숙과 그를 한데 묶어 그의 흥분을 더욱 상승시키고 싶어했다.

"김혜숙 그 녀석 서울대학에 척하니 합격을 해서 모교를 빛내주더니 이제는 국제무대에서 한국문학을 빛내려고 제일 먼저 스승의 문학을 세계무대에 올려놓고 원작자를 초청까지 하다니, 아이구 신통한 것, 이럴 때 선생 노릇하는 보람과 글쓰는 보람을 한꺼번에 맛볼 수 있는 것 아니겠소. 이 선생은 참 복도 많구려."

또 한바탕 너스레를 떨었다. 그러고도 부족해 교장은 일본의 누구누구도 좋은 번역자를 만나 비로소 노벨상을 받게 된 것처럼 김혜숙과 이창구도 그런 콤비가 되지 말란 법 있느냐고, 끝내 노벨상에 대한 미련을 못 버렸다. 교장은 다음날 직원조회시간에도 일동에게 널리 알릴 일이 있다면서 또 그 얘기를 꺼냈다. 다행히 모교를 빛낸 훌륭한 졸업생 김혜숙의 칭찬과 선전으로 시간이 다 가버려서, 이창구 문학의 세계화 작업은 운도 떼기 전에 수업 시작벨이 울렸다. 수업시간 지키는 데는 칼 같은 게 교장의 좋은 점이었다. 그런 교장에게 만일 그런 즐거운 착각이 없었다면, 학기중에 일 주일 이상 수업을 빼먹는 일을 허락받기가 그렇게 호락호락하지는 않았을 것이다.

일이 이렇게 순조로웠는데도 J-1 비자를 내기 위한 서류에 기입할 인적사항과 여행일정을 팩스로 보낸 것은 도나 화이트의 서신을 받고 나서 이틀이 지난 5월 2일이었다. 숙소 예약만 그쪽에 부탁하고 비행기표는 그가 사고 영수증만 가져가기로 했다. 그가 관심을 가지고 봐서 그런지 그해 그 무렵 신문지상에는 미 대사관에 비자 신청이 쇄도하여 신청자들이 많은 고통을 겪고 있다는 기사가 자주 눈에 띄었다. 대사관 앞에 끝도 없이 길게 늘어선 신청자 사진까지 나오면서, 이렇게 오래 기다린 인터뷰를 무난히 통과해도 비자가 발급되는 데는 한 달 이상 걸린다는 기사도 눈에 띄었다. 지금이 바로 여름방학에 출국하려는 유학생이나 관광객들이 비자를 내기에 적기이기 때문에 그렇게 한꺼번에 몰리는 줄 번연히 알면서도 대사관에서는 비자 발급 능력을 전혀 늘리려 들지 않는다는 불평의 소리도 만만치 않았지만 그건 이쪽 사정이고 미국 대사관이 그런 소리에 어디 꿈쩍이나 할 데인가. 그가 처음 방문비자를 내려고 미 대사관 앞에 줄 섰을 때의 굴욕감이 생각나 아는 여행사에다 전화를 걸어 J-1 비자를 내는 데는 얼마나 걸리나 알아보았다. 전에는 이삼 일이면 됐는데 요새는 일 주일 이상 걸린다고 했다. 그의 방문비자의 유효 기간은 아직 이 년이나 더 남아 있었다.

J-1 비자가 빨리 안 나오면 방문비자로 가면 그만이라고 생각하면서도 그쪽에서 보낸 편지를 거의 이 주일 후에나 받아본 생

각이 나서 불안해지기 시작했다. 김혜숙은 자주 전화도 걸어오고, 그날 발표할 논문을 한국어로 요약해 팩스로 보내오기도 해 그를 귀찮게 했지만 잘하려고 그럴 뿐 아니라 그에게 충분한 준비를 시키려고 그런다는 걸 알고 있었기 때문에 싫지는 않았다. 그러나 암만 해도 J-1 비자를 내기 위한 서류가 도착하는 시기와 발급 받는 데 소요되는 시일이 넉넉할 것 같지 않아 조바심이 나서 그녀의 논문에 대한 검토가 제대로 되지 않고 뒤숭숭하기만 했다. 그는 뭔가 엉키는 것 같은 기분이 싫어서 실무자인 도나 화이트 앞으로 다음과 같은 요지의 팩스를 보냈다.

  ─당신은 내 팩스 받은 즉시 서류를 우송했으리라고 믿지만 아직은 배달이 안 됐다. 지금부터 일 주일 안에 그 서류를 받아볼 수 있다고 해도 이곳 대사관에서 요새 비자 발급에 소요되는 시간을 감안할 때 빠듯할 것 같다. 나는 아직 유효한 방문비자를 가지고 있는데 왜 그렇게 절차가 까다로운 J-1 비자로 가야 되는지 나는 이해할 수가 없다.

  다음날 즉시 팩스로 회답이 왔다. J-1 비자라야 그 대학에서 오백 불의 사례금과 제반 비용을 부담할 수 있다고 했으며 그건 그들이 초청한 어떤 학자에게도 예외가 있을 수 없는 그 대학의 원칙이며, 필요한 서류는 벌써 우송했으니 곧 도착할 거라고 했다. 그는 여행사에다 서류만 도착하면 당장 접수시킬 수 있도록 비자 신청서를 작성해놓고 5월 25일자로 비행기표도 예약해놓으라고 일렀다. 그러나 5월 15일이 지나도록 서류는 안 왔다. 여행사에서는 거의 매일같이 어떻게 된 거냐고 성화하는 전화가 걸려왔다. 생각다 못해 다시 팩스로 아직도 서류가 도착 안 한 사실과 지금 익스프레스로 서류를 보내주지 않는 한 비자를 내는 건 불가능할 것 같다는 그의 생각을 밝혔다. 김혜숙한테도 그간의 사정을 얘기했더니 아무튼 한국의 우체국 종잡을 수 없는 건 알아줘야 한다고, 배달이 지연되는 탓을 한국한테로만 돌리면서, 걱정 말라고. 미 대사관에서 한국의 저명한 지성인을 설마 보통 여행자와 똑같이 취급하겠느냐고 위로하는 것이었다. 그는 미국의 유수한 대학에서 초청을 받았다면 그럴지도 모른다고 솔깃하게 들었다. 도나 화이트로부터도 익스프레스로 또 한 부의 서류를 우송했다는 연락이 왔다. 팩스로 이렇게 당장 당장 의견 교환이 되는데 왜 J-1 비자용 서류는 꼭 우편으로 받아야 하는지도 그는 이해할 수가 없었다. 익스프레스도 그날로 배달되는 건 아니었다. 사흘 후 먼저 부친 보통우편과 동시에 배달이 됐다. 그때가 5월 19일 금요일이었다. 아무리 서둘러 접수를 시켜도 22일 월요일이나 접수가 가능했다.

혹시 특별히 봐줄지도 모른다는 기대는 들어맞지 않았다. 익스프레스로 서류를 부친 후부터 C대학 쪽에서도 비자 발급이 제때에 이루어지지 않을 것 같은 짐작을 한 것 같았다. 김혜숙은 전화로도 발을 동동 구르고 있다는 게 보일 만큼 호들갑을 떨며 안타까워했고, 도나 화이트도 매일같이 팩스를 보내왔다. 그쪽에서 하도 난리를 치니까, 최종적으로 25일까지 비자가 발급되기는 틀렸다는 사실을 알리면서도, 방문비자로라도 와달라고 하길 바랐다. 그 학회에 그의 참석이 꼭 필요하다면 얼마든지 그럴 수도 있는 문제라는 게 그의 상식적인 생각이었다. 많지도 않은 여비나 사례금은 어떤 편법을 써서든지 나중에 지급하면 그만이고, 정 못 준다면 그런대로 참아줄 수도 있는데 싶었다. 그러나 그건 저쪽에서 간청하면 이쪽에서 마지못해 들어줘야지 이쪽에서 먼저 제안할 수 있는 문제는 아니었다. 항공편도 예약해놓았겠다, 유효한 비자도 있겠다, 그놈의 J-1 비자만 거치적대지 않는다면 제 날짜에 출국하는 건 문제도 없었다.

그의 마음이 그렇게까지 다급하고 비루해진 것은 순전히 체면 때문이었다. 교장이 떠벌려놔서 동료 선생들뿐 아니라 학생들까지 미국의 유수한 대학에서 그의 문학을 가지고 학회를 여는 데 그가 초청됐다는 걸 모르는 사람이 없었다. 문우나 가까운 술친구는 일부러 알리려서가 아니라 만나자는 약속을 그 동안을 피해서 정하자니 자연히 알리게 된 거였지만, 그것도 소문이 날 만큼 나서 C대학 가서 누구 만나면 잘해줄 거라느니, L대학 누구누구에게 안부 전해달라느니 하는 소리까지 들어온 터였다. 그러고 보니 초청을 받은 지가 두 달이나 되었다. 그 동안에 일이 손에 안 잡히게 뒤숭숭하고 치사하고 촌스러운 느낌을 이런 허탕을 치려고 참아냈다고 생각하면 자신이 너무도 보잘것없고 왜소해졌다. 그렇다고 영어로 하는 회의에 대한 소심증을 완전히 극복한 것도 아니어서 안 가고 말게 된 게 오히려 홀가분한 마음도 없지 않던 차에 대학 쪽에서 앞으로 얼마나 더 걸리면 J-1 비자가 나올 수 있겠느냐고 물어왔다. 여행사한테 물어서 넉넉잡고 일 주일은 더 걸릴 거라고 했더니 그럼 학회를 이 주일 후로 미루어 6월 8일로 잡겠다고 했다. 결국은 가게 되는구나, 가게 되니까 안 가면 편할 것 같은 심정에 더 미련을 두면서 교장한테도 이만저만해 그렇게 되었다는 걸 알렸다. 교장은 진작 자기에게 의논했으면 그날로 비자를 낼 수도 있었다고 아쉬워했다.

"선생 노릇 좋다는 게 뭔 줄 알아요? 우리나라 방방곡곡, 높고 낮은 데, 안 통하는 데가 없다는 거예요. 고 나이 또래라는 게 우리 보기엔 다 비슷비슷해 보이지만 배경은 천차만별이거든요. 대통령한테도 빽줄을 댈 수 있는 아이가 없나, 쓰리맞은 다이아반지도 당장 대령할 수 있는 암흑가 딸내미가 없나. 교사를 흔히 돈도 없고 빽도 없는 별볼일 없는 직업이라고 생각하기 쉬운데 천만에요. 교사처럼 각계각층 광범위하게 빽줄을 가진 직업도 없어요. 이선생이 몰라서 그렇지. 2학년의 윤애라 있죠. 영어 잘하는 아이. 그애 아버지가 미 대사관하고는 직통이에요. 지금은 국회의원이지만 미국 대사도 지낸 적이 있는 외교관이거든요. 그분 빽으로 우리집 아들놈 비자는 리젝트 당한 걸 당장 다시 낼 수가 있었는걸요. 정말이에요. 그분 참 빽 셉디다."

마음이 화끈거리는 걸 억지로 참고 들은 그 학부형한테 연줄을 놓게 될 줄은 그는 그때 미처 몰랐다. 이번엔 시간이 넉넉했으니까. 정상적으로 비자가 발급되기로 한 날 여행사 직원은 그러나 또 허탕친 것을 알려왔다. 이유는 C대학에서 보내온 서류에는 학회 날짜가 5월 26일로 돼 있는데 그날이 지난 시점에서 비자 신청을 한 걸 이해할 수 없다는 거였다. 실로 어처구니가 없었다. 대사관의 판단에 하자가 없어서 더욱 어처구니가 없었다. 누구의 잘못도 아니게 시간이 오래 걸리는 바람에 제 날짜에 비자를 받을 수 없게 되자 학회 날짜가 연기됐다는 걸 직원한테 말해봤댔자 그 자리에서 그걸 번복할 수 있는 권한이 있는 건 아니었다. 그는 지쳐서 화도 나지 않았지만, 그 예기치 않은 돌발사에 대해 김혜숙한테는 전화로, 도나 화이트한테는 팩스로 알렸다. 그들이 최선을 다해준 건 알지만 미국이란 데가 정이 떨어져 못 가게 된 게 섭섭하지도 않았다.

오기가 나서인지 금방 마음이 정리돼가고 있는데 도나 화이트한테서 연락이 왔다. 서류를 정정해서 보내는 건 익스프레스로 보낸다 해도 이미 때를 놓친 일이고, 대학 쪽에서 대사관으로 전화나 팩스로 학회가 5월 26일에서 6월 8일로 연기됐다는 사실을 알리고 선처를 부탁하겠다는 거였다. 깨끗이 끝내버리려고 한 일에 그는 또다시 말려들 수밖에 없었다. 워낙 시간도 얼마 안 남았거니와 도대체 대사관이란 켯속에서 돌아가는 일에 너무도 깜깜인 게 답답하기도 해서 교장한테 자초지종을 얘기했다. 물론 리섹트 당한 비지끼지 당장 내주게 했다는 빽줄에다 구원을 청해달라는 뜻이었다. 교장은 그가 기대한 것보다 더 적극적으로 그리고 신속하게 윤애라 아버지에게 도움을 청했고, 염려 말라는 확답을 받았다고 했다. 여행사는 여행사대로 미국에서 대사한테 직접 전화라도 해주면 일이 수월하게 되지 않겠느냐고 귀띔을 했다. 이 주일이 연기된 가운데 일 주일 이상을 허비했으니 일 주일밖에 안 남았는데 그건 학회 날짜까지이고 출국해야 하는 최종일은 닷새밖에 안 남았다. 그도 몸이 달아 교장한테도 거듭 부탁을 하고, 대학측에도 정말 팩스를 보냈나 확인전화를 여러 번 걸었다. 여행사에서 알아본 바에 의하면 대사관에서는 아직 그런 팩스 받은 일이 없다고 해서 다시 김혜숙한테 전화를 해서 어떻게 된 거냐고 화를 냈다. 화도 내고 하소연도 하고 싶을 때는 김혜숙이 만만했다. 도나 화이트로부터 대사관에 재차 팩스를 보냈다는 팩스가 왔다.

다시 J-1 비자 외에는 아무 생각도 할 수가 없는 고약한 시간이 계속됐다. 밤에 꿈자리에서도 길에다 여권을 떨어뜨렸는데, 길바닥이 순식간에 그의 눈앞에서 능글능글한 컨베이어 벨트로 변해서 여권을 싣고 그가 따라잡을 수 없는 속도로 어디론지 떠내려가는 꿈을 꾸었다. 꿈에서도 저 여권을 잃으면 마치 죽기라도 할 것처럼 두려움에 떨었던 생각이 나 깨어나서 스스로가 한심하기도 하고 불쌍하기도 했다. 기쁜 소식은 역시 빽줄로부터 왔다. 6월 5일 출근도 하기 전에 교장으로부터 전화가 왔다.

"비자가 나왔대요. 이선생이 직접 대사관으로 찾으러 오래요, 오전중으로요. 가서 로버트를 찾으면 된대요. 나도 전에 그 사람 도움을 받아서 잘 아는데 친절하고 잘생기고 우리말도 곧잘 하니까 걱정 말아요. 보통 사람들이 비자 받으려고 줄 서는 뒷길 말고 세종로 큰길로 난 대사관 앞문으로 가야 해요. 알았죠? 그리고 미스터 로버트."

교장이 강조하지 않아도 로보트처럼 들려서 잊어버릴 것 같지 않았다. 대사관 옆 한국통신 건물에서는 무슨 일인지 데모가 한창이어서 그 주위의 경계가 삼엄했다. 그까짓 게 무슨 그리 대단한 일이라고 그 동안 세상이 어떻게 돌아가는지 까맣게 모르고 있었다는 게 문득 가책이 돼, 그는 옥상에서 뿌린 삐라가 땅에 닿기를 일부러 기다렸다가 한 장 주워서, 그러나 읽어보지는 않고 주머니 속에 꾸겨넣었다. 로버트를 만나기로 시간 약속이 돼 있다고 했더니 신분증만 보관하고 통과시켜주었다. 그러나 그가 대사관 현관까지 도달하는 동안 스스로 밀어야 하는 문이나 회전문은 어찌나 무겁고 두꺼운지 토치카를 연상시켰다. 그런 문은 생전 처음이다 싶은 느낌이 그를 압도하고 왜소하게 만들었다. 현관에서 용건을 말한 후 얼마 되지 않아 로버트가 내려왔다. 로버트는 그의 여권을 여봐란듯이 들고 있었다. 여권이 그의 손을 떠난 지 얼마 만인지 그렇게 반가울 수가 없었다. 그는 어서 여권을 받고 싶어 고맙다는 인사부터 했다. 그러나 로버트가 찾아온 건 대사관이라는 음흉하고도 복잡한 컨베이어 벨트 위를 떠도는 여권일 뿐 비자는 아니었다. 로버트는 난데없이 비자 신청서를 내주면서, 지금 여기서 작성해주고 가면 빠른 시일 안에 내주도록 노력하겠노라고 했다.

신청서를 받아들었지만 분노와 모욕감으로 손끝이 떨려 아무것도 쓸 수 있을 것 같지가 않았다. '아래 빈칸은 영문타자나 인쇄체로 써서 답변하십시오'라는 맨 위의 굵은 글씨 외에는 눈이 가물가물해서 하나도 읽을 수 없었다.

"이런 서류는 벌써 제출했을 텐데요. 왜 이제 와서 이걸 쓰라고 하나요? 내일은 현충일이니 대사관도 쉴 테고 나는 아무리 늦어도 6월 7일 모레는 출국해야 합니다. 모레 아침에 비자가 나올 것을 믿고 여행 준비를 할 것 같지 않구요. 아침에 여기를 거쳐서 공항으로 간다는 것도 시간상 가능한 일 같지 않구요."

그가 말을 하는 동안 여권을 팔랑팔랑 뒤적이고 있던 로버트가 푸르고 천진한 눈으로 민망하도록 그를 빤히 바라보며 물었다.

"그렇게 급한데 왜 하필 J-1 비자로 가려고 합니까. 여기 이렇게 유효한 B-1, B-2 비자를 가지고 있으면서요. 나는 이해할 수 없습니다."

로버트가 그의 여권을 펼쳐든 채 간당간당 흔들면서 말했기 때문일까. 그는 뭔가 심한 야유와 모욕을 당하고 있는 것처럼 느꼈다. 여권이라도 얼른 낚아채고 싶었다. 그래서 손을 내밀며 말했다.

"그럼 여권이나 돌려주십시오. 내가 뭘로 가든지 상관 마시고요."

로버트는 기다렸다는 듯이 선선히 여권을 내주며 즐거운 여행하라며 악수를 청했다. 홀가분한 눈치였다.

학교로 돌아가 그 사실을 알리자 교장은 그럴 리가 없다며 윤애라 아버지에게 알아봐서 대책을 강구하겠다고 난리를 쳤지만 그는 극구 말렸다.

"그럴 리가 없는데 이선생이 대사관에 가서 변변치 못하게 군 게 틀림없어요. 변변치 못하다는 게 딴 게 아녜요. 언제 고자세로 굴고, 언제 저자세로 굴어야 하는지 판단을 못 하고 뻣뻣하고 어정쩡하게 구는 거라구요."

교장은 이렇게 일이 잘 안 풀린 탓을 그에게 돌리고 나서야 그 문제를 일단락지었다. 그래도 그 동안 교장이 그에게 가장 고맙게 굴었다. 그는 비자 문제가 자꾸 꼬일 때, 교수나 문화계 일에 종사하면서 외국을 자주 드나드는 친구들한테 더러는 속상한 얘기를 피력하기도 했었다. 물론 무슨 도움을 얻자고가 아니라 미대사관에서 하는 일을 같이 욕이라도 해주고 싶어서였을 것이다. 그러나 대개의 상대방은 그걸 자기 자랑의 기회로 삼으려고 했다. 인터뷰 때 아무개도 이런저런 모욕을 당했는데, 자기는 깍듯한 대접을 받고 무사히 통과할 수 있었다느니, 길어야 일 년밖에 비자를 안 내줄 때 자기는 뭘 보고 그랬는지 오 년을 내주더라느니, 그런 유의 예를 수도 없이 들어가며, 너는 참 안됐다고, 자기만 쉽게 쉽게 비자를 받은 데 대해 자부심과 특권의식을 드러냈다. 그는 그 생각만 하면, 누가 누가 더 더리고 비천한가, 지지리 못난 사람들끼리 키재기를 한 것처럼, 자신은 그중 가장 못나 그 비천의 밑바닥을 핥은 것처럼 느껴져 다시는 생각하기도 싫었다.

그래도 그는 징징 울다시피 하는 김혜숙을 위로하고 나서 밤을 새워 그가 발표하고자 했던 요지와, 질문을 예상하고 미리 머릿속으로만 굴리고 있던 것들을 글로 만들어 그녀에게 팩스로 보내면서 그가 참석을 못 하더라도 기죽지 말고 이번 모임을 성공적으로 이끌기를 당부했다. 그러나 지렁이도 밟으면 꿈틀한다고, 그가 겪은 고약한 경험을 단지 개인의 재수 탓으로만 돌리고 넘어갈 수는 없다고 생각했다. 며칠 지나 마음을 가라앉힌 후, 그는 그를 초청한 동아시아 연구모임 앞으로 다음과 같은 요지의 팩스를 보냈다.

―귀 연구모임의 성격상 앞으로도 연사를 초청할 일이 있을 것 같아, 이번 초청으로 내가 겪었던 얼토당토않은 일에 대하여 그 모임에서도 알 필요가 있다고 생각해서 이 편지를 드립니다.

그러고 나서 그간에 겪은 일을 처음부터 끝까지 순서대로 열거하고 나서,

―내가 정말로 분개한 것은 그 다음 일입니다. 아무 대답도 없다가 구 일이나 지나고 나서 대사관은 내 비자 신청을 반려했습니다. 이유인즉, 처음 초청장에 나와 있는 모임일자가 지났으니 연기되었다는 서류가 필요하다는 거였습니다. 떠나야 할 날짜는 모레인데 이제 증명서를 내면 다음날로 비자를 주겠다는 건지, 아니면 또 열흘 후에 다른 엉뚱한 것을 요구할지 알 수가 없는 일이었습니다. 미 대사관에서 한국인을 상대로 하는 업무

에 정상적인 처리기간이란 존재한 적이 없으니까요. 하루가 걸릴지 일 주일이 걸릴지 한 달이 걸릴지, 전혀 알 수가 없으니 미국 가는 일에 있어서 정상적인 계획을 세우기란 불가능하다는 뜻이지요. 바쁜 사람이 여행계획을 세웠다가 이런 이유로 취소하고, 다시 연기하여 똑같은 일을 반복하고, 그러고 나서도 출발 전날이 되도록 비행기표를 사야 할지 말아야 할지를 알 수 없는 상황을 당한다는 것이 어떤 것인지 당신네들이 짐작이나 할 수 있을는지요. 그리고 이러한 불합리한 일이 단지 미 대사관의 비자 발급 업무 때문에 생겼다는 것을. 이러한 일을 겪고도 우리는 항의할 상대가 없습니다. 미 대사관은 한국인의 민원을 받지 않으니까요. 그래서 이렇게 그간의 경과를 설명하는 편지를 드리는 겁니다. 미국에 초청한 한국인을 이런 식으로 대하는 것이 과연 미국의 국익에 부합하는 일인지, 나를 초청한 당사자로서 미 대사관에 정식으로 항의해주시기를 바랍니다. 또 한 가지 덧붙여 말씀드릴 것은 초청자에게 J-1 비자를 요구하는 귀 대학의 규정에 대해 다시 검토하시길 부탁드립니다. 이 규정만 없었다면 아무 문제 없이 처음에 정한 날짜에 모임에 참석할 수 있었을 테니까요.

연구모임으로부터 답장이 왔다. 학회는 그가 참석하지 못한 것을 모두 아쉬워하면서도 그의 문학을 가지고 연구하고 토론하는 과정이 매우 유익했고 그가 보낸 글을 읽은 게 얼마나 감동적이고 주제를 이해하는 데 도움이 됐는지 모른다는 의례적인 감사의 말과 함께 이런 구절도 있었다.

— 우리가 이해할 수 없는 일로 우리의 초청계획이 무산된 것을 유감스럽게 여기며 당신이 그 일로 미국 정부로부터 당한 일에 분개하고 있습니다. 이번 경험은 한국에서 식민주의가 종식된 게 아니라 아직도 현실적으로 존속하고 있다는 우리의 이해를 재확인시켜주었습니다.

나중 말은 그를 마음뿐 아니라 오랜만에 얼굴까지 화끈거리게 했다. 그 편지에는 그가 요청한 대로 그들이 주한 미국 대사관에 보낸 항의문의 사본이 동봉돼 있었다. 이 엄중한 항의문에 서명한 이들은 C대학 인문학연구소가 후원하는, 동아시아의 식민지 체험과 근대성에 관한 세미나를 이끄는 동아시아 연구 학자들의 이름이 타대학 학자까지 총망라돼 있었다.

항의서한은 그 연구모임이 그와 최초로 접촉한 날부터 미팅 날짜를 정하고 조정하고 끝내 목적을 달성할 수 없기까지의 과정을 그가 기억하는 것보다 더 상세하게 날짜별로 나열하고 설명하고 나서 다음과 같이 끝을 맺고 있었다.

— 우리는 미국 정부의 한국 문화인사에 대한 무례와 부주의에 대해 분노하는 바입니다. 전혀 설명할 수 없는 절차상의 지연에 덧붙여서 이창구씨는 J-1 비자를 신청하는 무슨 다른 동기가 있지 않나 의심하는 듯한 질문까지 받아야 했습니다. 그런 태도를 취한 직원은, 그 비자는 취업이 허용된 비자이기 때문에 미국에서 직업을 구할지도 모른다는 가정을 내린 듯합니다. 일반 한

국 국민을 대하는 고압적인 태도 그대로 이창구씨를 대했으며, 한국의 문화인사에 대해 얼마나 무지한지를 드러낸 것입니다. 예를 들어 남아프리카의 나딘 고디머 여사가 이런 곤란을 당하리라고는 우리는 상상도 할 수가 없습니다. 캘리포니아 대학군의 동아시아 연구 학자로서 우리는 아시아 국가와 수시로 학문적이고 문화적인 교류를 하고 있습니다. 우리의 연구와 강의의 자질은 이런 교류와 밀접하게 관련되어 있습니다. 이런 식의 망발은 학문적인 열정과 일반적인 국제관계를 말살하는 것입니다. 이번 사태는 한국의 탁월한 작가를 얕잡아본 것이고 C대학과 세미나 참석자들을 당황하게 했습니다. 우리는 또한 미국 내에서의 동아시아의 역할이 점점 중요해지고 증가하고 있는 이 시점에서 광범위하게 영향을 주는 좋은 기회를 놓쳤습니다. 이런 태도로 이창구씨에게 무례하게 대한 것은 미국에게도 이득이 되지 않습니다. 이 에피소드는 대중의 토론거리가 될 것이고 한국 지성인들을 분노하게 하는 소재가 될 것입니다. 이런 일이 다시 발생되는 것을 막는 첫걸음으로서 우리는 이창구씨에게 해명을 해주실 것을 바라며 그가 미국 대사관으로부터 공식 사과를 받아야 한다고 생각합니다. 그리고 두 번의 비자 신청에 따른 비용과 비행기표 취소요금도 변상해주시기 바랍니다. 우리는 아래 서명한 멤버로시 이 시태의 답신을 기다리겠습니다.

아내하고 같이 그 편지를 읽고 난 이창구는 그 창피하고 참담한 심정을 얼버무리느라 불쑥 한다는 소리가,

"이 사람들 우리를 남아프리카보다도 못하게 여기는 것 같잖
아."

아내가 그를 기분 나쁘도록 투명한 시선으로 바라보며 짧게
말했다.

"왜 남아프리카가 어때서요?"

그는 더욱 무안해져서, 미국 대사가 정식으로 사과하기 전에
내 다시 미국땅을 밟나 봐라, 하고 호기를 부렸던 것이다.

나의 웬수덩어리

내 컴퓨터가 또 이상해졌다. 이번엔 망령이었다. A4용지로 삼십 장 분량이나 되는 원고를 감쪽같이 집어삼킨 지 일 년도 채 안 되고 나서였다. 이 기회에 이놈의 386 구닥다리를 586 신형으로 갈아치워버리고 싶었지만 집에 컴퓨터가 두 대나 된다는 것은 생각만 해도 끔찍한 노릇이었다. 새걸 들여놓고 나면 헌것은 버리든지 필요로 하는 데를 찾아서 기증을 하든지 하는 게 순서겠으나 나는 그렇게 할 수 있을 것 같지가 않았다. 집어삼킨 삼십 장 때문이었다. 원고지로 환산하면 삼백 매가량 되고 내가 쓰고자 한 장편의 4분의 1에 해당하는 분량이었다. 분량이 문제가 아니었다. 장편이고 단편이고 간에 나는 처음 반의 반을 쓰기까지가 가장 힘이 들었다. 시간도 지긋지긋하도록 오래 걸렸다. 반의 반만 쓰고 나면 반까지는 훨씬 수월해지고 반에서 나머지 반은 마치 천신만고 끝에 오른 정상에서 내리막길을 타듯이 휘

파람을 불며 수월하게 끝마칠 수가 있었다.

그렇게 중요한 반의 반을 그놈의 컴퓨터가 감쪽같이 집어삼킨 거였다. 제조회사의 AS 사원을 불렀더니 백업을 안 해놓은 내 무지와 실수만 탓하고 가버렸다. 여기저기 수소문해서 자칭 컴퓨터 도사라는 사람도 몇 사람 불러대보았지만 살려낸 것은 불과 열 줄도 안 되는 분량이었다. 처음엔 그것도 감지덕지했다. 그런 식으로 조금씩 다 살려낼 수 있으려니 해서였다. 그러나 처음에 살아난 것 이상을 아무도 살려내지 못했다. 그 일을 계기로 그 신기한 기계에 대한 전적인 의존에서 벗어나 경계하는 마음을 품게 된 게 소득이라면 소득이었다. 수시로 백업을 해놓는다는 것도 번거로운 일이고, 비록 기계일망정 많은 시간을 같이하는 동반자에 대한 불신은 피곤한 일이기도 해서 수작업할 때가 그립기도 했지만 나는 내가 그 시절로 돌아갈 수 없다는 걸 알고 있었다.

백방으로 애써보았지만 그놈의 컴퓨터가 내 원고를 더는 토해놓지 않으리라는 걸 알고 나서는 도사 대신 어디서 고문기술자라도 불러대고 싶었다. 그 정도로 구슬려도 실토를 안 하면 고문을 할 수밖에 없다는 발상은 내 딴엔 꽤 그럴듯했다. 나는 안 나오던 라디오를 모르고 발길로 걷어찼더니 다시 소리가 나던 옛날 경험을 살려 그놈의 컴퓨터를 주먹으로 사정없이 쳐보기도 하고, 노크하듯이 똑똑 여기저기를 두드려도 보고, 이 웬수덩어리야, 들입다 욕을 하면서 박살을 낼 듯이 몽둥이로 위협도 해보고 나서 다시 띄워봐도 문서 이름만 남아 있고 내용은 감감무소식 뜨지 않았다. 이런저런 노력과 싸움에 지쳐 며칠 동안 머리 싸고 누웠다 일어나니 머릿속에 남아 있던 기억까지 완전히 날아가버렸다. 결국 일생일대의 걸작이 될 뻔한 소설은 그렇게 하여 무로 돌아갔다. 그래도 그놈의 웬수덩어리를 폐기처분하지 못한 것은 아무리 구박을 해도 문서작성 기능에는 하등 이상이 없었기 때문이기도 했지만, 네놈이 나의 피땀의 결정을 감쪽같이 집어삼켜버렸겠다! 싶은 일종의 원한관계 때문이었을 것이다. 글쓰기의 원동력은 심장의 더운 피, 고결한 양심이라고 외눈 하나 깜짝 안 하고 말할 수 있는 몇 안 남은 구시대의 글쟁이 중의 하나인 나 같은 사람이 그까짓 기계 나부랭이하고 원한관계를 맺다니.

그래도 기계한테 원한은 너무 인간적인 대우였을 것이다. 이번에 그 웬수덩어리가 보인 이상은 망령이라고밖에 해석할 수 없는 것이었다. 사람 대접을 해주니까 기껏 한다는 사람 노릇이 망령이었다. 몇 줄씩 잘 쳐지다가도 느닷없이 모음과 자음이 따로 놀기도 하고 받침이 엉뚱한 데로 튀기도 했다. 이를테면 분명히 '가'를 쳤는데 'ㄱ'만 남고 'ㅏ'는 안 쳐졌다. 헛짚었나 싶어 몇 번을 쳐대도 마찬가지였다. 살펴보니 아주 안 쳐지는 게 아니라 여기저기 엉뚱한 데로 날아가서 딴 글자를 불구로 만들어놓는 거였다. '강'을 쳤는데 'ㅇ'이 딴 데 가 붙기도 했다. 어디서 그런 오류가 발생하는지 딱히 정해진 것도 아니고, 모음이나 받침이 어디로 가서 붙는다는 방향이 정해진 것도 아니었다. 손바닥에 침 뱉어놓고 탁 치면 어디로 튀길지 아무도 모르는 것처럼 중구난방이었다. 나는 또 도사들한테 전화질을 했다. 자칭 컴퓨터 도사들도 내 말을 잘 이해하지 못했다. 그런 고장은 듣도 보도 못 했다는 식이었다. 아마 노망이라는 병명을 생각해낸 것도 내가 아니라 그들 중의 하나였을 것이다. 사람의 병 중에도 망령이 제일 힘들다더니 컴퓨터의 망령도 사람을 미치게 만들었다. 이제 그놈의 컴퓨터라면 지긋지긋했다. 마침 급한 원고 때문에 쩔쩔매는 나를 딱하게 여긴 이가 있어 노트북을 빌려줬다.

노트북을 써보니 암만해도 정이 든 내 기계만 못했다. 그까짓 기계한테 정은 무슨 놈의 정, 그 속에 나의 불후의 명작이 숨어 있는 한, 아무리 버려도 아무도 안 집어갈 낡은 기계라 해도 진주를 품은 조개나 마찬가지였다. 끝까지 끼고 돌 수밖에 없었다. 마지막으로 또 한번 회사에다 AS를 의뢰했다. 젊은 기술자는 기계가 어떻게 망령을 부린다는 내 설명을 알아먹은 것 같지 않았다. 나는 할 수 없이 타자를 쳐서 그걸 보여주고자 했다. 참으로 요망하기 짝이 없는 기계였다. 두어 줄마다 한 번씩은 나타나던 그 이상한 실수를 한 페이지를 치도록 한 번도 안 저지르는 것이었다. 진땀이 났다. 게다가 타자 실력은 왜 그렇게 더디고 서투른지 그 실력으로 내 실순지 기계 실순지 가려내는 것도 불가능했다. 보다 못한 기술자가 말했다.

"이 컴퓨터 누가 쓰던 거예요?"

"쓰던 거 아녜요. 내 거지요. 처음부터 내 거예요."

"그럼 할머니, 그 실력으로 채팅을 한단 말예요?"

뭔가 시답지 않아하는 것도 같고 경멸하는 것도 같던 그의 얼굴에 잠시 능글거리는 호기심이 지나갔다. 다행스럽게도 그는 내가 전문직으로 글 써먹고 사는 작가라는 걸 전혀 눈치채지 못하는 것 같았다. 나는 그래도 내가 꽤 유명한 작가인 줄 알았는데 그렇지도 않은 모양이다.

"채팅이 뭔지 난 그런 거 몰른다우."

"그럼 게임을 즐기시나."

그는 점점 더 불손하게 능글댔다. 그러면서 능숙하게 키보드를 두들겨대더니 바이러스에 형편없이 감염됐다고 했다. 나는 부랴부랴 그 옆에 놓인 노트북을 딴 방으로 옮겼다.

"그것 뭐 하러 들고 나가고 그래요?"

"바이러스에 감염됐다면서요? 이 노트북한테까지 올까봐……"

"할머니, 할머니가 이 컴퓨터 쓴다는 거 맞아요?"

청년이 기가 차다는 듯이 정색을 하고 물었다. 나도 그제서야 아차, 싶어서 피식 웃고 말았다. 내가 아무리 기계에 무지하다고 해도 컴퓨터 바이러스라는 게 공기나 접촉으로 전염하는 건 아니라는 것쯤은 알고 있었다. 그러나 바이러스라는 소리를 듣자 반사작용처럼 순간적으로 떠오른 남의 기계까지 망치게 하지 말아야지 하는 생각이 그런 실수를 저지른 거였다.

"그럼 바이러스 때문에 글자가 그렇게 깨졌을까요?"

"지금은 고쳐드릴 테니까 나중에 써보면 알 거 아녜요."

청년은 제가 가져온 디스켓을 내 컴퓨터 속에다 밀어넣으면서 퉁명스럽게 말했다. 이 나이에 왜 한 자루의 펜 대신 이런 거창한 기계는 써가지고 종당엔 이런 모욕까지 당해야 하는지, 생각할수록 분했다. 청년은 다 고쳤다고 말하고 나서 이 컴퓨터 할머니가 쓰는 것 맞느냐고 또 물었다. 삼세번째던가. 암만해도 내 입으로 내가 작가라는 걸 말해야 할 것 같았다.

"젊은이, 젊은이는 이런 기계를 고치는 게 직업인 것처럼 나는 이런 기계를 이용해서 글을 쓰는 게 직업이라우."

청년이 고개를 끄덕이더니 얼굴에 짙은 연민이 어렸다.

"할머니, 이만한 아파트에 살면서 뭘 그렇게 힘들게 사세요. 그 타자 실력 가지고 하루에 얼마나 벌겠다구. 우리 어머니는 할머니보다 훨씬 젊은데도 자식들한테 용돈 내놓으라고 큰소리 땅땅 치면서 관광이나 다니면서 얼마나 편안하게 사신다고요."

"그러게나 말이요."

나는 나도 모르게 순순히 동의를 하고야 말았다. 실수의 연속이었다.

"난다 긴다 하는 급수 딴 타자수도 얼마나 많은데 할머니한테까지 돌아올 일거리가 있다는 게 신기하네요."

청년이 칠천원짜리 수리비 청구서를 내밀며 정말로 안됐다는 듯이 나지막한 소리로 중얼거렸다. 나도 신기했다.

겉멋과 정욕

박혜경(문학평론가)

1

박완서의 작품을 읽는 즐거움은 한 사람의 삶 속에 내장된 세월의 두께가 그에게 부여하는 정신의 자유로움을 즐기는 일에 상응한다. 삶 속에 축적된 시간의 두께가 삶에 대한 관습적 시야와 고집스러운 자기 관념의 틀에 얽매인 정신의 족쇄가 아니라 고정된 관념의 경계를 넘나드는 정신의 활달함과 능숙한 균형감각으로 작용할 수 있는 것은 박완서 문학을 일관하는 정신의 젊음에서 기인하는 것이다.『그 여자네 집』을 읽으면서 확인하게 되는 것 역시 박완서 문학이 지닌 여전한 젊음의 힘이다. 박완서의 문학에서 나이듦이란 젊음의 소진이 아니라 젊음의 심화이다. 나이듦이란 어떤 의미에서 더이상 세간의 눈치를 보지 않고 살 수 있다는 자신감, 그리고 그로 인해 오히려 세간의 돌아가는 켯속을 더 명징하게 분별할 수 있는 혜안의 깊이와 통하는 것임을 이 작품집 속에 수록된 소설들은 새삼 일깨워주는 것이다.

탁월한 이야기꾼의 능력을 갖춘 박완서 문학의 서사적 활기는 기실 인간과 삶의 시시비비를 가리는 데 있어 조금의 주저함도 없는 듯한 박완서 소설 특유의 단호한 태도에 힘입은 바 크다. 작중인물들에 대한 작가의 호오가 분명히 드러나는 것 또한 박완서 문학의 서사적 역동성을 높이고 속도감 있는 독서를 추동하는 주요인이라고 할 수 있을 것이다. 역사적인 소재든 당대적인 소재든, 소설 속에서 다루어지는 대상에 대한 작가의 윤리적 판단을 분명히 드러내는 박완서 문학의 이와 같은 기질적 특성은 독자들이 작가의 판단에 충분히 공감할 수 있을 정도의 명쾌한 도덕적 카타르시스를 안겨주기도 하지만, 때로는 그 지나친 단호함이 독자들을 정서적으로 억압하는 측면 또한 없지 않았던 듯하다. 그러나 작가의 회갑기념 작품집이라는 성격을 지닌 『저문 날의 삽화』 이후 박완서의 작품들은 신랄함의 날카로운 모서리가 조금씩 깎여나가면서 도덕적 판단의 선명성은 줄어든 대신 정서적 포용의 반경은 그만큼 더 넉넉해져 박완서 문학의 새로운 깊이를 보여주고 있다. 대개의 경우 노년기에 나타나는 정신적 에너지의 감퇴는 세월의 축적과 더불어 더 고집스럽고 완고해지는 삶에 대한 도덕적이고 정형화된 관념과 밀접한 연관이 있고, 그것이 결국은 새로운 관념이나 삶의 변화에 대한 배타적인 태도를 불러오는 경향이 있다면, 박완서의 소설들은 오히려 세월의 축적과 더불어 더 부드럽고 유연해진 균형감각으로 세간의 누추함과 일상적 욕망들 내부의 자잘한 갈등들을 조감하고 있는 것이다. 『그 여자네 집』이 보여주는 박완서 문학 특유의 서사적 활기 역시 그 밑바탕에는 세간의 삶에 대한 선명한 도덕적 가치판단 대신, 도덕적 시시비비의 차원을 넘어서는 인간에 대한 보다 근원적인 연민의 시선이 깃들어 있는 듯이 보인다. 세속적 욕망의 추비(醜卑)한 껏속을 파헤치는 신랄함은 여전하다고 해도, 그 신랄함이 이전 작품들에서 종종 그랬던 것처럼 단호하고 공격적인 언어로 표출되기보다, 세간의 현실에 얽매인 누구도 그 욕망으로부터 자유로울 수 없다는 사실에 대한 우울하고 사려 깊은 성찰의 언어로 나타나는 것이다.

2

『그 여자네 집』에서 작가의 가장 집중적인 관심의 대상은 노년기에 접어든 인물들의 삶이다. 노년기에 접어든 인물이 직접 작중화자로 등장하든, 그들과 관련된 주변인물들이 작중화자의 역할을 맡든 노년기의 삶이 작품의 주 소재로 등장하는 것은, 어떤 형태로든 자신이 경험하지 않은 일에 대해서는 잘 쓰지 못한다는 박완서 문학의 엄정한 사실주의적 기질과도 무관하지 않을 것이다. 세속적 욕망들의 다툼이 불러오는 삶의 속악함과 그로

인한 마음의 피로로부터 한 발 물러나와 이제 죽음을 바라보는 나이가 되었다는 것은 이러한 작품들에서 삶에 대한 더 의미 있는 관찰적 시야를 확보할 수 있는 조건으로 작용하기도 한다. 실제로 수록된 많은 작품들에서 노년기의 인물들은 그들을 둘러싸고 있는 주변 인물들과 일정한 대비적 관계를 형성한다. 그러한 대비는 작가의 호오에 의해 차별화되는 인물과 인물들 사이의 대비라는 표면적인 관계의 차원을 넘어, 작중인물들의 삶을 투시하는 작가의 삶에 대한 보다 근본적인 태도의 문제와 연관되어 있다는 점에서 우리의 주목을 끈다. 우리의 삶 속에는 세간의 기준에 사로잡힌 도덕적 관념으로는 포착되지 않는 어떤 본질적인 도덕성의 지점들이 놓여 있다는 것, 한 인간이 견디어온 세월의 무게를 하나의 틀 안에 우겨넣을 수 있는 완전하고 정형화된 도덕적 기준은 존재하지 않는다는 것, 삶이나 그 삶을 지탱하는 인간의 욕망은 인간의 이해가 가 닿을 수 없는 부조리하고 모순에 가득 찬 무수한 켯속들로 뒤얽혀 있다는 것 등은 노년기의 삶을 통해 박완서 문학이 우리에게 들려주는 새로운 전언들이다.

「마른 꽃」에서 노년의 나이가 가져다준 정신의 여유는 '겉멋'과 '정욕'의 대비를 통해 표출되는 인간의 욕망에 대한 작중화자의 내면적 통찰의 바탕을 이룬다. "정욕이 눈을 가리지 않으니까 너무도 빠안히 모든 것이 보였다"라는 구절처럼, 정욕으로부터 자유로운 나이에 이르렀다는 것은 '겉멋'으로 지칭되는 허구적 욕망이나 관계들의 내부를 통찰할 수 있는 작중화자 나름의 내면적 균형감각을 얻게 되었음을 의미한다. 작품 속에서 겉멋과 정욕의 대비를 통해 드러나는 작중화자의 내면적 통찰은 노년기의 우연한 만남이 가벼운 연애감정으로까지 발전한 작중화자와 조박사의 관계뿐만 아니라, 그들의 관계를 결혼으로 연결시키려 드는 주변인물들의 태도에 대해서도 그대로 적용될 수있는 것이다. 이를테면 조박사의 며느리가 작중화자와 조박사의 재혼문제를 적극적으로 추진하려는 것이 이들의 결혼을 통해 자신이 시아버지를 모셔야 한다는 의무로부터 해방되려는 영악한 타산에서 비롯된 것이라면, 작중화자의 딸이 엄마의 사랑을 독려하면서 조박사와의 결혼을 부추기는 것 역시 조박사가 지닌 현실적 조건들에 대한 호감과 무관하지 않은 것이다. 자신의 딸과 조박사 며느리의 부추김은 작중화자에게 부모의 반대를 무릅쓰고 "오로지 한 남자만 보이게 한 그 맹목의" 정열에 의해 결혼을 감행했던 죽은 남편과의 결혼생활을 떠올리게 함과 동시에 현실적 타산에 의해 매개된 겉멋과 마음으로부터 우러나오는 진정한 정열에 대한 새삼스러운 자각을 불러온다. 인간의 눈을 가리는 세속적 정욕을 넘어선 자리에서 작중화자가 발견한 것은 어떠한 이기적 타산도 개입하지 않은 순수한 정열로서의 정욕이다. 결혼이라는 관계를 이어주는 진정한 의미의 정열이란 자신의 본모습을 그럴듯하게 가공한 겉멋에 도취하는 자기 기만이 아니라 "같이 아이를 만들고, 낳고, 기르는 그 짐승스러운 시간을 같이" 하는 일이라는 작중화자의 자각은 "겉멋에 비해 정욕이 얼마나 아름다운 것인지 이제야 알 것 같았다"라는 생각과 겹쳐 있다. 그러한 생각 속에는 그럴듯한 연출을 통해 세속적 욕망을 위장하는 허구화된 관계가 아닌, 상대와의 관계를 자신의 삶 전체로 살아내는 짐승스러운 정욕의 시간, 그 욕망의 적나라한 실존을 거치지 않고는 어떠한 관계도 결국은 하나의 겉멋에 지나지 않는다는 의미가 깃들어 있는 듯하다.

「환각의 나비」 또한 겉멋과 정욕의 대비라는 테마의 또다른 변주를 들려주는 작품으로 읽을 수 있다. 이 작품에서 치매증상을 보이는 어머니를 돌보는 문제를 둘러싼 자식들 사이의 갈등은 "그들이 모시고자 한 것은 어머니가 아니라, 아들이 있는데도 딸네에 의탁하거나 거기서 죽는 것은 절대로 해서는 안 되는 치욕이라는, 관념이었으니까"라는 말처럼, 그들이 어머니에 대한 연민이나 염려 이전에, 세간에서 통용되는 도덕적 관념이나 체면 등과 같은 현실적 타산을 더 강하게 의식한 결과라고 할 수 있다. 자식들 가운데 어머니와 가장 많은 시간을 함께했고 그로 인해 어머니에 대한 남다른 유대감을 지니고 있는 영주 또한 형제들과의 갈등상황이 전개되면서 정작 어머니가 겪고 있을 고통에 대한 배려보다는 자신의 자존심을 지키는 일에 더 집착하는 모습을 보여준다. 뿐만 아니라 지방대학 교수인 영주의 내면은 박사학위를 얻기 위해 바쳐온 시간과 열정들이 한없이 남루하고 하찮게 느껴질 정도로 살아가는 일에 대한 염증과 위기의식으로 황폐해져 있다. 그러나 삶에 대한 이러한 염증이나 가출한 어머

니를 찾아오는 일이 반복되면서 심화되어가는 형제간의 갈등에
도 불구하고 영주에게 가출을 반복하는 어머니를 찾아오는 일이
란 어머니와 함께한 세월의 무게만큼이나 절박한 그리움이 시키
는 일이기도 하다.

이 작품의 중간부분에 등장하는 자연 스님의 이야기는 삶의
염증과 형제간의 갈등이라는 속악한 삶의 현실과의 대면에서 오
는 영주의 이와 같은 황폐한 삶과 선명한 대비를 이루고 있다.
자연 스님에 대해 "무슨 핑계로든 여기 아닌, 어딘가로 가고 싶
어했다. 그녀가 막연히 벗어나고 싶은 건 이 고장이 아니라, 여
직껏 인연을 맺어온 사람들인지도 몰랐다"라고 말하는 부분은
영주의 이야기 한가운데 자연 스님이라는 캐릭터를 배치한 작가
의 의도를 보다 선명하게 드러낸다. 치매상태에서 가출한 어머
니의 최종적인 도착지가 자연 스님이 기거하고 있는 절이라는
것 또한 영주의 삶과 자연 스님을 대비적으로 배치한 작가의 의
도를 뚜렷하게 암시한다. 서울의 근교를 지나다 이상한 힘에 끌
려 들어간 절에서 어머니를 발견한 영주의 눈에 어머니는 다음
과 같은 모습으로 비춰진다.

몸집에 비해 큰 승복 때문에 그런지 어머니의 조그만 몸은 날
개를 접고 쉬고 있는 큰 나비처럼 보였다. 아니아니 헐렁한 승복
때문만이 아니었다. 살아온 무게나 잔재를 완전히 털어버린 그
가벼움, 그 자유로움 때문이었다. (……) 칠십을 훨씬 넘긴 노인

이 저렇게 삶의 때가 안 낀 천진 덩어리일 수가 있다니.

—「환각의 나비」, 94~95쪽

지척에서 변해버린 어머니의 모습을 지켜보면서도 "암만 해도 저건 현실이 아니야, 환상을 보고 있는 거야"라고 생각하며 한 발자국도 움직이지 못하는 영주에 대해 작가는 "그녀가 딛고 서 있는 곳은 현실이었으니까"라고 못 박는다. 영주를 둘러싼 삶의 공간과 자연 스님 사이에는 현실과 환상의 경계만큼이나 넘어설 수 없는 투명한 막이 가로놓여 있는 것이다. 앞에서 언급한 것처럼, 이러한 현실과 환상의 대비는 세간의 평판과 체면에 휘둘리는 겉멋의 삶과 정욕이라는 말 속에 담긴 인간의 본래적인 삶을 대비시키는 서사구도의 또다른 버전으로 읽어도 무방할 것이다. 이런 의미에서 자연 스님의 '자연'이라는 법명 또한 작가에 의해 다분히 의도된 호칭이라는 인상을 준다.

3

「길고 재미없는 영화가 끝나갈 때」에서 작중화자의 오빠가 아버지를 모시는 문제에 대해 보이는 민감한 반응 역시 체면과 평판이라는 세간의 도덕적 관념의 구속을 받는 세태의 반영으로 볼 수 있다. 오빠가 "삶을 짜증스러워하는 태도 때문에 늘 찌들어 보"이는 것 또한 세간의 도덕적 관념에 구속된 세태의 일상화된 내면풍경과 무관하지 않을 것이다. 이런 의미에서라면 자신의 의사와는 상관없이 평생 동안 자신을 "소 닭 보듯 하는" 남편과 살면서 어머니가 견뎌낸 한결같은 인고의 세월 또한 어머니에게 강요된 세간의 완강한 도덕적 관념의 작용으로 이해할 수 있다. 그러나 어머니는 자신에게 강요된 세간의 도덕적 의무를 완벽하고 당당하게 감당해냄으로써 작중화자인 딸의 눈에 "품위에다가 위엄 같은" 걸 지닌 모습으로 비춰지기도 한다. 자신의 누추한 모습을 누구에게도 보여주지 않으려는 어머니의 남다른 결벽증이나, 자신의 삶에 대해 어떠한 원성이나 불만도 내비치지 않고 "아무리 인간적인 추태라 할지라도 그렇게 철저히 갈무리해온" 삶은 자신의 굴욕적인 운명에 굴복하지 않으려는 어머니 나름의 생존방식이었을 것이다. 이러한 어머니의 삶을 바라보는 딸의 시선 속에는 박완서 특유의 신랄함과 연민이라는 이중적 정서가 깃들어 있다.

그러나 이 작품에서 보다 흥미로운 것은 끊임없이 소실들을 갈아치움으로써 어머니에게 굴욕의 삶을 강요한 장본인이라 해야 할 아버지를 바라보는 딸의 시선이다. "미남에다 멋쟁이인 줄로만 알고 있었던 아버지가 연세가 들수록 경박하고 볼품없어지는 반면 어머니는 그 정반대라는 걸 발견한 거였다"라는 구절에서 아버지를 바라보는 딸의 신랄한 시선은, 작품의 뒷부분에서 다른 노인들과 어울려 멋들어지게 노래하고 있는 아버지의 모습을 보며 "소녀 적엔 그렇게 풀린 아버지가 추악하게만 보였는데 지금은 아니었다. 난봉기도 도가 트니까 관록 같은 게 생겨 멋있고 풍류스러워 보이기까지 했다"는 생각으로 바뀌고 있다. 아버지를 바라보는 이러한 시선의 변화는 "집에서는 경직되고 근엄하고 불편해 보이던 아버지가 거기서는 편안하고 자유스럽고 느긋해 보였다. (……) 아버지는 장남 노릇이 몸을 옥죄는 걸 참지 못해 편안하게 퍼질 자리를 찾아 난봉을 핀 게 아니었을까"라는 생각을 거쳐 "사람 팔자는 관 뚜껑 덮을 때까지 아무도 예측할 수 없는 그야말로 한치 앞을 내다볼 수 없는 난해한 숙제"라는 인식으로 나아간다. 이러한 맥락에서 본다면 아버지의 난봉기 또한 어머니의 결벽증과 마찬가지로 세간이 강요한 도덕적 의무를 견디는 나름의 방식이었던 셈이다. 세간의 도덕과 인간의 내밀한 욕망이 뒤얽혀 만들어내는 삶의 굽이굽이 얽힌 복잡한 켯속 앞에서 "차라리 공식이 통하지 않는 그 난해함 때문에" 어머니의 임종뿐만 아니라 아버지의 임종까지 책임지는 일을 한번 더 해보고 싶다는 작중화자의 생각 속에는 규범화된 도덕적 잣대로 작중인물들의 삶을 판단하는 차원을 넘어 노년기의 박완서 문학이 빚어낸 삶에 대한 보다 근원적인 성찰의 무게가 담겨 있다. 한 편의 길고 지루한 영화처럼 보이는 삶 속에는 어떠한 도덕적 공식으로도 포착되지 않는 욕망의 다양한 얼굴들이 숨어 있다는 것, 그리고 그 다양한 욕망의 얼굴들 안에는 세간이 강요하는 삶의 압력을 견디면서 어떻게든 자신에게 주어진 삶의 몫

328

을 살아내려는 나약한 인간들의 생에 대한 어떤 안간힘이 새겨져 있다는 전언이 그것이다.

「너무도 쓸쓸한 당신」은 욕망의 이면에 도사린 그 복잡하고도 난해한 공식을 어떤 작품보다도 탁월하게 묘파해내고 있는 작품이다. 작중인물들의 내면에 도사린 욕망들의 꼬장꼬장하게 뒤얽힌 굴곡들을 기민하게 포착해내는 능력에 있어 타의 추종을 불허하는 박완서 소설의 장기가 이 작품에서도 유감없이 발휘되고 있다. 세태의 안팎을 포착하는 박완서 문학의 신랄한 사실주의적 감각 안에서 세간에서 통용되는 도덕적 명분이나 체면의 이면에 자리잡고 있는 이기적이고 속악한 욕망들은 적나라하게 그 실체를 드러낸다. 작중화자인 '그녀'가 별거중인 남편에 대해 보이는 심리적 반응이나 아들의 졸업식에서 그녀와 사돈댁과의 사이에서 벌어지는 미묘한 신경전을 조밀하게 그려나가는 솜씨는 그 능란함이라는 점에서 가히 혀를 내두르게 한다. 그러나 이 작품에서 무엇보다 주목을 끄는 것은 작중화자를 바라보는 작가의 시선이다. 작중화자인 그녀의 시점으로 이야기를 풀어나가면서도 작가는 그녀의 시점을 옹호하고 그녀의 삶에 전적인 도덕적 정당성을 부여하는 대신, 시종일관 그녀에 대해 관찰적 거리를 유지하는 균형감각을 보여주고 있는 것이다. 작중화자에 대해 작가가 취하는 이러한 균형감각을 통해 그녀의 마음속에 내면화된 범속하고 타산적인 욕망의 켜들이 가차없이 까발려진다. 이를테면 아들의 졸업식에서 사돈댁의 위세에 눌리지 않으려는 심리전에 온통 마음을 사로잡힌 채, "야죽거리는 안사돈에 대한 적의를, 스스로 아들에 대한 배신감으로 증폭시키고 있는" 그녀의 태도나, 별거중인 부모를 다시 결합시키려는 자식들에 대해 다음과 같이 생각하는 대목 등을 그 예로 들 수 있다.

혹시 다른 이유가 있을지도 모른다. 저희들이 결혼 후까지도 부모에게 신경을 쓰거나 책임을 지게 될까봐 그걸 미연에 방지하고 싶어할 수도 있으리라. 엄마 아빠를 붙여놓는 거야말로 상쇄시키는 최상의 방법이고, 그럼으로써 저희들은 완전히 자유로워지고 싶은 속셈이 있을지라도 어쩌겠는가.

—「너무도 쓸쓸한 당신」, 161쪽

졸업식에서 사돈들 사이에 오고가는 점잖은 대화나 부모를 배려하는 자식들의 마음 뒤에 숨은 현실적 타산은 마음속에 감추어진 그만큼 더 생생한 실감을 자아내는 위선적인 세대의 한 단면일 수 있다. 특히 후자의 경우는 자식들의 실제 생각 이전에, 그들의 배려를 받아들이는 작중화자의 심리적 태도를 반영하고 있다는 점에서 평판과 잇속이라는 잣대에 따라 인간관계를 규정지으려는 작중화자의 가치관이 잘 드러나는 대목이다. 딸과 아들의 결혼과정이 보여주듯이, 작중화자는 남들과의 관계에서 약점을 잡히거나 손해보는 일에 대해서 민감한 반응을 보이는, 자기 주장이 강한 성격의 소유자인 동시에 현실에 대한 타산적 잣대에 기민하게 대처하는 매우 현실적이고 잇속 밝은 성향의 인물로 나타나는 것이다.

작중화자의 이러한 성격은 남편에 대한 그녀의 태도에도 그대로 반영되어 있다. 초등학교의 교장 사택에서 남편과 함께 지내던 시절 남편의 체제 순응적인 삶의 태도에 극심한 환멸을 느낀 그녀는 아이들의 교육을 이유로 남편과 별거하게 되고, 그 이후 그녀에게 남편은 다만 아이들의 교육을 위해 다달이 돈을 송금해주는 수입원에 지나지 않게 되었다. 그들의 명색뿐인 부부관계를 이어주는 것은 자식들과 돈인 것이다. 아들의 졸업식이 끝난 후 안사돈을 골탕먹이려는 마음으로 남편의 손을 잡고 도망치듯이 졸업식장을 빠져나온 그녀는 별거 이후 처음으로 남편과 잠자리를 같이 하게 된다. 그러나 안사돈에게 지기 싫다는 마음으로 황급히 남편을 데리고 나온 그 자리에서 그녀를 사로잡은 것은 "오늘 하루 쓰잘데없이 애만 썼다는 사소한 허전함이, 일생을 헛산 것 같은 거대한 허전함이 되어 그녀를 한없이 미소하고 초라하게 만들었다"는 생각과 "검부라기라도 움켜잡듯이 마지막으로 움켜잡은 확실한 게 펴보니 고작 남편의 정강이였다. 그건 그와는 도저히 다시 살을 대고 살 수 있을 것 같지 않은 절망감의 생생한 실체이기도 했다"는 자각이다. 이러한 자각은 그녀에게 최소한의 육체적 접촉마저 사라져버린 황량한 부부관계의 실체를 고통스럽게 일깨운다. 정욕이 소진된 부부사이에 덩그러니 남아 있는 것은 남들의 평판을 의식한 체면과 돈에 대한 타산

적 욕망으로 채워진 겉껍데기의 관계였을 뿐이다. 마침내 그녀
는 남편의 늙어버린 몸에 대한 환멸감과 함께 적나라하게 드러
나버린 "일생을 헛산 것 같은 거대한 허전함"에 저항이라도 하
듯 잠든 남편을 바라보며 "세월의 때가 낀 고가구를 어루만지듯
이 남편 정강이의 모기 물린 자국을 가만가만 어루만지기 시작"
한다. 어떤 의미에서 작품의 이 마지막 부분은 작중화자가 한껏
경멸해온 남편을 통해, 사람들과의 관계에서 깐깐하게 잇속을
챙기며 야무지게 살아왔다고 믿었던 그녀의 삶이 단지 헛똑똑이
의 삶에 지나지 않았음을 무참하게 드러내는 장면이기도 하다.
작중화자가 안사돈과 세속적인 신경전을 벌이는 장면에 이어,
남편과의 사이에 "완전히 단절됐던 몸의 만남을 후회하는 마음
으로" 자신의 부부관계를 되돌아보며 "그것이 이렇게도 돌이킬
수 없는 실수"였음을 깨닫는 것으로 마무리되는 이 작품의 마지
막 부분은 체면과 잇속이라는 세속적 가치관과 "세월의 때가 낀
고가구처럼 되어버린" 남편의 몸을 통해 겉멋과 정욕의 대비라
는 소설적 구도를 다시 한번 상기시킨다.

4

이외에 『그 여자네 집』에 실린 다른 작품들 역시 노년기에 접
어든 작중인물들의 삶을 다양한 국면에서 조명한다. 「그 여자네

집」이 들려주는 만득과 곱단의 잃어버린 사랑의 이야기나, 「꽃잎 속의 가시」에서 미국으로 이민 간 언니가 수의를 만드는 양장점에서 일했던 경험을 통해 들려주는 죽음과 관련된 문화적 관습에 대한 이야기 모두 오랜 시간 동안 발효된 삶에 대한 농익은 회상의 어조에 실려 전달된다. 노년의 시선으로 삶을 바라본다는 것, 그것은 경험의 실질보다는 시간의 흐름 속에서 희미해지는 대신 더 깊고 요요한 빛을 발하는 그 경험의 아우라를 반추하는 일에 가깝다. 「그 여자네 집」에서 만득과 곱단의 사랑을 바라보는 작중화자의 시선 또한, 마치 먼 선사시대의 일을 회상하듯 이미 사라져버린 시절에 대한 그리움의 아우라로 충만해 있다. 마찬가지로 잃어버린 사랑의 당사자인 만득이 못 잊는 것 또한 곱단에 대한 사랑 자체라기보다는 곱단에 대한 사랑과 함께했던 자기 삶의 가장 순수했던 한 시절이다. 그런 의미에서 곱단을 회상하는 만득의 마음은 사랑보다는 연민에 가깝다. "사랑의 기쁨, 그 향기로운 숨결을 모조리 질식시켜버리"는 역사의 폭력에 대한 인식 또한 "곱단이가 딴 데로 시집가면서 느꼈을 분하고 억울하고 절망적인 심정"을 고통스럽게 반추하는 회한 어린 연민의 정서에서 비롯되는 것이다.

「그 여자네 집」이나 「꽃잎 속의 가시」 「J-1 비자」 등의 작품들은 박완서의 문학세세가 보여주는 동시대적인 삶의 풍속도가 여전히 우리 삶의 정치적, 역사적, 문화적 맥락에 대한 인식을 아우르는 상상력의 폭넓은 자장을 거느리고 있는 것임을 확인시킨다. 「그 여자네 집」이 식민세대가 경험한 역사의 폭력을, 「꽃잎 속의 가시」가 이민세대가 경험한 문화적 충돌과 혼란을 그리고 있다면, 「J-1 비자」는 작품의 주인공인 소설가가 미국의 초청방문 비자를 얻기 위해 기울인 노력과 결국은 그 노력이 수포로 돌아가는 일련의 과정을 통해 한국과 미국의 관계에 대한 한 의미 있는 성찰의 계기를 던져준다. 이것은 "한국에서 식민주의가 종식된 게 아니라 아직도 현실적으로 존속하고 있다는" 씁쓸한 확인인 동시에, 국제적인 정치적 역학관계 속에서 약자의 나라에 속한 작가 또한 그러한 정치적 역학이 강요하는 모욕과 무력감을 그대로 감내할 수밖에 없는 현실에 대한 역시 씁쓸한 자기 확인이기도 하다.

이들 작품이 보여주는 것처럼, 역사나 정치문제 등과 연관된 큰 주제들을 마치 굵은 알갱이를 휘저어 물에 녹여내듯, 일상이라는 구체적인 경험의 질감으로 풀어내는 능숙한 솜씨는 박완서 문학이 지닌 서사적 활기의 또다른 원천이다. 「공놀이하는 여자」 역시 일상이라는 틀 안에서 세태적 현실을 움직이는 욕망의 근원인 돈의 문제를 다루고 있는 작품이다. 이 작품에서 작가는 뜻밖에 거액의 유산을 상속받게 된 여주인공 아란이 자신과 동거중인 헌이에 대해 다음과 같은 범속한 상상을 하는 장면을 통해 사람들의 관계 안에서 돈이 갖는 지배력에 대한 날카로운 통찰을 보여준다.

어서 헌이하고 자고 싶었다. 헌이 자기한테 시키던 온갖 굴욕
적이고 야비한 짓거리를 그에게 시켜가며 데리고 놀고 싶었다.
주객이 전도된 것이다. 주도권이란 이렇게 간단히 뒤바뀔 수도
있는 것을. 그의 비리비리한 팔뚝을 담뱃불로 지질 수도, 그로 하
여금 방바닥을 기게 할 수도, 개처럼 헐떡이며 온몸을 핥게 할 수
도 있을 것이다.

　　　　　　　　　　　　　　　　　　―「공놀이하는 여자」, 276쪽

　헌이와의 굴욕적인 동거생활을 뒤집어보는 아란의 즐겁고도
방자한 상상은 자신이 거머쥔 돈에 의해 그들 사이의 관계의 주
도권이 확실히 자신에게 넘어왔음을 확인하는 넘치는 자신감의
표현이기도 하다. 뿐만 아니라 "여태껏 모든 주도권이 남자에게
있었던 것은 이 세상의 주도권은 항상 가진 자에게 있었던 것과
같은 이치라는" 사실의 확인은 아란의 그러한 자신감을 배가시
킨다. "돈독인지 돈힘인지를 맛"본 아란은 심지어 자신이 배다
른 오빠네인 진씨 집으로부터 당한 온갖 모욕을 모두 용서할 수
도 있을 것처럼 자신의 마음이 한껏 너그러워짐을 느낀다. 그렇
다면 그 너그러움과 "혼자서 미친 듯이 킬킬거"리며 즐거운 상
상에 빠져든 아란에게 문득 찾아든 "잡힐 듯 말 듯 모호하고도
생뚱스러운 비애"는 무엇인가? 그것은 어쩌면 그녀가 헌이라고
상상하며 날려버린 공이 떨어진 자리에 꽂혀 있던 팻말 위의 '존
재의 아픔'이라는 문구와 통하는 감정 같은 것이 아니었을까?

"자신의 마음 아픔, 가슴 아픔, 골치 아픔에 비해 너무도 유치찬란한 말장난만 같"은, 그럼에도 불구하고 그녀를 계속 그 팻말의 언저리에서 배회하게 만드는 '존재의 아픔'이란 사생아로 태어난 그녀가 겪은 온갖 모욕과 그 모욕의 대가로 주어진 돈이 그녀에게 선사한 즐거움 사이에 놓인 아이러니에 다름아닐 것이다. 그녀가 겪은 모욕의 원천에 돈이 있었다면, 그 모욕에 대한 보상 역시 돈이라는, 다시 말해 돈이 병인 동시에 약이라는 돈과 그녀의 삶을 둘러싼 삶의 아이러니. 이런 의미에서 '존재의 아픔'이라는 말 속에는 이 말이 연상시키는 추상적이고 존재론적인 생의 비의가 아닌, 현실을 바라보는 박완서 소설 특유의 냉철한 사실주의적 감각이 담겨 있는 것으로 보인다.

그러나 좀처럼 현실에 대한 사실주의적 감각의 테두리를 벗어나지 않는 박완서의 문학세계에서 사실주의적 감각에 의해 포착된 겉멋의 세계 이면에 숨은 삶의 본질적 가치는 작가가 소설적 상상을 통해 지향하는 가치의 핵심을 이룬다. 그것은 「환각의 나비」에서 치매에 걸려 가출한 어머니가 도달한 생의 마지막 지점이기도 하고, 「참을 수 없는 비밀」에서 "선입관이 개입하지 않은 있는 그대로의 세상이란 얼마나 낯설고도 투명한가"라는 말 속에 내포된 삶의 또다른 차원이기도 하다. 이 두 지점을 하나로 잇는 것은 "속속들이 평안"한 내면의 평화, 가벼움, 자유로움, 천진함 등이다. 그것은 어쩌면 점점 욕망의 무게를 덜어가는 나이와 더불어 작가가 꿈꾸는 생의 어떤 궁극적 경지일 것이다. 세속적인 욕망의 무게로부터 벗어난다는 것은 결국 인간의 삶이 인위적 욕망의 부자연과 부자유로부터 벗어나 자연으로부터 부여받은 욕망의 본래적 상태에 더 가까워진다는 것을 의미하는 것일 터이기 때문이다. 그런 의미에서 '정욕'이라는 말은 「마른 꽃」에서 몇 번 스쳐 지나가듯 언급되는 말이지만, 지금까지 살펴본 대로 이 작품집을 통해 작가가 말하고자 하는 궁극적인 메시지로 확대 적용될 수 있다고 생각한다. 그것은 세속적 관습에 얽매인 욕망의 세계를 넘어서는 욕망, 혹은 겉멋의 세계에 의해 훼손되어버린 욕망의 오염되지 않은 자연상태를 의미하며, 그런 의미에서 세속화된 도덕적 기준으로 포착될 수 없는 욕망의 가장 근원적인 동시에 초월적인 어떤 지점을 가리키는 말로 보이기 때문이다.

1931년   10월 20일 경기도 개풍군 청교면 묵송리 박적골에서 출생.
         아버지 박영노朴泳魯, 어머니 홍기숙洪己宿. 열 살 위인 오빠
         있음.

1934년   아버지 별세. 어머니는 오빠만 데리고 서울로 떠남. 조부모
         와 숙부모 밑에서 어린 시절을 보냄.

1938년   서울로 와서 살게 됨. 매동국민학교 입학.

1944년   숙명여고 입학.

1945년   소개령疎開令이 내려져 개성으로 이사, 호수돈여고로 전학.
         고향에서 해방을 맞음. 서울로 와 학교를 계속 다님. 여중
         5학년 때 담임을 맡은 소설가 박노갑 선생에게서 많은 영
         향을 받음.

1950년   서울대학교 문리대 국문과 입학. 6월 초순에 입학식이 있
         어서 학교를 다닌 기간은 며칠 되지 않음. 전쟁으로 오빠와
         숙부가 죽고 대가족의 생계를 책임지게 됨. 미군 부대에 취
         직, 미8군 PX(동화백화점, 곧 지금의 신세계백화점 자리)의
         초상화부에 근무. 거기서 박수근 화백을 알게 됨.

1953년   호영진扈榮鎭과 결혼. 이후 1남 4녀의 자녀를 둠(1954년 원
         숙, 1955년 원순, 1958년 원경, 1960년 원균, 1963년 원태).

1970년   『나목』으로『여성동아』여류장편소설 공모에 당선.

1975년   『도시의 흉년』을 『문학사상』에 연재.

1976년   첫 소설집 『부끄러움을 가르칩니다』(일지사) 출간. 『휘청거리는 오후』를 동아일보에 연재.

1977년   『휘청거리는 오후』(창작과비평사, 전2권), 중편집 『창 밖은 봄』(열화당), 산문집 『꼴찌에게 보내는 갈채』(평민사), 『혼자 부르는 합창』(진문출판사) 출간.

1978년   소설집 『배반의 여름』(창작과비평사), 장편소설 『목마른 계절』(원제 『한발기』, 수문서관), 산문집 『여자와 남자가 있는 풍경』(한길사) 출간.

1979년   『도시의 흉년』(문학사상사, 전3권), 『욕망의 응달』(수문서관, 이 책은 1985년 같은 출판사에서 『인간의 꽃』으로, 1989년 원제대로 우리문학사에서 재출간), 창작동화 『달걀은 달걀로 갚으렴』(샘터, 『마지막 임금님』으로 재출간) 출간.

1980년   「그 가을의 사흘 동안」으로 한국문학작가상 수상. 전해부터 동아일보에 연재했던 『살아 있는 날의 시작』(전예원) 출간. 「오만과 몽상」을 『한국문학』에 연재.

1981년   「엄마의 말뚝 2」로 제5회 이상문학상 수상. 제5회 이상문학상 수상작품집 『엄마의 말뚝 2』, 소설집 『도둑맞은 가난』(민음사, 「나목」이 재수록되어 있음), 콩트집 『이민가는 맷돌』(심설당) 출간. 20년간 살던 보문동 한옥을 떠나 강남의 아파트로 이사.

1982년   10월, 11월 문공부 주최 문인해외연수에 참가하여 유럽과 인도를 다녀옴. 소설집 『엄마의 말뚝』(일월서각), 장편소설

『오만과 몽상』(한국문학사, 1985년 고려원에서 재출간), 산문집 『살아 있는 날의 소망』(학원사) 출간. 『그해 겨울은 따뜻했네』를 한국일보에 연재.

1984년   7월 1일 영세 받음. 풍자소설집 『서울 사람들』(글수레) 출간.

1985년   11월에 '일본 국제기금재단'의 초청으로 일본을 여행함. 장편소설 『서 있는 여자』(학원사, 『떠도는 결혼』과 동일 작품), 작품선집 『그 가을의 사흘 동안』(나남) 출간.

1986년   산문집 『서 있는 여자의 갈등』(나남), 소설집 『꽃을 찾아서』(창작사, 1982년에서 1986년 사이에 창작한 중·단편을 수록) 출간.

1988년   남편과 아들을 연이어 잃음. 서울을 떠나는 일이 많아짐. 미국 여행을 다녀옴. 『문학사상』에 연재하던 『미망』을 10월부터 다음해 6월까지 쉼.

1989년   『그대 아직도 꿈꾸고 있는가』를 여성신문에 연재. 장편소설 『그대 아직도 꿈꾸고 있는가』(삼진기획) 출간.

1990년   『미망』(문학사상사, 전3권) 출간. 이 작품으로 대한민국문학상 우수상을 수상. 산문집 『나는 왜 작은 일에만 분개하는가』(햇빛출판사) 출간. 『그대 아직도 꿈꾸고 있는가』의 성공으로 출판사 주최 성지순례 해외여행을 다녀옴.

1991년   회갑 기념 소설집 『저문 날의 삽화』(문학과지성사), 콩트집 『나의 아름다운 이웃』(작가정신) 출간. 장편 『미망』으로 제3회 이산문학상 수상.

1992년   『그 많던 싱아는 누가 다 먹었을까』『박완서 문학앨범』(웅진출판사) 출간.

1993년　「꿈꾸는 인큐베이터」(『현대문학』 1월호)로 제38회 현대문학상 수상. 제38회 현대문학상 수상작품집 『꿈꾸는 인큐베이터』(현대문학) 출간. 제19회 중앙문화대상(예술 부문) 수상. 장편소설 『휘청거리는 오후』를 제1권으로 『박완서 소설전집』(세계사) 출간 시작. 소설전집 제2·3·4·5권으로 장편소설 『도시의 흉년』(상·하), 『살아 있는 날의 시작』 『욕망의 응달』 출간.

1994년　「나의 가장 나종 지니인 것」(『상상』 창간호, 1993)으로 제25회 동인문학상 수상. 제25회 동인문학상 수상작품집 『나의 가장 나종 지니인 것』(조선일보사), 소설집 『한 말씀만 하소서』(솔), 창작동화 『부숭이의 땅힘』(한양출판사), 소설전집 제6·7·8·9권으로 장편소설 『목마른 계절』, 소설집 『엄마의 말뚝』, 장편소설 『오만과 몽상』 『그해 겨울은 따뜻했네』 출간.

1995년　장편소설 『그 산이 정말 거기 있었을까』(웅진출판사), 산문집 『한 길 사람 속』(작가정신) 출간. 「환각의 나비」(『문학동네』 봄호)로 제1회 한무숙문학상 수상. 소설전집 제10·11권으로 장편 『나목』 『서 있는 여자』 출간.

1996년　소설전집 제12·13권으로 장편 『미망』(상·하) 출간.

1997년　티베트, 네팔 여행기 『모독冒瀆』(학고재), 동화집 『속삭임』(샘터) 출간. 장편소설 『그 산이 정말 거기 있었을까』로 제5회 대산문학상 수상.

1998년	산문집『어른 노릇 사람 노릇』(작가정신) 출간. 보관문화훈장(문화관광부) 받음. 소설집『너무도 쓸쓸한 당신』(창작과비평사) 출간.
1999년	묵상집『님이여, 그 숲을 떠나지 마오』(여백) 출간.『너무도 쓸쓸한 당신』으로 제14회 만해문학상 수상.『박완서 단편소설 전집』(문학동네, 전5권) 출간.
2000년	장편소설『아주 오래된 농담』(실천문학사) 출간. 제14회 인촌상 수상.
2001년	단편소설「그리움을 위하여」(『현대문학』2월호)로 제1회 황순원문학상 수상.
2005년	기행산문집『잃어버린 여행가방』(실천문학사) 출간.
2006년	『박완서 단편소설 전집』개정판(문학동네, 전6권) 출간. 서울대학교 명예문학박사학위 수여. 제16회 호암상 예술상 수상.
2007년	산문집『호미』(열림원), 소설집『친절한 복희씨』(문학과지성사) 출간.
2009년	동화집『세 가지 소원』(마음산책), 장편동화『이 세상에 태어나길 참 잘했다』(어린이작가정신) 출간.『문학동네』가을호에 단편소설「빨갱이 바이러스」발표.
2010년	산문집『못 가본 길이 더 아름답다』(현대문학) 출간.
2011년	1월 22일, 담낭암 투병중 향년 81세를 일기로 별세. 1월 24일, 정부로부터 금관문화훈장을 추서받음.
2012년	산문집『세상에 예쁜 것』(마음산책), 마지막 소설집『기나

긴 하루』(문학동네) 출간.

2013년   『박완서 단편소설 전집』 개정판(문학동네, 전7권), 짧은 소설집 『노란집』(열림원) 출간.

2014년   티베트, 네팔 여행기 『모독』, 산문집 『호미』 개정판(열림원), 그림동화 『엄마 아빠 기다리신다』(어린이작가정신) 출간.

2015년   『박완서 산문집』(문학동네, 1~7권), 그림동화 『이 세상에서 제일 예쁜 못난이』 『7년 동안의 잠』(어린이작가정신) 출간.

2016년   대담집 『우리가 참 아끼던 사람』(달) 출간.

2017년   소설집 『꿈을 찍는 사진사』(문학판), 그림동화 『노인과 소년』(어린이작가정신) 출간.

2018년   『박완서 산문집』 제8·9권 『한 길 사람 속』 『나를 닮은 목소리로』(문학동네), 대담집 『박완서의 말』(마음산책) 출간.

2020년   『프롤로그 에필로그 박완서의 모든 책』(작가정신), 소설집 『복원되지 못한 것들을 위하여』(문학과지성사), 산문집 『모래알만 한 진실이라도』(세계사) 출간.

2021년   소설집 『지렁이 울음소리』(민음사), 장편소설 『그 많던 싱아는 누가 다 먹었을까』 『그 산이 정말 거기 있었을까』 개정판(웅진지식하우스), 장편소설 『그 남자네 집』 개정판(현대문학) 출간.

2024년   산문집 『사랑을 무게로 안 느끼게』 『한 말씀만 하소서』(세계사), 장편소설 『미망』(민음사, 전3권) 개정판 출간.

2025년   『박완서 산문집』 제10권 『다만 여행자가 될 수 있다면』(문학동네) 출간.

| **단편 소설 연보**(1995.1~1998.11) |

「마른 꽃」,『문학사상』, 1995. 1

「환각의 나비」,『문학동네』, 1995. 봄

「참을 수 없는 비밀」,『창작과 비평』, 1996. 겨울

「길고 재미없는 영화가 끝나갈 때」,『라쁠륨』, 1997. 봄

「너무도 쓸쓸한 당신」,『문학동네』, 1997. 겨울

「그 여자네 집」,『13월의 사랑』, 1997. 11

「꽃잎 속의 가시」,『작가세계』, 1998. 봄

「공놀이하는 여자」,『당대비평』, 1998. 여름

「J-1 비자」,『창작과 비평』, 1998. 겨울

「나의 웬수덩어리」,『문학사상』, 1997. 8

박완서(1931~2011)

1931년 경기도 개풍 출생. 서울대 문리대 국문과 재학중 육이오전쟁을 겪고 학업을
중단했다. 1970년 불혹의 나이에『나목(裸木)』으로『여성동아』장편소설 공모에 당
선되어 작품활동을 시작한 이래 2011년 향년 81세를 일기로 영면에 들기까지 사십
여 년간 수많은 걸작들을 선보였다.
『부끄러움을 가르칩니다』『배반의 여름』『엄마의 말뚝』『그해 겨울은 따뜻했네』『꽃
을 찾아서』『미망』『친절한 복희씨』『기나긴 하루』등 다수의 작품이 있고, 한국문
학작가상(1980) 이상문학상(1981) 대한민국문학상(1990) 이산문학상(1991) 중앙
문화대상(1993) 현대문학상(1993) 동인문학상(1994) 한무숙문학상(1995) 대산문
학상(1997) 만해문학상(1999) 인촌상(2000) 황순원문학상(2001) 등을 수상했다.
2006년 호암상. 서울대 명예문학박사학위를 받았다. 타계 후 금관문화훈장을 추서
받았다.

박완서 단편소설 전집 6

그 여자네 집
ⓒ 박완서 2013

1판 1쇄 1999년 11월 20일
2판 1쇄 2006년 8월 25일
2판 13쇄 2012년 11월 23일
3판 1쇄 2013년 6월 4일
3판 16쇄 2025년 11월 21일

지은이 박완서

펴낸곳 (주)문학동네 │ 펴낸이 김소영
출판등록 1993년 10월 22일 제2003-000045호
주소 10881 경기도 파주시 회동길 210
전자우편 editor@munhak.com │ 대표전화 031) 955-8888 │ 팩스 031) 955-8855
문학동네카페 http://cafe.naver.com/mhdn
인스타그램 @munhakdongne │ 트위터 @munhakdongne
북클럽문학동네 http://bookclubmunhak.com

ISBN 89-546-0198-7 04810
         89-546-0192-8 04810 (세트)

www.munhak.com